名不起青山衣

尾鱼 著

Xiao Qi
Qing Rang

下

四川文艺出版社

后记

267

目录

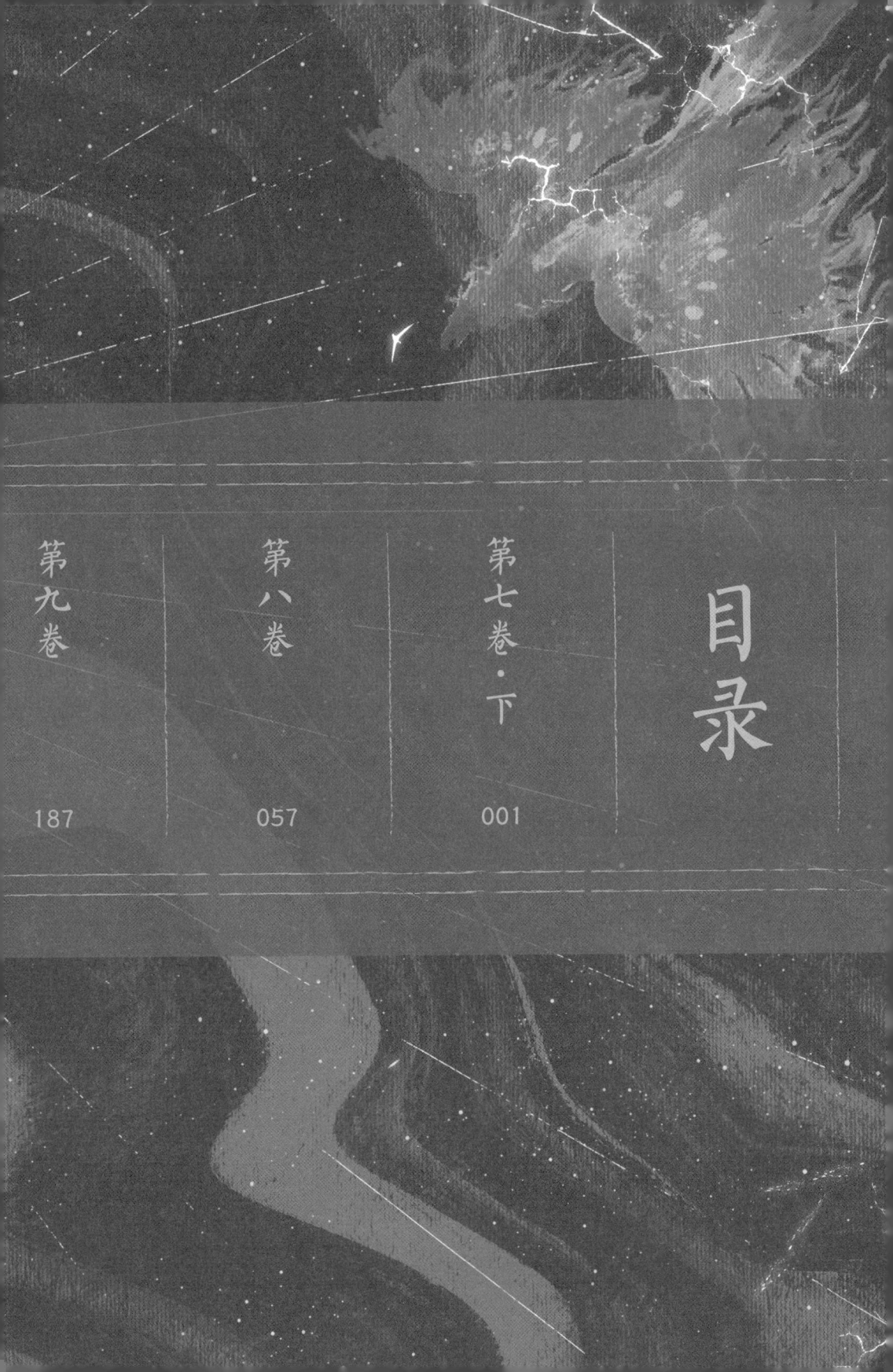

第七卷·下　001

第八卷　057

第九卷　187

一入黑白涧，
枭为人魔，
人为枭鬼。

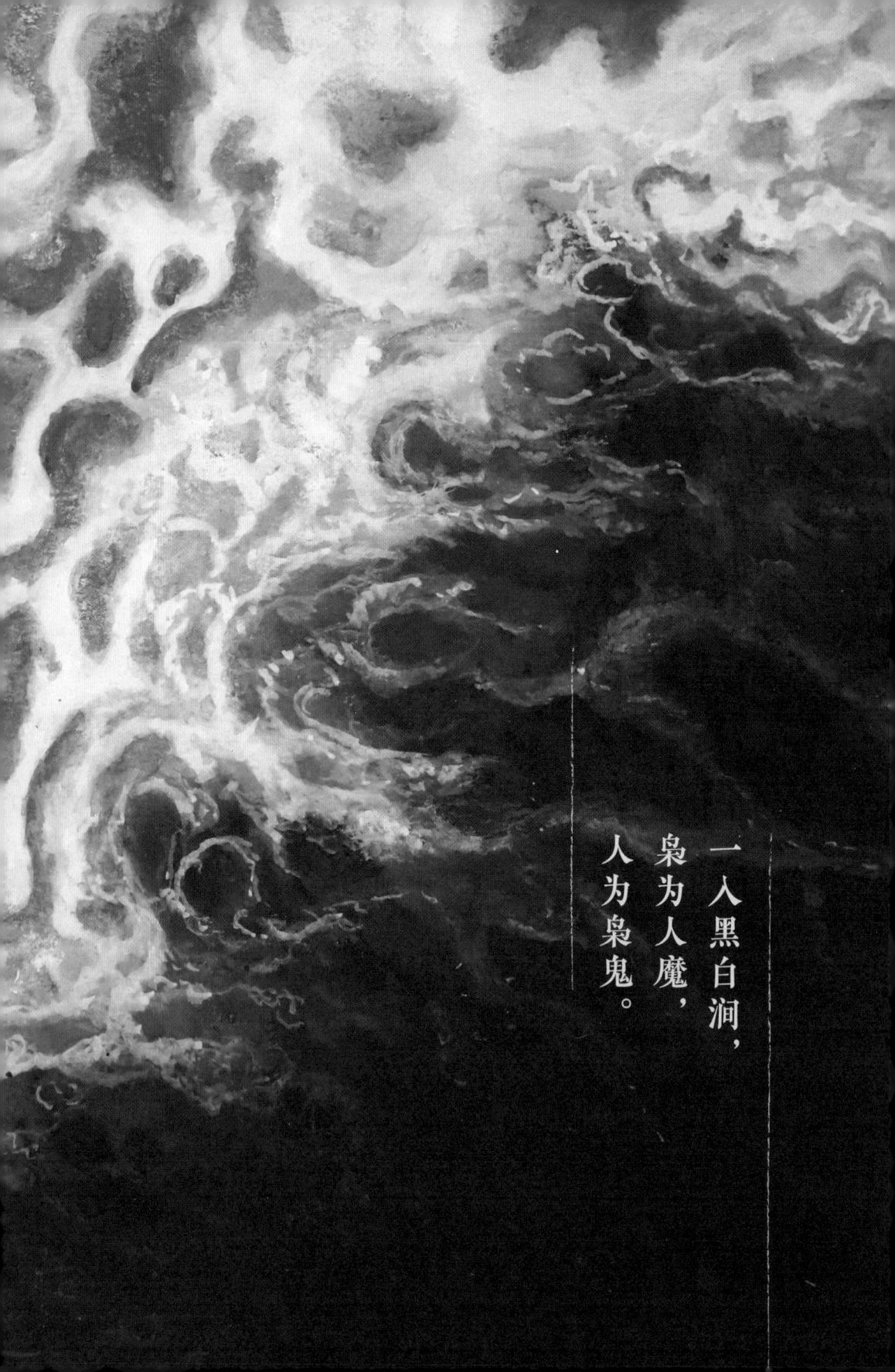

名不起者の異世界

第七巻・下

07

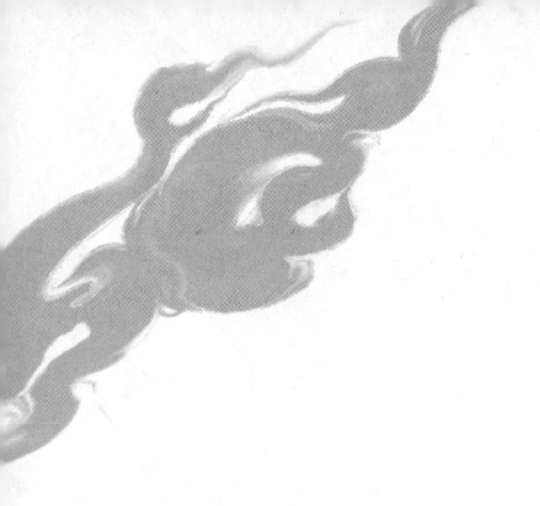

聂九罗一大早起来，就给自己熟识的医生打电话，其实昨晚就想打了，但时间实在太晚，没好意思。

医生听完了，先消化了一下剧情："被骗去挖煤两个多月没见光？"

聂九罗在这头猛点头，自己比医生还入戏："是啊，还不给吃饱，一直挨饿，跑过两次，还被打了。"

医生听着都觉得揪心："现在还有这种事？"又沉吟了一下，"这个嘛，不大好说。北方冬天是冷，又是矿里，阴湿，冻疮这种属于正常了，关节炎的可能性也大，湿寒嘛。一直不见光，那肯定不健康，抵抗力会变弱，应该是缺维生素D的，影响钙吸收，也影响皮肤黑色素的合成，所以皮肤会苍白。"

聂九罗急凑到床头柜边，扯了张纸过来记录。

"内分泌可能也有点影响，不见光的话，甲状腺激素分泌也会少，人会没精神。吃喝不规律的话，肠胃功能会受损，盲肠炎……嗯，也有可能。"

聂九罗头皮一阵阵发麻："有可能会落下……这么多毛病？"

医生呵呵笑："又不是钢筋铁打，你自己想想，铁打的人去了那环境还会生锈呢。人一出生，一辈子都在修补啊，运气好的小修小补，运气不好大修大补。实在不放心的话，建议做个体检。另外啊，身体方面还是小的，就怕精神出问题，心理应该会挺敏感，严重点的，心理抑郁都有可能。"

聂九罗也怕这个，炎拓其实不算外向的人，初见时甚至称得上封闭，想向她拿消息也是来硬的，实在奈何不了她才被迫坐下来和她"聊天"。

她说："那该怎么办呢？"

医生说："只是有可能，不一定条条中。总之呢，就先尽量生活规律，饮食清淡，多吃水果蔬菜，适当锻炼一下。刚开始总会有点不适应，慢慢来，有个过程。比如你说他不喜欢开大灯，那也正常，眼睛受不了嘛。"

聂九罗："那老把自己藏着，不愿意见人……"

医生觉得都正常，想了想又问："他现在形象上，和之前差距大吗？"

聂九罗说："我去派出所认人，起初都没认出来。你想想，一直挨饿，有点瘦脱形了，穿衣服也显得空荡荡的。"

医生笑道："不奇怪，你就问问你自己，换了你成那样，你愿不愿意见人？"

那倒是，换位思考一下，要是换了她在地牢，炎拓来找她，她宁愿在头上罩口锅，也不想炎拓看到她的脸。

聂九罗也笑起来："男人也会有容貌焦虑吗？"

医生说："第一，容貌焦虑不分男女；第二，这个不叫容貌焦虑，这个只能叫爱美之心，人皆有之。"

放下电话，聂九罗把记录的纸卷成了卷，一条条回忆医生说的。她得让卢姐提前复工，给炎拓全方位进补，假期嘛，就按三倍工资算好了。

想着想着，又想起了那句"爱美之心"。

聂九罗低下头笑，看不出来，炎拓还有爱美之心呢。

既然他近期挺敏感的，那她迁就一下他好了，尽量给爱美的小孔雀铺个台阶、保全面子。

年初四，街上很多店铺都开门了，虽然是镇子，依旧热闹。聂九罗出去逛了一圈，给炎拓买了手套和一顶带檐的黑色棒球帽，给余蓉买了爵士帽，又打包了早餐，回去之后依次挂各人的门把手上，挂完不忘敲门："吃饭啦。"

然后迤迤然回房，有一种事了拂衣去的洒脱感，直到余蓉嚷嚷着"走了走了"的时候，才又开门出来。

先看到余蓉，脑袋上扣着爵士帽，一脸不耐烦，看见她就发牢骚："你自己戴帽子，就非得给人也整一顶是吗？"

聂九罗心情好，笑嘻嘻的："安全起见嘛，又不是没给你选择，要么跟我换，要么塑料袋。"

余蓉很嫌弃地看了眼她头顶的小红帽，心说：你就不怕被狼给吃了？

身后门响，是炎拓出来了。

两人循向看去。

余蓉无语了，又是帽子。

聂九罗迎上去。

炎拓穿上棉服了，棉服挺厚实的，也就不显身子单薄，口罩、帽子和手套一上身，多了层屏障，心理上进了安全区，精神似乎也昂扬了很多——就是今天天气挺好的，阳光挺大，他刚一跨出门，就又退了回去。

聂九罗问他："阳光刺眼了？"

本来，她还想给他买副墨镜来着，可是眼镜店没开门。

炎拓眨了眨眼睛，确实有点刺眼，即便有帽檐遮着，眼睛还是有点酸涩。

他说："还好，过一会儿就好了。"

聂九罗伸手给他："没事，到车里就好了，你闭着眼，我牵你过去。"

炎拓把手给她，隔着手套，他几乎感觉不到她的手，聂九罗却觉得奇妙：男人的手本来就大，再加了双黑色皮手套，皮质粗硬，泛着植鞣皮味儿，两相交握，她贴了创可贴的手显得尤为白皙纤弱。

她牵着炎拓走了几步，提醒他下台阶，又问："你有地方去吗？送你回哪儿？"

炎拓被问住了。

去哪儿呢？自己家肯定是不能回了，长喜叔那儿，听说是被安排着出门度假了……

聂九罗说："没地方去啊？没地方去的话我那儿有空房。你想租呢就暂时租你，三餐也可以包，就是租金贵，毕竟独门院，地段又好。手头没钱，可以先打欠条，但不能不还啊。"

炎拓没睁眼，有口罩可真好，可以偷着笑，却不用怕人看到。

阳光真好，晒在身上暖洋洋的。

他一口答应："行。"

车出旅馆，聂九罗问起炎拓被囚禁这段时间的事。

昨天离开的路上，她把外头发生的事简略跟炎拓说了，却没问他的：毕竟人家刚被囚禁了两个月之多，疮疤还没好，就逼人回忆急急去掀，有些不合适。

炎拓想了很久，一是这段时间的折磨，于他的记忆力是有损的；二是到后期，精力全集中在吃喝、阴寒、疼痛上了，对地枭的事，想得很少。

他先想起李二狗的事。

林伶是李二狗的妹妹，那李二狗就是林喜柔的初代血囊了，被用作了血囊，难怪当时炎还山动用各种黑白关系都找不到他。

他有点感慨："我被关着的那个囚牢，应该是后来才修的，但李二狗多半到过那儿，因为我在那里还捡了张钱。他当年，是卷了矿上小一万跑了的，大家都以为他是逃到南方过逍遥日子去了……"

没想到不是跑了，而是葬身矿底了，失踪即死亡。不知道聂九罗发现的那个尸骨洞里，是否也藏着李二狗的骸骨。还有，自己一直以为矿场是"转手"了，现在看来，只是左手转右手，把原有的矿工都打发掉，更方便隐匿秘密而已。

"我妈的日记里写过，矿工嚷嚷矿下有鬼，我爸下矿去抓，所谓的鬼，应该就是林喜柔了，我爸见到的，多半是刚转化完不久的林喜柔，不知道发生了什么，被她控制着成了伥鬼。"

聂九罗也是这想法："我问过长喜叔，他说那时候李二狗很讨人嫌，造谣说矿下头有青面獠牙的鬼，很可能是见到过转化前的林喜柔。那从李二狗失踪到林喜柔转化，过程挺快的。但为什么后来就慢了呢？"

二十多年时间，足够转化出一个军团了，可地枭的编号只到019号。

这里头的关键，炎拓也想不明白，只能暂时先搁一边："还有，林喜柔暗示过，他们原本是人的样子，是'一入黑白涧，枭为人魔，人为枭鬼'，跟缠头军'不入黑白涧'的规矩合得上。我在想，是不是这样的……"

车里不方便画图示，他只能隔空比画给她看。

先画一条横线："这是黑白涧，其实是一片长条状区域。生活在黑白涧上方的，就是我们，'白'的一方，因为有太阳照明；生活在下方的，'黑'的一方，就是地枭。黑白分界，不能越界，因为不管是哪一方越界了，都会'如魔似鬼'。我相信缠头军在最早的时候，一定曾经踩过界，付出过惨痛的代价，这才有了'不入黑白涧'的说法。

"理论上，应该是各安一方、互不越界的，但林喜柔提过一句，说他们是'夸父后人，逐日一脉'。'逐日'，字面意思就已经很明显了，他们可能骨子里，就有想生活在日光下的渴望，所以宁可先变成'人魔'，也要越过黑白涧，'偷渡'到我们这一头来。"

聂九罗没吭声，"偷渡"这个词用得可真形象，林喜柔可不就像个先上了岸，然后组织偷渡的蛇头吗？

余蓉也"咦"了一声："这说法新鲜啊，不过听着挺有道理的。"

炎拓奇怪："你是鞭家的，对缠头军的历史什么的，也不清楚？"

余蓉嗤笑一声："缠头军，严格意义上说，早就……那词怎么说来着？失传了。打个比方，就像一束马尾巴被削断了，只牵着几根丝。蒋叔当年，只是想搞点钱花，靠着这几根丝，外加故纸堆里翻出的一些记录，就去碰运气了，也是运气好，第一炮就撞着蚂蚱。地枭就宝，你懂是什么意思吗？"

她解释："清末跟之后那一阵子，不是乱吗，秦岭一带山多，很多富户大财主，为了避乱、保家财，会偷偷把银锭、金条什么的往山里埋，也经常会发生家当还藏得好好的，人却没活过兵乱的情况，所以埋是埋进去了，却再也没回来挖。乡下人把这些再也找不到了的私财叫'金镏子'，那意思是，都是值钱玩意儿，但跟长了腿溜走了一样，你愣是找不到。穷极了就发狠说，老子上山挖镏子去。

"蒋叔从小在山里进出，这一类传言听太多了，禁猎之前就做过挖镏子的梦，但那时候也只是臆想，禁猎之后，那是真正动起脑筋了。

"地枭就宝，我估摸着，是因为地枭久在地底生活，对地下埋没埋东西、埋了什么特别敏感，或者说，它本身就对金财珠玉一类的东西敏感。蚂蚱被带出来之后，一连掘了七八个金镏子，你们想想，那年头，那得值多少钱？而这整座大山里，何止七八个金镏子，七八十个也不止吧？

"蒋叔当年也没什么经验和见识，七八个金镏子，已经把他给震住了。不敢在本地运作，熟人太多毕竟，一行人忙着分批运去外地变现。第一桶金到手，又忙着享乐、投这个投那个，耽误了好一阵子。等清闲下来，掘第二批的时候，才发现，蚂蚱各方面都开始退化，效率大不如前。"

这些旧事，聂九罗以前也听蒋百川讲过，但一来蒋百川讲得没这么细，二来她自己不感兴趣，也没听进去多少，是以此时听来，分外新鲜。

她沉吟了一下："是因为见了光的关系吧？地枭见光，衰得确实快。"

余蓉想了想："可能还因为，蚂蚱年纪太小，你看它那身量，就是个猴啊，跟尤鹏什么的没得比。没发育完全，各方面的抵御力就不足，没过几次，就掘不出镏子来了。"

然后她总结："所以，说来说去都是为了个钱，扯什么历史呢？当年的缠头军，早就没了。你想问缠头军的历史，那还得问蒋叔，我们这些人知道的，都是他讲的。"

炎拓心里一动："那有没有可能，有些事情，是蒋百川知道的，却没给你们讲过呢？"

聂九罗点头："我觉得是有，我属于对事不感兴趣的，他讲多少，我就听多少，从来也不追着问。"

余蓉也说："有吧应该。他肚里藏十分，给你讲七分，你能怎么着？"

蒋百川，炎拓只和他打过不多的几次交道，对他最后的印象是：农场地下二层，黑暗的囚室里，那个被折磨得奄奄一息的老男人。

这人已经被关得太久了，久到很多时候，炎拓几乎已经忽略了他的存在。

蚂蚱之后，蒋百川一次又一次地组织走青壤，只是因为对那些散落山里的金镏子依然不死心吗？

余蓉清了清嗓子："对了，待会儿到方便的地方，你们自己找车回去吧，该养胳膊养胳膊，该长膘长膘，我就……不包送到家了。"

聂九罗一愣："你还有别的事？"

"不是说过两天又会有投喂吗，邢深……想在老牛头岗上找找机会，万一再逮他一两个，手头不是更阔绰点吗？"

08

去老牛头岗找机会？

聂九罗起初觉得太凶险了，继而又觉得合情合理：目前，邢深和林喜柔两方是

"互失踪迹"，谁先找到另一方，谁就占据了主动权。

她问："是去矿坑里打埋伏，还是在岗子上？"

余蓉反被她吓了一跳："当然是岗子上，谁敢下矿坑？依你的说法，林喜柔是从那矿坑里出来的，尤鹏也是，那就是个直通黑白涧的枭窝，你没找到通道，不代表没有啊。"

聂九罗点了点头，下头一定有通道，她找不到也正常，她连那地下的一半都没走全呢。

她提醒余蓉："我建议就只是打埋伏，没万全的把握就别出手了，之前猎枭能得手，是因为他们没防备……"

余蓉最怕人家啰唆："知道知道，邢深上次是从他们枪口子底下逃出来的，能不晓得他们不好惹？有把握才出手，没把握就只是尽量拿线索，懂懂懂，又不是傻子，脖子上都顶着脑袋呢。"

聂九罗没好气，觉得自己是好心被当作了驴肝肺，炎拓在边上看着，实在好笑，不过立场还是明确的：他拿手拍了拍聂九罗的手背，候着她转头，朝她眨了下眼睛。

那意思是：她说她的，随便她。

出了省界之后，余蓉原路折返，聂九罗运气挺好，约到了一辆顺风车，虽然不是直接到家的，但到了地方之后再打个跨市的出租，也就到了。

车主挺木讷，不属于喜欢聊天的那种，聂九罗和炎拓也不怎么讲话，毕竟有外人，不方便谈事情，所以绝大多数时候，车里头都是沉默的。

炎拓反而喜欢这种沉默，引擎声、车皮声、对面来车的喇叭声，都显得亲切，也极其让人安心。有一段路下起了小雨，雨打在车窗上，大时是一条条水渍，小时是一滴滴水点，炎拓新奇得像是发现了新大陆，盯着看个没完，头一次觉得水渍里的世界也是气象万千。

他转过头，想把这一发现分享给聂九罗，才发现，她几乎要睡着了。

是要睡着了，身子左摇右倾，脑袋点巴点巴，看起来颤巍巍的，随时都会倒。炎拓挪坐过去，过了会儿，她的头就搭到了他的肩上，身体也偎靠过来，柔软得像是没什么重量。

炎拓伸手搂住她的腰，低头看她的手，果然，没过多久，她的一只手就习惯性地微微蜷动起来。

炎拓把左手也送过去，她的手下意识钩住他戴手套的手指，身体里最后一根紧张的弦松弛下来，终于真正安静了。

透过前头的挡风玻璃，能看到漫天飘雨，视线是朦胧的，雨刷一扫，就清晰了，清晰完，又是逐渐星星点点，成渍成行。

这一刻，炎拓觉得，自己不像是怀揣秘密、躲躲藏藏，也不像前路未卜、心事飘摇。

他像个普通人，带着喜欢的人回家，路的那一头，父母在，妹妹也在，酒正醇，饭正香。

一路辗转，快半夜时才回到小院。

卢姐收到消息后，已经提前返工了，依着聂九罗的吩咐，把客房打扫停当，被子拿了白鹅绒的，床上也换了崭新的四件套，卫生间里该用该配的，一应俱全。

给两人开门时，她完全没认出炎拓："这位是……"

聂九罗说："来过的，炎拓啊。"

哦，炎拓啊，那位小泥像先生、聂九罗亲口盖章了有好感的，终于是被她领家里来了。

卢姐有点欢喜，但也极其纳闷：怎么人都进院了，还不摘帽子口罩呢？

聂九罗冲她使了个眼色，先领炎拓进了房，出来后吩咐她做个清淡点的夜宵，小份的就行，又叮嘱她别老盯着人看，要做到视若无睹："被骗去挖了两个多月的煤，心理上有点敏感，敏感懂吗？还有，饿得瘦脱形了，不喜欢人家看他，后面这几天，估计也不会出屋子。饭都单吃，你定点送饭收餐具就是。"

卢姐懂了，从今天开始，要出两套餐谱了：一份强身健体长骨头的，一份是补充营养长胖的。

……

如果说，昨天从矿洞换进旅馆是一步脱贫，那今天，终于住进小院，可谓一步登天了。

炎拓觉得，这小院比他无数次回想中的还要更温柔。迈进院子的时候，他就注意到那棵白梅已经谢了，但没关系，新一轮的、应和着春天的花木，已经在蠢蠢欲动。

那种蓬勃的生机，宁谧的氛围，是他在其他任何地方，都找不到的。

卢姐给他送夜宵来了，都是小份的，香菇青菜粥里，放了两颗粉白的虾仁，配了一小碟莴笋炒蛋丝，碧青翠绿配着嫩粉，看得人赏心悦目，也食欲大开。

聂九罗不和他一起吃："你吃完了，餐具放门口就行，卢姐会来收的。"

炎拓点头，候着她们走了、关上门了，才摘下帽子和口罩。

这两天，他很厌恶照镜子，自己厌恶，连带着也觉得别人厌恶，所以能遮就遮，不想碍了人的眼，细想有点矫情，但让他坦然对，一时半会儿的，又做不来。

转头看，窗上隐约映出白梅的绰约树影。

不知道还有没有余香未尽，炎拓起身过去，把窗户打开了一道缝，南方城市的气候，比北面要温和多了，也不知道是不是自己的错觉，他甚至觉得，风里已经掺进了和暖的温度。

正要回桌边开餐，听到聂九罗和卢姐的说话声，很轻，絮絮的。

聂九罗："卢姐，你要有话就说，别一脸想说又硬不说的样子。"

卢姐："不说不说，说了不合身份，你还要生气。"

聂九罗扑哧一笑："你古装戏看多了吧，还'不合身份'？我不生气，你这样吞吞吐吐的才叫人难受。"

卢姐期期艾艾："我是觉得啊，你看人得多看看，多多比较。这个炎拓啊，是不是不太聪明啊？"

炎拓一愣：有他什么事？戴帽遮脸的，哪能看出"不太聪明"了？

聂九罗也奇怪："他哪儿让你觉得笨了？"

卢姐含含糊糊："唉，就是这个智商。"

智商？都上纲上线到智商了？

炎拓仔细听。

卢姐摆事实讲道理："你说哈，被骗去挖煤了，新闻里都报道过那么多次了，有点警惕心也不会被骗吧？人家打工的是为了挣钱，为了钱一时心急被骗，也还可以理解，这个炎拓，我看也不像缺钱的样子啊，这都能被骗，这还不是……人不太聪明吗？"

炎拓无语，这条分缕析的，他竟无法反驳。

他期待着聂九罗能为他说两句话。

耳朵竖了半天，才听到聂九罗叹息似的声音："谁还没个短板？长得好，有钱，还聪明，哪能样样都让你占了？不聪明就不聪明吧，多教教就行了。"

炎拓默默吃饭去了。

毕竟打着欠条吃人家的、住人家的，爱怎么说他，就怎么说吧。

聂九罗洗漱好了出来，已经很晚了。

她披着一头湿漉漉的头发，给身体搽乳霜，这趟去由唐，打斗时她都尽量护着左胳膊，洗澡时才发现，右面肩背一片肿胀淤青，还有小腿上被铁锨柄扫过的地方，皮下淤血都没眼看了。

好在不是空回，终于把人捞回来了，这人现在和她，就隔着一层楼板呢。

聂九罗低头看地板，不知道他睡了没有。

可是捞回来了又怎么样呢？事情远没到头呢，他还要找妹妹，不知道哪一天，他又会从这个小院子里跨出去了……

聂九罗有点怔忪。

过了会儿，她想起了什么，从置物柜里翻出一个充电式的触摸感应氛围灯。

这是以前收的礼物，这种灯的灯光很暗，常用来代替烛光，触摸式调整明暗，很方便。

得去把炎拓的床头灯给换了，那个太亮了。

聂九罗披上外套，抱着灯下楼，顺便带上了便笺纸和笔。如果他已经睡了，她就把灯放门口，同时贴个便条，这样，炎拓一早开门起来，就有礼物收。

下了楼梯，第一眼就发现炎拓的房门是开着的，大门也开着。

人出去了？

聂九罗先去客房看了一回，确认不在，又去院子里张望。

这回看到了，坐在白梅树边上的石块上，低着头，手里绕着一根折下的梅枝。

聂九罗没敢叫他，医生说他近期会比较敏感，还可能会有心理问题，那现在这样子，算是"出症状"了吗？

隔行如隔山，她说不清楚。

倒是炎拓先看见她了，起身过来："怎么还不睡？"

聂九罗说："这话拿来问你自己吧，睡不着吗？"

炎拓自嘲地笑："真睡不着。"

他昨晚就没睡好，睡了两个来月又硌又硬的阴潮地，骤然换到了柔软的床铺，心理上是幸福的，身体反而享受不来了，一躺上去就浑身不自在，翻来覆去入不了梦。

这理由听得聂九罗啼笑皆非："睡不着也得睡啊，不是说由俭入奢易吗，到你这儿，怎么还难了呢？"

她赶炎拓回房，逼着他老实躺上床，又给他换了台灯，氛围灯果然挺"氛围"的，暗光一起，屋子里朦朦胧胧又影影绰绰，有一种特别强烈的不真实感。

炎拓问她："陈福呢？"

他记得上次来，装陈福的行李箱是放在客房的柜子里的，但刚查看过，没找着。

聂九罗："让我锁进储物房了，把那么个活不活死不死的东西放屋里，你睡得着啊？"

炎拓"嗯"了一声，床垫子极其柔软，软得身体一寸寸往下陷，再加上这打光，让他有点分不清现实和虚幻："邢深那头怎么样了？"

聂九罗又好气又好笑："你就安心歇着，过两天太平日子。林喜柔没那么快发现你逃走了，邢深他们也没那么快赶到由唐。这个灯有个触摸点，看见了吗？长按就是关。"

炎拓伸出手，想试试这开关，将触而未触时，忽然又恍惚起来："我在下头，饿得快死的时候，总想着，这可能是我的报应。"

聂九罗都准备走了，听到这话，心头猛地一跳，紧接着，全身汗毛都竖起来了：这说的什么胡话？他是不是要精神错乱了？他要是这样，她可不敢走了啊。

她拖了椅子过来，在床前坐下，又把炎拓被子上加盖的盖毯拿过来裹在身上："什么叫报应？"

炎拓沉默了好一会儿，他眸子不聚焦，不知道是看落在床上的光，还是看光边上的影，过了很久，才说："你知道，我爸妈当年，是逃过的吗？"

1997年12月23日／星期二／晴

我觉得，我可能会死，或者，离死不远了。

我的日记活得应该会比我长，我要把事情都记下来，这样，即便我死了，将来看日记的人，也会知道，究竟发生了什么事。

好想心心啊，已经整整两天，没听到我小宝贝的笑声了。

先说说发生了什么吧，我尽量详细，想到什么写什么。

上周日，是我和大山约定好的、大家一起走的日子，家业我是真的无所谓，钱都是人挣的，旧的不去新的不来，从头开始也很好。

门当然还是反锁的，不过我预备从窗走，家里的窗户都装了铁丝防盗网，大山提前放了把钳子在床底下，家里没人的时候，我就一根根地钳铁丝，不钳断，免得露馅，只钳到七八分。

那天晚上，如大山所说，他和李双秀出去应酬，他们一走，我就准备起来。十二月的天，太冷了，还得坐火车，我给小拓和心心穿得厚厚的，圆滚滚像两只小熊。然后又收拾小背包，大东西是不带了，但有意义的还得拿上，比如大山给我写的情书、结婚证，还有结婚时戴的首饰。

小拓特别兴奋，一直绕着我转，问我："妈妈，是不是要走亲戚啊？"

心心就要安静很多，牵着哥哥的衣角不撒手，她现在，就是小拓的跟屁虫，让干什么就干什么，小拓是司令，她就是实心眼的小兵。

我说："是，妈妈带你去坐火车。"

可把他给乐坏了。

八点过后，我就扯下了防盗网的一角，先钻出去，把心心抱出来，又接住小拓。兄妹俩笑得咯咯的，大概还以为是做游戏呢，小拓钻出来，还想再钻一次，被我扯着领口给硬拽出来了。

然后，我骑上自行车，心心在前，小拓在后，直奔火车站，大山叮嘱过我，咱们是小县城，一天就那几趟车，错过没就没，可不能迟到了。

好在，我没迟到，还早到了一个小时。

车站里，可真是人山人海啊，我没出过远门，没见过这种架势，有好多人裹着被子横在地上睡觉，有些人的行李堆得山一样高，车上有那么多地方让他放吗？

还有拎着活鸡的、扛着半只羊的，更多的是贼眉鼠眼的。

我把背包背到身前，一手紧牵一个，听说外头乱，贼多，偷小孩的也多。

费了好大力气，我才找了块地方落下脚，打听了一下，今晚有两班车，九点半一班，是往甘肃方向去的，十点一班，往云南方向去的。

票是一人拿一张，大山说了，如果他出状况，到点我就一个人走。

我暗自祈祷大山能脱身顺利，我就想一家四口能齐齐整整在一块儿。

小拓忽然拉了我一下，说："妈妈，小鸭子。"

循着他的指向看过去，我看到不远处有个坐在地上的老头，扁担横在膝盖上，扁担两头都是纸箱麻袋，身前有个大篮子，篮子里有只老鸭，还有几只小鸭崽子。

小拓这孩子，属鸭子的吗？怎么这么喜欢鸭呢？我随口答应了一声。

小拓又戳弄心心："心心，鸭鸭哎。"

边说还往那头走，心心紧拽小拓的衣角，也跟着走。

真是越烦越来添乱，我拽着小拓的后衣领，把他给揪回来："你就不能好好坐着吗？啊？屁股上长钉了？"

小拓委屈巴巴的，想去又不敢，眼泪都要掉下来了。

心心张着小短胳膊抱小拓，还瞪我，这小丫头，居然是跟哥哥亲。

我哄小拓："你乖乖待着，等爸爸来了，让他给你买一只。"

——林喜柔的日记，选摘

09

聂九罗入神地听炎拓讲林喜柔当年的日记。

她自己也折星星，算记日记的一种，但远没这么详细，折了也并不打算给人看，还想过要留下遗嘱，死后一把火烧了所有的星，也算是和这一生轰轰烈烈作别。

听到这儿，她已经猜出了几分端倪："所以，你没听你妈的话，还是去摆弄小鸭子了，结果让你们一家的出逃计划泡了汤，是不是？"

炎拓酸涩地笑："也不算不听她的话，就是……出了点意外，你还记不记得，我跟你说，那天晚上是有两班火车的？"

那时候没高铁，连"T"字头、"Z"字头的车，都是二〇〇〇年以后才出现的，行经由唐这种小县城的，多是绿皮火车，停的时间也不长，挤趟车如同拼命。

炎还山到的时候，恰好赶上九点半那班车通知检票上车，候车大厅里乌泱泱站起一大半人，立时沸腾如要上战场。

林喜柔一直盯着进站口看，终于看见炎还山，喜得赶紧起身向他招手，然而周围的人都在起身，林喜柔个子中等，瞬间就埋没在人潮之中，急得又踮脚又跳，脑子一热，站上了凳子。

炎拓则一直死盯着老头和鸭篮，他牢记林喜柔的话，"等爸爸来了，让他给你买一只"。

其实人家老头压根儿也不是卖鸭子的，哪有大晚上的去火车站卖鸭的道理？人家只是带着鸭子乘车罢了。

当时，那老头也随着乌泱泱的人潮而起，扁担挑起来，鸭篮也挎起来，很显然，他赶的是九点半这班车，去甘肃的。

炎拓慌了，他才那么点大，觉得人生中最紧急的状况莫过于此：爸爸还没到，小鸭子却要走了。

他急得说话带上了哭腔："妈，妈，鸭子走了！"

嘈杂声太大，细嫩的童腔刹那间就被盖过了，站在凳子上的林喜柔急出一身汗，忙着挥手，又挥手。

炎拓一会儿看老头，一会儿看林喜柔，妈妈在凳子上不会跑，可老头在跑啊，仿佛被人推拥着离开，身形时隐时现，愈来愈远。

他是个小小男子汉了，得赶紧下个决定。

炎拓说："我当时是这么想的，我得把老头给拽住，让他等会儿，我爸马上就来了，就能买鸭子了。"

他顿了顿又笑道："那时候太小了，没有什么赶车的概念，觉得买鸭子最重要，火车都该等我买完再开。"

于是他往人群里挤。

心心永远是牵牢哥哥的衣角的，见他跑，马上跟屁虫样跟上，两岁多的孩子，能说简单的话，也会走路了，两条小腿车轱辘样甩开，紧跟不放。

喧嚣的候车大厅，奔赴各地的人流，这一头，炎还山终于看见了林喜柔，大力地向她挥手，往人群里挤，而那一头，炎拓铆足了力气，在大人的腿缝间挣来挣去，身后还跟着个坚定的小尾巴。

这一刻，像极了命运无动于衷的脸，林喜柔以为的一家团聚，其实是离散的真正开始。

炎拓合上眼睛，嘴唇发抖，有一行泪顺着眼角滑落："就是从那之后，我妈就再也没见过心心了。"

聂九罗怔怔的，脸上有行烫热，这才发现自己也流泪了，她抽了张纸巾过来擦眼睛，然后攥起了团在掌心："走散了是吗？没遇到人贩子吧？"

应该没遇到，陈福不是说，炎心在黑白涧吗。

炎拓沉默了很久，才说："真要是遇到了人贩子，可能还不算太坏。"

没遇到，就是单纯的失散了，在人群中挤得晕头转向，最后小鸭子没撑上，妈妈也不知道哪儿去了，心心一直抹眼泪，炎拓安慰她："不怕不怕，去找警察叔叔。"

其实火车站一般是有派出所的，林喜柔和炎还山第一时间去的也是车站派出所，但大人们都把事情想严重了，以为是拐带，加上那时候，车站的拐带事件确实也挺多，所以都往这条线上使劲了。

炎拓则压根儿就不知道火车站就有派出所，他和心心在大街上一路走一路抽搭，被路过的好心人送到了街道派出所。

警察问起爸爸妈妈是谁，心心答不上来，炎拓却记得牢："爸爸叫炎还山。"

炎还山啊，县上的矿场老板，可算名人了，又爱各处打点关系，经常得个表彰拿个先进，所里光跟他吃过饭的就有两三个，其中一个听了就乐了："炎还山啊，那大老板，光顾赚钱，连孩子都丢了，得，我给送家去。"

家里，林姨在，她已经发现林喜柔不见了，也发现了铁丝窗上被钳开的那个口子。

然后，门就被敲响了。

她半是疑惑半是了然地把两个孩子接过来，笑着跟警察道谢："不好意思啊，太晚了，改天专门去谢您。"

候着警察走了，她问炎拓："小拓啊，跟姨说，去哪儿了啊？"

炎拓抽抽鼻子，说："妈妈带我坐火车去了。"

"爸爸呢，也去了？"

炎拓想了想，确定爸爸也会去："妈妈说，等爸爸来了，就给我买小鸭子。"

这回忆，真是听得人心都揉散了。

聂九罗坐得难受，很想挨靠点什么，她趴到床边，额头枕着手臂，把脸埋进床褥里："这些，是你自己记得的？"

炎拓看着高处隐在暗里的天花板："其实我后来就忘了，很长一段时间，忘了个干干净净，如果没有我妈这本日记，我可能真的就是林喜柔的干儿子了。

"再然后有一天，长喜叔找到我，说有份我爸爸的遗物要交给我，就是我妈的日记，封在一个大信封里，封口还有我爸手写的字。我爸真是没看错人，长喜叔守着这份东西这么多年，从来都恪守承诺，从没打开过。

"看前几页的时候，我还持怀疑态度，觉得……这么多年了，谁知道日记是真的假的？可是，看到火车站这段的时候，忽然之间，就全想起来了。"

想起了在那之后，就没见过心心了。

想起母亲哭着给林姨跪下要人，林姨说："你女儿在我手上，你们就老实了，那就一直老老实实的，我说什么是什么，别再给我找麻烦。这样，没准儿哪天，你们还有见面的机会。"

想起母亲抱着他流泪，喃喃说着："傻儿子，就为了只小鸭子，一只小鸭子，就能把你给骗跑了……"

这些事，后来他怎么就全忘了呢？

聂九罗抬眼看炎拓，光在眼前，他却在影子里，很近，也远。

"后来，我反复推想过，那天晚上，我们一家，是真的能逃走的。车子十点钟就开了，就差那么半小时。那时候，林姨刚刚在这世上立稳脚，还没攒起实力，手头也无人可用，不可能再把我们追回来。真可惜啊……"

他喃喃道："要不是我硬要去追什么鸭子，说不定我们一家四口，已经在云南扎下根了。我爸死了，我妈瘫了，心心失踪了，凭什么我一个人，反而太太平平过了这么多年安稳日子？不公平对不对？所以受点罪可能也是报应吧。"

聂九罗没说话。

有那么一刹那，她觉得自己和炎拓都像风筝，炎拓是过去太沉重了，飞不起来，即便飞起来了，也永远活在过去时，频频向来路回顾；她则是既往太轻飘了，连那根绕线的轴板都没有，父母都走得早，早得明明白白，亲属也没什么值得留恋的，于是她一直往上飞，逐名利求开心，只想让自己活得舒服点，再舒服点，从来也记不起往身后瞥一眼。

她说："你这话可不对。"

她边说边伸出手，把面前的被子往里掖了掖："我觉得啊，一个四五岁的小孩，可以折爱折的花，可以追喜欢的鸭子，是他的自由。

"不要老用'要不是'把自己给套住，按照你的逻辑，可怪罪的人太多了。要不是你妈妈没牵住你俩的手，你们也不会跑走；要不是你爸爸把煤矿开得那么深，林喜柔也不至于能出来。为什么受了罪的人，老要往自己身上找罪过呢？不该盯着害人的人削吗？"

炎拓说："道理是这个道理……"

聂九罗打断他："道理是这个道理，那就按这个道理过日子。仇人不放过自己还可以逃，自己都不放过自己，那到哪儿都是牢了。"

炎拓没再说话，聂九罗也沉默，有时候心结太重，不是一两句话就能释然的。难怪她第一次看见炎拓时，第一感觉是他不常笑，心事太沉的人，的确很难时时开怀。

她半边脸贴住松软的床褥，也没看炎拓，屈起手指，在柔滑的床单上无意识地画圈，顿了好久才说："炎拓，你是那个林喜柔养大的，从小就是她带。二十多年下来，没有认贼作母，还能不失本心、坚守是非，对你父母来说，已经是安慰了，你妈妈如果能醒过来，我觉得她会抱抱你的。"

说到这儿，她长吁了一口气："其实换个角度想，你们一家，虽然早早离散，但是夫妻恩爱，父母疼爱子女，妹妹喜欢哥哥，哥哥爱护妹妹，胜过多少一个屋檐下过日子却过得鸡飞狗跳的家庭了……反正，比我是好多了。"

　　炎拓一愣，想起之前看过的、关于聂九罗的杂志采访："我看杂志上写，你母亲长期旅居国外……"

　　聂九罗扑哧一笑："乱写的，老蔡跟我说，就设个衣食无忧、书香门第的背景好了，家里那种一地鸡毛的事，别拿出来说，显得喧宾夺主……我跟你讲过我家里的事吗？"

　　炎拓摇头，又迟疑了一下："你如果不想说……"

　　聂九罗说："为什么不想说？天天在心里埋着，它又不会开花。"

　　她斟酌了一下措辞："对外的说法是，我妈妈旅游时意外身故，我爸接受不了这个打击，跳楼自杀了。其实当年，我爸妈是跟着蒋叔叔走青壤去了，我妈是刀家一脉的，她是不是疯刀我不知道，反正那把刀是传在她手上。结果，我妈遇到地枭，被拖进了黑白涧，我爸回来之后，郁郁寡欢，不到一年就跟着走了，我呢，先在我大伯家混了一年多，后来靠蒋叔过日子。

　　"我爸妈没留下日记，也没给我留下嘱咐，我对他们的记忆不深。但我一直不开心，以前我经常想，如果我能穿越一把，和我爸妈面对面，那我就得好好问问他们。

　　"为什么明明有孩子，还两个人一起去走青壤，就没想过万一出什么事，孩子就没人管了吗？为什么孩子已经没有妈妈了，做爸爸的还跑去自杀，孩子是不用养、可以自己长的，是吗？我爸死了二十多年了，卢姐听我讲起这事，第一反应还是'好男人，讲感情'，讲感情为什么不跟我讲，我多余吗？"

　　炎拓想坐起来，聂九罗伸手虚按了一下，示意不必。

　　"可是后来，我长大了，见到的事多了，慢慢接受，也学着讲和了。

　　"我看到新闻里，有些父母生下孩子，卖了赚钱或者只当养了个劳力，我就接受了。这世上，有很爱孩子的父母，也有一般爱的，不怎么爱的，不用强求。

　　"我看到有母亲寻死，把孩子也一起带走的，我就跟我爸讲和了，幸亏他没带着我一起跳是不是？他对人生厌倦了，我还没呢。

　　"我原本很反感我大伯一家，觉得他们唯利是图，总想找机会报复他们一把。那天看到许安妮，我就想，算了，讲和了。许安妮没有亲戚吗？一定有，但谁都没管她，以至于她把一个地枭当救命稻草。我大伯至少供我吃穿，没让我流落街头不是？"

　　她笑起来："所以就……逐一讲和，很轻松，精力有限，不想牵系在这些事上。与其憋着这股不开心，不如好好过自己的日子，我现在的日子不是挺好的吗？"

　　她看向炎拓："所以啊，自己的结自己解，我学着和他们讲和，炎拓，你也学着原谅自己吧。当初，我只是觉得许安妮可怜，你却已经在想着救她的时候，我就觉得，你是个有慈悲心的人，但慈悲心不只是拿来对别人的，有时候，也照照自己吧。"

炎拓笑，过了会儿抬起手，蜷着的手指半犹豫地靠近她鬓角。

聂九罗没动。

炎拓的指面轻轻落在她鬓发上，顺着额角、耳郭，然后滑入颈后，穿过细密且带有温度的长发，揽住她一侧的肩头。

聂九罗还是没动，她照旧一边的侧脸贴住床，静静承着他手臂的分量，顿了顿，说："要好好睡觉。"

炎拓"嗯"了一声。

"还要长胖点。"

炎拓又点了点头，说："好。"

10

后面的几天，聂九罗没再进炎拓的房间，半是给他留个自在的空间，半是觉得，他该自己走出来——她要么在楼上，要么在院子里，他想见她，走两步就是了。

另外，私心里，她也想"攒一攒"，攒个几天，看到他气色好了，人也结实了，不是挺好的吗？

怕炎拓无聊，她把自己喜欢的书拣了几本放他门口，又把旧手机找出来，换上新卡给他用——书在门口没搁多久就被收进去了，手机上，"阅后即焚"的 App 里又来了个好友申请。

这还玩"阅后即焚"上瘾了，聂九罗没理他。

不过这难不倒炎拓，他很快就从卢姐那儿要到了她的微信，又来添加，昵称很简单，就是姓名首字母。

这一次，聂九罗爽快通过了，点开头像看，是颗带闪粉的华丽星星，聂九罗一时兴起，也短暂改了头像——她拍了自己那一玻璃缸的星星。

一缸对一颗，各方面都是碾轧了，炎拓多半理解了这意思，在那头"正在输入"了好久，又悻悻放弃了。

第一天，炎拓完全没出房间。

第二天晚间，聂九罗凭窗远眺时，看到炎拓像贼一样进了小院，这棵树前挨挨，那棵花前瞅瞅。

然后，卢姐的房门"吱呀"一声开了，大概是有事出来忙，炎拓如受惊的兔子，"嗖"地就窜没了。

聂九罗笑得肚子疼，觉得自己是策略错误，就不该由着炎拓，应该一进门，就拉着卢姐全方位观摩他十分钟。那样，他破罐子破摔，估计也就没什么"爱美之心"了。

第三天，算是一切依然安好，可聂九罗心里很不舒服：她和邢深联系了一下，他那头，埋伏是安排妥当了，但林喜柔那头的人，还没有出现。

这不是丧心病狂吗？虽说炎拓已经出来了，但要是还在里头，就是已然断食三天的节奏。

凭什么不让人吃东西？聂九罗来了气，下楼去到厨房，盼咐卢姐给炎拓加餐。

这几天，她老追问卢姐炎拓有没有长胖点，卢姐都被她问怕了，一听要加餐，实在无可奈何："聂小姐，这又不是喂猪，得慢慢来，你不能指望人一口吃成个胖子嘛。"

聂九罗说："我看人家网上，有人两天就吃胖了十几斤的。"

卢姐是乡下出身，一句话就把她驳倒了："你认真的？我大（爸）养过猪，猪一天最多也就长三斤啊。"

聂九罗居然还认真想了一下，觉得炎拓是不可能赶上这速度的，于是没再插手干涉。

第四天的下午，正翻看老蔡快递过来的、城市雕塑设计大赛的资料，手机上进来一条信息。

炎拓发的。

——今天能理个发吗？

聂九罗给自己相熟的美发师打电话，请他晚上抽个空，带足了理发工具到家里来，做单私活儿。

估计是店里事多，美发师到的时候，已经是晚上九点多了，天上淅淅沥沥下着小雨。

聂九罗把美发师引进房间，本来是想在边上看着，顺便给点意见的，后来一想，都攒了这么几天了，也不着急这一时三刻。

她带上门，留两人在屋里交流，自己倚到门边，开了檐下的灯，就着晕黄的灯光，看漫天的雨和雨下的小院子。

这是春雨呢，春雨贵如油，冬天的雨是阴湿的，但春雨就不一样了，潮里也带勃勃生机。

真新鲜，她又在等一个男人剪头发，从前，可都是她不紧不慢地做发型，别人等她。

竖起耳朵仔细听，能听到又细又碎的、剪刀咔嚓的声音。

卢姐已经忙完回房了，窗帘上映出她的影子，应该是在看剧，怪专注的，很久才挪一下身子。

特别宁谧又闲适的氛围，如果不是有电话打进来的话。

来电显示是邢深，看到这名字，聂九罗心下一紧，顿了几秒才接听，总觉得揿下这接听键，不只是接听电话，连带着也是给这两天的安闲日子画下了休止符。

她先开口："是不是老牛头岗上来人了？"

邢深："来人了，不过跟丢了。"

他顿了顿又解释："没办法，他们一进坑，发现尤鹏死了、炎拓不见了，立刻就警觉了。"

聂九罗"嗯"了一声，以示理解：只要林喜柔那头一警觉，必然就会防范跟踪，这种时候还硬跟，只会暴露自己。

她问："当时什么情况？"

邢深说："这次来的人多，所以根本没法突袭下手。三辆车，其中一辆是小货车，停下之后，从货车车厢里抬出一个大木箱，打得跟棺材似的，一路抬进矿坑的。"

聂九罗有点紧张："木箱是用来装尤鹏的？"

"有这可能，转移炎拓，套个头套就行，只有转移尤鹏需要避人耳目，才用得到木箱。这次阵仗挺大，你们动手还挺及时的，迟个几天，可能就扑空了。"

聂九罗轻吁了一口气，手心有些发汗。

好险啊，也是够幸运。

邢深："确定跟踪没希望之后，我这里安排给林喜柔发了条信息，大意是炎拓我们已经找到了，也转移到安全的地方了，她不用白费力气找，找也找不到，还是认真考虑一下换人的事吧——消息发出去，跟石沉大海似的。但我估计，她八成也坐不住了，一两天之内，必有回音吧。"

一两天之内，必有回音。

这趟的回音，估计响动不会小，说不定，是一锤定音的那种。

正恍惚间，听见美发师叫她："聂小姐，费用还是从你卡里扣？"

送完美发师回来，雨又密了，雨檐下本来是滴滴答答，现在连成了细密的线。

聂九罗看到，炎拓站在门里头、檐下的灯光照不到的地方。

她没忍住，一下子笑出来，倚在门边不走了："人家Tony都看到你了，我还不能看？你躲躲藏藏干什么？就剪了个脑袋，还能惊艳到我？"

炎拓也笑了，他其实没这意思，只是刚好站在了那里，让她这么一说，反而真像那么回事了。

他走上前去。

聂九罗借着檐下的光看他："让我瞧瞧，也好几天没见着了。"

说来也怪，第一时间注意的，是炎拓的手。

他的手好得挺快，毕竟她这儿，气候本来就偏暖，而且，冻疮膏也挺给力。如今一双手上，虽然疮疤没那么快消，但好歹看起来，是双正常的手了。

聂九罗伸手牵住他的手，还是粗糙的，但是掌心很暖，看来体内的气血是挺足的了。

再看脸，其实还是瘦削的，但养出了气色，尤其是眼睛，有神了，不像之前，整个人都是枯槁的、生命力都熬干了的感觉。

发型……

说不上来，接近板寸，反正剪短了，很整齐利落，想想也是，摸爬滚打的，这样方便。

聂九罗说："这不是挺好的吗？再补一阵子，晒晒太阳，就差不多了。"

说着抽回手，犹豫了一下之后，又抬起来，去碰他的脸。

脸上还是缺点肉，消瘦得叫人心疼，Tony 刚应该也帮着修面了，胡楂是没了，不过下巴一周依然有点刺手……

炎拓没动，垂眼看她。

聂九罗心里怦怦跳：她这个行为可是有点越界的，炎拓真不准备回应一下，比如抱她一下什么的？卢姐还说有了好感，再牵个手吃个饭就差不多了，现在看来，有点难办啊……

正想着，只觉得腰间一紧，下一秒，结结实实扑撞进他怀里。

聂九罗把头埋在炎拓胸口，顺便把笑也埋住，听雨声连绵，觉得这一刻也像雨，绵软酥润，久一点，别太快过去才好。

她还是把自己的日子过得不错的，不是吗？

有居处，有生活，也有足以让自己安身立命的小工坊，喜欢花就去折一枝花，喜欢树就去栽一棵树，喜欢一个人，像蜗牛一样弯弯触角，探探风声，可巧，那人的触角也朝她弯了弯。

炎拓没敢用太大力气，却又忍不住想抱更紧些，他人生中太多缥缈的东西，这是唯一温暖而又实在的了吧？真奇怪，头几次见面时，他对她从没起过什么心思，就想着怎么下狠手，把她给拆了。

他一手揽住她的腰，另一只手顺着后背摩挲上来，聂九罗穿得不多，即便是隔着衣服和柔软的长发，他还是能感觉到她的身体。她一向就单薄，气质里带着蛊惑人的纤弱，明明没什么力量，有时偏还挺能打，靠的真是骨子里带的那点"疯劲"吧。

炎拓说："你多穿点，别冻感冒了。"

聂九罗点头，又抬起脸："邢深说，林喜柔他们去老牛头岗了，不过没跟上他们，跟丢了。"

炎拓没有很惊讶，算算日子，也是该再次投喂了。

他说:"不说她,现在不想说她。"

不说就不说。

聂九罗垂下眼,看低处的雨线,真是挺有意思:一旦有风,雨线便齐刷刷往檐下荡,没风了,又正回去。

雨想安安静静地下,风不让呢。

聂九罗看得惆怅起来,轻轻叹了口气,又把脸埋进炎拓的胸膛。

也不知道是不是因为听到了这声叹息,炎拓忽然有点周身发冷,他手臂收紧,低下头,用力贴住她的头发。

"不说她,不想说她",但这不代表林喜柔不存在。

原本是一家四口,后来,林喜柔带走了三个,只剩了他一个人了。

以后,会不会还是剩他一个人?

他永远,都不能让林喜柔知道聂九罗的存在。

邢深给聂九罗打完电话,转身往身后的农庄里走。

他们已经全体从服装厂里搬了出来,这家农庄属于农家乐性质,兼营住宿,但老板运作得不好,所以低价转让。

山强先看到的消息,推荐给了邢深,邢深觉得各方面都满意:偏远、安静、地方大,还有菜园子,厨房有老师傅掌勺,住宿什么的也都是现成的,很适合他们这群人。

他穿过农庄的小竹林,过来找余蓉,现在条件允许,男女分区,余蓉和雀茶住了单独的一间套房。

走近门口时,听到余蓉尽量压着的、不耐烦的声音:"你不用帮我收拾,乱就乱着,我不讲究。"

雀茶:"没事,我闲着也是闲着。"

邢深清了清嗓子,余蓉在屋里听见了,很快出来。

余蓉今儿刚从老牛头岗赶回来,一身风尘,一脸不耐,待走到方便说话的地方,她回身示意了一下屋子那头:"这个雀茶,怎么到哪儿都带着她?"

邢深一愣:"怎么了?"

他又给她解释:"雀茶是蒋叔的人,现在蒋叔出了事,我们理当照应她。再说了,她在林喜柔那儿,属于露过脸上过榜的,你把她打发出去住,也不安全啊。"

余蓉悻悻:"没什么,就是她一直赔小心,给你做这做那,一杯水都抢着帮你倒,怪烦的。"

邢深笑了笑:"有人帮你做事还不好?"

想了想,他又补充:"她从前不这样,听山强说,蒋叔在跟前的时候,雀茶还挺……"

不知道用什么词好，张扬跋扈？嚣张？

他索性略过了不说："蒋叔失踪了这么久，她大概是没了安全感吧。"

余蓉皱了皱眉头："她十几跟的蒋叔啊？"

邢深也说不清楚："十八九吧。"

余蓉没好气："十八九，什么也不懂，没赚过钱，没吃过苦，没受过罪。这要是蒋叔平安回来也就算了，万一有个三长两短，以后靠谁啊？"

抱怨完了，她想起正题："找我有事？"

邢深点头："我估摸着，林喜柔那边得有大动作。"

余蓉冷笑："我看她得抓狂。她这都几连败了？"

死了韩贯，没了陈福，一连丢了五个同伴，好不容易揪出个炎拓，炎拓跑了，连带着尤鹏也嗝屁了，这要还没动作，得是属龟的吧？

邢深斟酌了一下："跟她对上，你有没有问题？"

余蓉奇道："我有什么问题？这不迟早的事吗？我这一阵子，不只我，农庄里这些人，为什么要东躲西藏，住完服装厂住农家乐？还不就是因为蒋叔他们被抓了，把我们给暴露了吗？"

别说回到以前的生活里了，就算不回去，抛头露面都有风险，谁知道什么时候地枭就找过来把他们给解决了，瘌爹的遭遇犹在眼前呢。

她说："对上了我没问题，我只希望赶紧的。这位大姐别拖拖拉拉，拖个十几二十年，可就把我半辈子都给拖没了。"

邢深沉吟："那你觉得……聂二会帮忙吗？"

余蓉纳闷："不是你说蒋叔对她有恩，蒋叔有事她不会不管吗？还有啊，我看她和炎拓关系不错，炎拓跟林喜柔，那也是结的死仇吧，后头再有事，聂二也不可能站着旁观吧？"

邢深"哦"了一声，说："是不错。"

从她找他借人手、要去由唐找炎拓的时候，不，还要更早，从炎拓失踪，她一反常态，频频追问他的时候，他就知道，这两人的关系，挺不错的。

说到炎拓，余蓉忽然想起了什么："对了，有事问你。上次我和炎拓他们聊起来，说到蒋叔。邢深，关于缠头军的过往，蒋叔会不会没讲全哪？"

邢深猝不及防，头皮有些发麻："这话什么意思？"

余蓉笑笑："谁都知道，缠头军的脉其实都绝了，是蒋叔硬给捡起来又续上的，他探听到最多的秘密，也拿到最多第一手的资料，那些被他召集的人，其实都是听他讲，换句话说，信息都是二手的。"

"所以我就是问，会不会有些事，蒋叔出于某种考虑，没有对外讲。"

邢深也笑了："我相信蒋叔讲出来的，都是真的，愿意跟着他走青壤的，也都是信他的话的。至于是不是藏了一些没讲，只要不影响什么、不妨碍什么，应该也没关系。再说了，你有这怀疑，应该去问他啊。"

余蓉看了邢深一眼："都说新一辈里，蒋叔最看好你，又有人说你是他的接班人，我寻思着，蒋叔有什么话，没准儿能跟你说。你当年，忽然就把眼睛给废了，应该不只是想提升嗅觉这么简单吧？"

邢深微笑："那是你想多了。"

余蓉耸了耸肩："就是随便问问，你不知道就算了。没事了吧？没事我回去洗澡了。"

邢深目送着余蓉走远，余蓉身上的光偏红黄，有点类似于早年看到过的、将熟未熟的山茱萸。

看着看着，耳边仿佛突然响起蒋百川的问话。

"邢深，你知道什么叫女娲肉吗？"

11

雀荼叠好了衣服，走到门边，远远看余蓉和邢深聊天。

自打上次她被大头欺负，邢深却模棱两可不表态，她对邢深的心，一下子就淡了，仔细回想，其实当初好感起得也简单，因为他年轻、眉目英俊、笑起来让人着迷，可这些饥不管饱、渴不当水，她有事的时候他连话都吝啬帮两句，于她还有什么意义呢？

还不如余蓉，一抬手就把大头的脑袋摁到汤锅里去了，真解气，现在想起来都觉得畅快。

眼见两人聊完了，她赶紧退回屋里。

余蓉进了屋，一瞥眼看见床头那摞叠好的衣服，实在没好气道："说了别叠了，这衣服，不穿就撂那儿，穿了就拿起来，非多此一举叠一道。"

雀荼解释："看着舒服嘛。"

余蓉："那是你觉得，人家衣服觉得撂着舒服。这就跟人似的，人躺着，是不是手脚乱摆、怎么舒服怎么来？你见过谁是把自己手脚折起来、叠得四四方方睡觉的吗？"

雀荼说不过她，又觉得她这逻辑实在好笑。

余蓉也觉得跟她没法沟通，自顾自拿了浴巾去洗澡，她洗澡比男人还快，因为男人脑袋上还有几根毛要顾，她省事多了，花洒一淋，毛巾抹一把了事。

洗完了出来，随手拿了瓶矿泉水要拧，雀荼指了指桌上："给你倒了水了，晾温了已经。"

余蓉凑过去看，水里泡了一颗大枣、几个枸杞。

她实在无语，说了句："我又不是老年人。"

说完继续拧开矿泉水瓶盖，一仰头咕噜下去半瓶。

这大冷天的，还喝凉的，雀茶看着都觉得冷，顿了顿，问她："我看你和邢深在聊，是不是关于老蒋的？"

虽说关于蒋百川的事，邢深没跟她细说，但她也不傻，这些日子，零零碎碎接收信息，也能拼出个大概了。

余蓉"嗯"了一声："还在想办法，希望这次，能有个结果吧，蒋叔回来，也就有人罩你了。"

雀茶笑得很淡，说："哦。"

这什么反应？余蓉看了她一眼："怎么，蒋叔回来，你不高兴？"

雀茶说："没什么高兴不高兴的，回来了，就继续过呗。"

余蓉觉得她这态度很让人迷惑："怎么着，过不过都无所谓的意思？"

雀茶抬头看余蓉，觉得心里堵得慌，很想说说话："我说了，你要觉得我犯贱了。"

余蓉说："犯贱犯呗，又不犯法。"

雀茶又好气又好笑，犹豫了会儿，说："我跟老蒋，没感情了。"

余蓉点了点头："看出来了。"

雀茶一愣："看出来了？"

余蓉在床沿上坐下："这男人失踪几个月了，做家属的不哭不愁不紧张，傻子也能看出来没感情吧？"

雀茶咬嘴唇："你没有看不起我？"

余蓉乐了："我闲的吗？看不起这个看不起那个的？"

雀茶闷闷的："我看不起我自己。当年，老蒋有相貌、有风度、有钱，迷得我五迷三道的，我就跟了他。十几年下来，老蒋对我不错，没亏待过我，他老了，我却嫌了他，人家会怎么讲我？"

余蓉："当年他有相貌、有风度、有钱，你不也年轻漂亮吗？你俩要是真爱当我没说；如果不是，各有所图，很公平啊。这十几年，他对你不错，你对他应该也不赖吧？没坑过他，没骗过他，算是相处愉快，各有付出。如今感情没了，各走各道呗，你不委屈自己，也不耽误我蒋叔再去找个真爱，不挺好吗？"

雀茶简直听傻了，怔了好久才说："那各走各道，我能去干什么呢？"

余蓉好笑："这你问我？我认识你才几天？你都认识自个儿三十几年了，你能干什么去，问你自己啊。"

雀茶心内一片茫然："你呢？手头的事忙清了，干什么去？"

余蓉躺上床，拉过被子盖上："老本行呗，还是准备去国外。"

雀茶听说过余蓉的职业："驯兽啊？国内不也有吗？"

"国内……太规矩了，不够野。"

雀茶也是真心搞不懂余蓉："你说你一个女孩子，喜欢玩这些。"

余蓉啼笑皆非，居然有人用"女孩子"这词来形容她，这就跟她看到疯刀居然戴个小红帽一样匪夷所思。

她说："有人喜欢登山，有人喜欢探海，那我喜欢驯兽，有什么稀奇的？跟野兽打交道，比跟人……要轻松多了。"

蒋百川一大早起来，就按照自己给自己拟订的计划，做身体锻炼。

被拘囚也有三个多月了，烂了的脚经过后来的简单处理，渐渐结了痂，他觉得如果能有机会出去，接上个假脚掌，还是可以像正常人一样走路的。

其间换过地点，从逼仄且完全没光的地下室，换到了隐约有光、稍微宽敞点的地下室，隔音太好，外头总是很安静，所以，他完全没法判断身周的环境。

不过他依然乐观：拘囚地点的更换，说明原来的地方不安全了，也就说明邢深他们在行动。

……

门上传来开锁的声音，蒋百川有点奇怪：他一天吃两餐，现在还远不到用餐的点儿。

他赶紧趴倒在地，做出一副精神萎靡、全身无力的样子，落难者只有凄惨潦倒，才能少受点罪，让人看到他居然还有精神锻炼，少不得会挨一顿胖揍。

有人进来，不止一个，再然后，灯就亮了。

蒋百川艰难地撑起身子爬起，睡眼惺忪，还没看清楚来的是谁，有个圆乎乎的东西就朝他扔了过来。

什么东西？

蒋百川下意识伸手接住了，这段日子，人家朝他扔水、扔包子、扔林林总总的一切，他都是这么接的。

东西一入手，顷刻间毛骨悚然，下一秒急扔出去。

那是一个头。

是不是人头不好说，但总归是什么东西的头，有肉有皮，摸上去还黏糊糊的，带一股潮腥味。

蒋百川一阵反胃，险些吐出来。

有人走到他面前，踢了踢他的脸，说："给你的，认真看看，看仔细了。"

是林喜柔。

蒋百川朝那个头看过去，一眼就看到颅顶上有个刀伤的创口，创口处凝着半透明的褐黄色。

林喜柔说:"这是疯刀的手笔吧?你们一个个的,都当我好骗呢?"

蒋百川抬起头:除了林喜柔,来的还有熊黑,抱着胳膊倚墙站着,虚攥的拳头有小醋坛子那么大——看来他答得稍有不慎,就要换熊黑跟他"对话"了。

他咬死了不松口:"老刀就是疯刀。

"鞭、狗、刀三家,鞭家是独门的技艺绝活,狗家是族群的天赋,刀家是血脉的流传。刀只有一把,每隔百十年,都会拿刀试血,哪一支的血最快被刀给吞咽了,刀就归哪一支保管。

"老刀就是疯刀,现在出的状况,我也不是很懂,毕竟我已经被关很久了——兴许是老刀家那一支,又出了个人才吧。"

林喜柔说:"是吗?"

她俯下身子,手指探向蒋百川的嘴角:"你这张嘴,口才可真不错,我每次问你,你叽里呱啦,都说得有理有据。"

蒋百川想躲,瞥了眼熊黑,又没敢,林喜柔掐摁在他嘴角的手冰凉,指甲又薄又尖,陷进他的脸肉里。

"不过,说得再合理,我心里不爽,你照样遭殃啊。"

说到末了,咬字突重,手上用力,向着一边狠狠一撕。

蒋百川惨叫一声,捂住左边嘴角滚倒在地。

林喜柔抬起手,看拇指和食指指甲上留下的血痕,不紧不慢送进嘴里抿吮,又说:"无所谓了,管他谁是疯刀,反正,很快就会见到了。"

聂九罗一早起来就赶工了。

昨天晚上,她给炎拓定规矩,说是作为租客,非请不准上楼,把炎拓听得一头雾水。

其实原因很简单,她的定制小院还没完工,在工作台上四敞大开,不想被炎拓看到半成品——半成品就谈不上惊喜和惊艳了。

所以她加紧做收尾工作,好在都是上色之类的细活,没意外的话,今天之内就能交付。

这次再上手,心情跟之前完全不一样,经常走神,有时突然就笑了,有时又耳热心跳,以前觉得炎拓的定制只是一时兴起,现在一"考古",别有深意:干吗非要她的院子呢,人都要包括在内?

嗯……有问题,这个人,心思藏得颇深哪。

完工时已经是下午,小院的屋舍、花木、人物,无一不备,精致小巧,不敢说栩栩如生,但别有一种微缩版的软萌可爱。聂九罗下巴搁在台面上端详了好久,脑子里冒出一个念头：要么，送给炎拓算了。

下一刻马上喝止自己：不行！这耗时耗工的，他连钱都没给，她还想着送他，哪能好事全让他给占了？

一时牙痒痒的，找了细铁丝，裁了块小硬纸牌，做了块"老赖"的牌子，挂到持梅花的小人像脖子上去了。

效果颇为滑稽，她正笑得不行，老蔡打电话过来，问她有没有收到快递过去的两份资料，对参赛冲奖又是什么想法。

聂九罗实话实说："城市雕塑大赛那个，比较重设计，突出理念的那种设计，这个超出我的范畴了。"

老蔡："那泥塑才艺大赛的那个呢？"

那个是民间工艺美术家协会牵头主办的，老蔡觉得和聂九罗擅长的正对口。

"那个是现场技艺大赛，一堆人围着看，还得接受非专业观众参观。创作是很私人的事，和作品之间要有非语言的交流，我觉得我接受不了这样炫技式的展示。"

那就是都没戏了？老蔡长长叹了口气。

聂九罗无所谓："其实拿不拿奖的，也没那么重要吧。"

老蔡说："阿罗，话不是这么说的，你这样的选手，属于高手，但差了天赋，不是圣手。这世上，高手太多了，这种时候，无缝出作品和拿奖就显得重要。你摔伤了胳膊，一连几个月不能出作品，又没奖加持……这一行，竞争很激烈的啊。"

在商言商，老蔡说话一向直白。

放下电话，聂九罗的心情跌到谷底，在椅子里坐了一会儿之后，下楼来找炎拓。

……

客房的门虚掩着，聂九罗推门而入，第一眼没看见人，再一环视，看到墙上竖着两条腿。

她吓了一跳，下一秒反应过来，哭笑不得。

是炎拓在练倒立。

炎拓也看到她了，深吁一口气，收腹下了腰腿，站起身子，顺手拽过搭在椅子上的外套穿上。

不只练了倒立，刚还做了单手的俯卧撑和腰肌训练。

聂九罗说："这就练上了？"

炎拓："迟早的事，早练早恢复。"

说话间，他看了她一眼："你怎么了？"

聂九罗垂了眼，没吭声。

换了平时，她心里不舒服一阵子，也就自我开解过去了，但现在，放了个男人在这儿，理应物尽其用。

还不错，一下子就看出她有情绪。

炎拓笑着走过来："谁惹你了？"

他一直走到她身前才停下脚步，伸手揽住她的腰，把她的身子往自己怀里带。

聂九罗笑，觉得男人也真是有意思，一旦关系突破了一道线，就仿佛那道线再也不存在了——他昨天才抱过她，今天熟练得跟抱过百八十次似的。

她低头看炎拓的腹肌，他外套里穿了件薄T恤，因为刚刚大练过，身上微微带汗，薄T恤下隐现腰腹的肌肉走向：这两天，她光顾着看他脸上长没长肉了，原来最先是从身上长起来的。

聂九罗很满意，觉得自己赚到了：谁不喜欢紧实有力、轮廓刚劲的肌体呢？尤其她还是主做人像雕塑的。

她说："刚跟老蔡打电话，他说我做这行差了天赋，我心里不爽。"

这有点专业了，炎拓想了想："老天是公平的，你长得好看、聪明，还能打，哪能样样都让你占了？谁还没个短板什么的？差了天赋就差吧，我也不聪明啊，智商也不太行，还不是也接受了？"

这话未免也太耳熟了，聂九罗一下子笑出了声，顿了顿，拉他："到楼上去，有东西送你。"

心情好，送了，反正她也不差这钱。

炎拓看到新鲜出炉的小院子。

当初定制这个院子，是以为再难有机会回来了，如今身在这个院子里，再看到微缩版，有一种恍如隔世的感觉。

没错，恍如隔世，恍然如梦。

院门上居然还贴了对联，"平安""归来"，一看就知道是快过年的时候贴的，小院里站着的那个聂九罗，还穿着睡衣吊着胳膊呢，一拃长点，倒是挺神气。

炎拓忍俊不禁，想拈起来看，聂九罗赶紧拦他："别，才上完色呢，不算百分之百完工，也就是样子能见人了。"

炎拓收了手，又看站在院子里、手里持了枝梅花的自己，越看越觉得不对劲："这'老赖'是什么意思？"

聂九罗说："就是欠钱不还的意思。"

炎拓："我这才欠了多久？你这有点欺负人吧？我给你打赏，没落着一句好，刚因故欠了点钱，连牌都给我挂上了？"

聂九罗窝在椅子里，没理也掰扯出理来："那我就是这样的，不服也憋着。"

炎拓侧靠在工作台沿上，低头看着她笑，聂九罗起先也在笑，笑着笑着，忽然不自在起来，没再笑了。

工作室里安静极了。

有风过，蹿高的花树斜枝轻柔地蹭过瓦檐。

院子里，卢姐在例行给花木喷水，喷壶的压阀一松一合，能想象得到，水是怎么样被雾化成肉眼看不见的一粒一粒，漫天的纱一样罩落下去。

聂九罗心想：你要是用这样的眼神看我，不亲一下，很难收场的啊。

12

炎拓俯下身子。

没想太多，就是很想吻她，快碰到她唇时，又蓦地停住：也不知是不是记忆的偏差，总觉得，这一幕好像曾经发生过似的，她下一秒就会别过脸去。

聂九罗身子有点发僵，几乎能感知到炎拓轻柔的鼻息，不过她没动——有时，她会委婉地表达一下自己的态度，比如任由他抚上她的鬓角，再比如，主动碰触他的脸颊。

炎拓吻上来。

聂九罗原先没太当回事，吻一下嘛，温存的一种，彼此应该也都不是初吻，成年男女，又不是情窦初开，谁还能为一个吻方寸大乱？

可是没想到，嘴唇偎贴的那一刻，整个人忽然像被点了似的，周身腾地过了遍火，从身体到指尖都止不住战栗起来，身子坐不稳，徐徐往后倒，原先搁在座椅扶手上的手也虚得定不住，不知滑到哪儿去了。

没有倒下去，椅子有后背，又把她给截抵住了，炎拓欺身过来，一只手探到她身后，抚摩她的后背，把她的身体带向自己的同时，顺势加深这个吻。

如果说之前的亲密还只是克制的温存，那这一次，有放纵和越界的意味了。聂九罗有点慌，倒不是害怕，她慌的是，自己居然毫无抗拒，甚至，隐隐还有期待。

她在情感上，当然已经向着炎拓敞开了，否则也不会接受拥抱和接吻，只是没想到，身体比她的情感走得还远，几乎是瞬间就完全接纳了他。

迷迷糊糊间，她想着：是不是有点快？得放慢点，再接下去，就收不住了吧……

但这念头只是一闪而过，因为发不出声音，也没力气去推阻。

搁在工作台上的手机响了。

响铃加振动，又是紧贴台面，声音分外刺耳，两人都没管，刻意忽略这噪声，想等它自然止歇。

哪知一轮之后，又来了一轮，接着再一轮，似乎是有急事。

聂九罗的手颤了一下，慢慢摸索着上了台面，也说不清自己是想接听还是撤停，才刚摸着手机，炎拓的手也跟过来，一把抓起手机，随手往外一扔。

估计是扔到不远处的沙发上了，声响立刻沉闷了许多，几乎可以忽略。

聂九罗一怔，旋即就忘了这事，又陷进意乱情迷中去了。

……

也不知过了多久，楼下传来卢姐扯着嗓门的声音："炎先生，是不是在楼上啊？饭给你搁桌上了，记得尽快吃，别凉了啊。"

这来自近处的人声远比电话铃声的杀伤力要大，两人身子同时一震，像是忽然间回到了现实世界。

窗外，暮色渐升，天快黑了。

炎拓喘得厉害，慢慢松开她的身子。

聂九罗觉得自己是自一团炙热里终于挣脱出来，四肢绵软，倚贴住椅背不动，胸口仍急促起伏着：她居然能跟人吻这么久？过去多久了？

时间跟被偷了似的，她毫无印象，更可怕的是，只是个吻，她竟然有什么都和炎拓做过了的感觉，疲累得要命，心里空洞到不行。

微微咽了口唾沫，嘴里干涩发麻，甚至还有点辣辣的。

炎拓也有点蒙，他起初只是想很温柔地亲亲她，没想到没控制住，从哪个点开始失控的，自己也不记得了。

他有些懊恼，顿了顿，轻声问她："吓到你了？"

暮色起得真快，只这片刻工夫，屋子里就又暗了一个度，聂九罗扑哧笑出来："我没那么不经吓。"

她又扶住工作台站起来，低声说了句："炎拓，你抱抱我吧。"

炎拓上前一步，轻轻搂住她。

或许是因为刚刚的热吻消耗了力气，这一次，真的就是很清淡的拥抱，不含任何欲望意味，却有种不可言传的亲密。炎拓温柔摩挲着她的头发，从发顶到颈后，低声说："下次我注意一点。"

聂九罗笑，这是什么傻透气的话？下次注意一点，注意什么？时间，还是力道？

她偎在他胸口不想说话，说不清心里现在的感觉，是喜欢吧。

她的手指爬格子一样，慢慢顺着他微汗的腹肌往上爬，爬到胸口时，被炎拓伸手给包住了。

手机又响了，这次不是连续拨打了，突兀响了一声，应该是有信息进来。

聂九罗从炎拓的怀里挣脱出来，看向沙发的方向。

想起来了，这手机之前一直响个不停，看来是有人有急事要找她。

九通未接电话，都是邢深打的。

最后一条发的是信息。

——电话没打通。看邮箱，林喜柔那头回话了，语音给你发过去了。

看到"林喜柔"三个字，聂九罗着实愣了一下。

她马上登录手机邮箱，打开最新一封邮件，里头有好几个附件，都是音频，已经标注好了顺序。

点开第一个之前，她看了炎拓一眼。

炎拓朝她点了点头，那意思是：做好准备了。

聂九罗点击播放。

起初没有人声，但能听到呼吸声，很轻、很柔，再然后，林喜柔笑了一声。

聂九罗刹那间毛骨悚然，她从来没见过林喜柔，也没听过她的声音，但或许是关于她的事听得太多了，先入为主，连呼吸和笑声都觉得阴冷。

林喜柔的声音很平静，完全听不出情绪的波动："很厉害啊，连矿坑都找到了，是我大意、小看你们了。我原本以为，遭遇的只不过是一堆垃圾，没想到，垃圾里也有成色不错的。

"是时候来真正谈一谈换人的事了。换人一直不成功，不能怪我，其实你们根本就没有换人的诚意。缠头军一直以来都是灭地枭的，怎么可能会甘心把地枭纵放出去呢？对吧？我也知道你们没诚意，只是想借着换人搞事情，所以，几次三番的，都叫停了。

"居然杀到矿坑去了，事情到了这份儿上，咱们也别虚头巴脑的，玩什么没用的把戏了。就打开天窗说亮话，直接约个地方，各自把人和人质都带上，干一场吧。反正你我都知道，这一战在所难免，早晚的事。"

第一段，就到这里为止。

直接约个地方，干一场？

聂九罗觉得真是荒唐，这种直接干，谁拼得过他们？蒋百川那次就是前车之鉴，他们有枪、有人，实力优劣，一目了然。

炎拓轻轻碰了碰她胳膊："先听完再说。"

第二段来了。

林喜柔："时间嘛，就定在十天以后，地方我也选好了，我熟，你们也熟，不存在哪一方吃亏的问题。我想，你们已经猜到了吧？"

她停顿了一下，似乎是要给人留出猜测的时间："就定在当年，你们掳走我儿子的地方，黑白洞的边缘。听说它现在叫蚂蚱？起了个畜生的名字，还真是当畜生养呢。

"这地方选得不错吧？我的主场，也是你们的主场，是不是很公平？你们尽可以不来，我跟你们说说，不来的话，我预备怎么做。

"首先，你们的人，留着也没意思了。我会把他们都当饲料，喂出去。当然，骨头留给你们，一堆是一堆，指骨上会挂上标牌、写清姓名，方便你们哪天有空走青壤时，给收回去。

"其次，我会彻底消失，让你们再也找不着。放弃炎家这个产业让我怪心疼的，但没关系，产业从无到有、从弱到强，只是年头长短。我活得久，比你们时间多，再说了，有了第一次的经验，第二次就快了。到那时候，我的同伴又会源源不绝。你们绑走了五六个又能怎么样呢？我成倍地再补回来。

"但你们就要小心了，你们每一个人，都在我的黑名单上。这世界就这么大点，管你藏去哪儿，找人不难，滴水石穿、经年累月地找，总能找着的。短则几年，长的话，无非二十年、三十年，那时候，你们的家人、子孙，都是目标。你们防不了的，周围那么多人，你能分辨出哪个是奔你来的？"

说到这儿，她哈哈大笑起来："防不胜防啊是不是？所以我劝你们，还是赴约比较好，长痛不如短痛，死也死个痛快。否则这一天天的，惶惶不可终日，日子过得也受罪啊。"

第二段结束。

炎拓没再催着往下听，他长吁了一口气，苦笑着说了句："这个女人，还真是阴魂不散。"

这一招威胁来得可真到位，蒋百川被抓之后，常用的联络名单暴露，继而牵出一伙人，这伙人都上了榜，即便暂时能避险，来日也不得安宁。

不只这伙人，若没猜错的话，他，以及林伶，都在黑名单上。

炎拓真为聂九罗庆幸：她一直牵涉其中，却又神奇地一再隐形，不被林喜柔给惦记上，是一种福气。

聂九罗没说话，又点击第三段。

这一段的第一句话就听得她周身发冷："这一条，麻烦你们转给炎拓，我有话想跟这干儿子说。"

炎拓喉头轻轻吞咽了一下，静静听下去。

"小拓啊，这么多年，也是白养你了，林姨对你不好吗？你跟你妈一样，都是白眼狼。她杀了我一次，我给了她机会，她不珍惜，还来第二次。我养了你，你不想着感恩，居然反过头来对付我，不愧是你妈生的。

"你从矿坑里出去了，是不是很畅快、觉得解脱了？不过林姨了解你，你跑了也白跑，招招手，你还得回来。

"这次约见，林姨希望你也来，你不是一直想见炎心吗？我给你这个兄妹相认的机会，你们也有……二十来年没见了吧？再次见到，那场面一定很感人。"

13

农庄的一间大包房里,满当当坐了十八九号人,除了雀茶,可谓全员列席。

邢深外放了林喜柔的第二段语音,第一段没那么关键,第三段又是只说给炎拓听的,所以都略过了。

语音放完,鸦雀无声,一半人面面相觑,另一半人还在消化。

过了会儿,山强跟个爆竹似的,先放炮了:"什么意思?老子以后还不能娶老婆生孩子了?娶了生了也没好下场,是吗?"

有人应和了句:"就是这意思。总之就是叫你活不安稳、过不踏实。"

这俩一开头,其他人纷纷炸开,七嘴八舌,拍桌子骂娘,有人提议要么整个容,还有人提议干脆移居国外算了,当然很快就被反方给撑了:"怕他们干什么!老子凭什么整一张爹妈不认的脸?国内待得舒坦,为什么要跑去人生地不熟的地方受罪?再说了,你能出国,地枭完全是人的样子了,人家不能出?"

余蓉嫌太聒噪,弯腰低头,一直拿手撸自己的脑袋,候着议论声渐渐小下去了,才说了句:"屁话真多,干就完了。"

大头冷笑一声:"干?说得轻巧,对方什么配置,咱们什么配置?你确定去了不是送死?既然都是死,那我情愿拖个一二十年再死,多活一阵子是一阵子。"

一个方脸男人忽然想起了什么,满怀希望地看邢深:"深哥,上次不是说,已经把林喜柔的血囊给救出来了吗?没有血囊,这女人也活不成,把她耗死算了呗。"

这话说得叫人振奋,有至少一半人眼睛为之一亮。

邢深淡淡笑了笑:"首先,血囊只是让她能长久活下去,没了血囊,她不会立刻就死。耗死她得多久?五十年?六十年?

"其次,就算她死了,她的族群还在,还会出个王喜柔、张喜柔。只要我们在这个族群的黑名单上,依然会被清算。

"蒋叔在的时候,很尊重大家的意见,事情不能我一个人说了算,聚到这里,就是想问问大家,愿意去赴这个约的有几个。愿意的举手。"

屋子里又安静下来,余蓉瞅了瞅左右,见一个个举棋不定的,心里头很是不屑,懒洋洋第一个举了手。

她无所谓,反正她是一个人过,驯兽,在很大程度上是给自己找刺激:都是刺激,来得越猛越好,金人门,她都还没去过呢。

被她带动,有几个脾气暴躁的,也都举了手。

邢深目测了一下,只有不到三分之一的人。

他语气平静:"大家能不能自动分两边,看着比较一目了然。"

分就分，有人拖凳子，有人挪椅子，不一会儿，屋里就形成了一小撮对一大群的格局。

余蓉抽了根烟出来点了，咬棒棒糖一样咬在嘴里，斜了眼看大头："就这么点人想干，那还干个屁啊！没打已经输定了。也别干了，各回各家，等死完事。"

这话一出，对面那群人多少都有点讪讪，有个人吞吞吐吐："也不是……不想干，就是实力……悬殊，大家也都看到了，上次蒋叔他们败得那么惨。正面对上，打不过就是打不过嘛。"

邢深说："我们又不是傻子，明知道正面拼必输，还偏去硬拼？真准备干，当然得有策略。"

听到这话，又有差不多一半的人心定了，犹豫了几秒之后，挪到余蓉这头来。

大头带着几个人，依然坚守在反方高地，没表态，其实，他倒也不是十分抗拒，只是和余蓉有过节，下意识就想跟她唱反调。

他说："别光嘴上讲有策略，得说出来，让大家伙听听可不可行，毕竟是要命的事。"

邢深抿了抿嘴，没吭声，倒是余蓉哈哈一笑，站起身子，很嚣张地冲着大头竖起了中指。

她说："地枭要你的命，你屁都没敢放一个，反而在这儿对着自己人乱吐唾沫星子。策略这玩意儿，讲究出奇制胜，我看没必要提前这么久跟所有人公开吧？这万一反水了一两个，大家伙不就全完了？"

说完，冷哼了一声，自顾自离开了包房。

大头有点下不来台，顿了顿，向着邢深一笑："深哥，我不是针对你哈，就是为求保险多问两句。你要真有靠谱的法子，那没说的，干呗。既能给自己免除后患，又能把蒋叔他们给救回来，还能痛削林喜柔这娘儿们一顿，我举双手双脚赞成。"

……

基本达成一致，邢深松了口气，他晚点还得再和聂九罗联系一下，问问她那头的意思。

才刚走出包房，就听到有人叫他："邢深。"

是余蓉。

邢深朝余蓉走过去。

余蓉觉得这儿不是说话的地方，向他招了招手，把他领到僻静处，第一句话就是："你是不是有事瞒着我们？"

邢深失笑："这话怎么说？"

余蓉冷冷瞥了他一眼："别跟我打哈哈，我不吃这一套。林喜柔下战书，这不是小事，他们的反应其实很正常，但你不太正常，有点胸有成竹的感觉。你说有策略，不妨先透点给我听听，其他人不能听，我总还够格听一两句。不过我就纳闷了，你若真有策略，也不至于这两个月来，我们像缩头乌龟一样东躲西藏吧？"

邢深迟疑了一下："我不是胸有成竹，我只是……"

说到这儿，他抬起头，向周围看了一圈，才又继续："我只是觉得，真到了黑白涧，也许……会有……"

余蓉真是听不得人说话吞吐："会有什么，还能有帮手？"

邢深嘴唇有点发干，不自在地舔了舔，忽然岔开话题："余蓉，都知道我们老家是板牙，但你知道，板牙是我们第几个村吗？"

余蓉没听明白。

"老家是板牙"这话不准确，确切地说，应该是祖籍在板牙：余蓉打父母一辈起就没在板牙生活了。

她问："什么叫'第几个村'？"

邢深解释了一下："缠头军最初都是住在深山里，但深山太不方便了，自然灾害多，赶一次集来回得几天几夜。人往高处走嘛，所以村子难免外迁，迁到地势更平坦、对外交流更方便的地方。"

原来是这意思，余蓉"嗯"了一声："你就直接讲吧，别问我。我只知道板牙是祖籍，去都没去过，上哪儿知道它是第几个村？"

邢深说："第八个，从秦始皇时，缠头军铸金人门开始，到现在，一共历经八次挪村，每挪一次，都离根更远，到了板牙，大家伙基本已经散了，去到全国各地、各行各业去了。

"你没走过青壤，我跟着蒋叔走青壤，蒋叔偶尔会指给我看村子的遗址。"

余蓉惊讶："指给你看？"

她初见邢深时，也曾暗自嘀咕过这人完全不像个失明的，但日子久了也就习惯了，觉得可能是狗家人，嗅觉和听力太好，应付日常生活不成问题。

但"指给他看"，是不是太夸张了点？

邢深仿佛没听见，继续说自己的："那些村子，按照距今年代的远近，有勉强还能住人的、半塌的、一片废墟的，以及，连废墟都找不着的。

"蒋叔说，最早的那个村子底下，藏了些东西。"

说到最后这句时，语音忽然放得很轻，余蓉被他的语调搞得心里毛毛的："藏了什么东西？有什么用？"

除非藏的是冲锋枪，不然的话，她还真想不出能拿什么和林喜柔正面对抗。

"藏的东西，说是能……借阴兵。"

余蓉足足看了邢深五秒钟，才说："借阴兵……鬼啊？"

她简直无语："讲了半天，你准备的就是这个啊？"

炎拓又把林喜柔的那三段语音听了一遍。

心里头居然挺平静的，这像是林喜柔会做出来的事。

聂九罗有点担心，一直看着他，炎拓回以一笑："这个女人做事，是不是挺绝的？其实换个角度想，她也挺厉害。"

聂九罗问得直接："去吗？"

炎拓沉默：为了炎心，他大概率会去的。

聂九罗猜出了他的心思："我觉得，不能太把林喜柔的话当回事，她说炎心在她手上，倒是给出证据来啊。"

电视里，绑匪绑了人质，为了证明人质还活着，还会拍个照片或者录段录音呢，如今，炎心的下落成谜，或许死了，或许以"人为枭鬼"的状态活着，或许被林喜柔禁锢，又或许早已脱离了她的掌控，可能性太多了。

林喜柔随口一句"给你这个兄妹相认的机会"，谁知道是不是在给炎拓下套呢？

炎拓轻声说了句："我懂你的意思，但是你知道吗，那种一直找永远也找不到的感觉？忽然一下子有了希望，哪怕这希望是虚假的，你都想去确认一下，确认了才能死心。"

他又说："我吃饭去了，要不然，饭该凉了。"

聂九罗目送着炎拓下楼，耳边一直萦绕着他那句"确认一下，确认了才能死心"。

可是，想确认炎心的下落并不一定只有一条路可走啊。

聂九罗的心怦怦跳起来。

陈福，陈福还在她手上呢。

聂九罗找出储物房的钥匙，匆匆下了楼。

储物房靠近厨房，自成一间，卢姐看见她下来，还以为是来吃饭的："今天在厨房吃吗？不用送上去了？"

聂九罗随口应了一声，开门进屋，顺便反锁。

屋里有敞开式的货架，也有带锁的大立柜，她打开最靠近角落的一格，从里头拖出一个行李箱。

不知道是不是错觉，总觉得行李箱比之前更轻了，再一想也合理：陈福是完全断食了，却又没死，应该是在不断消耗自身以维持生命吧。

她把行李箱放平，输入密码解锁之后，拉开拉链。

箱子里的陈福有些可怕，双颊和眼窝都已经深深陷了进去，嘴周干瘪得几乎能看出牙齿的轮廓，叠放在腹部的双手勾曲如同鸟爪。

上一次，陈福没过多久就醒了，但这一次，真是好慢啊。

聂九罗想了想，重新合上箱盖，拖着箱子出来，一路拖过院子。

咯噔咯噔的滚轮声把炎拓引了出来,他第一眼就认出这是自己的箱子,又看见聂九罗正要把箱子拎过门槛,赶紧三步并作两步上来帮忙,同时压低声音:"他醒了?"

聂九罗摇头:"还没有,不过,我想了个办法,也许能让他快点醒。"

14

聂九罗的想法相当粗暴。

——炎拓当年在农场地下二层见到的女人,是半埋在土里的。

——狗牙被"杀死"之后,林喜柔他们,是把他浸泡在一个浑浊的大泥池子里的。

陈福这么久都复苏不了,是不是因为缺了"营养"?这营养估计不是来自土就是来自水。

她征用了炎拓客房的浴缸,指挥炎拓去院子里长势好的花木下头挖足了土过来,生生造了一个泥水池子,然后把陈福捆牢,挨靠着浴缸的边沿浸泡进去。

炎拓觉得这法子太流于表面,但还是照做了,不过,当年处理韩贯尸体时的那种罪孽感又来了,站在浴缸前头,他觉得这场景实在丧心病狂:"要是让卢姐看见,她不得疯了。"

聂九罗也有同感:"我会吩咐卢姐别给你打扫房间,也别往屋里送饭,你明天开始就去小饭厅吃吧,进出把门锁上,省得节外生枝。"

炎拓看向陈福:"你真能从他嘴里问出东西来?不是说被抓的那几个跟哑巴似的,死不开口吗?"

聂九罗说:"逼问多半是行不通的,但可以诈他、骗他啊,只要流程设计得好就没问题。"

炎拓哭笑不得,觉得她要是进了电话诈骗或者传销团伙,绝对是个人才。

他犹豫了一下:"阿罗,如果我真的去了金人门,你能不能……在这儿等我?"

聂九罗没立刻回答,顿了会儿说:"这是不想我去的意思?"

炎拓默认。

真不想她去,他还记得上一次,她躺在吕现的手术台上、心跳都没了时的场景。

"邢深他们是不得已,上了林喜柔的黑名单,而你这么难得,至今都没暴露过;我没办法不去,因为心心是我家人,也是我一块心病。但你不一样,你没有非去不可的理由,要是因为我去了,我心头又要多一块病了。"

说到最后,他甚至有点后悔这几天没有克制住感情,如果聂九罗因为他的关系又去涉险,这不是情感绑架吗?

聂九罗笑了笑:"我们第一次见面的时候,你知道我为什么在石河吗?"

炎拓隐约猜到点。

"因为蒋叔他们在走青壤,之前的十几年,走青壤简直像采风,绕一圈就回,什么都没碰到过,蒋叔他们甚至有过怀疑,那一带的地枭是不是绝了。

"所以没要求我一起走,只是外围留守。按照我和蒋叔曾经的'谈判',涉及需要对付地枭的情况,我就是应该在的。

"如今蒋叔是待换的人质,邢深他们如果要集体进金人门的话,你觉得我能安稳待在这小院里不动吗?"

她说到这儿,又抬头打量整间屋子:"忘了跟你说了,这整栋院子,都是蒋叔给我买的呢。虽然当年房价低,买这小院没花太多钱,但放现在,闹市区的三合院,没个上千万下不来啊。

"蒋叔这个人呢,肯定不是完人,他的很多行事手段,我还很不喜欢。但就事论事,第一我跟他有协议,第二他对我有恩。这件事,我当然可以袖手旁观,最多被人骂忘恩负义,我完全做得出来。只是,每个人做人都有自己的准则和方式,我不想这么做人罢了。"

手机又响了,看来电显示是邢深,聂九罗预备出去接电话,离开时对炎拓说了句:"所以,你千万别想多了,觉得我是因为你才不得不去涉险的。"

炎拓被她这么一说,有点讷讷的,觉得自己是自作多情了。

他沉默地看着她出了洗手间,哪知下一秒,她又把头探进来,笑眯眯的:"不过呢,就算是为了你去,也不是不能考虑,看值不值嘛。"

说这话时,还上下打量了炎拓一回,跟菜场买菜看成色似的。

炎拓还没来得及说话,聂九罗人又没了,她得赶紧接电话去,不然,邢深这第十通电话,又要落空了。

电话接通,邢深先开口:"终于接了,之前那么久都打不通,还以为你出事了呢。"

之前……

聂九罗脸上忽然有点烫热,她清了清嗓子:"邮件收到了,也都看到了。"

邢深:"你怎么想的?还有,炎拓是什么想法?"

聂九罗说:"他应该是想去的,不过,纯送死的话,我觉得没什么必要,双方实力差得太大,最好能有个可行的、以小博大的计划。"

邢深停了一会儿:"阿罗,有件事,要跟你说一下。"

他把之前对余蓉说过的,也向聂九罗讲了。

聂九罗的反应倒没余蓉那么大:"阴兵?阴兵过道的那种啊?"

邢深说:"不是,黑白涧,又叫阴阳涧,有时候,我们说得顺口,会把这一头叫'阳间',进了黑白涧,就叫'阴间'。"

聂九罗心中一动。

阴间、阴兵，从字面意思理解，是身处阴阳涧的兵？

她迟疑着问了句："难道我们在阴阳涧还有人？"

邢深回答："'一入黑白涧，人为枭鬼'，既然能总结出这句话，那就说明，缠头军当中，有很多人曾经踏进去过，没再出来。"

聂九罗起先没听明白，再一揣摩，顷刻间胆寒毛竖："什么意思？我们的人还在里面？没死？"

邢深没吭声，他也没见过，不敢下断言。

聂九罗越想越离谱："地枭能长生，不代表进了黑白涧的人也能长生啊，'缠头军当中，有很多人曾经踏进去过'，那得是多久之前的事了？最早是秦朝的时候吧？"

退一万步讲，就算这些人还活着——亲戚朋友几十年不见，都基本成了陌路，更何况是那些古早的缠头军？你就这么确定能跟他们沟通，能"借"得出他们，让他们帮忙？

邢深："现在我也不确定，毕竟没借过。林喜柔的信息发过来后，我就一直在思考该怎么以小博大、出奇制胜，忽然间就想起这一节了。我相信先人们既然传下话来，说能'借阴兵'，那就绝不是说着玩的。我准备这两天就动身，去最早的那个村子找找看，有任何机会，都值得尝试。"

聂九罗觉得这事实在不靠谱："你有这工夫，还不如想办法搞点枪来。"

邢深笑了笑："在办了。余蓉之前在泰国待过一阵子，路子比较野，这事交给她了。"

接下来的两天，过得还算风平浪静。

"借阴兵"的事，炎拓已经听聂九罗讲过了，他倒是挺能接受的——毕竟他前几个月，才刚接受了地枭的全套设定——非但如此，心里还隐隐有些期待：如果缠头军的先人真的还在黑白涧中游荡，也真的能被"借"出来，那这古今跨代的互动……

光想一想，鸡皮疙瘩就起了满身，不是因为害怕，而是一种说不出的震撼。

……

这两天，唯一不舒服的事就是用洗手间，里头兼有浴缸和淋浴室，浴缸被占用，他洗澡当然只能用淋浴，但一想到这边洗着，那头泡着……

不只洗澡，连上厕所都有心理阴影了，这万一一事到中途，那头醒了，多糟心啊……感觉太过酸爽。

然而也不便说什么，去借卢姐的洗手间不大合适，去借聂九罗的，总觉得不好，于是只能自己解决，拿了条毛巾，把陈福的脑袋给盖住了——不过每天进出，看到个顶着白盖头的脑袋，心里也没能舒服多少。

怕什么来什么，第三天的晚上，例行沐浴，洗发泡沫打了满头，冲水前还一切正常，冲到一半时，抬手抹了下脸上的水，突然发现，那条盖头毛巾不知什么时候滑进了泥水中，陈福睁眼了。

非但睁了眼，还直勾勾地看着他。

炎拓脑子里一蒙，第一反应是赶紧去拿浴巾，下一秒放弃了，反正看都看了，惊慌失措太小家子气了，就当是在澡堂吧。

他镇定地冲完水，出来换上睡衣，然后给聂九罗发了条信息。

——陈福醒了。

不到十秒钟，楼梯上传下来急促的脚步声，那速度，炎拓真担心她摔着。

他开门迎接。

聂九罗睡袍外头裹了件外套，到门口时又停下，没急着往里走，声音极低，像是怕惊动了谁："醒了已经？"

"嗯。"

聂九罗懊恼极了："我还没来得及化妆呢。"

炎拓定定地看了她好一会儿："你见我都不化妆，见他化妆？"

聂九罗悻悻："你懂什么？"

她都已经替陈福设计好了，这次他睁眼时，应该身处一个伸手不见五指的黑屋子中，然后角落里暗灯打开，她就站在灯下，穿一件大露背的及地晚礼服，手里还得端一杯红酒（现在还不是穿夏装的季节，但这么穿，能够混淆陈福的时间感）。她要不疾不徐，迎着陈福惊惶的目光，把红酒给喝了，然后一揿遥控器，打开投影，给陈福看那五个地枭被捆绑的照片，以期给他的心理造成震慑。

白计划了，第一眼效应就这么没了，白天看陈福的时候，还没什么要醒的迹象呢。

但这一时半会儿的，又想不出什么补救的法子。

她问炎拓："他醒来之后，说过什么吗？"

炎拓摇头。

聂九罗绕过他肩膀看向洗手间，奇怪了，陈福怎么这么安静？

她裹紧外套："去看看吧。"

第一眼看到陈福，聂九罗就觉得他相比于上一次有点怪怪的，具体说不上来是哪儿，就是感觉不对劲。

她试探性地叫了声："陈福？"

陈福没吭声，目光还是直勾勾的，聂九罗有点纳闷，顺着陈福的目光看过去。

不就是空无一人的淋浴室吗？

她看炎拓："他看什么啊？"

炎拓："可能想洗澡吧。"

就在这个时候，陈福木木地说了句："啊？"

这一声起得突兀，把两人都吓了一跳，反应过来之后，炎拓压低声音，先开口："他好像有点木讷。"

聂九罗心里有点发毛，不会是她这泡水的方法不太对，把陈福泡傻了吧？

炎拓也是这想法："一开始我就说了，人家林喜柔那池子水，没准儿是有营养成分配比的，不大可能水和土混一混就完事。"

聂九罗不死心："陈福？"

一边说，一边拿手在陈福眼前晃了晃。

过了会儿，陈福的眼珠子迟滞地转了过来："啊？"

这像是还有点反应，却又无法完全清醒，类似梦游……不对，更像半痴半呆。

聂九罗突然心跳得厉害，心一横，厉声喝了句："陈福，炎拓的妹妹，在哪儿？"

炎拓先是一愣，继而反应过来，周身都绷紧了，他死死盯着陈福的脸，等着他的回答。

陈福依然半生半死一般，好一会儿才喃喃道："黑……白……"

他有些嘴歪眼斜，话没说囫囵，嘴角还往下滴涎水。

不过，也不用他说全，一听就知道说的是黑白涧。

聂九罗心跳得更急了，手都有点发凉："还活着吗？是在林喜柔手上吗？"

陈福的眼珠子缓缓上抬，直勾勾地看着她："啊？"

"啊"了一声之后，就再没下文了。

聂九罗沉不住气，炎拓轻声提醒她："是不是问得稍微复杂点，他就反应不过来了？"

有可能，还有可能是自己没叫他的名字，语气不够凌厉，他意识不到她是在问他。

聂九罗吁了口气，拉高音量："陈福，炎拓的妹妹，还活着吗？"

陈福的声音像是在飘，又散又慢："不……知道啊。"

炎拓心头一震，脱口问了句："什么叫不知道？"

如果在林喜柔的手上，陈福怎么可能不知道？

聂九罗示意炎拓别着急，又严格按照之前自己摸索出的句式问了一遍："陈福，炎拓的妹妹，去哪儿了？"

然而，耐着性子等，等来的还是一句梦呓般的："不知道啊。"

聂九罗烦躁极了，真想撬开陈福的脑子，伸手进去把答案给拽出来，正无可奈何时，炎拓猛然问了一句："陈福，你们怎么变成人的？"

屋子里有点安静，淋浴间玻璃上，雾遇冷凝成的水珠缓缓下滑，偶尔，能听到花洒里残存的水滴滴答一声落下。

过了很久,才听到陈福茫然的回答。

他说:"女娲……肉啊。"

15

再接着往下问,也就问不出什么来了:陈福一次比一次迟钝,连"嗯""啊"都吐字不清。

看来前几个问题能得到答复,还算幸运。

总结下来:炎心是在黑白涧,但是否活着不知道,去哪儿了也不知道。

炎拓是关心则乱,脑子一阵阵发涨发钝,完全没法静下心来分析。聂九罗沉吟了一下:"我感觉,炎心不像在林喜柔手上。倒是很像当初林喜柔把她往那儿一扔,就没再管过。"

所以才明确答复是在黑白涧,但是否活着不知道,去哪儿了也不知道。

让她这么一说,炎拓也觉得挺有道理的,不过心情并没能纾解,相反还更沉重了:炎心失踪时,才两三岁啊,这个年纪,被囚禁,其实相当于某种程度上的"照应"吧?

如果只是一扔……

黑白涧,他没去过,但光听字面,就觉得是个阴森可怖的地方,把心心一个人往那儿一扔吗?她得多害怕啊。

他眼底突然发烫,想起在火车站走丢时,心心紧紧攥着他的衣服、死不松手的模样。

那时候,她是害怕吧,妈妈找不到了,小哥哥就是唯一的依靠,虽然这个哥哥,也只五岁不到。

他眼前有点模糊,意识很飘。

聂九罗轻声说:"唉,你这个人。"

她上前一步,双手搂住炎拓的腰,然后不声不响靠进他怀里。

炎拓下意识回搂住,用力回搂。

不得不说,人在难受的时候,有个人在边上,还可以彼此相拥的感觉太好了,而且,聂九罗是个特别"好抱"的,纤瘦但娇软,一只手臂就能环住她。

不过炎拓还是喜欢两只手臂一起抱她,说不清为什么,这样有一种特别的郑重和满足感。

聂九罗看向浴缸里呆若木鸡的陈福:"你说,他会不会是装的?"

她自己擅长"骗人",下意识也会这么揣测别人。

炎拓侧过脸,也去看陈福:"不至于吧?对了,'女娲肉'是什么?"

聂九罗也是一头雾水。

女娲造人和唐僧肉她倒是经常听说，但"女娲+肉"，还真是生平头一遭接触。

炎拓忽然想起了什么："我上次买的那本《中国神话传说》，你带回来了没？"

炎拓团了毛巾塞进陈福嘴里，以防他突然清醒乱叫，然后锁了门，跟着聂九罗上二楼。

聂九罗从书架上取了书，递给炎拓，只看着他翻页，并不凑过来一起。

炎拓拧着眉一行行快速阅读的样子既认真又可爱，不过聂九罗觉得他会失望：这又不是什么旷世奇书，哪能什么都在里头找到答案呢？

还不如上网查呢，她拿出手机，输入搜索。

正浏览网页，听到炎拓叹了口气："没写，只说《山海经》里记载，女娲死后，有一条肠子，化成了十个神人。但是，有肠子就肯定有肉吧？肠子都能化物，肉应该也不至于太落后。"

聂九罗倒是刷出了些特别的："你看这条，说女娲死了之后，肉体变成了土地，骨头变成了山岳，头发变成了草木……"

炎拓心头一跳："肉体变成了土地？"

女娲肉，女娲的肉体，土地，农场地下二层、迷你塑料大棚里半埋在土里的女人，背后的黏丝，脱根……

他若有所思："女娲肉会不会是一种土？单纯从神话的角度来看，女娲造人，女娲有着创造生命的能力，她死了之后，肉体即便腐烂也不同寻常，或许还残存着这种特性，继而和身底下的土壤融合在一起。这些土壤，跟普通的土壤一定也是不一样的。

"所以，狗牙浸泡的泥水，跟你单纯从院子里挖点土混制的泥水，还是有区别。狗牙那是在汲取'营养'，你这算是在……搞破坏？"

聂九罗可不这么觉得："反正也问出点东西来了。"

炎拓没吭声，还在循着这条线往下想，如果这个基点站对了，那连带着可以捋顺很多线。

"如果真有这种叫作'女娲肉'的东西，那一定不会很多。会不会这就是林喜柔不能大批量把地枭'人化'的原因？二十多年，她才转化了不到二十个，其间还有操作失败的。"

听上去有点道理，聂九罗喃喃道："而且土地是需要肥力的，得'养地'，用完一轮之后，得休养生息。"

说到这儿，她坐到工作台边，抽出纸笔，唰唰作画，反正是速写，勾线出形很快，一边画还一边给炎拓解说："喏，根据你所说，在农场地下二层看到的，地枭转化成人,有这么几个配置:一、身底下的特殊土壤,也就是女娲肉;二、土里埋下的根,也就是血囊。这真的就像种植物一样,慢慢把地枭给一点点种得'人化'。"

她在这里卡了壳:"还需要什么呢?"

炎拓脑子里闪过那几个迷你塑料大棚:"可能需要尽可能密闭的空间,不被外界扰动。还有……"

他灵光一闪:"还有不见光!邢深不是说林喜柔他们准备转移尤鹏时,是带了一口棺材一样的木箱子吗?尤鹏一直待在矿洞底下,并没有试图爬上洞沿,可能就是因为畏惧日光,毕竟它们这种东西,见了光之后就会加速衰亡,跟蚂蚱似的。"

这样一来,整个流程就清晰了,聂九罗在画纸上象征性地添了个帐篷,又画了个打了叉的太阳。

两人都看着画纸不说话。

这些暂时只是揣测,但因为各条线都捋得通,聂九罗直觉,至少有七八分准。

正要搁笔,炎拓突然冒出一句:"我刚忽然想起,你之前给我讲过的,缠头军的来历。"

"秦始皇派出缠头军找地枭,不可能是为了求财,人家一国之君,不差这钱。求长生的话,最终想找的,会不会也是这什么女娲肉呢?"

聂九罗失笑:"这个,你该问秦始皇去。"

炎拓也笑,正想再说点什么,聂九罗搁在台面上的手机响了。

又是邢深,聂九罗飞快撳下了接听键,刚举到耳边,又改了主意。

她打开免提,先跟邢深知会:"炎拓也在。"

邢深"哦"了一声,顿了一会儿才说:"上次,余蓉从老牛头岗回来,留了个人在那头观察后续动静。"

聂九罗:"怎么说?"

"说是今天,有几辆车去了矿场,他没敢靠近,只远远观望。但是等了很久,不见车子下来,所以借着天黑,大着胆子靠近去看。"

"他发现矿场里一片漆黑,空无一人。打手机电筒看了看,大门挂上铁锁了,车子都停在院子里,通往矿道的门也锁着,不过是从里头上锁的。"

聂九罗听懂了:"这意思是,车里的人都已经下了矿坑了,并且短时间内没有再出来的迹象?"

邢深:"没错,距离双方约见的日子越来越近,我怀疑,他们已经开始进黑白涧了,也就是说,那个矿坑,确实是个入口。"

聂九罗有点感慨:"当年铸了四个金人门,封了四个口,还以为全封住了,没想到,漏了这么一个。"

邢深说:"我在想,有没有把那个矿坑封死的可能性。"

聂九罗没听明白:"什么叫'封死'?"

"他们明知道老牛头岗已经暴露了,这次还是从那里走,说明真的没其他入口了。只要把矿坑彻底堵死,进去的地枭不就出不来了吗?"

炎拓一直安静听着,直到这时候才插了句:"别,我了解林喜柔,你能想到这个,她一定也能,不留后手是不可能的——我建议密切盯着,掌握对方动向就可以,别贸贸然出手。"

听起来似乎也有道理,邢深想了一会儿,说:"也行,我再观望一阵子。"

他说到这儿,话锋一转:"阿罗,这一次,你能帮到哪一步?"

聂九罗:"你希望我帮到哪一步?"

邢深迟疑了一下:"至少,能跟石河那次一样,做个后援吧?不过,这次跟以前不一样,你待在县城里的话,赶过来就太慢了,所以,希望你也能进山。"

这要求很合理了,一点也没强求她,聂九罗很爽快:"可以。"

她能明显感觉到,手机那头的邢深松了口气,估计是担心她会一口回绝——聂九罗觉得有点好笑,又有点失落:难道在邢深心里,她只是一个纯粹的利己主义者吗?

得了她的应允,邢深的语调都轻松了不少:"那你这两天就能动身了,越快越好,早的话,还能赶得上我们试验……借阴兵。"

试验借阴兵?

聂九罗脱口问了句:"这就试验了?你在最早的那个村子里,发现了什么?"

邢深语焉不详:"这个……不太好描述,你来了之后自己看吧,毕竟我这眼睛看不到细节。"

也行,聂九罗毕竟好奇心有限,她觉得等几天也无所谓,挂电话的时候,目光无意间落在先前的画纸上:"邢深,你知道女娲肉吗?"

邢深猝不及防:"什么?你怎么知道……"

就凭这反应,聂九罗已经不需要答案了,她趁热打铁:"你知道是不是?这是个什么东西?"

邢深含糊着回答:"这个……一时讲不清楚,都等见面再说吧。"

挂了电话,邢深脑子里突突的。

聂九罗怎么会知道女娲肉呢?难道蒋叔曾经向她透露过?不可能啊,当时蒋叔明明说,这是只有他们才知道的秘密。

……

恍惚间,忽然发觉电话已经不屈不挠地响了很久。

是余蓉。

电话接起来,余蓉先开口:"我是不是得收拾收拾,过去跟你会合?"

邢深一愣："你已经回来了？货……搞到了吗？"

余蓉："提回来了，听说你带一半人先走了，那我……带另一半？"

得了确定的答复之后，余蓉掐断电话，低头从床底拉出大帆布包，拎着进了洗手间，从挂架上扯下毛巾，从搁架上拿下牙杯、牙刷，一股脑儿往包里塞。

转身时吓了一跳，雀茶不知道什么时候来的，正站在洗手间门口。

余蓉皱眉："走路也不发个声，吓谁呢？"

雀茶的目光落在她手里的帆布包上："要走啊？"

前几天，余蓉也走了一回，说是要去搞什么货，但那次，没拎包，没收拾行李。

余蓉"嗯"了一声，径直出来。

雀茶给她让道，又跟着她进了房间，看她收拾衣服，顿了顿，问："那还回来吗？"

余蓉说："应该不回了吧。"

如果一切顺利，清了后患，她就直接回泰国去了；而如果不顺利，当场嗝屁，那还回来个毛啊？

她忽然想到了什么，抬头看雀茶："你有没有可以去投奔的亲友什么的？"

这趟进金人门，当然没雀茶什么事，大家看她，就是好看的金丝雀，出力时派不上任何用场——但万一不顺利，雀茶就是仅剩在外头的、孤零零的靶子了，地枭不为难她也就算了，一旦找上她，她绝对没好下场。

雀茶想了想，尴尬摇头："没有。"

她跟蒋百川的时候，家里死活不同意，她摔门就走了，那之后，跟着蒋百川辗转迁徙，跟原生家庭的联系完全断了。

余蓉吐槽她："那万一这趟，我们去救蒋叔，全挂了。你预备躲去哪儿、做什么啊？"

雀茶被她给问住了。

余蓉简直无语："这十几年，你就围着蒋叔转，要朋友没朋友，要工作没工作，要技能没技能——你有点心机也好啊，心机女还知道为自己打算打算呢。"

雀茶没生气，她说："你们去救老蒋，有用得上我的地方吗？老蒋待我不错，以后，我就不和他过了，分之前，我也想为救他出一份力。"

余蓉说："你心是好的，但救人这种事，是凭能力的。我说话直你别生气，你什么技能都没有，跟去了干吗？出事时帮着制造音效吗？"

雀茶犹豫了一下："其实，我玩弩箭还行。"

她解释："这么多年，真的也没什么爱好，就是有一次，老蒋跟一个朋友约在箭馆谈事，带我去了。他们聊事，我就一个人看别人射箭玩，一时兴起，也玩了两把，当时教练就说我，很有天赋。"

她这辈子，除了长相，还真没被人夸过别的，那之后，就经常去练。蒋百川见她喜欢，还给她定制过一把弩，偶尔带她去郊外射鱼。

蒋百川走青壤的时候，她也想跟去，蒋百川笑她："你那都是玩儿，过家家，还真当自己能行了？"

其实，她真的觉得自己玩得还行。

余蓉饶有兴致地看她："还行？怎么个行法？能见识一下吗？"

雀茶说："你等着啊。"

哟，还等着？难不成弩还是随身带的？

余蓉看着雀茶进了里屋的套间，不一会儿她就出来了，还真是抱着弩的，目测是豹折叠式，但更精巧点，一个大点的挎包就能塞下，应该属于特别定制。

她手里还攥了两支小钢箭，声音有点兴奋："你画个靶，我离个五十米、一百米都行，肯定能射中。"

余蓉觉得有点好笑："射中又怎么样？你是不是武侠片看多了？这都什么时代了？你知道这趟我出去搞什么货了吗？枪啊，什么年代了，还用箭？也就打打雀子和鱼了吧。"

雀茶脸上的笑意一下子僵住了，过了会儿慢慢消退，声音又慢又窘："哦。"

大概是怕余蓉多想，她又强笑了一下："那我放回去了。"

她转身往里屋走，前一次进去的时候，脚步是轻盈的，这一次，整个人都有点畏缩了。

余蓉看着她的背影，心里怪不是滋味的，脑海中忽然掠过一个念头：冷兵器怎么了？聂二那个小红帽使的是刀，不也废了一两个地枭？

她脱口而出："哎，等会儿。"

雀茶纳闷地转身。

余蓉伸手在帆布袋里翻了翻，拿出自己的塑料牙杯："技术真还行？"

雀茶眼睛里渐渐泛出亮来："真的。"

"那跟我出来。"

余蓉领着雀茶走到后院。

这儿是农庄，后院种菜，地块不小，约莫有两个篮球场那么大，四面围墙，靠墙零落地种了几棵树。

余蓉把院里的灯打开，虽说比不上白天那么亮，但看东西应该没问题，她选了个地方站定，指挥着雀茶后退，再后退，目测有八十来米了，伸手把牙杯顶在了脑袋上："来。"

雀茶吓了一跳，缓缓端正了弩之后又迟疑："这不行吧？"

余蓉不动如山："不行拉倒，小孩都能用弩，你不能'行'到一个程度，那谁敢……"

话还没说完，就见眼前寒光一闪，紧接着"嗖"的一声，一道寒气掠过头顶，再然后，噔然声响。

余蓉急转头去看，很巧，箭身带着她的牙杯，正射在一棵树的树身高处。

这可以啊。

余蓉有点心疼自己的牙杯。

她没点评，大步走到不远处的一棵冬橘树边，伸手拽了个大的下来，然后转向雀茶："射过鱼，那就是动的也行了？注意了啊，来了啊。"

说完，伸手一扬，把橘子掷向高空。

箭来得真快，余蓉眼一晃，那个橘子就被箭给带跑了。

她咽了一口唾沫，大步往回走，经过雀茶身边时，说了句："可以，回去收拾行李吧。"

雀茶愣了一下，半天没反应过来，自己都有点不信："我……真的行啊？"

余蓉大笑："行，太行了，谁说你不行，削他去。"

16

聂九罗一早起来，就在为出行做准备了。

不过，她的行李也不多，邢深说了，户外山野装备他们都带足了，她轻装支援就好。

所以，理来拣去，也就装了一个小箱子。

理好箱子，她下楼去找卢姐，经过客房门口时，看到房门紧闭——炎拓这是还没起呢，有够懒的。

聂九罗油然而生一股自己能够早起的自豪感，虽然这些日子，她也是第一次早起。

卢姐正准备早餐，手脚利落地切黄瓜丝呛菜，忽然看见她，唬了一跳，手上随即停住："聂小姐，这离吃饭还早呢。"

聂九罗交代她："我跟炎拓要出去一阵子，大概十天半个月吧。早饭过后，你把客房收拾一下，还有你隔壁的那间，有客人要来。"

客人？

卢姐大为诧异，她干了这么久了，除了老蔡，从来没见过聂九罗有什么客人，更何况是要收拾客房。

留宿的客人？

她多问了句："谁啊？"

聂九罗说:"炎拓的叔叔,叫刘长喜,还有他……表妹,林伶。"

卢姐消化了一下,心里生出点反感:这什么人啊?自己在这儿还不算,还把叔叔、表妹都给招来?

聂九罗没有留意到卢姐的表情,继续吩咐:"反正呢,你安排好他们这段时间的吃住就是了。"

卢姐"哦"了一声,"哦"得有点不情不愿。

这一次,聂九罗察觉到了:"怎么了?"

卢姐搪塞:"不说了,说了显得我多管闲事。"

聂九罗笑,卢姐就是喜欢耍这种小聪明,绝不主动发表意见,非得让人三请四催。

她说:"你不说,我下午可就走了啊,到时候你想说都找不着我了。"

卢姐犹豫再三,期期艾艾:"聂小姐,这炎拓,你要不要再观察一下啊?女孩子找对象要慎重。"

她慢吞吞的,菜刀重又开切:"你这样的,没个撑腰的娘家,自己又有家业,很容易被一些人盯上……嗯,你懂的啊,男的也想少奋斗二十年啊。"

聂九罗约莫猜到她的意思了,她有点想笑,但使劲憋住,面色渐渐凝重:"嗯,是的。"

得了她的变相鼓励,卢姐愈发敢于发言了:"我也不是说对这个炎拓有意见哈,我只是觉得,这还没处到哪儿呢,一家老小都招来了……聂小姐啊,你要留神啊。"

聂九罗凑近卢姐:"其实……"

她神秘兮兮:"我调查过他,他比我有钱多了,家里开着药材厂呢,他名下有别墅,还有商铺。"

这反转,卢姐真是猝不及防:"啊?"

"所以啊,他的叔叔、表妹,你都要对人客气点。"

卢姐懂了,她很后悔自己刚刚发表的意见,结结巴巴保证:"那是……当然的,这是我分内事。"

聂九罗搞定了卢姐,准备去闹炎拓起床,刚出厨房,吓了一跳。

炎拓就倚在厨房门口的墙上,抱着胳膊,估计是等了一阵子了,见她出来,意味深长地看了她一会儿,然后拿手指点了点她,转身回房去了。

聂九罗笑得肚子疼,隔了会儿才小跑着追过去。

进屋又是抬头不见人,低头一看,趴在墙边的一处空地上,做俯卧撑呢。

聂九罗有点好奇:"怎么也起这么早?"

炎拓说:"问你呢,一大早在楼上拖箱子,谁能不醒?我听到你下楼了,本来准备跟过去道个早安的,没想到啊,知人知面不知心这是。"

他一边说，一边把左手别到腰后，改双手撑为单手——少了一条胳膊做支撑，起身和伏地的速度立时慢下来。

聂九罗说："我看别人做俯卧撑锻炼，后背得加点力量，有压力才有动力嘛。"

说着径直过来，往炎拓背上坐。

炎拓猜到了，只来得及说了句"你别"，重量就上来了。

这可太酸爽了，聂九罗再轻，也是九十好几斤的重量，炎拓一只胳膊撑住自己就已经足够费力了，哪能再承个她？他只坚持了两秒就放弃了，脸贴地趴平，标准的死尸趴。

聂九罗笑得前仰后合，过了会儿，她上身俯下，探手环搂住炎拓脖子，凑近他耳边："现在知道我的真实目的了？怎么说？"

她这一趴，长发几乎盖了炎拓满头满脸，也不知道她用的什么牌子的洗发水，带极淡的柑橘香，怪好闻的。

炎拓反手搭住她的腰，用力一揽，翻身坐起。聂九罗开始还以为自己要摔，习惯性伸手去撑地，哪知下一秒，身子落进炎拓怀里，手也撑在他结实的胸肌上。

她脑子里掠过一个念头：卢姐的汤饭是真不错，确实养壮了。

不知道将来，炎拓愿不愿意给她当模特，不裸也行，同意他盖条毛巾。

炎拓可不知道她的思路已经走到这儿了："你选吧，要么是我，要么别墅商铺。"

聂九罗说："你是不是傻？为什么一定要把自己摆在别墅商铺的对立面呢？你们就不能和平共处？"

她摆事实讲道理："我肯定选别墅商铺啊，那样的话，我失去了你，你人财两失，大家都不开心；可是你带着别墅商铺一起来的话，我们既拥有彼此，又拥有房产，这不是很好吗？"

这是什么神逻辑？更神的是，炎拓居然还觉得她说得很有道理。

他想了一会儿，跟她讨价还价："我这边出别墅商铺了，你呢，是不是也该出点什么？"

聂九罗说："这三合院啊，要么再加上我二楼的那些作品，以及将来会有的作品，万一我以后知名度更上一层楼，这些作品加起来，也不比你的资产差什么吧？是不是身家对等、门当户对？"

炎拓"嗯"了一声："那成交了？"

聂九罗点头："成交。"

话音未落，两人几乎是同时笑倒，炎拓搂紧她，低头埋在她温软颈间，鼻尖上蹭到发丝，痒痒的。

他喃喃了句："要是没那些烦恼就好了。"

聂九罗轻声说："背两句诗给你听，以前出去采风，在诗抄上看到的。叫作

'撇开烦恼即欢娱，世人偏道欢娱少'。"

炎拓在心里默念了两遍，觉得是这个道理。

欢娱并没有薄待他，不是吗？抛开那些烦恼，他的确满心欢娱，满怀感激。

午饭过后，刘长喜和林伶到了。

把这两人送过来，是聂九罗和邢深商量过的：由唐那一带不太安全，事情尘埃落定之前，还是把两人"藏起来"比较合适。

卢姐给开的大门，她谨记聂九罗说过的，要"客气"，刚打上照面就抢着去拎刘长喜手里的行李包，刘长喜哪能让个女人帮着拎，一口一个"大妹子，别"，两人在门口拉锯，林伶则一眼就看见了从屋里出来的人，瞬间湿了眼，喜道："炎拓！"

林伶边说边小跑着进来，激动到一颗心都在怦怦跳，都快奔到炎拓面前了，又突然收步。

她看到，聂九罗也出来了。

这个聂小姐，她只在杂志和网络上看过照片，后来听说她和炎拓是朋友，搜索得就更频繁了，几乎把她所有的采访和作品都看了一遍。

越看越是自惭形秽：这世上，真的有这样出生就赢在起跑线上的人，家世好，书香门第，还不缺钱，长得好，又有事业，在圈子里还有名气。

老天可真是偏心啊。

现在看到真人，林伶更加觉得自己黯淡，她局促地跟聂九罗打招呼："聂小姐，谢谢你啊。"

聂九罗说："谢谢你才对，没有你打的那通电话，我也找不到他。"

说话间，卢姐和刘长喜已经过来了，两人谁也没争过谁，最后各退一步，一人拎一根行李包带。

一下子见到俩熟人，刘长喜简直不知道该跟哪个打招呼，话也说得颠三倒四："哟，聂小姐，你身体好啦？小拓怎么瘦了？哎，这院子好啊，长这么多花……"

炎拓笑着跟刘长喜打了招呼，又征询聂九罗的意见："借你二楼用一会儿行不行？跟林伶聊点事。"

聂九罗点了点头。

林伶则一头雾水："跟我……要聊什么事啊？"

不过，几乎是在瞬间，她就懂了。

炎拓要跟她聊她的事，那些她之前因为害怕，拒绝去听和了解的事儿。

刘长喜对聂九罗可太满意了。

之前，他还觉得她花钱大手大脚，怕她将来理不了家，如今实地看过，再加上问什么卢姐都热情作答，还夹带私货把聂九罗夸成了一朵花，他登时觉得，这女朋友找得可真不错：自己有家业，还是个艺术家！

炎拓不缺钱，但缺艺术啊，两相这么一中和，实在太完美了。

就是……硬要他度完假之后到这儿住半个月有点牵强，他实在放心不下自己由唐的饺子馆。

聂九罗的借口张嘴就来："长喜叔，不是住半个月，我付你工资的，是雇你半个月。我在你那儿住了一阵子，尝过你的手艺，卢姐做菜一绝，但做西北面食逊色了点，我想你能指点一下她，这样，以后我在家就能尝到你的绝活儿了——我和炎拓得出去办点事，等办完了回来，我要考核她，过关了才能放你走。"

……

聂九罗从网上租订的车送到的时候，炎拓也恰好从楼上下来，顺带，还把她的行李箱给带下来了。

从他的脸上，看不出这聊天是否愉悦，聂九罗把车钥匙递给他："聊得怎么样？"

炎拓笑笑："当然很难接受，一时半会儿消化不过来吧。"

他说到这儿又苦笑："老实说，我都后悔跟她说这些，她不知道的话，也许能活得更轻松点。"

聂九罗不以为然："知道了也很好啊，知道自己的命这么来之不易，以后会活得更珍惜。"

炎拓没再说什么。

行李箱只有两个：聂九罗的和装陈福的，他自己的东西少，拎了个包了事。

行李送进车后厢，各处检查了一遍，确信没再漏什么，炎拓关上后车盖，正要招呼聂九罗上车，她却忽然想起了什么："等会儿，我忘了东西。"

炎拓目送她一溜烟似的穿过院子，又是好笑又是纳闷：这是忘了什么呢？总不会收拾行李收拾了一早上，却把最重要的生死刀给忘了吧？

林伶正坐在工作台前发呆，忽然听到身后的脚步声，吓得一激灵，赶紧站了起来。

炎拓给她讲的事，太……荒谬了，她完全消化不来，脑子里一片麻木，不过基本礼数还是懂的：这是人家的工作台、人家的座椅，她这么大剌剌坐着不好。

她讪讪地跟聂九罗打招呼："聂小姐，你这就走啦？"

炎拓没跟她说要去做什么事，只说还有点尾巴要处理，真好，聂九罗能跟他一块儿去。

她真想跟聂九罗换换，让她做一天的聂九罗都好。

聂九罗"嗯"了一声，顿了顿又说："你要是闷，可以上来看书，就是注意一点……我这些雕塑，小心别碰坏了。"

这最后一句,她觉得讲得多余,但不讲又不放心。

林伶赶紧点头,她看向身侧的雕塑,语带羡慕:"这些都是你做的?你可太厉害了,这种的,我一辈子……都做不来。"

聂九罗啼笑皆非:"这怎么可能,我十五六岁开始接触这个,到现在也就十来年。你这么年轻,算你活到八十岁,你还有好多个十来年呢,做什么做不来?"

林伶低声嗫嚅了句:"那也……赶不上你,你又好看,又有才华。"

聂九罗心中一动,她其实听炎拓讲过林伶,知道这姑娘一直活得小心翼翼,又有些自卑。

她说:"你没做过雕塑,怎么知道自己没天赋呢?说不定你着手做,比我要适合呢。至于好看嘛,也不是不能解决。"

林伶一愣:"这要怎么解决?"

聂九罗:"要么你别把它当一回事,本质都是五官排列,在乎什么美丑,老来还不都是皮耷肉松?起跑线不一样,终点线没差别。要是太当回事,就着手去调,满大街的医美,都会给你帮忙的。"

炎拓一直向院子里张望,终于把聂九罗等来了。

他欠身到副驾这边,帮聂九罗开车门:"去这么久?"

聂九罗坐进副驾驶座,低头系安全带:"跟林伶聊了会儿。"

炎拓并不好奇她们聊了什么:"说忘带东西了,拿什么了?"

聂九罗抬起手,掌心滑下一条链子,链身银白,尽头处衔着一片绿,晃悠悠的,碧水一样荡漾。

定睛看,才认出是条白金项链,坠子是翡翠的,雕刻成讨喜的柿子模样,边上还伴了颗白金小花生。

炎拓调侃她:"去金人门那种地方,还带这个?"

聂九罗低头戴上项链:"你懂什么,这是我妈的,戴上了,我妈会保佑我平安的。"

1998年1月11日 / 星期天 / 多云

火车站那晚之后,李双秀估计发现了大山对她有二心,不知道她又对大山施了什么蛊。总之,大山现在看我跟陌生人似的,再次对她言听计从,又不是我的大山了。

但我不怪他,普通人斗不过妖魔鬼怪,大山大概又被迷了心窍吧。

会清醒的,总会清醒过来的,我相信大山,只要他心里头还种着小拓、心心和我,他总会清醒过来的。

枭起青壤

1998年2月16日 / 星期一 / 雨夹雪

彻底搬离由唐了。

以前搬家我总是很开心，因为那意味着生活水平更上一层楼，但这次不一样。

我从来没有想过会从由唐县彻底搬离，而且搬去那么远，这种感觉，像大树起了根，断绝了熟悉的一切羁绊——谈恋爱的时候，我还跟大山畅想过，老了在由唐郊区搞块地种菜，收获了之后给小拓家送一筐，再给心心家送一篮。

估计这辈子都不会实现了。

既然是搬家，免不了会有亲戚朋友来告别，李双秀问我说："你知道该怎么表现，不需要我教你吧？"

知道，装神经病呗，反正在外人眼里，我已经是个精神不正常的女人了。

出发前几天，家里很多客人来来往往，但真正舍不得我的，也就两个人吧。

第一个是敏娟，她唉声叹气，拉着我的手跟我说了半天话，最后眼泪都掉下来了。

她说："你说你吧，一直叫我怪羡慕的，嫁了个脑瓜子灵光的男人，对你好，还会赚钱，你肚皮也争气，儿女双全，怎么就为了他跟保姆那点事看不开呢？现在好了，你癔症了，这家全落狐狸精手里了，你亏不亏啊你？"

我面无表情地听着，心里说：是啊，家是毁狐狸精手上了，可不是你说的那种"狐狸精"。

我其实真想跟敏娟吐吐心里的苦水，但我不敢。

算了，她一小老百姓，胆子比鸡尖也大不了多少，跟她说这个干吗呢？连累人家。

李双秀到底是个什么东西啊，怎么偏偏就让我家给摊上了呢？真是命啊。

第二个是长喜，拎了一堆礼物来，大包小包的。

又让长喜破费了，我该跟他说声谢谢的，然而我没讲，我毕竟是个自杀过、脑子有问题的女人。

我一直盯着门外看，小拓在外头跑来跑去，哇呜哇呜地学开火车——起初那几天，他还总是吵吵闹闹着要妹妹，一个多月过去了，他渐渐不提这事了，我有时候看着他，会突然全身发冷。

小孩子忘性太大了，会不会他就这么一直长大、永远忘了他还有个妹妹？

长喜跟敏娟一样，也以为我是为了男人想不开，不过，他有几句话惊到我了，他说："林姐，这男人不好，你就再找呗，你这么好，还怕没人要吗？你要不嫌弃，我，我就……"

小拓的火车哇呜开了进来，长喜把后头的话咽了下去。

这糊涂孩子，我还真没看出来，原来偷偷存着这心思呢。

我想劝他两句，让他别钻牛角尖，转念一想，这也就是年纪小、一时迷了心吧，年纪大点自然会过去的。再说了，我就要走了，日子一长，他也就忘了，总有好姑娘在前头等着他。

他们哪需要我操心啊，我还是多担心担心自己吧。

这一走，未必是走到另一个城市，也许，就是走去绝路，不知道这辈子，还能不能再回到由唐了。

1998年3月9日／星期一／阴

今天又做那个噩梦了，梦见到处去找心心，最后冲进李双秀的房间，看见她守着大锅捞骨头吃，捞着捞着，捞出一只汤汁淋漓的小红鞋。

心心的小红鞋。

惊醒之后，我忽然冒出一个念头：心心会不会已经死了？她在给我托梦，让我别抱幻想了。

李双秀一直以来，也许只是拿一个死人来威胁我，用一个死去的心心，牢牢拴住了还活着的我们。

我的心应该狠一点，我是一个母亲，我不只有心心，还有小拓。

如果心心救不回来，我至少得为小拓谋个活路。

1998年6月21日／星期日／晴（夏至日）

不知不觉，我就习惯当"李双秀"了。

她成了我，陪着大山在外交友应酬；我成了她，待在家里照看小拓，身份就这么悄悄掉转。

我不吵不闹，也不抱怨，安安分分做事，我装着已经完全老实，有几次，甚至赔着笑问她，我这样的表现，能不能换我尽快见心心一面，或者，给我看一张心心的近照也好，我太想她了。

每一次，她都轻描淡写地说："再说吧。"

半年了啊，我的心心没准儿已经长高了，但我看不到。

我心里发抖，腿上发软，脸上还要装着一切如常，装着对她的"大度"感激涕零。

不过，这种伪装和刻意的讨好是有效果的，这几个月来，她对我的戒心渐渐小了，出门办事，经常让我抱着小拓一起，大概是看不起我，觉得我一个家庭妇女，女儿又被她控制，再也掀不起什么风浪，已经认命当一个唯唯诺诺的小保姆了吧。

我有一个计划。

1998年7月2日／星期四／晴

大山，这可能是我最后一篇日记了，如果我再也不回来，这日记就是我的遗物。如果我回来了，那就是我成功了。

我觉得对李双秀这样的人，不应该抱有幻想，你越懦弱，她就越猖狂。她凭什么拿心心拿捏住我们全家？不能给她这个机会，她应该有报应。

　　这些日子，你的工地赶进度，我陪着她去过几次。我注意到，她在工地间穿行，有固定的路径，而那些路径两边，楼都还是建设中的，有些楼板，就堆在还没封墙的楼面上，堆得不算很规范，很多拿撬棍能挪得动。

　　我在想，如果她从楼底下经过的时候，楼板从天而降，会发生什么事呢？

　　上一次杀她，她没死，我还真不信这个邪了：如果她被落下的楼板砸成了肉酱呢？她还能活吗？

　　家里进了豺狼，实在没人赶，我自己来吧。

　　祝我成功。

　　最不济，也请老天爷让我跟她同归于尽，给你和小拓，挣出一个没她的明天来。

　　如果我失败了，再没有回来，那也是命了。

　　你得把剩下的担子挑起来。

　　记得找心心。

　　哪怕女儿已经死了，也得把尸骨找回来，一个人死在陌生的地方，她会害怕的。

——林喜柔的日记，选摘

勇者起者の異境

第八卷

01

开车到石河,花了约莫一天半的时间。

炎拓对石河不算陌生,但经由石河进山林,还是第一次。

邢深安排了两个人在入山口接应,一个是老熟人,山强;另一个没见过,二十来岁,叫孙理,他之前走过青壤,对路线熟悉。

一回生,二回熟,山强笑嘻嘻跟炎拓打了招呼,又看聂九罗:"这位是?"

他不知道聂九罗的存在,邢深没交代过。

炎拓说:"我……女朋友,罗小姐。"

山强"哦"了一声,有点纳闷为什么要带着这么个纤瘦娇弱的姑娘进去:"往里走很……辛苦啊,罗小姐是进去呢,还是在这头等?"

炎拓:"一起进去。"

山强懂了,这位罗小姐一定是有点本事的:前一天,余蓉带着雀茶同来,他也表示了惊讶,后来雀茶露了一手,他就闭嘴了。

他相信能进山的,都是有自知之明的。

他给两人介绍:"从这里过去,原本要走两天的路,我们晚上不睡,能省半天多。深哥说,越早到越好,本身……林喜柔就已经抢在咱们前头了。"

炎拓没问题,聂九罗也表示没异议。

只要带上必备的行李就可以,基本可算是轻装,唯一的麻烦是陈福。

这个烫手山芋,留在她那儿很久了,她想转交给邢深一并处理,是杀是剐是做诱饵,让他决定好了。

但一个装人的箱子,抬着走山路,那得多沉哪。

因为陈福只是呆滞而非昏迷,山强突发奇想:"能赶着他走吗?"

于是一行五个人,孙理带路,山强牵着被绑的陈福走中间,虽说在这山里不至于遇见别人,但为谨慎计,还是给陈福戴了个口罩。

炎拓和聂九罗殿后。

进山时是午后，日头渐走渐落，再加上很多时间要在密林里穿行——林子里本来就阴暗，越走就越是阴森。

聂九罗心里瘆得慌，频频左顾右盼。

炎拓注意到了，问她："怎么了？"

聂九罗说："万一林喜柔在这儿埋伏了人，那可糟糕了。"

炎拓看了看周围，也觉得心里没底，他叫住前头的山强："林喜柔会不会已经掌握了这条路线，在路上埋伏我们？"

他觉得不是没可能：蒋百川一行那么多人落在了林喜柔手里，但凡有一两个嘴巴不严的，这条路线说不定就暴露了。

山强哈哈一笑："你放心吧，我们进山之前，也担心过这个来着。不过过去十年，也才走了两三次青壤，这路线复杂得很，谁有那个本事把它记住？就连蒋叔亲自带队，也得主要靠地图呢。再说了，深哥那一拨已经进去了，昨天又走了余蓉那一拨，都平安无事。"

这样啊，聂九罗略微放了心，又走了一段，忽然想起了什么，问炎拓："我记得你提过，去年九月份林喜柔他们进过山？"

炎拓点头："不只去年，前年也进过，事实上，她好像每年都会有这么一段时间。所以她才在石河有不止一处落脚点，甚至还知道南巴猴头这样的生僻地方。"

聂九罗纳闷："她的入口在矿坑，但她为什么老往石河一带的山里跑呢？"

这话把炎拓给问住了，林喜柔曾经从这山里绑过人，他想当然地觉得，也许是在寻找血囊，人在山林里失踪了，不容易引起外界的注意。

但这论点经不住推敲：二十来年，也就用了十几个血囊，平均都不到一年一个，犯得着兴师动众、每年都往山里跑？

正想着，聂九罗忽然冒出一句："她会不会就是在找金人门和缠头军呢？"

炎拓觉得有这可能：林喜柔知道缠头军的传说，也曾近距离遭遇过，还失去了儿子，这么多年来，她其实有在找。

只是，这山林太大了，时间跨度又太长，两拨人马，散落于时空轴的不同点位，从未相遇。

……

聂九罗的体力，起初还跟得上，到后来就有些费劲了，炎拓先是牵着她走，后来就是挽着了，最大程度上给她借力。好在很快入了夜，天一旦黑下来，行进速度就慢了，于她也算变相休息。

夜晚的山林极其可怕，风一吹，枝叶哗哗晃动，仿佛身前身后都是魑魅魍魉，手电光又弱又单薄，晃一晃都像在发抖。

正走着，远处响起了一声凄厉的长嚎，如鸮啼鬼啸，让人不寒而栗。

深山里有野兽夜嚎，一点都不奇怪，而且听着距离很远，遇上的可能性不大，不过这声响起得太突兀了，瘆得几个人几乎是同时停步。

山强咽了口唾沫，问孙理："带枪了吧？"

孙理说："带了，包里还有杀虫剂和鞭炮。"

杀虫剂是用来喷火的，鞭炮制造声响，用来驱逐野兽绰绰有余。

山强定了心，有这几样东西，别说来头虎狼了，就是来只熊也对付得了，他习惯性地一牵绳子："走吧。"

哪知绳子一绷，是陈福硬戳着没走，山强没提防，吃了这反作用力，脚下险些打了个趔趄。

这一路上，陈福让停就停、让走就走，真比家养的狗还好使唤，虽说反应迟钝，但吃了山强几脚之后，勉强能跟得上趟，从来没出现过这种牵了不走的情况。

山强有点来火："哟，你给我……"

话没说完，炎拓低声打断他："注意点，他不对劲。"

山强心头一凉，后半句话瞬间就咽了回去。

是不对劲，原先，陈福是一副木愣愣、失了魂、行尸走肉的模样，但现在，好像有点回神了，他眼珠子动得很厉害，脖子僵硬地忽左忽右，似乎是在急切地寻求着什么。

就在这个时候，又一声长嚎飙起。

陈福浑身一凛，猛然转向那头。

说时迟，那时快，聂九罗一把卸下背包，抡起了就往陈福脸上砸，她的负重不算多，但背包的分量也绝不低于两块砖头，这一砸，直砸得陈福一张脸险些凹进一半，口罩底下鼻血浸出，整个人踉跄着后退，"扑通"一声坐倒在地。

山强吓了一跳："罗小姐，你这……"

聂九罗瞪了他一眼："没看到他那架势马上就要张嘴喊了吗？这你还不堵嘴，等着他一唱一和的，把妖魔鬼怪招来？"

居然是要喊？山强浑身一激灵，赶紧跪下身子去捂陈福的嘴，孙理也忙不迭过来，从背包里临时抽了一件衣服扯了，团成塞口布，给陈福塞上。

炎拓提醒了句："耳朵也塞上，他是因为听见那种声音才不对劲的。"

孙理手忙脚乱照办。

陈福"唔唔"地挣扎了一会儿，终于老实了。

又是一阵风吹过，周遭林木哗响，骇人的死寂中透着股诡异的躁动，山强浑身发毛，声音都抖了："怎么那东西叫，他也被引着叫，不会是同类什么的吧？"

孙理也有点紧张："这条路应该没问题，前两拨都安全过去了，也走了夜路，没听说过出状况啊。"

炎拓问他："这附近有什么奇怪的地方吗？"

孙理摇了摇头。

他不知道，在山里赶路，从来都是一条道匆匆踩过，谁有那闲心思去探看附近如何啊？

聂九罗倒不觉得是附近："山里安静，你觉得是在附近，有可能还远着呢。"

说着，她扬手往声音传来的方向指了指："那个方向，有什么特别的地方吗？"

特别的地方？

山强皱着眉头苦思，孙理忽然想到了什么，小声提醒了他一句："南巴猴头啊。"

哦，对对，南巴猴头。

山强结结巴巴："就是之前，林喜柔一再让我们去换人的地方，但我们不是一直都没去吗，后来她在那儿吊死了瘸……瘸爹……"

话没说完，后背已经爬上无数森凉：不会是瘸爹他们死不瞑目吧？

炎拓压低声音："南巴猴头上，估计有点东西。先不管它，灯光调暗，赶紧走，跟大部队会合了再说。"

因着这一插曲，几个人高度紧张，一路都是快走，只实在累得够呛的时候停下休息个一时半会儿，陈福虽是个大累赘，好在没再出什么幺蛾子。

这步速，一直延续到天蒙蒙亮：似乎这一晚上拼命逃离的，不只是恐怖的嚎叫声，还有暗得不见五指的长夜。

而天一旦亮起来，一切就都好了。

白天赶路，心情相对宽松点，路上，山强还给他们指了个村子，基本只剩残墙颓瓦，被环抱在一个山坳之中，即便当头有日光，也依然死寂如同鬼村。山强说，这是四号村——缠头军的村子统共历经八迁，这是第四迁的那个。

而他们这趟要去的，是初始的零号村，又叫老秦村。

……

太阳快落山的时候，聂九罗已经超过二十四小时没合眼了，她困得直打哈欠，步子都有点虚浮。

炎拓正想招呼山强停下休息一会儿再走，山强却兴奋地一扬手："到了，快到了，那儿就是。"

哪儿？聂九罗强打精神去看。

明明什么都没有啊。

按说已经有两拨人进来了，总得有个像样的营地，外加点生活痕迹吧？

没有，都没有。

她看了看前方，又看周围："老秦村呢？"

山强指了指不远处一块野地："喏，就那儿。那时候山里盖房子，也不可能烧砖，都是木头、茅草、土坯搭的，这么多年雨打风吹下来，什么痕迹都没了。"

他说完，似乎猜到了她想问什么："这边走，人都在那头。"

又走了约莫一刻钟，见到一个巨大的山洞。

非常大，但也很显眼，如果把这座山比作一个倒扣的蛋筒，那这洞就是拿餐勺在地基处硬挖走了一块，呈一个穹形。

进了洞，聂九罗首先注意的是高处：密集恐惧症患者肯定受不了这儿，穹壁上有很多凹坑，不过并不深，大小大概能容一个成年人窝着团进去。

好好的山洞，怎么长成这样？

炎拓也是这想法："这种，是自然形成的吗？"

山强："不是，修成这样的，利用了山洞原有的形，修成这样的。"

聂九罗看了又看："修成这样，有什么意义吗？"

山强瞪大眼睛："有意义啊，这是星空啊，星空图。"

星空？

聂九罗再次抬头去看，你别说，一旦接受了这个设定，再看的时候，觉得说是"星空"也说得通：秦朝的时候，山地审美还比较朴素，不能强求人家精致——穹顶上凿些凹坑，确实也能勉强被视作星星。

山强嘿嘿一笑："我们走青壤，进黑白洞，那肯定是要去到地下的，一般人就会在地面穷找八找，试图找出向下的入口，可是呢，我们的入口，偏偏就是在上头。"

说着，他抬起手，指向高处的一个凹坑："看见没有，就那个，那个是起始入口。"

聂九罗仰头去看。

那个凹坑，不敢说在正头顶上，但也差不多了。

02

不得不说，这入口设置得其实挺聪明。

通往地下的入口，一般人不会想到往天上找，而且，就算抬头看了，这些星罗棋布的凹坑也跟人脸上的麻子似的，明明白白，不会引起人丝毫的探求兴趣。

谁会有那闲心思爬到几乎是洞顶上的地方，去看凹坑是不是有蹊跷呢？

再说了，就算有这闲心思，受地心引力影响，也爬不上去啊。

炎拓满心费解："这要怎么爬？"

山强得意扬扬："胡乱爬当然是爬不上去的，咱这是有……"

他说到一半,想到陈福就在身边,警惕心起,忙吩咐孙理:"把他眼睛给蒙上,还有,牵拐角去,省得碍事。"

他候着陈福远了,才又继续:"咱这是有路线的。"

说着掏出手机。

除非是卫星电话,一般的手机到这儿,基本没信号,只能当相机或者存图工具用。

山强给两人看照片,拍的是一片麻黄色的旧帛布,上头毫无规律,用墨笔画了东一条西一条,仿佛散落着一条条虫子。

仔细看,这些虫子身体还是环节状的,另有一条淡红色的线,穿针引线般,穿起了其中的一部分虫子。

聂九罗:"这些是……"

山强说:"古星图啊,现在世界上公认的最古老的星图是中国古星图,据说是唐朝的时候绘制的。我们这厉害了,秦朝的时候!秦朝的古星图!"

说着,他指甲重重磕了磕手机屏,又指了指洞顶,以示需要两相比对着看。

聂九罗没吭声,隔行如隔山,她对观星一无所知,最多认识北斗七星,因为形状像个勺子。

但这个图上,连北斗七星都没有——不知道是那时候的天象观测太潦草,还是当时的星空跟现在的差别太大。

她指了指中央处、淡红色线终端的那颗:"这颗星叫什么名字?为什么要把这颗设成入口呢?"

山强一时语塞,他一个小跑腿的,上哪儿知道这个?图上又没给他备注。

他清了清嗓子,索性敷衍过去:"总之呢,这条淡红色的线就是线路图,从起始点顺着这条线的顺序往上爬,就能到入口了。"

有了这图,再跟山洞高处的凹坑相对应,不难找出淡红色路线的起始端,但问题在于:头几步好爬,就当是攀岩,可因为整个洞呈穿形,越往上就越没法借力。

山强故意卖关子:"往上爬就知道了,我在下头给指引方向,你们谁先来?"

炎拓说:"我来吧。"

他卸了背包,外套脱给聂九罗,随意抻拉了几下之后,走到山强指的山壁方位处。

其实还行,这个洞不潮湿,洞壁嶙峋,徒手上到两三米高不难。

他深吸了一口气,抬手抠住高处一块凹坑,身子猱纵而上,也亏得这几天已经在进行力量的恢复训练了,上得不算艰难。

山强时而看手机,时而看炎拓,不断给他纠正方向:"对,继续往上,偏右点,没错,大方向没错。"

聂九罗走近洞壁,仰头看炎拓攀爬,她也很好奇山强的葫芦里究竟卖的什么药。

炎拓渐爬渐高，也越来越吃力，有时手脚用力过重，会有细小的沙砾从上头滑落，聂九罗抱紧炎拓的外套，越看越是紧张，生怕他一个不小心就从上头栽下来。

山强忽然冒出一句："好，就现在，你看这个坑洞边上，有个抓手环，注意找，颜色和山石一样，迷惑性很强，那是有磁力、吸上去的，可以拽。"

炎拓喘着粗气，咬牙腾出一只手来，在面前的这个坑洞边来回摸索。

手上突然一紧，还真抓着了。

有手环可抓，那可太轻松了，炎拓仔细看了看：这手环分量不轻，应该是铁合金，但表面看来跟石头没两样，一端用铰链焊死。一般情况下，受重力影响，环身会垂耷下来，但因为上头有磁吸力，所以如果不用力拽拉的话，环身会自动地整个儿吸附上去。

他大致想明白了："那条淡红色线，就是抓手环的分布路线是不是？所以哪怕人到了顶上、背对着地，都能借力固定住身体？"

山强猛点头："而且你注意看，很多地方还有踏脚窝，只要臂力足够、一路小心，爬到洞顶不成问题。"

聂九罗也听明白了，长长吁了口气：真可惜，她的一条胳膊不方便使力，不然这么一路攀爬上去，也挺有意思……

她忽然想到了什么，重又走回山强身边："这不对吧，你们走青壤，都是这样一个个爬的？"

这种攀爬，对体力、耐力要求很高，别人她不熟，不敢说，但蒋百川想上，绝对不容易，邢深这么折腾一趟也够呛。

山强说："当然不是。"

什么叫"当然不是"？

聂九罗正想发问，洞顶传来一个熟悉的声音："到了是吗？等你们呢。"

聂九罗闻声抬头。

有个光脑袋从洞顶的那个所谓"入口"里探了出来。

是余蓉。

她先是朝下看，冲聂九罗点了点头，再接着，像是意识到少了谁，这才想起扭头往边上看。

炎拓已经爬到了半洞顶，脊背向地，所以只能倒着看余蓉，姿势扭曲，也不方便打招呼。

余蓉看了他一眼，很是无语，冲着山强说了句："到了就喊人接不行吗？不知道时间紧？在这儿撺掇人玩儿什么驱魔人呢？"

山强不敢跟余蓉顶，讷讷解释："他们……第一次来，我就是想展示一下这个原理。"

这什么意思？炎拓继续也不是，不继续也不是，觉得自己活像只架空的烤鸭。

余蓉没好气地缩回了身子，很快，"哗啦"一声，一长串铁链垂落下来，长度刚好及地，末端有脚蹬，方便踩站。

余蓉的声音从上头传下来："赶紧的，谁先站上来？"

聂九罗先上，刚站稳铁链就回拉了，应该是有齿轮类的机关，能听到"格楞格楞"的声响。

这简直比电梯还省事，而且因为有脚蹬，身体很稳，抓紧链身，很有点乘云而上的感觉。

炎拓眼睁睁看着她消失在洞口，紧接着，铁链又放下，这次是山强上。同样地，十秒不到，人就到位了。

所以，他还得吭哧吭哧地爬，用余蓉的话讲是"玩儿驱魔人"，图什么呢？

炎拓没办法，只得手脚并用、继续使力，终于赶在拽下一个之前，顺利翻进了入口。

这个"入口"，看起来口子小，进来之后倒还行，有个小斗室那么大，大概十来平方米，里头还真有铰链盘，方便拽人上下。

聂九罗比他进来得早，已经问清楚了，低声给他解释："每次走青壤，确实也需要有个体力好的人先爬上来，这入口是有石罩子的，移开之后翻进来，再用铰链把其他人给拉上来。"

行吧，炎拓掸了掸手，刚那一通，权当是热身了。

接下来是吊陈福，炎拓原本以为，陈福这种痴傻的比较麻烦，他会踩不住脚蹬，也会握不紧链身——没想到余蓉直接把脚蹬换成了大铁钩，钩住陈福的绑绳，硬生生把人吊了进来。

所有人和行李都上来之后，山强搬过石罩子，正对着入口，咔嗒一声罩上了。

斗室里一片漆黑，炎拓下意识去摸手电。

余蓉已经先打了起来，且灯光指引似的，先落到角落处，炎拓这才发现，那里有个洞，大小估计能容成人爬进爬出。

余蓉指了指洞内："往里，只能爬了。孙理，你来过，你打头，其他人依次进。"

爬？山强觉得想让陈福完成这个操作有点困难："他不好弄啊。"

余蓉觉得他真是蠢："非让他爬啊？拖行李的排子是做什么用的？"

于是孙理打头，其他人一个接一个，都往洞里爬，洞里是条通道，修整得还挺好，至少地面是挺平的——爬了没十几米，聂九罗就听到了颠簸的滚轮声，回头一看，所谓的"排子"，就是带轮的一块长木板，板前有拉绳，人趴躺在上头，可以被拽着前行。

又爬了一段，通道转向，成了往下的一口深井，好在跟之前一样，这里又有铰链盘，可以把人给放下去。

聂九罗脑子里大概能画出路线的剖面图了：先上，后平，再下，所谓的爬高只是障眼法，最终还是要往地下去的。

通过深井之后，再次脚踏实地。

这一次，空间开阔起来，人声也重了，照明是古今混搭的风格：有太阳能灯、夜光灯，还有燃着的火堆。

余蓉让山强他们把陈福领去关起来，自己则领着两人一路往里走，顺便也介绍了一下这头的情况："人都在这儿了，住里头总比在外头露营安全。不过嘛，照明还是点火方便，太阳能灯得拿出去晒太阳，夜光灯又得先吸光，都太娇气了。"

聂九罗忽然想起了什么："你们先前走夜路，有没有听见野兽的叫声？"

野兽的叫声？

余蓉挠了挠头："好像……有，有也不稀奇吧，秦岭里肯定有野兽，趁夜嚎两嗓子还不是常事吗？"

聂九罗说："不是普通的动物，在南巴猴头一带，叫声很诡异，陈福听到了之后，反应特别不对劲，那感觉，像是遇到了同类，想出声应和……你们如果听过，肯定会有印象。"

余蓉仔细想了想，十分肯定地摇头："没有，我们经过南巴猴头那一片的时候，周围静悄悄的。"

那看来是巧了，不过想想也对，那叫声只是突兀起了两次，并没有经久不息，但凡早一刻或者晚一刻，都会错过。

聂九罗寻思着，这头完事之后，如果还有余力，得建议邢深往南巴猴头走一趟。

炎拓打量左右，截至目前，感觉像是行走在幽深的地洞里，也没什么特别的："这就是进了……金人门了？"

余蓉差点笑出来："金人门？做梦呢，这就是老秦村，内村。后来才渐渐发展出外村来的。"

再绕了一个弯，内村的全貌尽现于眼前。

憧憧火光中，炎拓最先看到的，是洞壁上凿出的一层一层，不止一面有，其他方位也有，乍一看还挺壮观。

余蓉说："现在也只能推测了，这里靠近一号金人门。最初缠头军可能是把这儿当营地的，这一层一层的，跟打通的石窟似的，当年估计都是大通铺，睡人的。"

甭管当年是不是睡人的，反正现在是，炎拓看到，每一层都有支的帐篷，有人在打牌，有人在睡觉——只不过，人太少了，往里头一搁，非但不热闹，还显得分外冷清。

余蓉领着两人继续往里走，还没走几步，就听到有清脆的声响传来。

反正绝不难听，甚至称得上悦耳，余蓉却大为不耐烦，提高嗓门嚷了句："别敲敲了，没一个懂谱的。"

说话间，又绕了一个弯。

这一次，炎拓看到邢深了，就他一个人，手里握着根木棍，而在他面前立着的，是一架九枚一组的编钟。

这种乐器可谓古老了，炎拓只在博物馆里见过。

余蓉冷哼了一声，半是解释半是吐槽："他跟我说，敲这玩意儿能招来阴兵。可问题在于，只有编钟，没留下曲谱，所以怎么招？总不会叮叮当当胡敲一气，阴兵就蹦跶着来了吧？"

邢深抬起头，一眼就看见了过来的三个人。

准确地说，是人形轮廓的光吧，他早就知道炎拓身体光的颜色和聂九罗的相似，但没想到相似得这么厉害。

他有刹那的怔忪：为什么和她像的不是自己呢？疯刀狂犬才应该是这世上最搭的组合啊。

下一秒，思绪就被余蓉不耐烦的声音给打断了："喏，人齐了，该讲什么你可以讲了吧？"

聂九罗这才明白，为什么刚见面时，余蓉就一直催促他们，表现得那么火烧火燎，合着邢深这头的事，一定得等人"齐了"才开讲？

难怪余蓉一副没好气的模样。

邢深"嗯"了一声，也不跟两人寒暄，开门见山。

他拿木棍端头指了指身前的编钟："都认识这个吧？"

炎拓点头："认识，编钟嘛，是秦朝的老物件还是后来仿制的？"

这要是老物件可就值钱了，毕竟是秦朝的古物——蒋百川他们求财归求财，居然从来没动过这东西的歪脑筋，也算是有点操守和规矩。

邢深摇头："准确地说，这个叫编磬，我们称为缠头磬。编钟相对精致，磬就会粗糙点。它属于最古老的打击乐器，几片钻了孔的石片挂吊起来用于击打，就可以叫编磬。"

聂九罗走近前去看。

是跟平时采风时见到的编钟不一样，虽然大体形制相同，但这个挂的都是大大小小的石片。

炎拓也走过来，用手摸了摸，又屈指弹了弹，声响有点怪，他觉得非石非铁，也说不清是什么材质。

更诡异的是，石片都呈人形，但不是站立着的人：这些人形，有的双臂朝天，有的屈膝跪地，有的趴伏，有的拉开架势，不一而足。

余蓉还是那句："管他编钟还是编磬，你这儿没谱啊。"

邢深答得平静："有谱，蒋叔跟我说过，黑白涧的边缘处，是立有无数人俑的，类似秦始皇兵马俑，不过地下不能跑马，所以人俑居多，可能也混了一些其他的造像。据说人俑中间，有一队乐人俑，乐人就是古代的歌舞演奏艺人，从它们身上，能够找出正确敲击缠头磬的乐谱。"

余蓉勉强听明白了："你那意思，是先要去到黑白涧边缘，找到乐人俑，再从乐人俑上把乐谱给抠出来？如果我没记错，那儿的人俑，没成万也上千吧？这要怎么找？说不定你找着找着，就跟林喜柔他们迎头撞上了。"

聂九罗插了一句："怎么找先摆在一边，我想知道，找到乐谱、成功敲击缠头磬之后，会发生什么？"

邢深迟疑了一下才开口："当年的事情，你们知道的并不是假的，只是不太详细，少了很多细节。"

当年缠头军进山，并不是一次到位，就跟现在做工程分一、二、三期一样，那时的缠头军，也是一批批到来的。

第一批到达的缠头军，做了大量的基础工作，比如收编狗家、查找青壤入口、铸金人门等。小有所成之后，第二批人员到来，开始分组编队，划定不同区块，每日推进，逐步往内探索。

起初还都正常，但渐渐地，有一些意想不到的事情发生了。

零零星星，开始有兵士病倒，然后接二连三，而且一般都是一病病一队。

随行的大夫判断是时疫，那个时候，医疗水平不高，染上疫病还是很可怕的，于是大队人马一度中断了对青壤的探索，开始着手整治疫病，并且遵医嘱，把患病的人员统一集中隔离。

然而，没过多久，更离奇的事出现了：患病隔离的人每天都在失踪，开始是少一个两个，可能还不那么引人注目，但天天少，少得越来越多，那就离谱了。

缠头军加大了对这批人员的日夜防守力度，终于发现，这些人是自己跑的，偷偷越过金人门，往深处跑。

好在抓到的时候，这些人思路还都比较清晰，能正常交流，据他们说，就是控制不住，冥冥中仿佛被什么声音召唤着，就想冲进金人门，越深越好。

还有一部分人说，会梦见包裹在黑色里的太阳，似乎对他们有着致命的诱惑力。

这像什么话？简直是集体中了邪了！

当时缠头军的首领做了两个决定：一是派小分队深入金人门，把犯病逃跑的人给抓回来，毕竟是同僚，不能放任不管；二是对这些还没跑的人，严加看守，同时向外求援，寻找医术精良的大夫进山。

简言之，他们还是认为，这是一种疫病，患病者会出现幻觉、胡言乱语，还会行为失控。

然而，事态在进一步恶化。

邢深长吁了口气："那些去抓人的人，要么一去再没消息，要么把人抓回来了，自己也开始犯病。被严加看守的那些人就更糟糕了，胡言乱语、以头抢地、行为躁狂，然而更可怕的还在后头，随着时间一天天地过去，这些人的身体、容貌开始发生可怕的改变。"

聂九罗只觉得喉头发干："人为枭鬼？"

邢深点头："没错，你可以想想看，一群被拘禁着的人，个个青面獠牙形如恶鬼，一入夜撕心裂肺鬼哭狼嚎，那是一幅怎样的场景？当年的人是迷信的，没犯病的缠头军都开始军心浮动了，认为这是个被恶鬼诅咒了的地方，于是有人逃跑，还有人经受不了这种刺激，生生吓疯了。

"直到这个时候，领头的才开始真正重视，集中分析研究了一下这批犯病的人之后，他们发现，其实进金人门的人虽然很多，但并不是所有人都犯病了——出现异样的，是那些最为向内深入的小队。"

余蓉听得有点概念了："进入得最深的那些人，越过了类似界限一样的东西，越界的会犯病？"

邢深："没错，那时候，还没有黑白洞的概念。黑白洞，可以说是这批犯病的人硬生生拿脚踩出来的。"

炎拓轻轻吞咽了一下唾沫："那后来呢？"

"后来有一天，病得最严重的那些直接突破了防守线，大奔逃了，上百号人发狂似的冲进金人门深处，像是被黑洞给吞噬了，再也没有发出过一丝一毫的回响。

"好在，病得不太严重、尚能交流的那些，还留了几十个。缠头军的首领经过一番讨论之后，做了一个决定。"

03

缠头军的首领认为，既然请进来的大夫都束手无策，那这种"病"，是不可能在短期内治好了。

与其放任这些兵士继续病情恶化、发狂，然后一窝蜂冲进地底深处，不如趁着这些人还有意识，顺水推舟，把他们给利用起来。

炎拓猜到点了，但不敢确定："利用起来？那意思是，不隔离了，直接把他们派进去？"

聂九罗也是这想法："趁着这些轻症患者还可控，把他们转换成打头阵的侦察兵，放他们进去查找线索，再把里头的情况往外汇报？"

余蓉这才恍然，她"噢"了一声，然后点头："厉害，这招狠。不过，换了是我，我也会这么做。"

邢深沉默了一下，继续说自己的："是有这个考虑，这个'界限地带'，后来就被称为黑白洞，但这么做，还有更重要的目的。"

说到这儿，他声音都有些发颤："古时候当兵打仗，都是同袍情谊，大家一起扎进这山里，虽说是奉了皇命，但朝夕相处，感情都很深，没人舍得自己的朋友兄弟都成了怪物，就此下落不明。

"所以被派进去的这拨人，使命极其重大。原先，他们只是走青壤、找地枭、帮皇帝寻找长生的方法；现在，多了个任务，要尽一切努力，查出同伴发狂的原因，把那些已经消失在黑暗深处的人，再给拉回来。"

聂九罗最初只是把邢深的讲述当成久远的传奇故事来听的，听到这儿，居然有些动容："缠头军"这个名字，以前只觉得又土又傻，现在多了些意味，心底里，居然还有点肃然起敬了。

她看了炎拓一眼。

谁喜欢被放弃、被置之不理呢？每个落难的人，都希望有人来救。

缠头军的首领能始终不放弃那些已经异变消失的兵士，挺了不起的，不愧是当时帝国各方面水准最高的军队。

邢深说："所以，等于是在黑白洞里建立了一个缠头军的分部吧，他们要争分夺秒，找到救同伴的方法，因为，这也就等于是找到了救自己的法子。但是你懂的，这些人也患了病，能支撑的时间有限，为了保证这套体系可以良性运行，得有新的血液汇入，于是后方不断有人补充进去，主力就是鞭家。"

余蓉冷不丁被点到，一时愣怔，脱口问了句："为什么？黑白洞都这么可怕了，进去就变枭鬼了，还逼人进去补充？"

聂九罗沉吟了一下："未必是被逼的，古代的价值观跟现在很不一样，什么效忠我主、死节死义，很有可能是被号召着进去的，或者是敢死队，主动请缨。"

邢深默认了这一说法："之所以主力是鞭家，是为了驯化，这些缠头军即便兽化，也不能是野兽，他们要依然能听军令冲锋陷阵，能被召唤，能被驱使。想不到吧，鞭家人，驯人，也驯己。"

余蓉看向山洞黑黝黝的深处，没有说话。

从这儿，再往深处走个一两个小时，就能看见金人门了，越过金人门，才是正式踏上了青壤，黑白涧，还在青壤腹心。

鞭家人，她的祖先，进入黑白涧，这一举动，真是又苍凉又悲壮。

她清了清嗓子，指向身前立着的编磬："那这个……"

邢深抬手下压，示意她先听自己讲。

"整个过程，持续了不短的时间，人俑也是不断烧制的。最开始，只是用人俑当界标，提示大家不要越界，后来，是想让里头的人能看到大秦将士的风范，不管身处什么状态，都不忘自己的归属，再后来，就成了缠头军的传统，有祭奠的性质了。走青壤时，他们甚至会专门制作新的人俑造像供奉进去——这一代一代，一年一年的，可以想象，这道人俑界限的规模有多么庞大。"

炎拓忽然想到了什么："我之前听说过缠头军的历史，说是缠头军入山，历时两年多之后，终于摸着了门路，找到了第一只地枭。"

邢深苦笑："这说法没错，就是简略了点。我们巴山猎，打猎时有分工，有人坐'交口'，负责下手；有人'撑山子'，也就是敲锣打鼓、抄枪抢棒，负责把野兽给惊扰出来。这第一只地枭，就是里头的缠头军设法撑出来的。"

聂九罗轻声说了句："所以，那些进黑白涧的缠头军，功劳不小啊。"

没想到，这轻描淡写的一句话，居然让邢深激动了："没错，就是这样，可是……"

他硬生生刹住，缓了会儿之后，还是按时间顺序往下说："你们也知道，找到了地枭之后，外头却变天了，楚汉相争，大秦说垮就垮。

"不过，瘦死的骆驼比马大，缠头军依然撑了一段时间。在这段时间内，有一些进展。"

他指了指身前的编磬："比如缠头磬，还有缠头旗。奏响缠头磬，是用来召唤里头的兵士的，也就是我们说的'借阴兵'。缠头旗也好懂，可以用来打旗语，是指挥的。缠头磬有乐谱，旗语雕刻在一面石板上，我们有一份，里头也有一份，里头的那份，就藏在乐人俑身上。

"据说当时，还曾实操过一次，的确是奏效了。这头是人，那头蜂拥而出的是枭鬼，虽然他们最多只能在黑白涧边缘地带徘徊，但看得懂旗语，能冲锋、知进退，同号缠头。"

原来是有乐谱的，那就是说，用不着跋涉到里头去取了？

余蓉好奇："我们的谱呢？"

这个余蓉，真是对"谱"有谜之执念，邢深无奈："接着往下听，你就知道了。

"前头也说了，大秦垮了，外头变天了，这从根本上动摇了军心——军队是靠国家拨钱供养的，一旦断了所有的供应，那后果可想而知，各种矛盾都凸显了。

"有人忠于故主，想继续坚持下去；有人觉得在这破地方熬了两年多了，已经仁至义尽，所谓长生，根本只是个虚无缥缈的目标，不如尽早放弃、隐匿身份，省得新帝上台清算旧账。总之就是,冲突愈演愈烈,到最后,酿成了一场兵变。"

他在这里停了几秒,似乎是要留时间给人消化,余蓉沉不住气:"然后呢,然后怎么样了?"

邢深哈哈笑起来:"然后,主张放弃的那一派赢了。"

他的情绪重又激动:"想不到吧,那些不愿意放弃同伴、想要继续下去的,都在这场杀戮中败北了。余蓉,你不是老问我们的乐谱在哪儿吗?我们的乐谱和记录了旗语的石板,就是在这场兵变里毁了,缠头旗也被烧了。那些背叛并且残酷抛弃了同伴的人,反而赢了,他们锁合了金人门,带着得来的地枭,改头换面,在外头的村子里安定下来,过起小日子来了。

"是不是觉得很讽刺?你们,还有我,是不是还以为祖上的来头多么光鲜?其实咱们,都是背叛者的后代,身上背了这么一份亏心债!"

余蓉和聂九罗都没说话,余蓉是还在消化,聂九罗则觉得这说法太过偏激:怎么她莫名其妙,就成了背叛者的后代了?攀扯父债子还也就算了,秦朝距今,得有两千多年了吧,这么久的债,还算到她头上去了?

炎拓说了句:"邢深,你是不是有点太过代入自己了?这都是很久以前的事了。"

邢深没吭声,顿了顿才又继续往下说。

因为手头有地枭,再加上身上有余钱,日子没那么紧巴,所以安生日子过了很久,金人门也一直没有打开。

但农业社会嘛,荒年灾年来得频繁,而且见了光的地枭活不了太久,终于有一天,日子过不下去了,有人想起了这个老祖宗留下的金饭碗。

——可以去青壤碰碰运气啊,看看能不能再逮它个一只两只,哪怕几年不开张呢,一开张可就能吃上几十年啊。

于是金人门得以重开,昔日缠头军的儿辈和孙辈们,又踏上了青壤的土地。

……

邢深说:"沉寂了几十年的青壤静悄悄的,沿路还能见到当年那场兵变时留下的刀剑尸骨,走到接近黑白涧的边缘处,看到了昔日的信板,信板上,扎着两根飞箭。"

信板类似于箭靶,只不过更加高大,边缘处镶了一圈夜光石,这是方便和黑白涧内的缠头军通信:按照定下的规矩,里头有什么信息,来回跑不方便,可以绑在飞箭上射出来。

当初彻底离开时,信板上被清空了,什么都没有,如今多了两根箭。

很显然,那是里头的缠头军在不知道自己已经被遗弃的情况下往外发出的信息。

两根飞箭被取下,箭身上绑着封蜡的小竹筒,筒口打开,里头的信件是写了血字的碎布条，虽说几十年已经过去了，但因为竹筒的密封好，碎布条上的字倒还清晰可见。

邢深长吁了口气："这碎布条肯定留不到现在，所以上头写了什么、怎么措辞的，蒋叔也没看见，他看见的，只是后来的记载。

"第一条信息的大意是，皇上想找的长生的秘密，关键在于女娲肉，他们已经有眉目了，但缺人手，需要新人支援。

"第二条信息，很可惜，只有几个字能让人勉强认得出，其他的，都被血染了，大家推测，很可能是写完之后，出了什么事，比如被袭击，事态紧急，来不及重写，所以匆忙发出来了。那几个字是'夸父''七'。"

炎拓浑身一震，脱口而出："夸父七指？"

04

邢深没听说过"夸父七指"，炎拓尽量简略，把当年在母亲日记上看到的那段说了一遍。

老话说"温故而知新"，这话真不假，这趟提及，炎拓又有了一些新想法："夸父逐日的故事，一般人都听过，我母亲记述的，其实跟神话故事也大差不差。唯一夸张的点在于，夸父气力不支倒地之后，拼命地用手指扒地，还扒秃了三根，最终剩下了七根。"

说话间，他五指虚张，做了一个扒地的动作："我当时想，一个人在地上扒，能有多艰难呢，怎么还能把手指头都给扒秃了？现在觉得，或许应该换一种思维，他如果是从地下往上扒，硬生生用手指去扒开泥土，那就说得通了。"

聂九罗听得心中一动："其实我一直觉得，'夸父逐日'这个故事，从地枭的角度解释倒更贴切些。

"因为太阳就挂在我们头顶，日出日落是有定时的，夸父去追，是为了让太阳更听人类的话。地枭逐日，是因为它们长在地下，看不到太阳，所以要去'追'，哪怕只剩了最后一口气，也要继续向外扒，不惜扒秃手指。"

余蓉觉得挺有道理的，但越发想不通了："女娲肉这条信息，跟长生挂钩，还算明确，可'夸''父''七'这条，是想告诉外头的人什么事呢？一个叫夸父的人，只有七根手指？"

邢深笑了笑："就是因为这第二条信息没什么意义，所以从一开始就被忽略了。大家都对第一条很心动，虽然秦始皇已经是过去式了，可大汉的皇帝依然在求长生啊，如果能得到秘方，进献给皇上，荣华富贵不就指日可待了吗？

"可是在那场兵变当中，缠头旗烧了，乐谱和记载旗语的石板也都毁了，只剩下这个笨重的缠头磬。"

说着,他用木棍敲响其中一个磬片,磬声有点闷,且毫无意义。

聂九罗若有所思:"所以,缠头军世代走青壤,求财不是唯一的目的,更重要的,是求解女娲肉之谜?"

邢深点了点头:"谁不想呢?就算是到了现代,不还是有无数人想方设法要活得更久一点吗?真是个虚无缥缈的传说也就算了,但飞箭上的信息说得很清楚,不是假的,真的有眉目了,只差临门一脚。"

他的脸上露出讥诮的神色:"做祖宗的不守道义,任由同伴在黑白涧自生自灭,导致线索断了,子孙后代们却又一代代地往里跑,想把事情再给续上,这也真是命了。"

炎拓忍不住说了句:"作为缠头军的后代,你是不是……过于共情被抛弃在黑白涧的那批人了?"

邢深冷笑:"我不是共情哪一方,我只是站在公理道义的角度,觉得这样不公平。"

这一戗挺不给人面子的,炎拓没吭声。聂九罗伸出手,轻轻钩了钩他衣角。炎拓察觉到了,笑了笑,垂手下去,把她的手包在掌心。

动作很小,但邢深"看"到了,这种身体动作的光影,再小都明显。

他别过脸去。

余蓉急于知道后续:"然后呢,这一代代地走青壤,不会一点进展都没有吧?"

邢深说:"有进展,但不大。简言之就是他们找到了乐人俑所在的位置,不过古人藏东西比较隐蔽,不可能捧在那儿等着你取。他们没能勘破玄机,也就没能找到东西。"

"后来的事,你们也都知道了,就这么一代一代地往下传,到了清末之后,世道太乱,一切就都中断了,人员也四散。说实在的,蒋叔是个能人,硬是把一圈后人又给聚了起来,还收拢了不少信息,不过,他格局太小,只想着搞点偏财、挖挖金镏子。"

聂九罗看了他一眼:"蒋叔的格局小,看来你的格局挺大。你想干什么?"

邢深转头朝向她,语气中带了些许失望:"阿罗,你从小就这样,对人对事都没好奇心,黑白涧下头,完全是另一个世界,藏着那么大的秘密,更重要的是,我们有那么多的先辈失陷在里头。如果能把这些谜题给一举解了,不比得过且过地活着有成就感吗?"

聂九罗没说话,只是定定盯着邢深看。邢深虽然看不见她的目光,却能清晰感觉到这种盯视。

他被她盯得很不自在。

聂九罗说："首先，我可不是得过且过地活着，我活得有滋有味的；其次，邢深，我看你是忘了，我们这些人，是为什么来的了吧。

"有些是跟人质沾亲带故，为救亲友而来；有些是为了做个了断、摆脱自己身上的威胁；总之是有各种不得已。但我发现你不是，至少不完全是——你这个人，从小就有传奇梦想，蒋叔的格局小，你想法比他大，你想做更多的事，可惜没机会。

"这一趟行前，大家都很迟疑，觉得双方实力悬殊，不愿意冒险。于是你说你有办法，我还以为是有什么大招呢，听到现在，根本是很虚无的事——我就不说还得大费周章去什么乐人俑找东西了，我就想问你，就算把东西都集齐了，你敢拍胸脯保证说，两千多年过去了，那些士兵还活着？能被借出来？能乖乖听你号令？

"你完全什么都不确定，只是拉大旗夹带私货，拿所有人去验证一个想法而已，你所谓的方法，还不如余蓉搞来的枪靠谱！"

说完这话，她转身就走。

炎拓苦笑了一下，想说什么，一转念：这算是缠头军的"家务事"，他一外来者，就别发表意见了。

他去追聂九罗：需要有人把她给拉住，不然她能走哪儿去？

余蓉待在原地，慢慢把聂九罗的话消化了一遍，然后从头到脚打量了邢深一番，末了一声冷笑："我早就说过，这种事，不靠谱。"

聂九罗确实也走不到哪儿去，这个点，外头早就黑了，她刚走了一日一夜的山路进来，总不能歇都不歇，再走一日一夜的山路出去吧？

邢深他们备了足够的装备和物资，炎拓自己动手，在和邢深他们距离较远的三层平台上搭好两顶帐篷，又借着火下了一锅方便面，打了点蛋花，端过来拉聂九罗一起吃。

聂九罗气还没消，一手端着纸碗，一手挟着筷子在锅里捞面，一捞两捞都捞空了。

炎拓夹了一筷子送进她碗里，又用汤勺给她加了点汤："别气了，往好处想，至少余蓉搞到枪了。有枪的话，不管是正面对抗还是突击偷袭，胜算都会大。"又说，"'借阴兵'这种事，就当个笑话听吧。"

聂九罗咬牙："真不知道蒋叔为什么会选他当接班人，领头的无能本来就很糟糕，无能还总有邪念，那就更糟。"

炎拓没说什么，毕竟他和邢深也不太熟，不过，从上次猎枭的执行来说，邢深做得还是可以的。

他说得委婉："你就当计划里本来就没这项，到时候如果能借，是意外之喜；不能借，也不失望。"

就在这个时候，低处传来余蓉的声音："那谁……什么罗小姐，你下来一下。"

平台侧面有凿好的踏步阶，虽然陡，上下还算方便。

余蓉就站在台阶下，抱着胳膊仰头看聂九罗，没等她走近已经抱怨开了："就你事多，山强说你叫罗小姐，邢深又叮嘱我别喊漏嘴，你说你麻不麻烦？"

聂九罗打断她："有事？"

"有事。现在呢，还没到约见的日子，但总得提前去熟悉一下情况、踩个点吧？睡一觉，明早起来就进金人门了，邢深被你训了一顿，不敢来，让我问你，你们还要不要一起？"

聂九罗反问她："你也看到他不太靠谱了，你放心和他一起做事？"

余蓉实话实说："不太靠谱，也就是'借阴兵'这事，坦白说，我本来也没抱什么希望。上次猎枭，邢深安排得还可以，你也用不着因为这一件事就把他全盘给否了。地枭这玩意儿嘛，虽然杀不死，但也不是立刻就能复活啊，想想也没那么可怕。"

聂九罗岔开话题："林喜柔进来得那么早，该布置的估计都布置完了，你们再提前，也已经落人家后头了，那这踩点，还有意义吗？"

余蓉说："有啊，知己知彼嘛。她布置好了，我们更得先打探一下了，省得傻乎乎过去，一脚踏进人家设好的圈套。"

聂九罗："一起的话，是不是不太保险啊？不考虑分个前、中、后队？"

余蓉懂她的意思，鸡蛋不该放在一个篮子里。

她想了想："分三队有点难，两队可行，一队配蚂蚱，一队配孙周，这俩是探测器，万一有地枭靠近，能提前知道。那就是说，你们会进金人门咯？"

聂九罗"嗯"了一声。

余蓉该问的都问到了，转身想走，才迈开步子，忽地想到了什么，又转了回来。

她示意了一下高处的炎拓："听山强说，你是他女朋友了？真的假的？这进展，可以啊。"

也不知为什么，聂九罗虽然和余蓉认识不久，但没什么隔膜感，甚至觉得，跟她聊什么都无妨。

她说："人生本来就短嘛，得到点东西不容易，失去点什么又太容易。所以啊，眼睛放亮点，打眼前过的机会、男人、朋友，以及一切你认为值得的，中意的就拿住呗。"

余蓉居然跟卢姐一个想法："不观察观察了？万一拿错了呢？"

"拿错了不是正常吗？谁能次次押准啊，拿错了就撒手呗。"

余蓉点头："心态不错，那祝你拿对。验过吗？"

聂九罗："哈？"

她怀疑自己是听错了。

余蓉一脸坦荡："你不能找个不行的啊，你条件也算不错，值得各方面都高配。"

聂九罗无语，又有点想笑，顿了顿，回她："你很懂啊。"

余蓉耸了耸肩，泰然自若："我什么不懂？"

回到帐篷边，汤锅已经加了盖，聂九罗就地坐下，重新拿起碗："你吃完了？"
炎拓掀开锅盖："没呢，等你一起。"
聂九罗瞥了他一眼："面放久了就坨了，等我干什么，一起吃坨吗？"
炎拓："就是啊，一起吃坨。"
聂九罗一时噎住，过了会儿，扑哧一声笑了出来。
炎拓也笑，顺带给她舀汤面："余蓉找你聊什么了？"
聂九罗说："也没什么事，就说明早要进金人门。"
炎拓没说什么，不过不觉向斜前方看去，刚去领装备的时候，他问过山强，想进金人门，得从那个方向一直往里走。
聂九罗也循着他的目光看过去，声音很轻："真奇怪，我一直拒绝走青壤，蒋叔问我意见的时候，我总说，我在外头候着，有事再找我。
"如今到了金人门门口了，居然一点都不紧张。"
非但不紧张，还有一丝诡异的心安。
炎拓说："这只是门口呢，金人门多坚固啊，还不到紧张的时候吧？其实我也不太紧张，照面都没打上，就开始紧张，那也太废物了。"
聂九罗没说话，过了会儿，抬起手来，轻轻摸了摸颈上的小玉柿子和小花生吊坠。
好事（柿）会发生（花生）。
会吗？
她这趟来，固然有很多理由，但有一个，对谁都没说。
——一入黑白涧，人为枭鬼。
——蒋叔说，母亲裴珂，被地枭撕咬着拖走了，血拖了一路。
可是，拖走了不代表一定会死啊，没人看到母亲的尸体。
万一她逃脱了呢？她的血液，对地枭来说是毒啊。
两千多年前的缠头军枭鬼们，可能活不到现在，早就已经死了。但裴珂，一旦逃脱，那一定还活着。
聂九罗的手轻轻颤抖起来。
也许，这才是她不紧张的根本原因。

05

聂九罗这一觉睡得很沉，不过，睡得沉不代表不做梦。
她做了个很惆怅的梦，梦见自己孤身一人，坐在巨大而又阴暗的石窟群中。石窟群的形制糅合了她去过的几大石窟，比如敦煌、龙门、麦积山，抬头环视处尽是石雕泥塑，漫天神佛，满目众生。

但就是很安静，安静到仿佛全世界只剩下她一个人。

开始，她还在石窟群中走走停停，研究雕塑手法，后来就在疯狂找人了。然而，里里外外，一个人都找不到，石窟群大得没尽头，找完一座，一仰头，前方又隆起一座。

又一次冲进一眼石洞时，力道没控住，撞翻了一尊人像，人像"砰"一声倒地，表层的泥片片迸裂剥落。

这里头，居然裹了个人。

人是面朝下趴着的，看不到脸。

聂九罗心跳得差点蹦出来，她战战兢兢凑近，蹲下身子，拿手去翻那人的肩膀，心里默默祈祷着，千万别是炎拓。

千万别是炎拓。

……

身子一阵轻晃，聂九罗睁开眼睛，意识却还在梦里，一时间有点懵懂。

炎拓正半跪着身子，低头看她："做噩梦了？"

聂九罗反应不过来，帐篷外很暗，但并不是很黑，隐约能听到人声。

她问得茫然："要走了？"

炎拓朝外张了一眼："没，刚有人起，还早呢，没到出发的时候。"

聂九罗"哦"了一声，这个梦太真了，她醒是醒了，但那种绝望和恐慌的情绪还没能完全撤掉。

她抬起手，环住炎拓的脖颈。

炎拓笑了笑，伸手从她背后拢住，把她连人带睡袋拥进怀里："做什么噩梦了？说出来，给你破一破。"

也不算噩梦吧，聂九罗含糊地回了句："就是梦见所有人都不见了，只剩下我一个人，被一堆石窟塑像围着。"

炎拓"哦"了一声："做梦都不忘搞事业啊。"

聂九罗埋头在他颈窝里笑道："然后有个塑像摔破了，里头裹着个人，不过没看清脸。"

画风突然恐怖，但炎拓还是给她"破"出了蹊径："说明技术好啊，人像塑得太过逼真，成精了。"

他又问："那儿只剩了你一个人？"

聂九罗点了点头，梦里那种辽阔的孤独感，现在还挥之不去。

炎拓说："那这个成精的，就当是我好了，省得你一个人在那儿寂寞。"

聂九罗又好气又好笑，一个晦暗阴郁的梦，还真让他三句两绕地给破了。

她抬起头："你说的啊，我在哪儿，你在哪儿。"

炎拓点头："我说的。"

早饭时，余蓉来了，跟两人一起用饭，顺带转达昨晚和邢深商量之后的安排。

人员分两队，两队里都有狗家人和走过青壤、可以根据地图认路的人。邢深带前队，配蚂蚱，负责探路；余蓉带后队，配孙周，负责策应前队及押送地枭。

前后队的出发时间错开一小时左右，这样，万一前队出事，可以及时以信号枪等方式通知后队，避免团灭。

炎拓有点担心："还要把那几个地枭带着？"

缠头军人少，还分了两队，一队撑死了也就十来号人，居然要押送六个地枭。

余蓉说："这不是来换人、做戏吗？你连人质都不带，戏怎么做啊？"

她说着从口袋里掏出一个针盒，冲着聂九罗"哗哗"晃了晃："邢深说，你有办法，能让这几个地枭没法兴风作浪。"

聂九罗接过针盒："是有办法，交给我就行。"

余蓉心中大石落地：六个地枭，不啻六只虎，谁押心里都不会踏实，但如果有办法能让老虎变病猫，那就省心多了。

她征求两人意见："你们是跟前队还是后队？"

聂九罗沉吟了一下："后队吧。"

这也算是遵循古制了，"有刀有狗走青壤，狂犬是前锋，疯刀坐中帐"，她本来也不该被编进前队的。

这回答在余蓉预料之中："那收拾收拾吧，一小时之后上路。前后队一道过金人门，过了之后再岔开时间。还有……"

她示意了一下斜前方："邢深想跟你单独聊聊。"

聂九罗一愣："跟我聊聊？聊什么？"

余蓉也斜了她一眼："我能知道吗？他又不是要跟我聊。"

聂九罗下了踏步阶，循着余蓉指的方向走了一段之后，果然看见了邢深。

一夜不见，邢深看起来疲累多了——也许昨天见到时，他已经是这副疲累的样子，只是她当时没留心而已。

走到近前，两人几乎是同时开口。

聂九罗："找我有事？"

邢深："你跟前队还是后队？"

这就是邢深找她要聊的事？

聂九罗略顿了一下，回答："后队。"

这回答在邢深预料之中，但他还是止不住有点失望：疯刀狂犬，应该并肩行事啊。

也许，真的是时代变了，大家都不在乎了，只有他还残留着那点执着。

他清了清嗓子："关于借阴兵的事，我想跟你解释一下。"

"我没有拿大家的性命当儿戏，我也安排余蓉去搞了枪。'借阴兵'，我确实没把握，只是当个备案。但万一能成，万一有用，又多一重助力，不是很好吗？

"阿罗，我十多岁的时候，就听蒋叔讲过这段故事了，我不知道你听了是什么感受，或许是因为身体里流着缠头军的血，反正当年的我是受到了巨大的震撼。

"我觉得那些人很可怜，冒死进去了一批又一批，在黑白洞里拼命，终于找到线索，满怀希望地射出了飞箭，却再也没被回应过，被托付了信任的同伴们当垃圾一样摒弃了，得多绝望啊！

"所以我打那时起，就一直想知道这些人的后续，不能因为事情过去了，就当他们不存在，不能因为反正辜负了，就一路辜负到底。是死是活，总得弄个明白。

"这次来换人是个机会，我想尝试一下。从头到尾，我也没有什么坏心，更加不是你说的，拿所有人去验证一个想法。

"就是这样，跟你解释一下。"

他就说到这儿，沉默了一会儿之后，转身要走。

聂九罗一句话就把他给钉在了原地：

"如果不是因为和你相处过、知道你的性情，你今天这番话，我差点就信了。"

邢深回过头来，脸色有点发白："你这话什么意思？"

聂九罗一笑："刀、狗、鞭三家，刀家是血脉，狗家是天赋，鞭家靠技法，天赋不足，可以用极端的手段来补救——邢深，我跟蒋叔确认过，依你的天赋，原本是不够做狂犬的。

"你舍弃眼睛，提升其他感官，这么大的牺牲，一定有个理由吧？我原本以为，我是疯刀，你却不是狂犬，你好胜心强，不甘心天赋不如人，再加上年少气盛，一时冲动走了极端。现在才知道，是我高看我自己了，我对你，可没这么大的驱动力。

"你的真正目的是什么？因为觉得黑白洞里的那些缠头军被辜负了，所以一定要探查究竟？不用扯出这些公平不公平的理想大旗了，其实你想找的，是女娲肉吧？

"黑白洞里有地枭，地枭能长生，还能迅速修复肌体的损毁，这一切，多半跟女娲肉有关，所以，如果你能找到女娲肉，眼睛的损毁根本就不是事儿。

"承认自己有野心不犯法，也不丢人，何必找这么多借口呢？也不用跟我解释，我不关心。"

邢深怔怔站在原地，看着聂九罗转身离开，她的光像一轮疏离的冷月亮，离着他越来越远。

意识恍恍惚惚，眼前似乎又出现了蒋百川的影子，他在向他招手，说："邢深，你过来一下。"

那时候，他多大？十八九岁吧，最无忧无虑的年纪，遇到让自己心动的人。

他陪着聂九罗做特训，觉得这种跌爬滚打式的"出生入死"比那些吃饭逛街、花前月下有意思多了。

但问题随之出现，他不大能跟得上聂九罗的节奏，传说当中，疯刀狂犬合体宛如一人，可他不行。

狗家人里，有比他嗅觉更灵敏的，蒋百川打算换了他。

他找到蒋百川，表示天赋不足可以勤来补，而且现代科技发达，有些药可以刺激大脑中和嗅觉相关的区域，达到事半功倍的效果，他愿意尝试。

蒋百川当时没说话，只是说再考虑考虑，隔了两天之后，把他叫进房里，说是年轻一辈里，最看好他，有个大秘密，要跟他商量。

少年人，很看重来自长辈的褒扬，能被看好，邢深受宠若惊，激动不已。

蒋百川给他讲了缠头军的由来、兵变的那段故事以及有关女娲肉的遗憾。

末了蒋百川说："你知道我为什么花大价钱，重新聚拢缠头军后人吗？猎枭是件靠运气的事，而且老去挖别人藏的财产，所得毕竟有限。可是，如果能查出女娲肉的秘密，那就不一样了。"

他听得热血沸腾："那蒋叔，咱们就放手干啊。"

蒋百川说："在准备中了，不过有一个问题，狗家这一辈，水平有高有低，但没有一个够格狂犬的，和前人相比差太多了，除非……"

邢深着急："除非什么？"

除非有一个狗家人愿意舍弃视觉，提升其他感官。

邢深犹豫过，又怕这一犹豫，辜负了这份"青睐"，蒋百川若把这机会给别人，自己从此将被排除在秘密之外。

又不是真的眼瞎，事成之后，一切都会回来的不是吗？还会回来得更多，多得多。

没想到的是，聂九罗对他的这个决定表示了激烈的反对，两人爆发了在一起之后的第一次争吵，当时年纪小，又都是倔脾气，这一吵，邢深负气之下，反而下定了决心。

后来他想，也许是内心里对彼此的感情有信心，觉得即便争吵，也没关系吧。

聂九罗用实际行动告诉他，是没关系，从此之后，咱们之间就没有关系了。

一切停当，整装开拔。

一行三十来号人，分前后队，在火把、手电以及照明棒的指引下，向着黑暗深处进发。

　　炎拓惊讶地发现，自己所在的这一队里，除了那六个已经被聂九罗在脊柱第七节处扎了血针的地枭外，居然还有雀茶。

　　一般人在这种情况下，多少是有点忧心忡忡的，但雀茶不一样，她异常兴奋，背上负着箭袋和弩，仿佛即将打开什么新世界的大门，和炎拓目光相触时，还冲他点了点头。

　　跟初见面的时候，判若两人。

　　炎拓先还有点奇怪，后来就想通了：人总是在变化中的，他自己跟那个时候，不也不一样了吗？

　　去金人门的路长而弯绕，但还算平顺，路上还不时有人说说笑笑。

　　聂九罗不说话，她一直盯着随队的孙周看，盯得久了，总觉得毛骨悚然。

　　这完全是一条……狗吗？四肢着地，喉内"嗬嗬"，目光凶悍，偶尔停下，四处乱嗅。

　　炎拓注意到了她的异样，轻轻碰了碰她："怎么了？"

　　聂九罗回过神来，压低声音："孙周……当过我的司机啊，难道……他要一辈子这样吗？"

　　虽然余蓉就孙周的状态发表过一通意见，她也勉强能接受，但每次真见到了，还是十分不适。

　　炎拓看向孙周，顿了会儿，忽然冒出一句："你觉得，那个什么女娲肉，能救孙周吗？"

　　聂九罗一愣："为什么这么说？"

　　炎拓说："总觉得是个神奇的东西，陈福他们从枭转化成人，靠的是这个。长生的秘密也跟这个挂钩。好东西功效多，没准儿对孙周也有用呢。"

　　也不知走了多久，前头陆续停下，隐约有"到了""是这儿了"的声音传来。

　　到了？

　　炎拓和聂九罗都没见过金人门，一时好奇，分开了人群往前去。

　　各色光源的笼映下，现出一张巨大的铸金人脸来，长宽两三米，面相有点狰狞，颇似庙观里能洞察人心的金甲战神。

　　虽说相对于面部造像来说，已经称得上巨大了，但这跟聂九罗想象中顶天立地、映衬得人如蝼蚁的大门还是相去甚远。

　　她忍不住嘀咕了句："这么小啊？"

　　边上有人听到，不客气地回她："这还小？这只是个头啊，身子什么的都埋在下头了，你看不到而已。"

很快,有线香味传来,这应该是在插香祈福?

过了会儿,也不知是前头的邢深操作了什么,地面微震,紧接着是"磔磔"的声音。聂九罗看到,金甲战神竖立着的耳朵,居然像活了一样,往后微微撤去,露出一个黑洞洞的、只容一个人立着侧身而入的入口来。

这入口一开,整个通道内鸦雀无声,连气氛都比刚刚紧张了不少,聂九罗约略明白为什么:到底是一扇"门",门关着,一切好说,门开了,哪怕是一道缝,意义都不一样,这意味着一切危险与人的身体之间,再无屏障。

邢深弯下腰,从入口处的缝里捡起一柄同样是铸金的、铁尺模样的东西,高高举起。

他说:"眼耳鼻眉口,上次是眼进眼出,这次是耳朵,顺序没错。上次出来前,铁尺归位,这次,从耳朵里出来了,上头多了个牙印,也没错。"

炎拓听得云里雾里,看聂九罗时,她也是一脸莫名。

余蓉凑过来,压低声音:"这是机关顺序,每一次开启,进的口都不一样。上一次是从眼睛进的,这一次应该轮到耳朵,如果这一次开的不是耳朵,那就说明这期间有人动过这扇门。"

炎拓恍然:"铁尺相当于信物?"

余蓉"嗯"了一声:"每一次开启,铁尺在金人头里轮转,尺身上就会多一个牙印。如果牙印的数量对不上,那也说明有问题。"

06

三十来号人,从金甲战神掀开了一线的耳朵里,鱼贯而入。

入得很艰难,因为通道太窄,感觉上,这通道像是地震时,金甲战神体内裂出的几道罅隙连接成的,人进去了,如烤炉边抹的贴饼,只能侧着身子、小心翼翼挤着,一路盘旋而下,连聂九罗这样的身材都觉得逼仄,更别提其他人了。

通道里有一股积年灰尘的霉味儿,一路上,前后不时有人嚷嚷"卡着了,推我一把",或者"帮老子拽一下"。

合着这稍微长得胖点的,还走不了青壤呢。

按说气氛紧张,不该笑,但聂九罗就是觉得好笑,她使劲憋着,又起了坏心眼,想看炎拓卡住。

炎拓还真卡了一把,不过不是因为胖,是因为卸下的背包包带不知怎的挂住了,半天没扯下来,聂九罗笑得前仰后合的,炎拓无奈,取下包带之后说她:"你跟来春游似的。"

聂九罗说:"那就是好笑嘛,还不让人笑?"

……

自上而下穿过这个金甲战神，至少走了有二十分钟，当然，主要原因是难走。

好在最难的路也会到头。

七嘴八舌的议论声起。

"走脚后跟了？左脚右脚？"

"左脚吧，刚左耳入的，得呼应。"

原来是这么个"金人门"，进门要穿体而过，头进脚出，聂九罗觉得怪有意思的，她原先一直以为，所谓的金人门只是扇坚固的铸金大门，上头雕了个金人的轮廓而已。

老祖宗们比她有想象力。

前方传来邢深的声音："我们这队先走了，留孙理守门。大家里头见了。"

声音不算高昂，但那股紧张的气氛重又回来了，众人不约而同地沉默，静听脚步声远去，以及门开合时骤然卷入的诡谲声响。

人走了一半，"人气"也骤减，这声响一起，不少人激灵灵打了个寒战。

有人战战兢兢问了句："怎么有声音啊？听着跟刮风似的，地下还刮风？"

余蓉说："上过学没有？风不就是因为温差发生的空气流动吗？那地下又不是一个温度，当然会有风了。"

那人继续问："那会下雨吗？"

这就太高深了，余蓉没研究过，她没好气地说了句："会！还打雷呢。"

有几个人忍俊不禁，笑声中，孙理发问："你们这队，留谁守门啊？"

一队要留一个人守门，比较起来，守门是美差，安全系数最高。

余蓉想了想："雀茶守吧，大家没意见吧？"

她知道雀茶玩箭玩得不错，但走青壤，危险来自各方各面，雀茶综合实力还是弱了，适合身处碉堡放冷枪。

没人有意见，跟雀茶争这差事，显得自己不如雀茶似的。

雀茶有点失望："我不能进去吗？"

余蓉说："混战起来，箭就派不上用场了，到时候谁能顾得上去保护你？你就和孙理负责入口吧，这可不是小事。要是我们回来，金人门却关上了，那可一辈子出不去了。"

炎拓一愣，凑近聂九罗："金人门从黑白涧那头打不开？"

聂九罗说："那当然，金人门是用来锁地枭的，只能从外头开，要是从里头能打开，地枭不是早就跑出去了？"

她想了想又说："我猜金人门开启的时候，体内才会出现通道，复位之后，通道就没了，所以，地枭即便能找到脚后跟处的这扇石门也没用，凿开了里头也是实心的。"

一个小时很快到了,余蓉手一扬:"走了。"

她拗动机关开启石门,率先走了出去。

大概为了隐蔽起见,石门外连着的还是曲折弯绕的山洞,并不是一览无余,走了一段之后,才来到洞外。

眼前突然开阔,是个巨大的、斜向下的裂层,如一条裂往地底、无边无际的长舌,而且,周围并不是黑黝黝的,触目所及处,散布着一块一块的幽暗亮纹。

聂九罗走到最近的一块处去看,这是用夜光石铺就的。

炎拓跟过来:"有什么特别吗?"

聂九罗指了指地上的花纹:"这是卷云纹,属于比较常见的青铜器纹饰,我学古代装饰纹样的时候学过,这种纹饰最早是战国时代出现的,秦朝的时候盛行。"

余蓉对这个不了解,插不上话,倒是边上的一个人搭腔了:"听说是秦朝的时候,缠头军兴盛期修的,在下头一搞好几年,虽然也习惯生火,但太费木柴和油料了,所以大量运来夜光石,铺个道、立个牌、堆个垛。一来方便照明,二来嘛,地枭不喜欢光,这个也算是屏障了。不过全部都铺设在外围,越往黑白洞去就越少。"

还挺讲究的,聂九罗又远近看了几块,果然是古时候常见的纹饰,除了卷云纹,还有波折纹、云气纹等,这种照明方式,虽然赶不上强光,但勉强视物是不成问题的。

余蓉对这些可不感兴趣,别说是秦朝纹饰了,就算是塑出个皮卡丘来她也无所谓,能照明就成了。

她给人员简单列队,狗家人伍庆和负责看地图认路的毛亮打头,孙周掠阵,其他人或前或后,把六个头罩黑布袋、被绑连成一串的地枭夹在中间,聂九罗和炎拓她管不着,爱走哪个方位随意。

排完了,一瞥眼看到雀茶,嚯,真客气,送人还送到洞外来了。

余蓉想了想,低声吩咐她:"如果人员是大队回来的也就算了,如果是单个儿、零星回的,要格外注意。"

雀茶没听明白:"格外注意什么?"

"注意有没有被抓、被咬。"

雀茶赶紧点头,心内怦怦乱跳,顿时觉得自己这责任还挺重要的。

根据事先沟通好的,前后队走同一路线,邢深他们每隔半小时,都会用夜光粉在地面上做个记号,以表示已经平安通过此路段。

上路半小时之后,余蓉一行发现了邢深留下的第一个记号"α"。

看来前路还算顺利，虽说身在地底，沿路阴森，时不时地还总有诡异的气流掠过，但有前队开路，还有狗家人伍庆和怪里怪气的孙周护航，众人心情还算轻松，不过都默契地没有高声喧哗，省得招来不必要的麻烦。
　　……
　　果然如先前那人所说，夜光石的铺设只在外围，越往里就越少。
　　算算时间，应该快发现第二个记号"β"了。
　　大家的目光习惯性地开始往地面瞥找，就在这个时候，伍庆的步子忽然一停，紧接着，鼻翼飞快地翕动了几下。
　　动作虽小，却像是无声的警示似的，所有人一下子定在了当地。
　　余蓉舔了下嘴唇，压低声音："什么情况？"
　　伍庆摆了摆手，继续翕动鼻子，一边嗅着味道一边往旁侧转向。
　　余蓉看了眼孙周。
　　孙周倒是没异样。
　　过了会儿，伍庆咽了口唾沫，语气很肯定："血腥味。"
　　血腥味？
　　聂九罗心头一紧：不会吧，这才刚进来多久啊，状况来得这么快吗？
　　炎拓则卸下背包拉开拉链，作为队里的一员，他也领到枪了，还是两柄：因为聂九罗不习惯用枪，准头也一般，所以两柄都归了他。
　　看到他拿，其他人也赶紧拿枪。
　　血腥味，不会是邢深他们吧？余蓉头皮发麻："是邢深他们吗？"
　　伍庆为难："这……我只能辨出血腥味，辨不出到底是谁的血啊。不过，味道不是很重，就在这个方向。"
　　他伸手给余蓉指向。
　　这个方向已经偏离路线了。
　　余蓉开始抓头，她其实不太擅长当领队拿主意。
　　聂九罗忍不住问了句："如果邢深出事或者改向，会给你留记号吗？"
　　余蓉猛点头："那肯定。"
　　聂九罗看毛亮："你带两个人，继续按路线走，小跑前进，快去快回，看能不能找到'β'或者其他的记号。"
　　如果找到了，那说明邢深往前走了，他经过的时候，可能还没这血腥味，所以没注意到。
　　毛亮秒懂，点了两个人，打起手电，枪上膛，一溜烟似的去了。
　　等了约莫十分钟之后，这仨人又撒丫子奔回来了，冲到近前才气喘吁吁道："有，有，看到β了，在前头。"

聂九罗松了口气，却更疑惑了：邢深他们没出事，这血腥味又是哪儿来的呢？

所有的异常都应该引起重视，说不定就是线索，余蓉咽了口唾沫："看看去？"

一行人达成一致，短暂改向。

伍庆照旧是边走边嗅，之前他说血腥味不浓重，那是因为离得远，如今越走越近，总觉得这血腥味不单纯。

孙周也明显警惕了，大概因为他是被地枭祸害的，所以对地枭极其敏感，余蓉注意到他开始不断龇牙，偶尔爪子刨地，会突然地蹿上凸起的地块，又"嗖"的一声蹿下来。

亮度渐暗，有人打起了手电，有人架上了夜视镜，正走着，有个眼尖却胆小的双腿一软，险些坐倒在地，手指前方，大叫："人、人、人！"

这种地方，别乱叫行吗？余蓉恼怒地吼了句："闭嘴！"

然后向正前方看。

是有个人，四仰八叉地躺在地上，看那架势，是已经没气了。

怎么会有个人呢？余蓉从后腰带里抽了根照明棒拗了，走近前细看。

是个三十来岁的男人，面目惨白，形容消瘦，死状有些惨，脑袋已经完全枕在了血泊里。

余蓉跪下身子，拿手指试了一下血液的黏稠度，结块了，周边的也干涸了。

谁做的呢？不可能是邢深他们⋯⋯

正思忖着，身侧的伍庆突然鬼叫起来："这不是老郭吗？这是我们的人啊。"

余蓉被这突兀的一叫吓了一跳，不过也顾不上恼怒了："我们的人？"

邢深带的人她虽然不能一一叫出名字，但个个眼熟，里头并没有这个老郭啊。

伍庆惊得哆嗦，说话都打磕绊了："这是⋯⋯是我们的人，余姐你没见过，因⋯⋯因为你来之前他就被⋯⋯被绑架了，跟蒋叔他们一起被⋯⋯绑架的。"

余蓉一下子反应过来。

是林喜柔要跟他们换的人质！

都还没到换人的时候呢，怎么死在这儿了？

她腾一下站起身，口唇发干："赶紧的，四下看一下，还有没有我们的人了？"

众人和被绑架的人都是或亲或友，这一下关心则乱，立马散开。

聂九罗也紧张起来：林喜柔不会受了什么刺激，把手上的人质全给杀了吧？那蒋百川呢？蒋百川也出事了？

她头皮一阵阵炸跳，兜了一圈，满眼是人，也不知该往哪个方向找，正茫然时，听见炎拓叫她："阿罗。"

聂九罗环顾左右，这才看到炎拓打着手电，屈膝半蹲在一个石垛边上，一动不动。

那儿并没有尸体啊，难道是发现了什么遗落的物件？

聂九罗三步并作两步过去，半躬身看时，也没看见什么显眼的物件。

炎拓拉住她的胳膊："蹲下，这里，从这个角度看。"

聂九罗半跪下，顿了会儿，一颗心忽然乱跳。

她知道炎拓要她看什么了。

这片土垛子，估计是之前被撞蹭过，落下好多沙土，有人从旁走过，留下了脚印。这个脚印是不穿鞋的。

而且，从脚长来看，这应该是个……小孩的脚印。

余蓉他们走了之后，雀茶多少有点无聊。

守门本就无聊，而且，她和孙理又不熟，出于女人特有的敏感，她不习惯和陌生男人单独待着，虽然不是所有男人都会像大头那样见色起意，但万一呢？

所以她尽量离孙理远远的，嫌洞里空气滞涩、太过狭隘，更喜欢到入口处张望，这里视野开阔，又诡谲新奇。

地下世界，地枭。

余蓉不带她走青壤，是觉得她遇险时没法自保、是个累赘吧？雀茶很想争一口气，不如现在就来一只地枭，让她一箭给灭了，到时候，余蓉就会知道，她雀茶，还是挺能办事的。

她取下弩，搭上箭，歪头看瞄准器，向着无尽的黑暗处时瞄时转，这里的光线还算不错，听说地枭很大只，真来了的话，她一定不会错过。

正瞄准着，雀茶忽然皱了皱眉头。

斜前方的晦暗中，好像有什么影子，正在跌跌撞撞地晃动。

邢深和余蓉他们刚离开，不会这么快就"零星返回"了吧？

疑心自己是看错了，雀茶使劲揉了下眼睛再看。

没错，是有个人影。

07

来的那是什么东西啊？

雀茶有点害怕，虽然在片刻前的想象中，她可以淡定自若，一箭射杀一只地枭，但那毕竟只是想象，现实中，她只射过靶子和鱼。

人不可能不经历练就脱胎换骨，余蓉不带她，还是有道理的。

她不由自主地后退，同时尽量压着声音叫孙理："孙……孙理，好像有……有个什么东西，你出来看一下。"

孙理很快就出来了。

他眯着眼睛朝那个方向看，还动用了夜视镜，不过这种热成像镜是看不清面目的，他边看边自言自语："是人，是个人，包着脸呢，不是地枭，不用紧张。万一来者不善，咱马上退回去关门，来得及。"

他又抬起头来，冲那头提高声音："谁啊你？"

那头没回应。

大概是因为反正距离还远，退回去关门时间足够，身边又有同伴，雀茶心跳得没那么厉害了，她从孙理手中接过夜视镜，铆住了那头仔细看。

这个人真是，跟跟跄跄的，仿佛生了重病，下半张脸拿衣服包着，怎么看怎么觉得鬼祟，身形……

雀茶心头一紧，这身形有点熟悉。

再观察了会儿，她一颗心狂跳起来，跳得耳膜都嗡嗡震响了，脱口说了句："这、这是老蒋啊！"

老蒋，蒋叔……蒋百川？

孙理吓了一跳，话都说不利索了："真、真的？蒋叔不是被绑架了吗？"

雀茶都不知道该怎么组织语言了，只是一个劲儿地点头：没错，绝对是蒋百川，毕竟在一起生活过十几年，蒋百川的步伐、身态，她绝对不可能认错。

孙理又惊又喜，他揿亮手电，正准备迎上去，又迟疑着站住了。

他把手电光往那头扫了又扫："听说和蒋叔一起被绑的有十来号人呢，怎么莫名其妙就逃出来了？其他人呢？不会是林喜柔故意放他过来做饵、麻痹我们吧？"

雀茶一愣："那怎么办？"

孙理咽了口唾沫："守门最重要，先……先往回退，见……见机行事。"

两人一个打手电，一个箭上弦，都直对着过来的蒋百川，同时不断后退，孙理继续壮着胆子喊话："你……你是蒋叔吗？"

行将退进山洞时，蒋百川一个趔趄栽趴在地，他喘着粗气，呻吟似的说了句："是孙理吧？"

能认识人，那就是说，意识还是清醒的？

孙理大喜，赶紧迎上来扶他："蒋叔啊，你是逃出来的吗？怎么就你一人？其他人呢？"

蒋百川"嗯"了一声，借着孙理的力道站起来："走……走散了。"

蒋百川又问："有……吃的吗？饿了。"

把人扶进去太费力了，孙理先把蒋百川扶坐到洞边："你等着啊，我去拿。"

说完，一溜小跑进洞。

蒋百川垂着脑袋坐了会儿，又抬头看周围，动作很呆滞，眼神也有点茫然，看到雀茶时，居然像看到了个木桩子，目光就那么平直地掠了过去。

雀茶觉得有些不对劲，还没来得及细想，孙理已经拎着背包出来了。

他走到蒋百川身前，先拆了个小蛋糕递给他："蒋叔，先吃一口垫一垫，我再给你开瓶水。"

蒋百川接过来。

一般情况下，人的脸上包着衣服，吃东西的时候，会把衣服拉下来，但蒋百川不，雀茶注意到，他是把包脸的衣服从底部揭起，然后把蛋糕送到嘴边的。

也就是说，吃的时候，依然没有露出下半张脸。

而且，他只吃了一口就不吃了，抓着蛋糕的手垂下来，嘟嘟囔囔问孙理："有肉吗？"

想吃肉啊？

孙理在背包里翻了一阵，翻出一袋牛肉片，撕开了口递给蒋百川："蒋叔，牛肉片算肉吧？"

蒋百川从里头取了一片，依旧是从衣服底下送进嘴里，嚼了一口之后大摇其头，癔症一样喃喃道："不是，不是，这肉的味道不对。"

那是要什么肉啊，孙理纳闷极了，走青壤受条件所限，带的都是干粮，蒋叔不可能不知道啊。

边上的雀茶越看越觉得心惊肉跳，最熟莫过身边人，蒋百川不太对劲，他以前从不这样。

她弩身抬起，箭尖前指，又不断咳嗽，以吸引孙理的注意。

孙理不是傻子，回头一瞥就明白了，他像一只动作敏捷的青蛙，倏地就弹跳开去，和蒋百川保持了安全距离。

这咳嗽声终于引起了蒋百川的注意，他抬起头，眼珠子慢慢向雀茶这头转过来："雀茶啊。"

雀茶声音发颤："你……你为什么包着脸？你把衣服拿掉。"

她牢记余蓉的嘱托，要检查这些"零星回来的"有没有被抓被咬。

蒋百川没动，笑得有点怪，声音像是吞在嘴里的："雀茶，你拿箭对着我，你出息了啊。"

孙理还在试图和稀泥："蒋叔，规矩你懂的，你把衣服拿掉，我们检查一下。"

他怀疑蒋百川被地枭抓咬过了，其实最直白的方式是打着手电上去，检查他的眼珠子是否有红线，但孙理不敢。

蒋百川冷冷说了句："我不和你们说，让邢深来跟我讲。"

说着，伸手抓住石壁站起身，一步一挪地往洞里走。

雀茶没辙了，如今又没证据，蒋百川没攻击时，她总不能提前一箭把他给射了。

看孙理时，他也是一筹莫展。

难道就这么眼睁睁看蒋百川进去？情急之下，雀茶朝孙理猛使眼色。

兹事体大，孙理也顾不上什么长辈之类的了，大不了先得罪后道歉，他觑着蒋百川不备猛扑上去，抱着他滚倒在地，还铺垫了句："蒋叔，得罪了啊。"

出乎意料的，蒋百川的反应激烈到可怕，他尖叫一声，发狂似的拼命挣扎，居然把年轻力壮的孙理给掀翻了开去。

这一挣扎，包脸的衣服松开，雀茶看得清楚，他的一边嘴角处，直延到耳边，几乎都已经溃烂了，另一侧倒还完好，但这种极致的反差和不对称，被夜光石的幽光衬得形同鬼魅，叫人毛骨悚然。

她吓得险些站不住，但手上却出奇地稳，弩身一端，大声说了句："蒋百川，你知道我准头不错的，你再乱动，我可就放箭了！我说到做到，不信，你就试试看！"

蒋百川大概这辈子都没听过雀茶这么声色俱厉地说话，一时有些愣怔，真的没敢再动。

雀茶又吩咐孙理："你，拿绳子把他捆起来，捆结实点，等余蓉他们回来了再处理！"

孙理胆战心惊地爬起来，从背包里翻出绳团，正往外放绳，蒋百川嘿嘿笑起来。他说："等余蓉回来？回不来啦，都回不来啦，你没看见外头那一双双白眼珠子吗？"

什么白眼珠子？孙理忍不住转过头朝外看了一眼。

雀茶也不由朝外看去。

等的就是这个时候，蒋百川面上掠过诡笑，猛地朝雀茶扑了过去。

小孩的脚印。

聂九罗想循着脚印继续往外找，但周围都找过了，有且只有这么一个——多亏了旁侧的土垛被蹭落了一些沙土，没这些沙土，连这唯一的脚印都不会有。

她知道炎拓在怀疑什么："你是不是以为这是心心？不一定吧，可能是……小地枭呢？"

炎拓说："小地枭，不是应该有爪子的吗？但这明明是小孩的脚印啊。"

聂九罗："即便是心心的，二十多年了，她也该长大了啊。"

说得都有理，一时也理不出个头绪，两人正面面相觑，伍庆又猛嗅鼻子，然后抬手前指："那里，那个方向，血腥味。"

这一次，孙周比他敏感，没等他说完，已经冲着那个方向急蹿了出去。

余蓉头大如斗："怎么又有了？"

不是又有了，伍庆解释："刚离得太远，只能闻到这里的，这不是走过来了吗，所以又闻到了更远处的。"

周遭凶险莫测，不宜分散，大家得聚在一起才安全，余蓉一挥手："走，都往前去看，这里别留人。"

一行人，又跟着伍庆往前走，这一回，走得更加小心，队伍的前后左右，都安排了人端着枪专门防范。

走了约莫十分钟，打头的人先压着嗓子叫起来："那里，那里！又有一个！"

借着杂七杂八的手电光，炎拓隐约看到，有个男人倚靠着一座土堆坐着，脑袋半耷，双手斜摊，那姿势，多半也是没气了。

孙周正围着这男人焦躁地爬来爬去，大概是按捺不住，伸爪子扒拉了一下，男人立时就倒了。

余蓉从齿缝里迸出一句："这又是哪个？出个人专门记名字，死一个记一个，方便最后查对。"

有几个人赶过去认脸，炎拓不凑这热闹，他打着手电仔细查看周遭的地面，希望能再发现点什么。他觉得聂九罗说得有道理，小孩不一定是心心，这么多年了，心心难道不长大吗？

可是，不是心心，又会是谁呢，总不见得经常有小孩被扔进这地底下来吧？

不一会儿，那头的认脸出结果了。

"这个……脸生，不认识。"

"肯定不是我们的人，没见过。"

"这死法，太邪门了，怎么是头顶开了个洞啊……"

听到是头顶"开了个洞"，聂九罗心中一阵异样，她三步并作两步上去。

先看到脸，这人她也不认识，但又觉得有点眼熟。

正搜肠刮肚，炎拓过来了，只一眼，他就认出来了。

"这是杨正。"

聂九罗想起来了，难怪她觉得眼熟，炎拓曾经给她看过地枭的Excel表格，里头有照片有信息，是有这么个叫杨正的。

余蓉莫名："杨正又是谁？"

"林喜柔身边的一个同伴，是地枭。"

身侧的议论声渐渐平息，余蓉张了张嘴，想说什么又咽回去了。

又起风了，地底的妖风，这一带土垛子丘块特别多，风在其间穿行盘绕，呜呜咽咽的，很恐怖。

负责四面警戒的那几个人枪口朝外，不敢有丝毫松懈，其他站着的人也下意识背靠背，互为防备。

聂九罗侧了头，打着手电看了看杨正的颅顶，只觉心内一阵恶心上涌：真的是开了个洞,手法干脆利落,不过,兵器一定比她的刀要大多了。

有意思,知道攻击头顶,这是地枭的要害。

余蓉舔了舔嘴唇:"什么意思?那头死了个我们的人,这头死了个地枭,这是……人质跟绑匪开火了?"

聂九罗觉得有这个可能,但再一想又觉得匪夷所思:就蒋叔他们一行,被绑了好几个月了,估计个个都已经被折磨得不成人形了,还能有那能力跟地枭打?

两人互换眼神,都没说话,很快,周遭的线索搜寻又有了新发现,有人拿照明棒挑了串东西过来:"这、这个,瘆得慌,肯定也不是我们的人,我们被绑架的人里,没女的。"

什么东西?聂九罗俯身去看。

这一看,又是一阵反胃,转身拽住炎拓,险些吐出来。

那是两根结着的脏辫,连着块头皮,看情形,是被硬生生从脑袋上撕抓下来的。

炎拓扶住她,飞快地扫了脏辫一眼,心头一沉,又移开目光:"应该是冯蜜,也是林喜柔身边的地枭。"

余蓉终于咂摸出点味来了:"这不可能是人质反扑了绑匪吧?"

聂九罗顺了顺气,站起身子:"也不可能是邢深他们做的,用你的话说,他们前队做任何事,都会给后队留记号的。"

边上负责带路的毛亮有点慌,声音哆哆嗦嗦:"那是……怎么回事啊?"

说好是进来换人的,怎么刚一进来,连个过渡都没有,就画风突变了呢?

炎拓沉吟了一下:"这地下除了我们和林喜柔,看来还有第三方。你们以前走青壤,遇到过这种事吗?"

毛亮头摇得跟拨浪鼓似的:"没有,绝对没有,从来没听说过,也没遇到过。"

聂九罗喃喃了句:"林喜柔那头可能也不知道,要是知道,也不至于损兵折将了。"

第三方……

余蓉看向炎拓,话还没出口,自己先打了个寒战:"不会是……枭鬼吧?这阴兵都还没借,他们自己……先出来了?"

08

是不是枭鬼出现了不好确认,但这地下还有"第三方"这事,应该是有七八分准了。

越未知的事物越可怕,毛亮脊背发凉:"那……咱们怎么办啊?是去撵深哥他们,还是回金人门?"

连这东西的面都没见到,就被吓得落荒而逃,也太滑稽了点?

余蓉皱眉："怕什么，不是给配了枪吗？我管它是什么玩意儿，它能不怕枪？"

余蓉吩咐毛亮继续带路，追赶前队，至于尸体，先不去管它，在地图上标出位置，后续再来收不迟。

于是一行人重新回到原定的路线，依着余蓉的嘱咐全程缄默，尽量不使用手电等惹眼光源，加速行进。

余蓉一度想用信号枪联系前队，思忖再三，还是放弃了：如今这地底下的形势有点复杂，信号枪一发，等于自行暴露方位，她可不想引来什么不三不四的东西。

……

前头提过，这下头的空间，很像一条伸往地底的长舌。

说像舌头，只是大致的形状轮廓，考究点讲的话，更像地层发生了胀裂，使得原本密实的地块上下撕裂开来，所以地面并不平整，时见岩块、石垛、土堆、凹坑等，行进时忽上忽下，得迂回弯绕。

让人佩服的是，进入这种路段之后，夜光石的铺设也因地制宜，有的是用皮胶直接抹粘在岩块凹处，有的是在石垛上凿个孔，填补进去，总之是想尽一切办法，让这种天然的照明得以继续。

找到第三个记号"γ"之后，原地休息五分钟，孙周爬上高处"放哨"，其他人等，或补充干粮，或结伴去偏僻处方便。

聂九罗没这需要，坐在炎拓身边休息，看眼前人来人走，以手掩口，打了好大一个哈欠。

炎拓笑道："是不是困了？靠着我睡会儿好了，蚂蚁腿也是肉，睡五分钟也是好的。"

聂九罗不跟他客气，拽过他的胳膊圈在自己身上，靠进他怀里就闭了眼：于她来说，休息像充电，充一格电就有一格的气力。

炎拓低下头蹭她温软的颈窝，想跟着也闭目养会儿神。

聂九罗忽然呢喃了句："这下头，得有好几拨吧？"

炎拓明白她的意思："是有好几拨。原生的地枭，林喜柔这样人化的地枭，我们这一拨，被绑架的那一拨，还有不知道存不存在的枭鬼。"

聂九罗有些怅然："你说，枭鬼长得还是原来的样子吗？"

炎拓失笑："当然不是，你没听邢深说吗，他们的面目变得跟恶鬼似的，要不然会起'枭鬼'这种可怕的名字？"

聂九罗几不可闻地叹了口气，又问："那……枭鬼还能认识自己的亲戚朋友吗？"

炎拓想了想："不认识了吧。如果一个人还能认人，还能和人交流，只是面貌发生了改变，那这人有什么好可怕的呢？何必要给他冠以'枭鬼'的名头？"

聂九罗沉默了好一会儿："也是。"

她伸出手去，捻抚颈上戴着的那条项链。

如果母亲裴珂真的还活着，应该也不是她记忆中的那个了。

她轻声说了句："炎拓，你要做好准备，心心即便还活着，也不可能记得你了，大概率也不是你想的样子。"

炎拓"嗯"了一声，说："我知道。"

五分钟很快就到了，先前或坐或靠的人陆续站起，再次开拔。

这一次，刚走出没多久就情况不断。

问题出在那六个地枭身上。

他们的脊椎第七节处被喂了聂九罗的血针，这个位置下针，作用差不多等于让"电脑宕机"，整个人会状态浑噩、肌体灵活度下降，再加上脑袋上套了头套、身子被绳绑连成一串，其整体效果，跟被赶尸差不多。

事实上，他们一路也基本安稳，拽了就跟着走，不拽就停，加速时还能小跑两步，相当省心。

但突然之间，这六人编队没来由地慌乱起来，有朝左走的，有向右行的，有推搡前头人的，有慌里慌张后退的，聂九罗还注意到，其中有两个人的腿在不受控地发颤。

这是预知到什么危险了吗？她脊背不觉发紧，但四面环视，又看不出什么不一样的。

牵绳的应该是个鞭家人，随身带牛皮鞭，习惯性抽出，虚空甩了一响，低声喝了句："别乱动。"

然而这六个从没被驯过，不吃鞭子这一套，那人连骂带上脚踹，终于把六个地枭给整踏实了。

余蓉觉得不妙，先问伍庆："是不是闻到什么了？"

伍庆摇了摇头，说得很肯定："没、没有，什么味道都没有。"

再看孙周，也没异样。

这俩探测器都没报警，余蓉稍微松了口气，但心里依然不踏实，又看那个牵绳的："你回想一下，他们是不是受了什么扰动？不会突然就这样吧？"

那人仔细想了想："就……走得好好的，突然……哦，对，刮了风，风声怪瘆人的。"

老实说，这一路都在时不时起妖风，风声没有一次不瘆人，余蓉都已经习惯了，也分不出风和风之间的差别，只能再叮嘱一句："跟紧了，小心点。"

又走了一段，那六个地枭真是时不时就"骚动"一下，到后来，前后的人都看习惯了，炎拓甚至觉得分外好笑，低声问聂九罗："是不是你那血针的问题啊？"

他琢磨着，是血针压迫到了地枭的什么神经，使得他们每隔一段时间，就会来个身体痉挛。

聂九罗也答不上来，她这辈子接触过的地枭屈指可数，用血针也完全是照本宣科，没什么经验可以借鉴。

正疑惑间，身后突然有人失声叫道："徐……徐二呢？徐二哪儿去了？"

队伍立时停下，余蓉大步过来："什么徐二？出什么事了？"

那人结结巴巴，犹在前后张望："就……徐二啊，本来走我后头的，我一回头没见着人，还以为走前头去了，但看了好一会儿，前头没有，所以才问来着……"

炎拓和聂九罗对缠头军的人不熟，所以不大注意，但其他人都是一听就明白了，他们赶紧四下张望，然后面色渐渐惊惶。

是少了一个，徐二。

四周黑魆魆的，只有夜光石泛着荧绿色的惨淡幽光映在人脸上，活像罩了层"鬼气"。

自从离开金人门，这接二连三的状况不断，余蓉简直是想骂娘了，但为谨慎计，还得压着声音："哪儿去了？刚撒尿没回来吗？"

立刻有人否认："不是，回来了，之前我还看到他，不是撒尿撒丢的。"

余蓉压着气："走路走丢的？你们走的前后位，都不知道人走丢了？"

那人张口结舌答不上来，顿了顿，激灵灵打了个寒战，颤抖着声音说："不是叫不干净的东西给摄了去吧？真……真什么都没听见，一点动静都没有。蓉……蓉姐，这怎么办啊？"

余蓉低吼了句："还能怎么办？往回找啊！"

那人慌里慌张应了一声，正想往回走，炎拓把他叫住："这个叫什么徐二的，是不是走在最后？"

"好……好像是，有时跟我并排，有时落后一两步。"

人在埋头赶路的时候，确实不大注意身边人的状态，炎拓沉吟了一下："如果他走在最后，有人动作非常利落地把他给掳了，那可能确实动静不大，以至于咱们全队都没发觉。"

余蓉只觉得一股凉气裹上后背："谁把他给掳了？"

"暂时不知道，不过，我建议从现在开始，剩下的人两三人结组，要么身上串个连绳，要么赶路时拉着手别松，千万别落单了。总觉得落单的话，会在别人不注意的时候，突然一下子没了。"

这话说得，真是让人胆寒发竖，余蓉想说什么，想想说了也是多余，于是挥了挥手。

剩下的人都懂她的意思，要么赶紧和边上的同伴拉起了手，要么真拿出绳子和人串联在了一起。

除了孙周，一群人就这么三两成组，循来路往回找了两三里地，毫无收获。

余蓉直觉是找不到了，也不想再兜圈子浪费时间。

她一咬牙吼了句："走吧，先找邢深他们！"

管不了那么多了，徐二没了，十有八九是全队已经被人盯上了，既然这样，也就不怕暴露位置了，赶紧和同伴会合最保险。

她掏出信号枪，斜向前方，嚶嚶嚶连放三枪。

炽黄色的信号弹直射出去，先是停于半空，然后带着光迹缓缓下坠。

没过多久，很远很远的地方，隐约也有信号弹亮起，和约定好的一样，三枪，黄色。

余蓉精神为之一振："在前头了，赶紧走，腿脚都放利索点！"

众人都巴不得能赶紧点，要不是毛亮还得看地图带路，赶着六个地枭又没法跑太快，那简直是能飞奔起来，炎拓攥紧聂九罗的手，一直注意看前后左近，以防再有东西突袭。

疾行到半途时，远处又是一颗信号弹上天。

这次，是红色的。

余蓉心头一紧，红色是报警，刚还好端端的，现在这是……出事了？

然而出事也没辙，现在的速度是最快了，没法再加快速度，余蓉只能在口头上做徒劳的努力："赶紧，能多快有多快！"

话音未落，忽然听见一阵嗒嗒嗒，起钉似的声音。

因为离得远，听着很是怪异，余蓉还没反应过来，炎拓已经变了脸色："开枪了，那头在开枪！"

开枪？这是跟谁对上了？林喜柔那伙人，或是还没确认的枭鬼？

余蓉喉头发干，也顾不上催促了，只是脚下不停，头皮一阵阵发麻，那嗒嗒嗒的声音不住钻进耳朵里，就跟在催她的命似的。

再然后，很突然地，枪声消失了。

像是有谁按下了暂停键，枪声没了，两边信号弹的光迹也早就消散了，周遭陷入了一片泛着夜光石幽亮的死寂之中。

余蓉喃喃自语了句："这是……怎么了啊？"

09

不管了，乱就乱吧，反正也乱起来了。

余蓉心一横，吩咐大家继续赶路，还撂了狠话："大不了赶过去收尸，还能比这更糟？"

好在片刻之后，远处的信号弹重新亮起来了，三发，黄色。

这是联络的标记，看来那头的有生力量还是保存住了，余蓉大喜，正要说两句振奋人心的，领队的伍庆忽然骇叫："什么东西？那是什么东西？"

不只伍庆，队伍里还有两三个人也看见了，先后惊呼出声。

"嗖一下子！我还当我眼花了！"

"是白头发吗？"

"我看见白眼珠子！白莹莹的！"

队伍一乱，自然也就停在了原地，那几个地枭挤簇成一团，抖得厉害，聂九罗倚住炎拓的后背，好奇地向外张望：又是白头发又是白眼珠子的，她怎么就没看见呢？

突然间，视线正对着的地方、不远处的土垛后，一条人影急掠而过。

聂九罗身子一颤，失声叫道："在那儿！"

然而，等其他人闻声看过来时，那条人影早没了。

炎拓也没看到，急忙问她："看到什么了？"

聂九罗头皮急跳，老实说，进到这青壤，她从没真的害怕过，毕竟她在单枪匹马、身中枪伤时，都能和韩贯、陈福战到差不多平手，如今身体恢复得不错，同伴众多，火力也够，再多来几个地枭，在她眼里，也不算什么。

可现在，有点心慌了。

那东西太快了，鬼魅一般，飞掠的时候，仿佛眼前蹿过一道黑雾，她自问，地枭好像都没这速度，她自己，也达不到。

但身形和人差不多，这就是枭鬼吗？

正斟酌着该怎么和炎拓说，就听"嗖"的一声锐器破空响，身侧站着的那个人惨叫一声扑倒，紧接着以惊人的速度向外直驰而去。

事情发生得太突然，谁都没看清是怎么回事，炎拓一瞥眼，看到幽光中似乎有绳急收，猜到人是被拖走的，想也不想，抬枪就射。

然而这种亮度，又未经瞄准，想打中绳子太难，嗒嗒声响过后，地上腾起烟尘，惨叫声却已在远处了，炎拓下意识想去追，念头刚起，斜后方又是一声惨叫。

他还以为是聂九罗中了招，当场吓出一身冷汗，好在立即反应过来惨叫的是个男人，急回头时，只看到被迅速拖进黑暗里的男人高抬着的脚：这下看明白了，怪不得会被拖走，应该是连着绳的飞箭，箭身穿透脚踝，箭头扣住血肉，再猛力一拖，人就被拖走了。

杂乱的枪声响起，这一回是真乱套了，枪声中间杂着尖厉的诡笑声，那声音似人非人，飘忽不定，石垛后、土堆侧，开始不断冒出人头，是不是白头发不好说，但每一张脸上，的确都有一对煞白的眼珠子。

这些东西，真如戏弄人的幽魂，动作敏捷得可怕，头刚冒出，瞬间又没了，明明出现在这儿，忽然又疾掠到那儿，子弹永远射在他们身后不说，嗒嗒声里，总会突然响起人被拖倒在地的惨呼：那些原先用绳子串联起来的人还好，拖一倒二，重量在那儿，一时半会儿不至于被拖跑，尚有余力割断绳子；拉着手的就惨了，情势危急时，谁还手拉手？一旦中招，立时就是被拖走的命了。

也不知是谁先崩溃，大吼了声："快跑啊！"

这种时候，也难说是聚在一起好还是分头逃命好，反正那一嗓子过后，人员顷刻间四散，不想跑的也只能随大流了。

炎拓急冲到聂九罗身边，一把拉住她的手："走。"

他来不及多想，择了个人少的方向，拔腿就跑，刚跑开几步路前方就有土堆挡道，好在不是很高，炎拓双手攥住聂九罗的腰用力往上一抛："你上！"

聂九罗身体本来就轻盈，霎时间就直蹿了上去，顺势滚翻到土堆后，炎拓正想蹬蹿，忽觉身后风声不对，脑子一激，瞬间偏头。

一枚带绳的利箭几乎是擦着他的耳朵，没进了土堆之中。

好家伙，这要是射进了他后脑，他不是当场就完蛋了吗？炎拓出了一身冷汗，手脚却没闲着，连攀带蹬滚上了土堆，眼角余光瞥到箭尾悠悠晃荡的绳子，脑子里蓦地闪过一个念头。

——他要是拽住绳子用力拉，没准儿能拉过来一个白眼珠子的人呢？

不过下一秒，他就放弃了这想法，对方人数不详，还是别冒这个险了吧。

他迅速翻落下地，聂九罗早等得心焦了，一把攥住他的手，再次发足狂奔。

无所谓是哪个方向了，反正在这下头也分不清东南西北，只要能到安全地带，远离那些白眼珠子的人就好。

两人脚下不停，耳边呼呼风声，也分不清是跑起来带风，还是地下的妖风又起，总之，惨呼声和诡异的尖笑声渐渐远了，直至再也听不见。

聂九罗脚下一个趔趄，人险些直摔出去，好在平衡力好，加上一直握着炎拓的手，堪堪稳住了身子。

自奔逃以来，这是第一次停下，而刚停下，她就察觉到了不同。

她身子哆嗦了一下，声音低得像耳语："炎拓，这里好黑啊。"

是黑，夜光石的亮光什么的，已经被远远抛在身后了，回头看，那些光亮惨淡得可怜，像趴伏着的、灵力行将散尽的幽魂。

炎拓"嗯"了一声，身周四面无遮无掩让他很没安全感："先找个地方再说。"

两人放轻脚步，往前摸索了会儿，也是运气，让他们找到几块堆叠着的大条石，每块都约莫有半间房那么大，不知道是不是因为地底发生过地震，几块大石互叠互靠，中间难免有缝隙，钻一两个人进去没问题，而且既隐蔽又安全。

两人钻进缝隙里，背倚石块，才终于定了心，大口地吸气呼气。

过了会儿，炎拓竖指在唇边，"嘘"了一声。

聂九罗懂他的意思，她屏住呼吸，静静听外界的动静。

她的耳力、嗅觉，当然远远比不上狗家人，但是平心静气，还是能听出些什么的。

还好，暂时安全。

炎拓的声音很轻："那些，是枭鬼吗？"

白眼珠子的"鬼"吗？谁知道是不是啊，他们又没自我介绍。

聂九罗含糊地应了一声。

她直觉邢深他们应该是遇到一样的状况了，所以仓促间会有枪声四起，但这些东西的速度实在太快，枪械于他们而言，威胁不是很大。

林喜柔一行遇到的，八成也是这玩意儿。

好家伙，两方约定了决一死战，结果遇到个更棘手的。

聂九罗觉得好笑："这下头要是有食物链，这白眼珠子的，没准儿是顶端的。"

炎拓说："不止一个。"

聂九罗点头，是不止一个，刚刚突袭他们的，至少得有十来个，就是不知道跟袭击邢深他们的是不是同一拨。

炎拓沉吟着说了句："而且，你发现没有，他们是在抓人？"

是在抓人啊，聂九罗没听明白："抓人怎么了？"

"用箭绳，把人拖走，那就是想抓活的，不是上来就杀。可抓人干什么呢？有什么目的呢？"

不知道，她连这东西是什么都说不清，对他们的行为目的当然更无从了解。

聂九罗喃喃了句："也不知道余蓉他们怎么样了。"

炎拓苦笑："看运气吧。邢深那头可能也被冲散了，只要没被抓，后头就可能还遇上……"

说到这儿，蓦地顿住。

聂九罗心头一颤，旋即反应过来。

外头有动静了。

她有点紧张，右手攀着炎拓的胳膊，手指不觉陷进他胳膊上偾张的肌肉当中。

动静来自两个方向，脚步声都很急促。

会是谁呢？是余蓉他们也逃过来了？还是那些白眼珠子的人穷追不舍、跟过来了？

明知道不可能看见，聂九罗还是忍不住向外侧了侧头。

炎拓则食指扣上枪身的扳机，一个不好，又会是一场恶战。

有个男人的声音响起:"什么情况?"

炎拓脑子里一蒙,旋即凑向聂九罗耳边,吹气样说了句:"熊黑。"

有个年轻女人接话:"没敢靠近,我估计是缠头军那拨人,跟白瞳鬼撞上了,你没听见有枪声吗?"

炎拓心跳如鼓,又加了句:"冯蜜。"

他还以为冯蜜已经死了,现在看来,只是掉了块头皮而已。

熊黑的声音也尽量压低,不过还是能听得出语气恨恨的:"白瞳鬼怎么会上来呢?他们不该在这儿啊……找着杨正没有?"

冯蜜没好气道:"没找着,要么活着,要么死了吧。"

两人说着话,声音渐远,炎拓还在犹豫是否要跟上去,聂九罗已经拽了拽他衣角,悄声说了句:"看看去吧。"

炎拓在农场的时候,有过跟踪熊黑他们的经验,知道这些人的嗅觉以及视力也就一般,只要相对谨慎,就不会被发觉。

虽说越往里走越黑,视物渐渐艰难,但因为冯蜜和熊黑时不时地总会说两句话,循着声音的来处,完全不用担心跟丢。

他和聂九罗屏息静气,而前头的声音隐约飘过来。

冯蜜:"林姨怎么想的?要我说,回矿场算了,反正人质都冲散了,还换个屁的人?自己的命都要不保了。"

熊黑没好气道:"你以为说回就回?万一又撞上白瞳鬼呢?熬一熬,把他们熬回地底下好了。"

聂九罗听得一阵阵头皮发麻。

这对话真是信息量巨大。

——人质都冲散了,这意味着蒋叔他们,要么落白瞳鬼手里了,要么跟她和炎拓一样,正在这地下乱转?

——把白瞳鬼熬回地底下,白瞳鬼是从更深处来的?

正晃神间,炎拓突然一把拉住她,闪进一处土堆后:"好多人。"

好多人?林喜柔他们带了好多人?

聂九罗有点糊涂,过了会儿,她悄悄探出头去看。

起初,视线里一片漆黑,但渐渐地,眼睛就适应些了,她心头一唬:还真的,好多人站在那儿,一丛一丛,黑漆漆的,都是人影,当然了,不只人影,也有兽形。

不过这人影……

她心头一动,凝目细看,登时了然:"不是人,是人俑。"

她自己是做雕塑的,对这些太熟悉了,眼前就是传说中为了防人误入黑白涧而铸造起的人俑界限。据说这道界限很长，幅度也够宽，所以，进入人俑林并不意味着马上有危险。

相反……

她的心怦怦跳起来："走，说不定进了那儿，还更隐蔽。"

两人蹑手蹑脚，接近人俑。

经年的陶土气息扑面而来，聂九罗忽然有点激动，这算是近距离接触"兵马俑"了吧？正儿八经的古物。要知道，博物馆里的那些，可是靠都不能靠近呢。

真遗憾是这么个情境，否则她真想挑起手电，好好研究一下古代工匠的技艺手法，没准儿就能解了茅塞、业务能力更加精进。

这儿的人俑，可能是因为靠近边缘，站立的不少，倾倒的也多，高高低低、大大小小，聂九罗很小心地落脚，以免发出声音，走了两步之后，忽然定住，一动不动。

炎拓先还迷惑，很快就明白她的意思了：林喜柔一行人出于谨慎，肯定不会打光的，也就是说，他们是处于黑暗之中。

"说不定进了那儿，还更隐蔽"，聂九罗是要利用这些人俑藏身，或者说，干脆把自己也站成人俑，明目张胆地靠近。

这想法乍听上去有点疯，但略微一琢磨，居然又觉得可行。

炎拓心跳得厉害，也学她的样子，站着一动不动。

静了几秒之后，不远处传来冯蜜的声音："林姨，咱们就在这儿干耗着？"

是那个方向没错了，聂九罗微微转身，近乎无声无息地向那个方向跨了一步。

炎拓有样学样，比她更小心。

林喜柔熟悉的声音响起："先等等看吧，鹬蚌相争，渔翁得利，先让他们斗，咱们保存实力，躲到最后。白瞳鬼冲了缠头军也好，缠头军落了单，要是被我们撞上，来一个灭一个，不也合算吗？"

聂九罗不动声色，又往那儿跨了一步。

炎拓继续跟进。

站在林喜柔的角度，他觉得这场景怪瘆人的：一堆人俑之中，居然有两个正在悄无声息地走动，向她靠近。

而站在自己的角度，他觉得这场景更瘆人：现下黑得只能看得见轮廓，万一这人俑之中，有一些，并不是人俑，也是跟他一样，能呼吸能动的呢？

怕什么来什么，这念头方起，他就看到，聂九罗身侧有个人俑，慢慢向着她转头了。

10

还是那句话,看不清脸,但依稀能看出轮廓。

转头的这"人",头的形状不大对,上下都尖,像个橄榄核。

炎拓心头一突,来不及细想,倒转枪身,使尽浑身的力气,一枪托冲着这人的头重重砸了下去。

聂九罗猝不及防,险些"啊"的一声叫出来,好在硬生生刹了回去。

这一砸动静不小,估计没把人砸死也砸晕了,声响一下子惊动了旁边的人,熊黑低声喝了句:"谁?"

炎拓迅速攥住聂九罗的胳膊,使劲握了一下,同时注意听周围的动静:还好,就这一个,人俑丛中,好像就这一个。

熊黑边喝问边往这头过来,还打亮了手电,只是亮度调得极低,应该是怕引来白瞳鬼的注意,炎拓把聂九罗轻轻往边侧的暗里一推,上前一步,说了句:"是我。"

聂九罗猜到了炎拓的用意,她就势往暗处一蜷,同时借着微弱的亮光,看清楚了倒地的那个东西。

应该是只地枭,面目跟蚂蚱有点像,码子不算大,身形则跟人俑差不多。

她心头一阵寒意上涌:是自己大意了,小瞧了林喜柔,还以为不动的都是人俑,没想到她还安排了这么个东西,鱼目混珠,混在里头放哨。

熊黑初听到炎拓的声音时,还有些不相信,直到光柱笼住了脸,才确定真是他,一时间,都不知道该怎么打这声招呼:"你……"

炎拓哈哈一笑,拎着枪大步迈进去:"熊哥,好久不见啊。"

熊黑浑身一震,立马端枪:"别过来!"

炎拓挺配合,真站住不动了。

聂九罗大气也不敢喘,借着仅有的光亮去看。

这几个人,她都是只闻其名,但基本都能对得上:熊黑真如铁塔一般,满脸横肉,膀阔腰圆,光站那儿都比炎拓大了一两个码;左边头皮上露出血淋淋一块的是冯蜜,年纪很轻,长得很伶俐;穿短款夹克、系带及踝靴、长发松绾的年轻女人估计就是林喜柔……

还有个女人,看上去五六十岁年纪,佝偻着腰,一脸病容……

想起来了,炎拓的那张 Excel 表格里也有,这是李月英。

人还真齐全。

熊黑很警惕:"你怎么在这儿?"

炎拓说:"这不是应邀而来吗?谁知道半路遇到了白瞳鬼,连滚带爬逃过来的,巧了,还见着老朋友了。"

他边说边指了指熊黑的手电光:"熊哥,关了成吗?你就不怕把那东西再招过来啊?"

熊黑把手电端头笼进手里,只指缝中透出点亮来:"就你一个人?"

"当然不是一个人来的,本来人多,不是逃命吗,一哄而散,也不知道都逃哪儿去了。"

说完这话,炎拓弯下腰,拎起那只地枭的一条腿,拖死狗一样往里头走。

熊黑下意识后退一步,警惕不减:"别动!"

炎拓冷笑一声,语调里有了威胁意味:"熊哥,都到这份儿上了,咱们别管多大仇怨,可以临时休战了吧?白瞳鬼指不定就在附近呢,现在都想藏身,都想活命,你要是不容我,那咱枪对枪,大喊大叫打上一把,把他们招来一起玩啊。"

林喜柔直到这时候才开口,语气很平淡,听不出什么情绪:"熊黑,灯关了,回来,别管他。"

炎拓笑道:"还是林姨识大体、顾大局啊。"

他又把拖着的地枭往前一送:"不好意思,刚手重了点,你看看,还能不能治疗一把。"

熊黑窝了一肚子火,但林喜柔刚发完话,他也不好说什么,只得关了灯,顺势抓起那只地枭的腿,向着林喜柔那头走了过去。

炎拓长吁了一口气,选了个方便靠背的地方,面朝着林喜柔那头坐下。

聂九罗悬着的心也终于放下了,她额头抵住一尊人俑的腿,这才发觉后背凉飕飕的,腿也蹲得有些发麻。

她动作幅度很小地换了个姿势。

短暂的静默过后,林喜柔先开口:"炎拓,我们的人呢?"

炎拓:"你说陈福他们啊?不知道,被白瞳鬼给冲散了吧。那种情况,同伴都顾不上,谁还顾着地枭啊。林姨,我们的人呢?"

林喜柔淡淡回了句:"一样,冲散了,顾不上他们。"

炎拓也猜到了,顿了顿又说:"对了,来的路上,看到杨正的尸体了,头顶破了个洞,估计没救了,跟你们说一声。"

这话说完,场子里陷入了短时间的寂静,末了,李月英"嘿嘿"笑了两声,怪腔怪调:"想不到啊,死我前头去了。"

冯蜜厉声喝了句:"闭嘴吧你。"

聂九罗并不知道李月英之前的种种,只是直觉她跟其他几个地枭的关系还挺微妙。

炎拓又开口了,音量放低,拉家常一般:"林姨,这白瞳鬼就是枭鬼吧?"

林喜柔不想搭理他,炎拓无所谓,厚着脸皮继续聊,能套出几句是几句,哪怕林喜柔只给他漏三两个字呢,那都是信息,横竖对他有帮助。

"感觉长得挺像人的,就是眼珠子怪,煞白还发亮,我还看到披着白头发的,这是老了吧,哎哟,还挺长寿……"

明明局势紧张,聂九罗还是被炎拓逗得忍不住想笑,这还唠叨上了,而且是唐僧式的唠叨。

"这下头的水土不错啊感觉,挺养人。你说他们得多大了?上百岁总有了吧,还不用拄拐杖,这腰腿……"

熊黑忍了又忍,忍无可忍:"你嘴是欠缝吗?在这儿叽叽歪歪的,我怎么听外头的动静?"

炎拓"哦"了一声,没再说话,熊黑还以为他是知趣了,哪知耳根清净不过几秒,炎拓又开始了:"那我有疑惑,你们又不肯给我解惑,我憋不住啊,总想问。"

熊黑被他气得差点暴走,冯蜜插了句:"不是,枭鬼是枭鬼,白瞳鬼是另一种,属于地底下的……顶级掠食者。"

枭鬼跟白瞳鬼还不是一类?

聂九罗心下一悸:顶级掠食者,一听就不是什么善类。

炎拓好不容易得了答复,赶紧趁热打铁:"白瞳鬼是……地下原生的?"

没等冯蜜答话,边上的林喜柔冷笑出声:"原生?还不都是你们人搞出来的?"

很好,林喜柔终于接他话茬了。

炎拓顾不上探究白瞳鬼了,脱口问了句:"心心其实不在你手上吧?"

林喜柔沉默了一会儿,终于开口:"不在,但在这地下。要么已经是头枭鬼了,要么早就被撕吃、变成粪便了,我不知道。"

这答案也算在意料之中,但炎拓还是觉得胸腔里的火腾腾往上冒,他强行摁住,齿缝里进出一句:"你把那么小的女孩,扔到这种地方来?"

这还聊上了,不知道外头危机四伏吗?还是说这小子不想活了,铁了心拉着他们同归于尽?

熊黑真是无语,又不好插嘴,只得拉了下冯蜜:"你上去,帮忙长个眼。"

冯蜜知道他的意思:总得安排个放哨的,否则全员聊天,敌人靠近了都不知道。

她"嗯"了一声,手脚轻捷,三两下爬蹿上最近的石垛,腹部伏贴在垛顶,双手探在头侧,如一只机警的豹猫。

聂九罗注意到了冯蜜的动静,不易察觉地又往人俑身上靠了靠,借着黑暗的遮掩,几乎融为一体。

林喜柔泰然自若:"这不能怪我,要怪,就怪你那个妈去吧。

"她电死我,我没跟她计较。她想一走了之,我也没干什么,只是抱走了炎心交给别人去养,话跟她说得很明白,老实点,别给我惹事,就能再见到她女儿——

够大度了吧？

"可她不当回事啊，这能怪我吗？我的忍让是有限度的，她想用水泥板把我砸成肉酱，换了你，你能忍？也别怪我为这事迁怒到你妹妹身上，她跟你那个妈，眼睛鼻子长得一模一样，我看了就来气。"

说到后来，声音里渐渐漫上了戾气："哦，对了，你知道你妈是怎么出事的吗？"

炎拓坐着不动，紧攥枪身的手微微发颤，也发了汗。

不知道，母亲留下了最后一篇日记之后，再也没有回来，他也一直疑惑：母亲明明是想用水泥板去砸死林喜柔的，为什么到末了，自己反被砸成了无知无觉的全瘫，难道是计划泄露了？

林喜柔的声音既冷酷又玩味："也真是难为她了，想到用水泥板把我砸死这种方式，水泥板那么重，她倒是有愚公移山的精神，一次又一次地去撬、去挪移，直到能以一人之力直接把板子给撬到掉下来。

"可是她太蠢啦，一个人从楼下经过，楼上水泥板砸落，人恰好被砸压在下头的概率能有多少呢？顶多也就砸伤吧。而且我不是人啊，我可不会那么迟钝。触电是意外，我总不至于次次都那么倒霉吧？

"记得那天，工地上的人为了感谢我把活儿交给他们干，还送了我一个大礼盒。水泥板砸落的时候我就警觉了，我们的速度有多快你是知道的，我嫌礼盒碍事，撒了手就蹿到边上去了。

"工地嘛，灰土多，水泥板这么一砸，腾起的尘灰跟一小片蘑菇云似的，你妈可激动了，飞奔下来看结果，我一看到她下来，就知道是她搞的鬼。

"不过，我一声都没吭，也没让她见着我，她下来了，我上去了，我记得水泥板跌落的楼层，很快就找着了，好家伙，上头堆的可不止一块水泥板呢。

"我从上头探头往下看，那个礼盒被压在了水泥板下头，只露出一角，你妈就凑在那儿，低着头看，大概以为我连人带礼盒，已经被压扁在下头了。那叫一个欢喜啊，我都听到她的笑声了。

"我把撬棍撬进了靠边缘的水泥板下头，本来啊，我应该这时候就送一块水泥板下去的，让你妈走在最开心的时候。不过我没有，她让我不开心，我凭什么让她开心呢？

"我叫了她，我说：'林喜柔。'

"她太兴奋了，完全没听出我的声音，也完全没反应过来，抬头的时候，脸上还带着笑呢。"

11

炎拓听得火冲上头,一时没忍住,端枪就要起身。

才刚欠起身子,对面的熊黑快他一步,枪口已经端平了:"干什么?想死吗?"

林喜柔的声音依然慢悠悠的:"你们一家人,都这德行,我养了你二十多年都没养熟,还不如养条狗。话说到这份儿上,我看和解的可能性也不大了,这一趟多半会有个了断,不是你死就是我亡。你要想现在就打,那就来,一对五,哦不对,晕了一个,一对四,我还是有把握能在白瞳鬼被招来之前弄死你跑路的。"

聂九罗听得简直是要咬碎槽牙,既为炎拓难受,又有一股子要撕碎什么的冲动:林喜柔算错了,应该是二对四,如果炎拓动手,那她就伺机杀出去配合好了。

然而炎拓没有动手。

他在黑暗中僵了会儿,又慢慢坐了回去。

林喜柔冷笑了一声,没再说话。

气氛跌到了冰点,死寂得有些瘆人,妖风又起,呜呜咽咽,也不知道是不是错觉,聂九罗隐约发觉,这风声里好像还带了点水声。

顿了顿,炎拓又开口了:"那我爸的死呢,里头有你的功劳吗?"

林喜柔不屑:"怎么,这是要一条条地跟我算总账吗?

"你爸的死,还真跟我没关系。他就是个窝囊废,自以为是一家之主、能顶半边天,可是你妈出事,他就全垮啦,垮到最后恶病缠身,完全是自找的。做人,怎么就不能看开点、把心放宽点呢?"

炎拓怒极反笑,语气也平静下来:"为什么偏偏是我家?"

林喜柔若无其事:"这话问的,叫我怎么答啊?谁让我遇见的,就是你爸爸呢?没有你姓炎的一家,也会有姓张的、姓王的,估计这就是缘分吧。"

炎拓点了点头:"好,林姨,我还有最后一个问题,你好人做到底,不如让我死个明白。"

林喜柔有点意外,不过也知道炎拓无非就是想套话:"说说看,答不答看我心情。"

炎拓:"为什么只有我爸爸是伥鬼,我妈不是,我也不是?"

这话真是问到点子上了,聂九罗也想知道,为什么有些人会变成伥鬼,真如他们推测的那样,地枭只有在脱根的时候才能把人化伥吗?

林喜柔淡淡回了句:"想知道啊?可惜我不高兴说。"

聂九罗怄得差点背过气去,只旁听了这几句对答,她已经有点摸清林喜柔的性子了:这人属于不会给人痛快的那种,到最后关口都会恶心你一把。

冯蜜突然开口:"有人来了。"

听这不咸不淡的口气，来的应该不是白瞳鬼，聂九罗心头一喜：缠头军虽然被冲得七零八落，但是大大增加了偶遇的概率，现在过来的，估计不是余蓉那队就是邢深那队，最不济也是从林喜柔手里逃脱的人质，反正都是自己人没错了。

熊黑漫不经心："正朝着我们来的吗？兴许只是路过呢，他们的狗鼻子又指望不上……"

说到末了，熊黑突然反应过来：脚边还趴着个被炎拓砸晕的、没转化的地枭啊，缠头军的狗鼻子是嗅不出他们，嗅这个还是绰绰有余的吧。

果然，冯蜜嚷了句："往这头过来了！"

林喜柔不想节外生枝，她站起身："走。"

李月英瞥了眼被砸晕的那个："带它吗？带着就甩不脱狗鼻子了吧？"

"不带了。"

炎拓不甘心放这几个人走，他们熟悉地形，这一走可就难找了，然而对面而坐，本来就隔着一段距离，聂九罗还在人俑丛里，离得更远，想靠突袭留人行不通。

再说了，两个人也留不住四个啊。

聂九罗也不甘心：只要再拖上一时半会儿，后援就会到了，多好的机会啊。

她伸手在身周摸索，这一带的人俑显然被破坏过，她很快就摸到了块碎俑片，然后瞄准不远处一尊人俑的脑袋，一扬手扔了过去。

"砰"的一声碰响，几乎是所有人都吓了一跳，下意识看向发出声响的地方，熊黑还低喝了一声："谁？"

聂九罗趁着这机会，往前连奔了好几步，迅速在又一尊人俑后藏住了——对比刚才，她离林喜柔他们近了点了。

炎拓猜到是聂九罗在捣鬼，虽然没跟她通过气，但还是尽己所能地配合，他甚至还装着很受惊吓："什么东西？白……白瞳鬼来了吗？"

聂九罗又摸了块碎片在手上，她故技重施，照旧是砸远离自己的人俑，然后借机向林喜柔身侧靠近。

然而两次过后，林喜柔就警觉了："走，不管它！"

聂九罗觑着林喜柔的站位，觉得可以尝试，心一横，豁出去了。

她猛然从人俑丛中奔了出来，向着林喜柔直撞过去。

这一头，炎拓看见她动手了，也管不了那么多了，制造混乱就该同步——他以同样的方式，直取熊黑。

林喜柔的反应真是好快，眼见有"东西"蹿过来，不知来头，没敢硬接，但也没有俗套地往旁侧闪避——边上就有一个高大的土垛，她双手齐攀，身子瞬间腾空，聂九罗到跟前时，她已经离地一两米高了。

聂九罗想也不想，一把抓住她的靴踝，原本想喝一声"下来"的，又觉得这样没什么气势，索性代之以一串"女鬼"一样的阴笑。

打架嘛，吓吓人也是好的。

这一笑，效果果然惊人，不只是林喜柔他们怔到了，连撞摔在地的熊黑和炎拓都吓了一跳，有那么一瞬间，炎拓甚至在想这突兀出现的人，究竟是不是聂九罗。

借着这全员怔住的空隙，聂九罗狠命把林喜柔扯落下来，趁着她落地未稳，反手就抽了一个耳刮子。

浑蛋，老早想教训她了。

林喜柔从来没遇到过打架抽耳光的打法，一时间脑子发蒙，聂九罗打铁趁热，一把揪住她的头发，正想拽了往土垛上撞，冯蜜从旁扑了上来。

一看这架势，就知道是好勇斗狠的主，聂九罗不敢硬拼，她如今爱惜胳膊，打斗有所保留。

她手上不松，借着这拽头发的力，一个旋身扫腿，就听"咕咚"一声重响，三人你叠我、我压你，同时倒地。

林喜柔倒地，是被她硬扯着头发扯下来的；冯蜜倒地，则是被她扫到了下盘、绊倒的。

聂九罗一落地就松了手，手脚并用滚爬开。

她怕地枭咬她或者抓她，同时心里纳闷着：不是还有个叫李月英的吗？怎么不一起上，三对一呢？

正前方，炎拓和熊黑也是滚翻在地，厮斗得难解难分，而同一时间，人声渐近，听着耳熟，里头隐约有邢深的说话声。

林喜柔喝了句："走，别耽误了！"

话音未落，已经和冯蜜两个翻过了土垛，熊黑听到盼咐，觑了个空大力掀翻炎拓，情急之下，居然手脚并用，兽一般向着黑暗中窜去。

这一边，聂九罗已经可以看到疾奔过来的人影了，而那一边，林喜柔几个眼见就要消失……

她灵机一动，大声说了句："林喜柔，不看看你儿子吗？你亲儿子啊！就在这儿了！"

林喜柔疾奔的身形晃了一晃，忽然顿住了。

聂九罗从地上爬起来，刚抽林喜柔那下可是用了大力气，至今掌心还火辣辣地疼。

炎拓也站起来了，扶着膝盖缓劲：跟熊黑过的那几招，全是硬碰硬，打斗时不觉得，一缓下来就觉得要命。

不远处的林喜柔没有再跑，缓缓转过了身子。

聂九罗心中五味杂陈：到底是当妈的，还是记挂儿子，自己用这种方式把林喜柔给绊住，真说不清是合适还是不合适。

回头看，来的人确实是邢深那头的，不过人数比出发时少了几个，显得稀稀拉拉，他们没打手电，但有照明棒：和手电光比起来，这亮度不算扎眼，但能视物。

邢深径直过来，先扫了眼左近，也顾不上寒暄，拣紧要的先说："余蓉他们呢？"

"遇到白瞳鬼，就是白眼珠子的那些东西，冲散了。"

邢深点了点头，果然如她所料，他们也有同样的遭遇。

聂九罗指了指照明棒："用这个，有亮光，不怕把白瞳鬼再招来？"

邢深："一时半会儿的，关系不大。我看到他们走了，待会儿我去高处，那里方便放哨。"

看到？

聂九罗先是不解，下一秒反应过来：邢深的眼睛，是能"看到"的，不借助灯光，他反而能看得更多更远。

邢深看向林喜柔那头："那几个是……"

聂九罗压低声音："林喜柔一伙，他们也遇到白瞳鬼了，蒋叔他们被冲散了。蚂蚱呢？我想用蚂蚱拖住她，顺便想办法把她拿下，她要是跑了，后头再找就不容易了，还会继续给我们制造麻烦。"

邢深点了点头，向后打了个呼哨。

蚂蚱过来了，依然穿着小孩儿的衣服，估计是刚遭遇白瞳鬼时跑得急，脚上掉了只鞋。

它跟以前一样怕聂九罗，走到近前时瑟缩了一下，才哆嗦着站定。

聂九罗招呼不远处的林喜柔："站那么远，不过来看看吗？"

林喜柔笑起来："过来看，不就中你的计了吗？你是放个饵，想把我给钓住吧。"

还挺聪明的。聂九罗脸上带笑，暗自心焦，又低声问邢深："如果蚂蚱过去呢，它能听你的命令，攻击林喜柔吗？"

邢深沉吟了一下："过去……可以过去，攻击就难了，蚂蚱对地枭还是挺畏惧的。"

那种出自本能的、对强有力同类的畏惧，上次它就没敢攻击熊黑。

他弯下腰，抚了抚蚂蚱的后颈，嘴里低声喃喃了些什么。

蚂蚱犹豫了会儿，继续往前走，半走半爬。场子内外，对峙双方，所有人都没动，只有它在动，身板瘦小，形体扭曲，在浅幽碧色的光映照下，显得卑微又可笑。

聂九罗看着看着，蓦地激灵灵打了个寒战。

她觉得自己也挺可怕的，居然想出用儿子设计母亲这样的法子，可以用很多种方式收拾林喜柔，何必用这种呢？

良心上跨不过去。

蚂蚱在林喜柔身前一段距离处停了下来，抬着头，似乎在打量林喜柔。

邢深说了句："挺难的。"

聂九罗没反应过来："什么挺难？"

"只有林喜柔在看蚂蚱，她身边的其他人都在防备，我们的人没法绕过去，想布置偷袭挺难的，估计拿不下她。"

聂九罗"嗯"了一声，蓦地冒出个奇怪的想法："他们会不会……母子相认，然后蚂蚱跟着她跑了？"

邢深一愣："这个……不会吧，蚂蚱跟了我们很多年了。"

跟了很多年又怎么样呢？也许血缘天性可以大过一切。

聂九罗咬了咬嘴唇，她也说不清自己现在是什么心情。

就在这个时候，奇怪的事情发生了。

蚂蚱浑身哆嗦了一下，像是小动物临战前全身奓毛，后背高高拱起，即便是看背影，都能看出它充满了攻击性，它焦躁不安地在原地走来走去，几次跃跃欲试——明显是意图攻击的那种。

林喜柔倒没什么反应，一直盯着蚂蚱，看不到脸上的表情。

这就怪了，连邢深都觉得纳闷："蚂蚱这是……怎么了？"

话未说完，蚂蚱直冲而起。

它居然真的攻击了。

可惜了，它的这种攻击，在林喜柔这些人面前，太过小儿科，边上的熊黑疾上前一步，只一脚，就把蚂蚱踹得飞了出去，落地时还骨碌碌连打了几个滚。

这走向，聂九罗完全蒙了，脱口问了句："它……不是你儿子？"

短暂的静默过后，林喜柔哈哈笑起来，笑得有点瘆人，仔细咂摸，这笑声里欢愉少，凄凉多。

她说："是我儿子没错，看来是认出我来了。真是母子连心啊，隔了这么多年，还能认出我。"

说到末了，笑意陡收，语意里不无讥讽："你们这群傻子，从两千多年前一直傻到现在，你们真以为，蚂蚱是被缠头军抢走的，我是一个苦苦找儿子的母亲吗？你们真以为，你们是在猎枭吗？从一开始，就是我们，在猎取你们哪。"

12

这话一出，在场多数人都惊到了，有几个已经忍不住脱口喝问："什么意思？"

然而林喜柔这性格，能让人踏实如愿才是见了鬼了，她招呼同伴身子急转，转瞬间已经向着黑暗中窜奔而去。

炎拓徒劳地追了两步就告放弃，那起落的速度，他自问绝对撑不上。

回头看时，众人还是一脸茫然，大头嘴里骂骂咧咧："这娘儿们，什么意思啊？"

邢深吩咐就地休整，自己则爬上高垛，四面观望，半为警戒，半为尝试能否找到余蓉那队。

有邢深在高处放哨，大家都比较安心，三两个凑在一起，有担忧走散的同伴的，有害怕白瞳鬼会再来的，也有窃窃私语、探讨林喜柔那番话是否有深意的。

蚂蚱也回来了，它蹿上高垛，直奔邢深，趴在他脚边不动，跟求安慰似的。

聂九罗过来找炎拓，人俑丛中"分开"之后，发生了太多事，很多事对炎拓都是打击，她该安慰他的，然而一直没顾得上。

炎拓正倚靠土堆坐着，以肘支膝，两手合起，撑住低垂的头，身边时有人走动，他都没注意到聂九罗过来。

聂九罗看了他一会儿，在打扰和让他自己安静之间挣扎了几秒，终于下了决心。

她蹲下身子，说："哎。"

炎拓如梦方醒，抬头看她。

聂九罗笑道："想什么呢？想林喜柔说的那话吗？"

炎拓摇了摇头："在想我妈。"

林喜柔逃离时抛出的那番话固然震撼，但危机和对峙解除之后，第一时间跃进他脑海的，却是自己的母亲。

——林喜柔在工地的楼上叫她，她便满怀欣喜地抬头。

然后看到水泥板从天砸落。

他没法不去想，睁眼是这场景，闭眼也是，隔了二十多年，依然悲怆满满。

聂九罗也不知道该怎么安慰他，理当难受的事，何必硬劝人"别难过了"呢？

她在他面前蹲了会儿，忽然冒出一句："你要不要摸我的手？"

炎拓："哈？"

聂九罗献宝一样，在他面前甩了甩右手："我刚狠狠抽了她的脸，就这只手。"

炎拓这才反应过来："我就说打斗的时候，怎么还听到'啪'的一声响，是你在抽她？"

聂九罗："嗯哪。"

她觉得自己的手战绩辉煌："我估计她脸都被扇肿了，你要不要摸摸？还热乎着呢，四舍五入，就等于你打过她了。"

这什么逻辑？

炎拓周身的低气压瞬间就破了，甚至差点笑出来。

他又跟她确认了一次："真抽到她了？"

聂九罗乜斜了他一眼："还要人说几次？"

炎拓握住她的手："我还没抽到她，你先抽了，有个厉害老婆真好。"

聂九罗奇道："老婆？你想什么呢，差远了好吗。你现在，也就是个试用期的男朋友。"

说着就要缩手，炎拓用力握住，又把她的手拉回来："你们学艺术的这么讲究，还搞试用期？怎么转正，能不能透露一下？"

聂九罗没说话，低头看两人交握的手，炎拓的手干燥而又温暖，指节有力，稳稳包着她的。

她忽然觉得，炎拓挺好的，真挺好的。

炎拓也没说话，他先前心里挺难受的，和她说了会儿话，郁结散了很多，很想抱抱她，但周遭人太多了。

就这么握着手，温软贴心，挺好的。

顿了会儿，他说："林喜柔最后说的那番话，你是怎么想的？"

聂九罗还没来得及回答，高处传来邢深的声音："大头，你上来替我一下。"

邢深下了高垛，有几个人上去想和他说话，他一概摆手，直奔炎拓和聂九罗这头。

炎拓见他过来，撑地站起身子。

到了跟前，邢深问得直接："炎拓，你和林喜柔相处过，你觉得，她最后那话，会是在撒谎吗？"

炎拓想了想："是不是我不确定，但我觉得，她没必要撒谎。"

邢深沉默了一会儿，说："我也觉得。

"刚刚在上头的时候，我一直想着这个问题。大家一直觉得，是瘌爹抓走了蚂蚱，但是其实，当时的那幅场景，可以有另一种解读，是林喜柔在捕猎瘌爹。

"瘌爹是巴山猎，巴山猎讲究通力合作，瘌爹一个人，是不大可能去追捕成年地枭的，危险性太大。除非他看到的，是只小的、弱的，他觉得自己可以搞定的，也就是俗称的诱饵。"

聂九罗忍不住看向依然趴在高垛上的蚂蚱："蚂蚱是诱饵，林喜柔是猎手，二对一，有优势。只不过，后来蒋叔他们赶到，双方优势对调，林喜柔的捕猎失败了，她就放弃了蚂蚱？"

炎拓"嗯"了一声："这就可以解释，为什么一直以来，林喜柔对蚂蚱的感情那么奇怪。是她亲儿子没错，她也在找，也想换，但并不特别迫切，因为她心里对蚂蚱始终带了点歉疚，也清楚知道，蚂蚱可能会对她离心。"

聂九罗接口："一个已经放弃过的儿子，能回来挺好，回不来，她也认了。而且，以林喜柔这种事事都往别人身上怪的性子，多半会觉得，一切都是别人的错。"

就好比……

——炎拓父母的遭遇，要怪他们自己啊，老实听话不就没事了吗？偏要自己找死。

——蚂蚱为什么会丢？还不是缠头军造的孽吗？

邢深感慨："难怪蚂蚱忽然就攻击她了，别看它是只畜生，不能讲话，有些仇还是记得的。"

他说到这儿，又有些疑惑："可是，她说从最初，就是他们在猎取我们，这是什么意思？缠头军的过去，难道都要推翻吗？"

炎拓沉吟了会儿："推翻倒不用推翻，就我这个旁观者来看，缠头军的一切都没什么问题，只不过，你们对地枭的解读太肤浅了。"

邢深一颗心猛跳，事关自身，很难冷静思考，这种时候，旁观者的意见会更加中肯："这话怎么说？"

炎拓说："阿罗给我讲过缠头军的历史，我是当故事来听的，这个故事里，缠头军一方的内容非常丰富，又是秦始皇，又是刀、鞭、狗三家，又是传承，又是秘密。可是涉及地枭的部分就特别简单，你们只说，这是种畜生，有两个特性：就宝和长生。

"地枭在你们眼里，跟长白山的人参，或者夺宝故事里要夺的宝贝一样，都是道具，戳在那儿，配合你们的戏。

"可是，我在林喜柔身边，探听到他们自称'夸父后人，逐日一脉'，还说自己本来就是人。林喜柔的智计和手段你们也都看到了，他们不可能是道具，甚至……也不是配角。"

聂九罗心中一动："你想说……他们是主角？"

炎拓答非所问："现在，我想问一个问题，秦始皇为什么要派缠头军去找地枭？"

邢深答得迟疑："因为想……寻求长生之法？"

"那地枭能长生，秦始皇是怎么知道的？"

邢深："因为九鼎啊，秦国得到了九鼎，梁州鼎上记载有地枭，枭起青壤。"

炎拓追问："梁州鼎上为什么有这记载？"

邢深简直要被他问糊涂了："那不是大禹各地巡行，考察民情，记录上去的吗？"

炎拓笑了笑："问题就在这儿了，大禹考察民情，加以记录，但是，地枭可以就宝和长生的说法，最早是从谁嘴里传出来，以至于一传再传、传到了大禹耳朵里的呢？"

邢深没理解："那肯定是最早和地枭接触的那些人啊。"

聂九罗叹了口气，提醒他："还可能是地枭自己传的。"

邢深莫名其妙："地枭……自己传的？他们为什么要传这话？"

炎拓说："这样一推，林喜柔说的话是不是就容易理解了？她说，从最开始，就是枭在猎'人'。"

邢深顷刻间如被打通任督二脉，一下子全想通了。

——你们这群傻子，从两千多年前一直傻到现在。

——从一开始，就是我们，在猎取你们哪。

他喃喃出声："地枭用'就宝'和'长生'为诱饵，来猎取我们？"

聂九罗有点唏嘘："这两条，搁在古代……别说古代了，就是在现代，有谁能不中套啊？不是有首歌里唱吗，'世人慌慌张张，只图碎银几两'，没钱的想有钱，有钱的，当然就想长生了。"

炎拓蹲下身子，捡了块石头，在地上画了条横线："我们假设，这就是黑白涧，人在上头，所谓的夸父后人在下头，理论上，人不能下去，他们也不能上来。"

他在横线上写了个"人"字，下方写了"夸父"两个字。

聂九罗和邢深也蹲下身子。

聂九罗指了指"夸父"那两个字："但是他们想上来，夸父逐日嘛，还自称'逐日一脉'，感觉对太阳的渴望，是刻在骨子里的。"

炎拓点头："可是想上来，得先过黑白涧，'一入黑白涧，枭为人魔'，就变成怪物了，再接着向上，到了太阳底下，又会形貌扭曲、加速衰亡。"

邢深也明白了："得用一个稳妥的方式，既保持人的形貌，又可以活得长久。他们转化成人，需要血囊，又得在地下进行，所以……得猎'人'，吸引人进去？"

地枭的所在，都是极偏僻的山林，这种地方，专事打猎的都很少去，没点真正的宝藏，谁会跋山涉水往那儿跑？

而且，林喜柔今时今日对地枭的转化，都存在着接近三分之一的失败率，当年估计更差，需要用的人就更多。

所以要有红利，巨大的红利，才能吸引到一拨拨的人主动前来。

邢深苦笑："怪不得林喜柔说我们傻了两千多年，原来缠头军，根本就是被骗过去的，自以为是在狩猎，其实是在被狩猎。"

聂九罗忽然冒出一句："那不一定，我倒觉得，缠头军这步棋，歪打正着，其实是走对了。"

邢深没懂："哪儿走对了？"

聂九罗反问他："难道不是吗？

"这要感谢咱们的秦始皇，做事都是大手笔，修边墙修成万里长城，修陵墓能把山给挖空，找地枭派出了缠头军。

"缠头军，现在觉得不算什么，可在当年，算是帝国的最高军事力量了吧，而且人数那么多，都能熔金人铸造金人门。你觉得，那些个什么逐日一脉，能对抗得了他们吗？"

炎拓茅塞顿开。

这就好比一群劫匪做了周密计划准备劫持一队路人，结果遇到了一个团的正规军。

邢深也恍然大悟："所以缠头军等于是，把他们的计划给扰乱了？"

聂九罗说："必然啊，你想想，缠头军一进来，立了四扇金人门，基本把地枭和外界阻隔开了，如果不是因为有一道黑白涧重创了缠头军，那几乎都能把地枭给荡平吧。所以我说，是歪打正着，枭起青壤，直接被缠头军和金人门给挡了，没起成。"

13

千言万语，汇成一句话：感谢始皇帝。

如果当年他派过来的，不是大批量的缠头军，而是什么十来号人的探险队，那之后的故事，估计就得彻底改写了。

邢深忽然想到了什么："可是林喜柔还是出来了，而且显然不是从金人门走的。"

炎拓自嘲地笑道："怪我爸的煤矿开得太深了吧。"

给地枭开了个新出口，开出这么个魔胎来。

聂九罗隐约觉得，事情好像没这么简单："你忘记兴坝子乡的大沼泽了？那个小媳妇的故事？"

那个大沼泽，显然也是个出口，只不过那个小媳妇比林喜柔差远了，"事业"还没经营起来，就接连出错，最后铁水灌下，出口被焊死。

还真是，炎拓心头发紧："还以为一共就四个出口，所以缠头军立了四道门，看来当时没找全，这到底有多少个啊？"

邢深心头一动，脱口而出："七个。"

聂九罗惊讶："你这……怎么算出来的？"

邢深说："就是突然想起缠头军的那封飞信，上头被血浸得只剩'夸''父''七'三个字。"

这一下提醒了炎拓："夸父七指？"

之前一直想不通"夸父七指"究竟代表什么，如果是指七道出口呢？夸父在传说中是个巨人，夸父逐日，倒地之后还在不停地用手扒挖，扒秃了三根手指，还剩七根，每一根，都是一道通往外界的出口。

而那封飞信，是黑白涧里的缠头军试图提醒同伴：不止四个出口，是七个。

聂九罗心头发凉："七个出口，缠头军封了四个，铁水灌了一个，炎还山的煤矿是一个，那第七个呢，第七个在哪儿？"

不知道，没人能回答。

这儿也不是什么山清水秀的地方，总不能无休止地原地休整，邢深再三斟酌之后，做出了返回金人门的决定。

进来是为了"换人"的，而今人都冲散了，也没什么换的意义，唯有期待运气好点，回去的路上能捡回一个两个。

没人有异议，炎拓固然是想找妹妹，但一来范围太大，实在没明确线索，包里的干粮也带得不多；二来形势的确凶险，总不能为了一己之私拖累他人。

先自保，再从长计议吧。

……

返回金人门，也顺，也不顺。

顺是因为有邢深在，他的眼睛在这儿简直是神器，因为他不看形，只看光，在触目可及的范围内，任何活物、任何动的痕迹，都逃不过他的眼睛。

聂九罗有点感慨，当初，她因为邢深废了眼睛而大发雷霆的时候，做梦也没想到，自己有一天，居然会感激他长了这么双眼睛。

不顺是因为路线，下头的地形地势本来就复杂，地图又简陋，捧着图都得慢慢找，刚那一通四散奔逃之后，基本跟迷路也差不多了，想再接上先前的路线，不是那么容易的事。

一行十来号人，尽量缄默，只靠前后两根亮度微弱的照明棒行军，邢深每隔一段路就会爬上高垛查看，毕竟登高才能望远。

聂九罗和炎拓牵手走了并排，听身前的人窃窃私语。

"真是，走了一路，这么干净，怎么不见我们被冲散的人呢？"

"不会是被白什么鬼的都收拾掉了吧？"

"你说，白瞳鬼会讲话吗？要能讲话，还能交流一下。"

炎拓忽然抬起手，戳了戳前头人的肩膀："麻烦问一下，你们遇到白瞳鬼的时候，有看到里头有小孩吗？"

那人脚下不停："这谁注意啊，跑都来不及呢，光看见黑里头一对白眼珠子了。"

又帮他去戳更前头的人："哎，白眼珠子的鬼里头，有小孩吗？"

一个问一个，连问几个，都是否定的回答。

看来是没有了，炎拓道了声谢，没再说话。

聂九罗心念微动：白瞳鬼里面，会有她的母亲裴珂吗？

下一秒，又觉得自己好笑，自己和炎拓都好笑：因为找不到、没方向，所以疑神疑鬼，看到什么都怀疑是。

就在这个时候，刚爬上前方高垛的邢深突然迅速贴地趴倒，口中发出一声极低的呼哨。

其实即便没呼哨，光看这身体动作，也能知道前方是有状况了，众人的应急反应都很快，顷刻间左右散开，持枪在手，后背或贴住土堆，或抵住石块，大气都不敢喘。

顿了几秒之后，山强有些按捺不住，压着嗓子向上喊话："深哥，怎么了啊？"

邢深没吭声，只是摆了摆手，大概是让大家别出声，过了会儿，他继续保持伏趴的姿势，慢慢挪到垛台边缘处，这才轻轻跃下，带下一身的灰土。

大头着急："什么情况？"

"白瞳鬼，呈扇形往这头包抄，走不过去。"

呈扇形往这头包抄？

事情太过诡异了，聂九罗头皮发麻："他们有多少人？"

邢深仔细回想了一下。

"真正白眼珠子的，我只看到了五个，但是，白瞳鬼的左右，都各有一个……"

说到这儿，他卡了一下，白瞳鬼身侧的东西很难形容，再加上他只能看轮廓和光，压根儿看不到细节，就更难描述了："他们边上的东西是四肢着地的，像驯养的兽，一个白瞳鬼带两个，加起来一共十五个，彼此间隔一段距离，呈一个大扇形，往这边走，基本把我们往那个方向的路给绝了。"

有人立马慌了："那、那怎么办？金人门在那个方向啊。"

邢深倒还镇定："没关系，下头地方大，我们改向，多走点路，想办法绕过去吧。"

也只能这样了，众人先按原路回撤，撤出一段距离之后，改走原定方向的垂直向，理论上，只要走得够远，后续再改一次垂直向，就可以平行相对、完美避过了。

这一次，走得比之前更加紧张。

炎拓低声问聂九罗："一个白瞳鬼带两个，带两个什么？会不会是枭鬼啊？"

这下头，充其量就那几样：人、林喜柔那样的人形地枭、原生地枭、白瞳鬼以及枭鬼。

前几样都见过了，就差枭鬼没现身了。

聂九罗不敢肯定："见着了就知道了吧。"

走了半个多小时，意想不到的事又发生了。

邢深照旧是突然在高垛上伏倒，仔细观察之后下来通知他们，白瞳鬼又出现了，还是一拖二的模式，五个白瞳鬼，加上左右驯兽共计十五个，呈大扇形，往这头包抄。

这个方向，也不能走了。

真是见鬼了，大头气急败坏："这什么意思啊？他们还有巡逻小队？那头一小队，这头又有一小队？"

邢深沉默了一下，说："不太妙。"

他蹲下身子，吩咐山强把照明棒移近，然后在地上给大家画图演示。

他先画了一条直线："这是黑白涧。"

他又在直线上方随便点戳了几个圆点："这是我们，我们肯定是过不了黑白涧的，相当于黑白涧就是堵在我们背后的墙。"

最后他反手一个半圆："这是白瞳鬼的包围圈。"

图画得拙劣，但意思大家都看懂了，山强目瞪口呆，说话都结巴了："这……这什么意思，还……还有组织地狩猎我们啊？"

聂九罗若有所思："有巴山猎那个意思了。"

巴山猎擅长"围猎"，把猎物驱赶到指定的区域，然后由"坐交"的猎手出来——屠戮。

山强还在纠结："不是，他们狩猎我们干什么啊？"

无人搭腔，谁能知道白瞳鬼想干什么呢？所有人都是第一次遭遇这玩意儿。

炎拓有点后悔，早知道，就向林喜柔多打听些白瞳鬼的消息了，她提过，白瞳鬼是人搞出来的，多半知道内情。

大头心一横："要么，别前怕狼后怕虎的了，咱选个方向，干他一场，突围。"

邢深摇头。

突围无异于自杀，两个方向，就已经遭遇两队白瞳鬼了，人数上对方占优势，而且，一旦对上，附近的白瞳鬼势必赶来增援，到时候，简直是以卵击石啊。

又有人突发奇想："或者我们就地找掩体，把自己藏起来，等他们经过了之后，再继续赶路？"

邢深还是摇头："你能肯定白瞳鬼是靠眼睛看东西吗？也许他们是靠气味或者热感应感知物体呢？这种你往哪儿藏？"

那人被他问蒙了："那……深哥，咱们怎么办哪？"

深哥，都叫他深哥，遇事朝他拿办法，谁让他是带队的呢？

邢深犹豫了一下："避其锋芒，先……退吧。"

炎拓觉得不妥："往黑白涧方向退吗？咱们不能过黑白涧，他们越来越近，这样包围圈不是越来越小了吗？"

邢深说："反正包围圈本来也是越来越小的，如果横竖都要对上，那不如先退回去，趁着还有时间，找个有利的地形，打阵地战吧。这样总好过被突袭或者打遭遇战吧。"

打阵地战确实可行，大家手里都有枪，要是能找到碉堡一样坚固的藏身之所，那管他白瞳鬼是五个还是五十个，对付起来就方便多了。

一通紧赶慢赶之后，又进了熟悉的人俑丛，但这里的地形比较一般，不适合防守,一干人且走且看,继续往深处找:理论上,人俑是界限,只要人俑还在,基本不会有什么问题。

走着走着,黑白涧的方向,忽然传来枪声。

众人身子一激,几乎是不约而同伏倒在地,有人脱口问了句:"是不是余蓉他们啊?"

炎拓开始也以为是余蓉,再一想觉得不对:余蓉一行人是缠头军,深知黑白涧的可怕,再慌乱也不会跑到深处去……

是林喜柔!林喜柔的可能性更大!

反正遇上白瞳鬼也是拼,遇上林喜柔也是拼,真让他选,拼在林喜柔那儿还更应该些:他跟白瞳鬼没仇怨,跟林喜柔可不一样。

他一跃而起:"我去看看!"

炎拓一路循着枪声而来,起初一时冲动,疾步飞奔,但没过多久步子就慢下来。

原因很简单,他看不见了。

越往里越黑,和邢深他们在一起时,有照明棒,视物不成障碍,但一旦脱离了这范围,就举步维艰。

炎拓吁了口气,半是摸索着前进,正心急时,听到身后传来聂九罗压得低低的声音:"炎拓?"

阿罗?

炎拓一怔,旋即回头。

什么都看不见。

他叫了声:"阿罗?"

同时向着暗里伸出手去。

很快,窸窣的脚步声传来,聂九罗抓住他的手,凑了过来。

炎拓意外:"你怎么来了?"

聂九罗没好气道:"我怎么来了?难道让你一个人落单?邢深他们有正事要忙,没人过来管你,当然我过来了。"

炎拓面上一窘,心内却是一暖:他刚刚确实跑得莽了些,一时情急,没顾得上多想。

正想说些什么,聂九罗轻嘘了一声。

炎拓登时警惕,仔细听时,果然有急促的脚步声,一路往这头过来,忽然间"砰"一声重响,大概是撞倒了人俑,脚步声立刻停下,紧接着,就是粗重的喘息。

俄顷,冯蜜的声音响起:"林姨,熊……熊哥怎么办?他一个人在后头挡着,万一……就不管他了?"

林喜柔："不知道，看命吧，希望没事。"

冯蜜气息未定："白瞳鬼这是……在围剿吗？那咱们这次，还出得去吗？"

"出得去，别自己先慌了，就算围成铁桶，也出得去。"

"想办法绕去涧水那边吧。"

涧水？听起来说的像是河流，聂九罗想起先前在风声里，隐约听到有水声，没想到，这下头还真有水。

炎拓凑到聂九罗耳边，几乎是贴着在说："这次，不能让林喜柔走了。"

聂九罗点了点头，是不能让林喜柔走：半是因为炎拓，半是因为，可以从她身上得到更多关于白瞳鬼的信息。

熊黑不在，动手相对要方便些，但问题在于，该怎么动手呢？隔着还有段距离，也看不见啊。

炎拓身上是有手电的，但开强光太冒险了。

他想了想，低声问她："你受过训练，听声音，能确定人的大致方位吗？"

聂九罗"嗯"了一声。

那就好办了，炎拓轻轻推开她，忽然开口："林姨，别动了，枪口瞄着你的头呢。"

林喜柔他们还真是撞上了白瞳鬼，熊黑断后，让她和冯蜜快逃——至于那个李月英，早在聂九罗出手扇林喜柔巴掌时，就已经趁乱跑到不知道哪里去了。

林喜柔和冯蜜一路疾奔，好不容易脱离险境，逃到自以为的安全地带，才刚喘过气来，忽然听到炎拓的声音，简直是毛骨悚然。

聂九罗轻轻咽了口唾沫，双手虚往前探，仔细听林喜柔那边传来的动静。

林喜柔难以置信："炎拓？"

有指引了，聂九罗足尖落地，先虚后实，慢慢过去：双手虚探是怕撞到东西，足尖虚点也是怕踩滑踩空。

炎拓笑了笑："很意外吧，林姨，安静点，枪是有夜视仪的，看你的脑袋看得很清楚。"

林喜柔想说什么，又没能说得出口，只是不耐地清了清嗓子。

聂九罗继续向那头靠近。

炎拓端枪在手，然而可惜，装备没嘴上说的那么先进，枪上没装夜视仪，包里带了，但仓促间没法去拿。

他只能虚张声势："可真是巧，又遇到了。林姨，用你的话说，是缘分，我们还真是有缘。"

林喜柔冷笑："怎么，还是想问为什么只有你爸是伥鬼？"

想问的问题多了，她爱说哪个说哪个，反正，只要她不停地说话，聂九罗就能不停地校正定位。

炎拓："是啊,我不就那几个问题吗?不搞明白,抓心挠肝的,睡不着觉啊。"

林喜柔淡淡说了句："其实说穿了,也简单。

"地枭长久生活在黑暗里,眼睛早就退化了,我们也不需要眼睛。可是转化成人就不一样了,没眼睛,怎么在阳光下看东西呢?

"眼睛是我们最后长出来的器官,能睁眼,才算转化最终完成,而在睁眼之后,第一个看到这双眼睛的人,就是伥鬼了。"

个中究竟是什么道理,林喜柔也说不清。不过她了解过,很多动物会把出生后第一眼看到的生物视为父母亲人,比如刚出生的小鸟,破壳之后,哪怕看见的不是同类,是杀父杀母的凶禽,它也会当凶禽是亲人,会去崇拜、爱戴,这叫"印随行为",伥鬼估计也是这样,只不过是反过来的。

"因为有了这第一眼效应,你再不断地去诱导,他自然就对你死心塌地、唯命是从了,比如说你爸爸,我手指招一招,他就像狗一样过来了……"

炎拓眸光一紧,还没来得及说话,就听到"咕咚"一声抱摔撞地的声响,紧随其后的,是清脆有力的一记扇打声。

又扇耳光了?

炎拓脑子里掠过一句……

我女朋友,可真是厉害。

14

不过一对二,还是太凶险了,炎拓正准备循声冲过去帮忙,身后突然传来邢深的声音。

"头左偏二,手斜上切三。"

炎拓没听懂这话,但那头的黑暗中响起林喜柔的痛哼声,紧接着是人俑被带倒的裂响。

"松手,倒身,提肘撞下四!"

有人中招了,炎拓直觉是听到了骨头的撞折声。

"右步二,右千斤坠,下!"

话音未落,炎拓听到枪栓声,以及"卟"的一声枪响——声响不大,应该是加装了消声器。

有人砸落地下,发出压抑着的痛呼,听声音像是冯蜜。

炎拓什么都看不见,心跳一阵急过一阵,他感觉到邢深从自己身边经过,再然后,估计是出手把人打晕了,痛呼声立时就没了。

聂九罗多半没损伤，声音里透出讶异和轻快来："你怎么来了？"

邢深："我估计你们看不见，又不敢打亮光，那头交代好，就跟来看看。"

他又说："你反应真快，我还怕这么多年，你对口令已经生疏了呢。"

聂九罗："我也以为，可一听到，脑子还没转过来，身体已经反应过来了。"

这对答之后，有一两秒的停顿。

黑暗中的沉默，似乎能让人的神经末梢加倍敏感，炎拓忽然意识到，聂九罗和邢深其实挺熟的。

正愣神间，听到聂九罗叫他："炎拓，过来把人搬回去吧。"

林喜柔和冯蜜都晕过去了，而且受了伤，林喜柔是被聂九罗压折了肋骨后打晕，冯蜜则是被邢深放了冷枪之后出手击晕。

炎拓摸索着走到近前，听到抽绳和紧绳的窸窣轻响，估计是邢深正在给这俩手脚上缚。

邢深的这双眼睛真是可怕，这种几乎是纯摸黑的混乱战局，他能指导聂九罗的招式，还能场外开枪打援⋯⋯

炎拓有点感慨："和你相比，我们在这下头，简直就是瞎子。"

邢深手上动作略顿，过了会儿才说："没什么了不得的，我在上面也是个瞎子。"

⋯⋯

回程当然是邢深带路，炎拓其实很不习惯听"左转""直行"的指令走路，眼前没光，让他很没安全感，好在有聂九罗在身侧牵着他，他基本上只要跟着聂九罗走就没问题了。

觑了个空，他低声问聂九罗："邢深说的那些，什么'切三''下四'，我怎么听不懂啊？"

聂九罗扑哧一声笑了出来："你听得懂就怪了，这是我们小时候⋯⋯早些年的时候，一起集训，琢磨出来的，别人都听不懂。"

炎拓"哦"了一声，没再说话，走了一段之后，他蓦地觉得奇怪："还没到？我跑出去这么远吗？"

邢深回答："是我安排他们换地方了。"

人俑丛中能有什么好地方？炎拓想不出来，直到到了地方，才恍然大悟。

这里，有一处烽火台。

邢深解释："因为是人俑界限，有边墙长城的那种感觉。秦朝嘛，修长城时会建烽火台的，所以人俑丛中每隔一长段就会有一个，一般都是利用现成的土堆挖空、加固，或是就地采石搭建。还有一个更重要的原因：当时不是要造人俑吗，从外头烧了再送进来太不方便了，很多人俑是就地取土烧制，因此在里头得有这么个可以歇脚、可以做事的地方。"

　　眼前的这个烽火台就是把土堆挖空后建成的,大概是怕土墙坍塌,里头架设了木头的支架,还辅以条石——虽说看起来跟"坚不可摧"相差甚远,但到底是有顶有四壁,在这种八面来风的地下,能略微给人以安全感。

　　门扇是肯定没有的,有个门洞,大头他们按照邢深吩咐的,已经搬石块把门洞挡起了半人高。

　　进出需要攀爬,邢深先让人把林喜柔和冯蜜接了进去。

　　进门一看,不甚宽敞,约有一间房那么大,两侧墙壁高处都开了方盘大小的洞,大概是方便瞭望的。

　　炎拓心中五味杂陈,这种地方打阵地战,要靠老天给运气了:运气好打得起来,运气不好,众人就是瓮里的鳖,等人来抓。

　　邢深做了简单的安排:蚂蚱在外围警戒,瞭望口处由自己和大头负责,门口始终架两杆枪,其他人等,就地休息,补充干粮。

　　养足了气力,才好应对一切的未知。

　　烽火台里,只折了根照明棒,碧色的暗光映得每个人都脸色青幽。借着这光,炎拓看到昏倚在角落里的冯蜜,她腹部中了枪,身周洇了好大一摊血。

　　冯蜜对他,一直以来都还不赖,炎拓想起冯蜜那句"将来咱们要是正面对抗,看在相识一场的分儿上,别让对方太难挨",心里不觉有点唏嘘。

　　他欠身起来,从包里翻出绷带,低声向聂九罗说了句:"我去给她包一下。"

　　聂九罗莫名其妙,不知道炎拓为什么要跟自己说,下一秒反应过来,他这是在跟自己"请示"?

　　难不成还怕她不允许?她忍俊不禁:"去就去呗,还问我干什么?"

　　裹伤难免牵拉抻碰,冯蜜的伤口被拉扯到,疼得忍不住低声呻吟,很快就醒了。

　　睁眼时还有点茫然,待看到炎拓,再看到周围的环境,刹那间就明白发生了什么事。

　　她自嘲地笑:"我们地枭,本来是最擅长在黑暗里活动的。没想到啊,当了人,感官都退化了,在黑地里,反而被人给绊倒了。"

　　邢深正守着瞭望口处向外探看,听见冯蜜醒了,心中一喜,脱口问道:"那些白瞳鬼,是怎么回事?"

　　冯蜜斜眼看了看他,语气刻薄而又辛辣:"你是什么玩意儿?我干吗要告诉你啊?"

　　邢深一愣,居然有点接不住话,近旁的山强大怒,手指头差点戳到冯蜜脸上:"你也不看看自己什么处境,找死啊?"

　　冯蜜冷笑:"那就把我弄死好了,求饶的话,我叫你爹!"

山强没提防吃了这一戗,也没辙了:好家伙,既不要命又不要脸,这谁顶得过?

聂九罗觉得好笑,她清了清嗓子:"别人说话,你们打什么岔啊?你们跟人家又不认识。"

这是话里有话,邢深先听懂了:不用着急问,炎拓会问的,该问的也会问到,他只要听着就行。

山强也咂摸过味儿来了,他悻悻坐了回去,剥了颗牛肉粒送进嘴里慢慢嚼。

炎拓没吭声,继续手上的包扎,末了剪断绷带,贴牢胶贴:"刚我们想原路返回,连改两个方向,都遇到白瞳鬼了,这东西攻击过我们,感觉不是很妙。"

周围原本就没人说话,但这话一出,仍是安静了不少:咀嚼食物的不咀嚼了,正喝水的也不吞咽了,都竖起耳朵,想听下文。

冯蜜当然知道这些人是什么想法,但她愿意给炎拓面子,他问她,她就乐意讲给他听。

炎拓挺好的,对她也不错,至少,在她血流不止的时候,他过来给她包扎了不是吗?他待她是不同的。

她甚至觉得很可惜,如果不是因为族种有别,如果不是因为炎拓一家跟地枭真的结下了解不开的梁子……

她"嗯"了一声。

能搭腔,那就是不介意聊聊了,炎拓心头一松:"林喜柔先前说,白瞳鬼是人搞出来的?这话怎么理解啊?"

冯蜜反问他:"见过白瞳鬼了?"

"见过了。"

"觉得像人吗?"

"除了眼睛,其他方面都挺像的。别的……没深入接触,不知道。"

冯蜜淡淡回了句:"我们除了舌头,也挺像人的。"

炎拓心头一震,他觉得冯蜜这话里,藏了什么玄机,就是一时半会儿的,他解不出来。

好在,冯蜜并不准备绕弯子:"一入黑白涧,枭为人魔,人为枭鬼,人魔对枭鬼,都是怪物,对应嘛。我们这样的地枭,对应的就是白瞳鬼了。"

一一对应?

炎拓耳膜嗡响,喉头发干:"你们是人化的地枭,白瞳鬼是人化的……枭鬼?那他们身边跟着的那些……兽一样的,就是枭鬼了?"

冯蜜看了他一会儿,咯咯笑起来:"很惊讶吗?我说过,一一对应,互相对称啊。夸父一族看白瞳鬼,就好比你们看我们这样的地枭,都是噩梦。"

炎拓脑子里乱作一团:"夸父一族,夸父一族是人吗?"

耳畔，林喜柔的声音幽幽响起："是啊，跟你们一样，都是人。"

炎拓触电般看向她，林喜柔不知道什么时候醒的，正艰难地坐起身子，仿佛在手足被缚的狼狈时刻，仍要保持一贯的体面。

炎拓只觉得匪夷所思："跟我们一样的人吗？怎么去了地底下呢？"

林喜柔冷笑："这还不是你们干的好事吗？女娲造人，听说过吧？"

炎拓："听说过，但那不是神话故事吗？"

林喜柔"哼"了一声："女娲造人，造的可不是只有一种啊，你们的生物学上，分什么科属种。我查过，猩猩科是三属六种，犬科动物是十三属三十六种，可是人科动物，只有一属一种，智人。为什么啊？"

炎拓对于"科属种"这种生物学概念，还真是不太熟："为什么？"

林喜柔声音淡淡的："因为其他的属种，都被你们给灭了啊。大家都是女娲的后代，都是一个妈，你们能耐，逐一地，把别的都灭了。"

大概是这说法太过荒谬，有人听不下去了，愤愤地来了句："又开始编了，这女人满嘴跑火车，跑盘古开天、女娲造人上去了，别听她胡扯。"

林喜柔语带讥诮："我胡扯？"

"我在地面上，也活了二十多年了，认识字，读了不少书，对你们人了解得可多了。排除异己，可不就是你们常有的吗？

"黑奴贸易，开拓北美洲，杀害原生印第安人，这还是进入了所谓的文明时代之后发生的事呢。那往前推几千年，野蛮时代，对我们这样的异己，你们能做出什么好事来？"

聂九罗忍不住插了一句："你们跟我们，怎么是异己了？哪里不一样？"

林喜柔泰然自若："舌头不一样啊。我们能从人的身上吸取养分，活得比你们久，再生的能力也比你们强。"

聂九罗略一思忖："就是吃人呗，说得还这么委婉。你们属于人科中的……食人种？"

林喜柔瞥了她一眼："吃人怎么了？物种天性，人本来就是一种动物，吃动物，也被动物吃，那人吃人，人被人吃，不也正常吗？"

聂九罗没理她，她领教过林喜柔那套"强大"的、异于常人的逻辑，跟她论理毫无意义，她说正常，那就正常吧。

炎拓说了句："那你们是挺异己的，我觉得人跟你们斗也无可厚非。这还有不斗的吗？生存竞争，各凭本事吧，斗赢的是天选，斗败的也别怨天尤人。"

林喜柔又是一声冷笑。

她说："对，是我们没斗过你们。可是吃人的东西多了去了，那时候，豺狼虎豹不都吃人吗？为什么偏偏盯死了我们，要把我们给赶尽杀绝呢？"

邢深听故事归听故事，但职责所在，一直盯着瞭望口，听到这句质问，忽然想起老刀。

几个月前，他和老刀聊起过"恐怖谷效应"，他觉得这个理论也可以套用到这里：人是会害怕类人物体的，相似程度越高，情感就会越恐怖和负面——豺狼虎豹的确吃人，但它们跟人长得不像啊，一看就知道是别的物种，可你们呢，跟人长得可谓是一模一样。

一模一样，却有一条能嗜血蚀肉的舌头，这还有不怕的吗？

林喜柔显然是没法跟他共情的，犹在恨恨道："赶尽杀绝，一个不留，几乎把我们逼到了绝路。好在，女娲造人，当妈的知道孩子的秉性，早就预见了这种事会发生，早知道会彼此相残，所以预先留了后手，给战败的一方，保留了最后的庇护所。"

炎拓脑子里灵光一闪："你说的庇护所是……黑白涧？"

林喜柔继续往下说："我当然是没见过女娲了，这些，都是我们族群流传下来的传说。据说黑白涧是女娲肉身的坍塌之所，但她是创始神，活着造人，死了，也会庇护自己造出的人。我们被屠戮得走投无路，仅剩的族人们逃进了黑白涧，向始祖女娲祈祷，终于，她死时设下的结界启动，从此涧分黑白。

"地面以上是你们的，白日归你们；地面以下是我们的，黑夜归我们。你们在日头底下生活，我们也有自己的太阳——不是说，地心的温度高达几千摄氏度，是一团炽烈燃烧的火，也是一颗深埋的太阳吗？"

说到这儿，她哈哈笑起来："没想到吧，在你们的脚底下，很深很深的地方，也是有人存活着的，还是你们的一奶同胞、异种手足。只不过，跟你们黑白划界、死生不相见，你们不知道而已。"

话到最后，她的音调又渐渐低下去，幽微如同轻柔耳语："可是，我们是从地面上被生生赶下来、杀下来的，享受过春和日暖的舒心日子，谁甘心生活在阴潮黑暗的地底？亡国的想复国，失地的想收复，一旦危机解除，永远在思谋着重回地面。

"然而，黑白涧是我们的保护伞，也是我们逾越不了的屏障。如果强冲黑白涧，枭为人魔，形貌上会发生扭曲，变成一副人不人鬼不鬼的模样，不过，这还只是第一重警示。如果还不回头，继续冲上地面，被太阳照射到，又会加速消亡，说白了，从黑白涧冲上地面，就是一个自我毁灭的过程。"

炎拓心中一动："同理，人也逾越不了黑白涧，一入黑白涧，人为枭鬼，形貌同样会扭曲可憎，如果继续往地下深入，也会加速消亡？"

这就是黑白涧身为界限和屏障的意义，地下的夸父一族不会再见到人，见到的只是可怕的枭鬼，人也不会再见到地下的族群，见到的是让人心惊胆战的地枭。

枭为人魔，人眼中的恶魔；人为枭鬼，枭眼中的恶鬼。

难怪缠头军一直以为地枭只是畜生,难怪林喜柔曾经狂傲地讥讽缠头军"从头至尾,只不过是看了半章书的人",地枭的这页书,直至今日,才向他们掀开。

邢深听到此时才开口:"那么,女娲肉又是什么?"

林喜柔的唇角掠过一丝微笑。

她说:"每个族群都有自己的勇士,要在不可能当中寻找可能。神话故事里,有夸父逐日,我们自比夸父后人,逐日一脉,永远在设法回到地面。

"然后,我们发现,败也女娲肉,成也女娲肉。"

15

终于说到女娲肉了,邢深紧张得手心发汗:虽然这趟下来,很多既有的认知被颠覆,但其实核心的东西没有变。

他和蒋叔,就是想找到女娲肉的。

林喜柔问了句:"你们在这下头,有没有听见过水声啊?"

水声这事,因人而异,聂九罗是听到过,隐隐约约,挟在风声里,其他人,有说好像听到过的,有说没听到的,后者还占了多数。

林喜柔说:"缠头军这人俑界限,修得太谨慎了,离着真正的分界还有段距离。黑白涧,顾名思义,是有涧水的。秋冬是枯水季,春夏水量渐大,现在这个季节,水渐渐上来,但还不算大,难怪你们很多人听不见。

"另有一种说法,黑白涧向阳一侧的边墙就是女娲的尸身,她以尸身为界。尸首坍塌之后,血液化作了河流,骨肉则浸入河底的泥沙。

"族人们觉得,女娲生能造人,死了也能渡人,绝地是黑白涧,但破解之法一定也在那儿。

"于是,我们的第一批死士拜别族人,向黑白涧进发。任务有两个:一是趁着枯水季,在河流中'淘金',淘挖女娲肉;二就是找路,我们逃入黑白涧之后,人用尽各种手段,封死了出口,死士们要为族人打通去往地面的通道。"

炎拓脊背发凉,喃喃出声:"夸父七指?"

林喜柔有些惊讶:"这都猜到了?你们也不全是傻子嘛。"

她叹了口气:"黑白涧是个魔咒,进了黑白涧的,枭也好,人也好,等于被困在这个范围里了,不管是往上走还是往下行,都会死得更快。

"所以,淘金的还好,找路的死士完全是用命开道。人力开挖,又是巨型工程,三五十年都未必有成效,挖着挖着,就陆续倒下去了。为了纪念他们,我们把他们比作逐日的夸父,'夸父七指',代表最终一共挖出了七条出口。"

炎拓默然，原来地枭口中的夸父是无数死士的化身。

"淘金的也有收获，肉肯定是找不着了，入水还有不腐烂的？他们巫祝求祷，认为女娲肉早已和坍塌之地的泥壤混为一体，于是淘挖出了那一处的珍贵泥壤。同时，为了和七条出口相对应，用这些泥壤，塑了七尊女娲像。

"这七尊女娲像，被看作是可以突破黑白涧的法宝。地枭利用它，可以实现人化；枭鬼利用它，同样可以人化，变成白瞳鬼。总之是，一入黑白涧，只能走单行道，大家都不能再回头，即便有了女娲肉，我们也只能去到地面，而他们，只能进入地下——最多，也就回黑白涧一带走走，永远回不到起点了。"

聂九罗长长吁了口气。

这个只能单行的设定，把她给震撼到了，仿佛女娲现身，凛然发话："我不让你越界，你非要越？很好，那就一条道走到黑吧。"

看来，白瞳鬼是永远上不到地面之上了，林喜柔这种的，再也不能越过黑白涧。

她听到炎拓问林喜柔："地枭利用泥壤可以人化，我在农场地下二层看到的迷你塑料大棚，里头的泥土，其实就是女娲像化开的泥壤，对不对？"

林喜柔没吭声，算是来了个默认。

"那，实现这种转化，光靠泥壤远远不够吧，还得有血囊？"

林喜柔说："是啊，血囊是药啊，你们中药里，花草虫鸟都能入药，人为什么是例外呢？没办法，我们就是需要'人'这种药，才能在太阳底下正常存活，而只要这味药血脉不绝，我们就可以继续支撑。"

她说到这儿，话锋一转："你以为白瞳鬼不需要血囊吗？他们也需要啊，否则他们怎么在地底生存呢？我们对人做什么，他们就同样对我们的族人做什么。半斤八两，大家做的是一样的事。"

她终于渐渐说到了缠头军熟知的当年："可是我们的逐日之路太难了，你看蚂蚱就会知道，异变之后，神志是会渐渐丧失的，到末了，真的就会成为嗜血吃肉的兽。"

炎拓顺着她的话说下去："这一带地势偏僻，秦朝的时候，更加没人烟了，你们还没找着可用的血囊，就已经兽化了？"

"是啊，有不少从出口里窜了出去，伤了人，有被当野兽打死的，也有被活捉的，不过，地枭真的是有'就宝'的特性，毕竟在地下生活嘛。很显然，这种特性在某些时候表现出来，引起了一些人的注意。"

她的语气带了些许得意："渐渐地，就来人了，零零星星，很珍贵。

"人嘛，都是逐利而走的。这一点提醒了我们，我们也是人，太懂你们的贪婪和本性了。我们利用来的人转化，发展伥鬼，向外散播蛊惑的传言。那个时代，靠口口相传，传播的速度太慢了，但好歹，是在进行着的。"

这和之前的推测对上了，聂九罗冷眼看林喜柔，见不得她嚣张，有心压她气焰:"想法很好,就是运气太糟——你们没想到会招来大队的缠头军吧?"

林喜柔沉默了好一会儿。

是没想到。

缠头军一来,瞬间就压垮了他们苦心经营着的计划。

这群人简直是疯子,立起金人门,断绝通路,明知道进黑白涧的后果不堪设想,居然还是一拨拨地进来,非但如此,他们还有计划地设伏、逼供、诱骗,甚至探听到女娲肉的秘密,七尊女娲像,在一次正面冲突中,被抢走了四尊。

这就是为什么,枭鬼之外,又出现了白瞳鬼。

都是人搞出来的。

再然后,很突然地,外头的缠头军仿佛销声匿迹一般,不再派人进来,这里成了被遗忘的黑暗角落。

她苦笑:"没错,缠头军来了,我们的苦难日子来了。女娲给我们最后的庇护所,成了真正的地狱。炎拓,你知道我是什么吗?"

炎拓不明白她的意思:"你不就是地枭吗?"

她笑起来,笑声极瘆人,桀桀如同诡异的夜鸟,聂九罗被她笑出了一身鸡皮疙瘩。

邢深忽然"嘘"了一声,语气极紧张:"注意,来了!"

居然来了?

烽火台内,刹那间死一样沉寂,紧张的情绪立时蔓延开,除了邢深和大头,几乎所有人的眼睛都瞥向了门口。

林喜柔慢慢靠回墙上,缓缓调息。

冯蜜觑着众人不注意这头,凑向林喜柔。

林喜柔声音极低,几乎是贴着她的耳朵在说话:"我们两个,得出去一个。"

冯蜜点了点头。

邢深站得高,看得也远,是以示警之后,离白瞳鬼其实还有挺长一段距离,趁着还有时间,他向林喜柔打听:"白瞳鬼是靠什么狩猎的?嗅觉,视力,还是其他?"

林喜柔清了清嗓子,漫不经心:"不靠眼睛,这地底下,眼睛是没大用的,不过,他们对光依然敏感。"

有人立刻用包把唯一的那根照明棒给压住了,其实这根照明棒的亮度已经很暗淡了,压不压也没太大区别。

她继续往下说:"嗅觉是厉害的,我身边躺了个受了枪伤的,这血腥味,他们很快会循味而至。你们要想平安,建议尽快撇掉她。"

这话果然引起了一阵恐慌,有人结结巴巴:"怎……怎么撇?"

"让她走咯,有多远走多远,说不定她的味儿,还能把白瞳鬼给引开呢。"

山强反应很快："让她走？好不容易抓来，又给放了，你打得一手好算盘啊。"

林喜柔呵呵一笑："好心当成驴肝肺，不愿意就算了。你们就等着白瞳鬼过来吧。"

又不紧不慢添油加醋："说真的，我们地枭人化之后，还显得弱了，因为上头是个文明社会。可白瞳鬼不一样，地底下是个肉食世界，除了人，还有你们叫不出名字的各种爬行类、啮齿类，老鼠的眼睛都有乒乓球大——白瞳鬼能当顶级掠食者，你们以为是当着玩的？虽然还是个人的轮廓，但各方各面都不同啦，他们没事就磨指甲，活得越长指甲越坚厚，一爪子下去，能豁开最结实的牛皮呢……"

邢深低声吼了句："把她嘴给塞上！"

他明知道这女人在危言耸听，但仍没办法阻止她制造恐慌。

有人已经被林喜柔牵着鼻子走了："深哥，宁可信其有啊，要么，把中枪这女的赶出去吧？"

山强"呸"了一声："这女的故意这么说的，你看不出来？她害得我们这么惨，能是个好货吗？只会把我们往坑里带！你当她是放屁就行。"

他又建议邢深："深哥，我刚才是听明白了，这枭鬼也好，白瞳鬼也好，多半都是咱缠头军的祖上流传下来的啊，都一家人，又都是对付地枭的，要么咱喊个话，沟通一下？你不沟通怎么知道不可行呢？"

这话一出，有好几个人附和："是啊，为什么自己人打自己人呢？没准儿把话说清楚了就没事了……"

邢深烦躁得很，却又有口难言：还自己人，真当是欢欢喜喜一家亲啊？白瞳鬼也好，枭鬼也好，说白了，是被背弃的那一群啊。

视线里，那一群白瞳鬼更近了，邢深额上渗出细汗，他怀疑是之前遇到的两拨合二为一了，加起来，目测有近三十号。

他说了句："是冲这儿来的没错了，枪都上膛吧。"

蚂蚱已经连蹦带跳地蹿了进来，也顾不上去找林喜柔的麻烦了，匍匐在地瑟瑟发抖。

聂九罗冒出一句："反正是被发现了是吗？那打光吧，帮我们看得更清楚点，还能用强光晃他们眼睛呢。"

是这道理没错，邢深吩咐下去："打光吧。"

顷刻间，十多只强力狼眼手电分别自瞭望口和门口处往外照出去。自进青壤以来，手电用得不多，是以一打开都是蓄力满满、电池最强的状态，刹那间，不敢说外头被照得如同白昼，但跟舞台上聚光灯大开的效果也差不多了。

瞭望口太小，不大的门洞处又挤满了人，炎拓不打算去凑这热闹，他一手握枪，另一手包紧聂九罗的手，掌心浸了层薄汗，想吩咐她点什么，又觉得说什么都是废话——"跟紧我""躲在我身后"？到时候乱战起来，谁能知道是怎么个状况啊？

就在这个时候，门口传来窃窃的声音："那什么？那是个……小女孩吗？"

小女孩？！

炎拓脑子里一激，下一秒已经冲上前去，一把拨开挡在面前的两个人。

真的是，在手电的光照之外，这个距离，是看不到脸的，只能看到个子小小的一只，孤零零立在一块条石旁，脸上两点白煞煞的，弯手成爪，正在石面处上下磋磨着。

<h2 style="text-align:center">16</h2>

炎拓扶在门洞垒石上的手一直发抖，他猛然回头，问林喜柔："不管是人还是地枭，使用女娲肉完成转化之后，是不是就会一直保持转化时的样子，不再长大，也不再变老了？"

林喜柔自打邢深说过那句"把她嘴给塞上"，估计是怕人真把她的嘴给堵了，一直知趣地没再吭声，不过现在是别人问她，答了也无所谓。

她说："是啊，过了黑白涧就是越界，越界之后，作为外来者，你还指望能像原住民那样生长、发育、繁殖吗？所以要靠血囊，等到肌体开始衰竭，就补上更新鲜的。"

炎拓只觉得脑子里嗡嗡响：这十有八九是炎心了，早年的缠头军，也不大可能带个小孩儿进青壤。

外头开始响起极诡异的声潮。

这声音，说是像"鬼叫"都抬举它了，比玻璃或者金属刮擦还要难听百倍，也说不清是更低频还是更高频，总之让人的耳朵极不舒服，这种不舒服甚至刺激到了神经和心脏，炎拓只觉得耳鸣胸闷，几乎有想吐的冲动。

其他人也比他好不了多少，聂九罗捂住耳朵的同时大口吸气：她直觉这声音是白瞳鬼或者枭鬼发出来的——谁也不知道地下世界究竟是怎么样的，看来即便仍是人形，长久的地底环境还是对他们身体的各方各面完成了微改造。

声潮之后，攻击开始了。

炎拓终于知道为什么林喜柔要把白瞳鬼称为"顶级掠食者"了，他们的速度太快了，进入攻击状态之后，你看到的不是物体，而是一个又一个飞掠的黑影，如风卷烟滚，瞬息不见，简直赶得上影视里的特效——看来之前遭遇的伏击，于他们而言，只是小热身而已。

也不知是谁绷不住，于惊惶间放出了第一枪，继而如同开了闸，刹那间枪声大作，密集的枪声里，鬼魅般的身形或快速闪避，或蹲地飞身，向着烽火台扑掠。

第一轮枪声暂歇，空地上连一个白瞳鬼的尸身都没留下，非但没留下，连视线范围内的白瞳鬼都看不见了。

大头又是惊怒又是茫然："他们……人呢？"

话音刚落，就有了答案。

烽火台顶部以及外侧，忽然传来嘈嘈切切的扒拉声，哗啦呼啦，如同成千上万只蝗虫在啃噬庄稼，声浪一波一波，撞击人的耳膜。

这又是在干什么？

聂九罗第一个反应过来："他们在扒房子？"

还真是，很快，顶上就往下漏土了：这个烽火台，本就是挖空了土堆改建的，虽说为了加固，在里头加装了木支架和条石，但那仅仅是支撑架而已。

烽火台再破，也是有顶有四壁，人的心理上会有安全感，这万一全扒倒了，岂不是要靠肉身去抵御一切了吗？

大头一声怪叫，不管不顾，枪口一抬，朝着顶上嗒嗒嗒一通胡乱扫射，其他人也是血冲上脑，有样学样，一时间枪声四起，顶上土落如蓬雨。

炎拓心中一紧，大喝："别开枪！"

邢深一下子反应过来，也跟着喝止，然而群情激愤、枪声杂沓，两人的声音完全被湮没掉了。

混乱中，似乎有条黑影当头砸下，不过很快又在众人的惊呼声里卷了回去。

看起来，白瞳鬼的攻击被强劲的火力给压了回去，第二轮枪声稀稀拉拉停下时，烽火台顶和侧面都已经千疮百孔，顶上还出现了好几处破口。

山强张皇地说了句："我没子弹了。"

炎拓心中叹气，这就是他刚刚出声阻止的原因：大家手里都有枪没错，但子弹是纯消耗的啊，哪能经得住这样大肆地狂扫滥射？

经山强这一提醒，其他人也意识到弹药行将耗尽这个问题，恐慌的情绪立时升级。

外头重又鸦雀无声，顿了几秒，有腥稠的血，顺着破口的沿边处滴答而下。

有人喜道："打中他们啦！"

大头泼他冷水："这么密集扫射，撞大运都能撞到一两个。可是撂倒一两个，有个屁用？人家是一拨接一拨的。"

邢深额上微微渗汗："守住每一个破口，这次别瞎开枪了，近了再扣扳机。他们闪退得那么快，你们刚刚那打法，纯粹是在帮他们折损我们的弹药。"

林喜柔突兀地冷笑了一声。

大头恼怒："你笑什么？"

林喜柔神色自若："你们的子弹不多了，再来这么一轮，基本上就得等死。给你们个可行的建议，分头逃吧，四面八方，两两一组，运气好的话，说不定能逃两组出去，总好过全交待在这儿吧？"

山强攥着膛身火烫的空枪,半边身子一直发颤,他咽了口唾沫,旧话重提:"深哥,要么,对话吧,真的,跟他们交流一下,大家古代的时候是一家子,也许看在祖宗的情分上……"

正说着,门口处传来惶恐的骇叫,枪声再次响起。

原来,守门的两人满心以为暂时休战,心挂两头地听里头人说话,哪知猝不及防间,有个长白眼珠子的脑袋从垒石下蹿了上来——有个白瞳鬼爬到了门外,一直匍匐着不动,然后骤起发难。

这两人哪顶得住这个?明知道刚刚邢深吩咐过要节省子弹也顾不上了,疯狂扣动扳机,恨不得把那个白瞳鬼打成碎肉。

这一放枪,宣告了第三轮对阵的开始,诡异的声潮里,白瞳鬼的又一波冲击来了,这一次,来得比上一次还要猛,趾爪刨墙的扒拉声密集如雨,土块尘灰不断塌落,木头撑架发出"吱呀"的声音,整个烽火台似乎都在摇摇欲坠。

有邢深的吩咐在前,这一次,大家枪都放得比较克制,当然,也有可能是子弹已经所剩无几,且放且珍惜。

突然间,顶上的破口处有只白瞳鬼倒挂而入,一把攥住一个人的头,如拔萝卜般,把他连头带身子拔拽了上去,那人长声惨呼。然而事情来得太突然,众人循声抬头看时,只看到他的双腿在破口处拼命蹬摆,瞬间就不见了,而且,被拔上去之后,他似乎又被甩了出去,因为呼救声远得很快,两秒不到就全没了。

炎拓看得心惊肉跳,下意识把聂九罗拽到了身后,又拉住她的胳膊环在自己腰上。

聂九罗低声说了句:"我还好。"

她不用枪,所以,还没到需要她出手的时候。

山强再也忍不住了,两手狂舞,扯着嗓子大呼:"暂停!暂停!我们谈一下!先谈一下!"

两相遭遇以来,他们确实还不曾向着白瞳鬼喊过话,不知道是出于惊讶还是真的听懂了他想对话的意愿,外头的扒拉声暂缓。

山强大喜,先重重咽了口唾沫,向侧边走了两步,眼望高处,似乎这样白瞳鬼就能听得更清楚些:"我们是缠头军后人,缠头军!跟你们是一样的!秦朝!都是秦朝的时候!大家不要斗,有误会的话,说清楚就行了!"

林喜柔再也忍不住,哈哈大笑起来,简直是要笑喷。

山强一愣,不明所以地看向她,就在这个时候,侧边的墙轰然破口,烟尘瞬间罩住了山强,山强还没反应过来发生了什么事,已经被拖了出去。

大头跟山强处的日子久,见他被擒,开枪就待射,炎拓站得近,一把拨开他枪口:"你射谁?说不定没射中白瞳鬼,反而把山强给打死了。"

和上一个被擒的一样,山强好像也是被抛了出去,呼救声顷刻间变远,然后哑口。

烽火台内外再一次静下来，所有人的神经都绷到了最紧：也许，也许下一秒，又要少一个人了。

只有林喜柔还在笑，笑得气都快喘不上来了。

她说："你们是傻吗？还交流、谈一下？白瞳鬼最早，是秦朝时的人了，人家不说普通话，也听不懂，说的都是古方言，发音调子都跟现在差了十万八千里。到了地下，又混杂了下头的话，这么多年，发声也不一样了，你们上来就字正腔圆地用普通话去交流，他们根本听不懂，你们交流不了的！别妄想攀什么亲戚、讨什么情分了！

"即便是我，到了上头，学你们的话，还是老老实实从拼音学起的呢，交流……"

说到这儿，语气一冷："还不逃吗？等着一个个被拎走？"

这话挺有煽动性，有人直接动摇了："深哥，要么……走吧？"

话是这么说，自己却没迈步子，心里也清楚：得大伙儿蜂拥而出，四散奔逃，才能起到出逃的效果，但凡只自己逃出去，那就是出头的橼子，出去了就被逮了。

有几个人也心动了，纷纷附和："搏一把吧，能逃出一个是一个啊。"

林喜柔心中掠过一丝得意，她身子慢慢后倚，凑到冯蜜耳边："待会儿，趁着他们都逃，我会趁乱推倒土墙——你就被砸进去，懂吗？"

反正土墙也被枪打得摇摇欲坠了，到时候，四散奔逃，白瞳鬼各路去追击，不会注意到这里头还砸埋着一个的。

只要瞒过了白瞳鬼，冯蜜就有机会脱身了。

能保一个是一个，她手上有一尊女娲像化成的泥壤，泥壤在，冯蜜在，基业就可以继续，哪怕现在近乎归零了，仍然可以再起。

出人意料地，邢深说了句："守住破口，一人盯一个，赶紧的，别大意了！"

又说，"出去了就完了，白瞳鬼这速度，你们跑得脱？在一起还有希望。"

他是领头的，既然他发了话，余人即便有不满，也只能照办。

炎拓当然可以不听邢深的，但眼前这形势，往外跑也不见得比待在原地强多少，一动不如一静，所以他也选择待着。

不过奇怪的是，山强被掳走之后，白瞳鬼的攻击好像又暂停了，门洞口、瞭望口和破口处一片死寂。

这是在酝酿些什么吗？邢深心中有点不安，他小心翼翼地凑近瞭望口：从这一侧，暂时看不到什么。

又换到大头那个口，还是没异样。

他把注意力集中到听觉上。

不过，也不需要他耗费精力了。

一颗信号弹就近扬上半空，光亮几乎把场子都照亮了，余蓉的呼喝声远远传来："是邢深吗？我们听到枪声了，撵着声过来的。"

听到余蓉的声音，众人大喜过望，连大头这样跟余蓉不对付的，都长吁了一口气。

同伴来了，能松口气了。

只炎拓心里一沉。

他看向聂九罗，低声说了句："不知道她是撵着声来的，还是被白瞳鬼给故意放过来的。"

聂九罗点了点头。

怪不得白瞳鬼的攻击忽然就停了，也许，他们发现了余蓉一拨人正在往这边赶，特意等他们过来一起下手。

又或者，对他们的攻击本身就是一个套，利用声响，招引那些散落在外、急于和同伴会合的缠头军。

人齐全了，就好开杀了，余蓉这一来，真不见得是好事。

17

余蓉这一队也是折损严重，逃离之后把身边的人一拢，除了孙周，只跟出来两个，更糟糕的是，看地图认路的那个没了。

这一下，几个人完全成了没头苍蝇，有心发信号弹联络同伴，又怕引来白瞳鬼，只得听天由命地到处兜转，听到枪声时，简直是大喜过望：虽说枪声意味着目的地有危险，但能会合同伴，总好过孤立无援。

两相会师，余蓉还以为这头的对战已经结束，心情颇轻松："你们刚枪声一阵一阵的，是跟那白眼珠子的东西对上了？打退了已经？"

邢深苦笑："还在附近呢，说不定什么时候又会来。"

他一边安排新来的人加入防守，一边抓紧时间，尽量择要把事情跟余蓉讲了一遍。

余蓉完全听蒙了，她把脑袋挠了又挠，末了问出一句："那……白瞳鬼抓地枭也就算了，抓我们是为什么啊？"

这问题算是问到点上了，好几个人不约而同地看向林喜柔。

林喜柔半垂着头，但也隐约察觉到了这些目光："别问我，问白瞳鬼去，他们想干什么，我哪能知道？"

不知道就算了，余蓉懒得纠结这个，她上下打量着烽火台，眉头皱起老高："这地方……不行吧，这土墙，再撞就倒了。"

而且顶上和侧边都有破口，没什么保障可言，她直觉躲在烽火台里，和身在外头，基本没差别。

于是她忍不住又加一句："这还不如逃呢。"

邢深叹气："逃哪儿去？"

这话提醒了炎拓，他走到林喜柔身前蹲下："之前我听到你和冯蜜在说话，冯蜜担心出不去，你说出得去，还说要想办法绕去涧水那边，这话什么意思？为什么你觉得去了那儿就能安全了？"

林喜柔没想到这话被炎拓听了去，犹豫着没作声，冯蜜低声劝她："林姨，都这时候了，梁子先摆一边，一起活，总好过一起完蛋吧？"

见林喜柔没反对的意思，冯蜜索性代她说了："白瞳鬼长居地下，几乎不到上头来，心理上厌弃地上，生理上也不适应，他们现在到这地方，已经是所能上到的极限了——就像人去到极端环境，身体会非常不适应，他们很快就会撤退的。

"所以，我们起初打算，找个稳妥的地方藏起来，把他们给熬走。"

炎拓听明白了："涧水那里，就是你们认为稳妥的地方？"

冯蜜："涧水一带潮气重，水还带有地腥味，白瞳鬼的嗅觉在那儿派不上用场，而且……"

话还没说完，那股诡异的声潮又来了。

这大概类似于发动冲锋的前奏吧，邢深心头一紧，喝了句："都注意了！"

话刚说出口，就从自己这一侧的瞭望口处看到了几条迅速逼近的黑影。

其实，不只邢深这一侧，聂九罗从门洞的方向，也看到了。

这一次，没有白眼珠子，来犯的应该是枭鬼：从体形上看，跟人差不多，面目是扭曲过的那种丑陋，最典型的特征是，皮肤看上去如抹油贴蜡，泛着重病似的蜡黄，活像是塑造手法低劣的蜡像馆假人成了精。

说句实在话，乍一看，比地枭还恐怖点：毕竟地枭长得更像野兽，"恐怖谷效应"没那么大。

只这一转念，这几个枭鬼就到了近前，但他们看上去并不想冲进烽火台——相反地，脚步不停，势头蓄足，向着身前的土墙狠狠开撞。

声潮不歇，烽火台四面都传来骇人的撞响，刹那间，土墙晃晃欲倒，尘土四面弥漫，那架势，宛如屋子里骤起一场小型的沙尘暴。

这可糟了，土尘一起，即便有手电光，看人也只是憧憧的黑影，万一枭鬼趁乱进来、浑水摸鱼可怎么办？

邢深大吼："开枪！现在就开枪！别让这东西进来！"

枪声四起间，林喜柔大喜，低声吩咐冯蜜："快，滚到墙边，等着墙倒把你埋了！逃不出去的，只有这个法子了。"

冯蜜一颗心急跳："林姨，要么还是你吧，我伤比你重，保你的话成功率更高。"

林喜柔一愣，瞬间就明白了冯蜜的意思。

冯蜜腰侧有枪伤，已经影响到正常走动了，而且身上带血腥味，她则不同，她只断了根肋骨，咬牙忍住的话，不会影响步速。

她没有片刻犹豫，说了句"好孩子"之后，敏捷地向着墙根处滚去。

或许真是老天在帮她，几乎和她先后脚，那面土墙轰然倒塌，立时就把林喜柔给埋严实了。

冯蜜长吁了口气，闭上眼睛，心内出奇宁静，耳畔的厮斗于她来说，好像浑无关系。

稳了，只要林姨能脱困，一切又可以从头再来。

下一瞬，她陡然睁眼，尖声大叫："林姨！林姨被拖走了！"

烽火台内本就军心大乱，人人在尘灰里呛咳，糊得眼睛都睁不开，手指压死扳机，怕误伤了自己人，又怕身侧被当成自己人的其实已经是枭鬼了，被冯蜜这么一搅和，更是心惊胆战，有那承受力差的，几乎已经要瘫倒认命了。

炎拓忽然听到林喜柔被拖走了，头皮狠麻了一下，循声看时，土尘乱飞，也看不出个究竟。

他和林喜柔之间，就这样仓促地了结了？

聂九罗这种不拿枪的，算是被保护在中间，脚边挤着团团乱跳、在热兵器发威时使不上劲的蚂蚱和孙周。

她一手攥刀，另一手拼命在口鼻处扇尘，忽地灵机一动，大叫："余蓉，这些是枭鬼，能听你的驯吗？"

余蓉一梭子弹刚放完，于她的话听了个清楚："又不是我驯的，怎么会听我的？"

真是个榆木脑子，聂九罗冲着她的方向吼："鞭家重技，技法一直没变过，万一有用……"

话才说到一半，脑后突然剧烈一痛，是头发被什么东西扯住了，继而身不由己，向后便倒。

她忍不住痛叫出声。

炎拓就站在聂九罗身侧，忽然听到她声音不对，脊背一凉，伸手就去捞她，然而慢了一步，聂九罗已经被枭鬼拖着头发，倒拖出了破口。

她这辈子，还从来没有过这种遭遇，说来也怪，除了头皮奇痛之外，倒也没其他感觉，后背在地上滑贴而过，脑子里掠过的第一个念头居然是：难怪余蓉剃了个光头，这要是余蓉，就没这麻烦了。

第二个念头是：我这要是被你给拖走了，也别混了！

她牙关咬死，右手猛然撑地借力，身子腾起的瞬间，抡刀便扎，恰扎在拖她的枭鬼腿弯，这枭鬼腿上吃痛，手上自然也就撒开了，聂九罗只觉头皮一松，痛楚得缓，待要爬起来再给他一刀，就听身后枪响，这枭鬼肩颈处接连重顿，怪叫一声，连滚带爬地向黑暗中窜奔了出去。

就说那么多子弹放出去，怎么地上都没躺几只，原来受伤的都下了火线了。

炎拓冲上来扶她，声音都发颤了："阿罗。"

聂九罗扶住炎拓的手，披头散发站起来，正想回一句"没事"，就听烽火台内，突然鞭抽三记，鞭尾珠光如一条极细银蛇闪过，紧接着，响起低一声紧一声的指哨。

这是余蓉在尝试吗？聂九罗屏住呼吸，有点紧张。

如她刚刚所说，鞭家重技法，而这一脉流传下来的技法，基本没有改动过：也就是说，余蓉的操作手法和当年进黑白涧的鞭家人的手法，大体是一致的。

而枭鬼，只要是被鞭家人驯过，哪怕已经失去了做人时的神志，身体记忆也多半会保留下来。

再说了，现代的普通话或许跟古方言没法沟通，但指哨声不同啊。

出人意料的事发生了，团围在烽火台外侧以及已经趁乱进入的枭鬼，突然不约而同停止了攻击，然后四肢着地，慢慢后退。

这是起作用了？余蓉精神为之一振，堵在嘴边的指节变换了一下方位，又改了一个音调。

刚刚是"退"字调，现在，她要试试，能不能把这些枭鬼化为己用，帮自己这一方办事。

新换的这个音调，是个"防"字调，如果奏效的话，枭鬼应该齐刷刷转向外侧。

枭鬼们似乎有些焦躁，有的左顾右盼，有的以爪挠地，显然没有跟着指哨声走。

炎拓低声向聂九罗道："我看不行，就算枭鬼当年是被鞭家驯过的，那之后，可是一直在白瞳鬼的手底下，指哨声相似，估计只能蒙混一小会儿，想靠这个逆转不可能。"

烽火台内，邢深也"看"出端倪来了："不行，用处不大。"

此时，土尘灰雾早已经散去，大头溜眼一看，就发觉同伴又少了两三个，还有两个挂了彩，一头一脸的血。

再想起山强，分外恼恨，听到邢深那句"不行"，脑子里突然冒出一个念头：既然不行，这些枭鬼迟早还是祸害，何不趁着现在他们靶子样戳着，干掉他一两个？

说干就干，他枪身一端，随即就扣扳机。

没声响，没子弹了。

大头一惊，顺势就去抓边上那人的枪，那人猜到他用意，小声说了句："我的也没了。"

就在这个时候，大概是白瞳鬼那头看出这边的异样了，诡谲声又起，这一次不是声潮，而像曲曲绕绕的声线，那些枭鬼听到这声音，个个急耸身子，没多久就争先恐后、嗖嗖地往黑暗中窜去。

炎拓急忙拉着聂九罗退回烽火台内，现在，也不能称其为"台"了，土墙基本都已倒或者半倒，原本架设其上的手电半埋在土沙中，光柱横七竖八的。

大头吞咽了口唾沫，问身边人："赶紧看看，枪里还有子弹吗？"

回复很不妙，大都是"我没了""快没了"，炎拓手中这杆枪也已经空弹了，他随手扔掉，从包里取出聂九罗的那支：当下，他估计是一群人里弹药最充足的了。

邢深四下看了看，他记得混战中，冯蜜曾经尖叫说林喜柔被拖走了，除了林喜柔，还少了几个，目前剩下的，只有十来个了。

大头焦躁："深哥，现在怎么办？肯定会再来的，再说了，还有白瞳鬼呢。别说余蓉指挥不了枭鬼，就算能，白瞳鬼怎么办？白瞳鬼可不吃她那套啊。"

深哥，深哥，又朝他要办法了。

邢深的太阳穴突突跳，他是带头人，他得当机立断。

他舔了下嘴唇，低头看斜靠在边上的冯蜜，她也真是命好，混战时，她就靠那儿不动，居然也没被拖走。

邢深问她："去涧水，你认路吗？"

冯蜜一愣，旋即反应过来，下意识点头："认路，反正，只要能让我看到，我就认识。到了那儿你们就知道了，涧水那儿的地势容易藏身。"

邢深点了点头，嗫嚅着说了句："好，那就走，大家去涧水。"

大头得了这回复，反而蒙了："去涧水，得多远啊？"

冯蜜想了想："我们先前想去，路上遇到白瞳鬼，又被挡回来了。从这儿过去，大概半个多小时的路程吧。"

半个多小时？

大头气不打一处来，这要换了平时走山路，别说半个多小时，三五个小时他也不在话下，但在这儿，黑咕隆咚的地儿，走半个多小时，还得时时防备枭鬼和白瞳鬼的出现……

他说："这是死亡之旅吧？走不过去啊。"

邢深的回答异常笃定："走得过去。"

说完，抬头看向聂九罗。

聂九罗听到他说"走得过去"，心里就有些不爽，心说你又藏了些什么秘密，这个时候往外抛。

待见他看向自己，更觉莫名其妙："你看我干什么？"

邢深说得艰难："阿罗，有你就走得过去。"

聂九罗呆了两秒。

她说："你胡说八道什么？"

18

邢深犹豫了一下:"阿罗,我们借一步说话。"

烽火台就这么大点地方,借一步也借不到哪儿去,两人往角落里走,其他人就知趣地往另一侧退聚。

炎拓很想跟过去,再一想,这是人家缠头军的"家务事",又忍住了。

他听到身侧有人在小声嘀咕。

"这罗小姐……谁啊?为什么有她就走得过去?深哥跟在求她似的。"

另一个忽然了悟:"不会是那谁吧?我就说,这回事情这么大,她不可能不来啊。"

又有一个人小心翼翼地猜测:"聂二吗?"

炎拓心中叹气:聂九罗的身份看来是瞒不住了,都到这份儿上了,谁都不是傻子。

邢深既然在忙,大头便帮着控场:"管她谁呢,别放松警惕,眼睛都放亮点,指不定那些东西一晃神又来了!"

聂九罗跟着邢深过来,一脸狐疑。

她先开口:"你那意思是,我能对付得了白瞳鬼?"

邢深目光躲闪,点了点头。

这不可能啊,聂九罗觉得好笑。

既然是借一步说话,自然不方便让别人听到,她压低声音:"白瞳鬼的速度我是见识过的,我的斤两我自己知道,我不行的。"

邢深低声说:"那是因为,你对'疯刀'的理解不大对。"

时间紧迫,他索性明说:"'疯刀'指的不是你那把刀,而是你这个人。刀家靠血脉,你的血可以伤枭,但你就没想过,为什么给你那把刀吗?还分了生刀、死刀?"

聂九罗的确没想过,那把刀在她身边那么久,绝大部分时间都搁在飞天像的刀匣里,她从来没起过好奇心要去研究——给她了她就用,至于刀分生死,她一直以为,那可能是古人的一种仪式感。

她静静听邢深说下去。

"生刀、死刀相磋磨落下的粉末,九磨为一剂,和水吞服,你的身体会很快发生反应。蒋叔拿到的那本册子上记载说,一个时辰之内,你都会很不一样。"

一个时辰,那就是两个小时了?

聂九罗头皮微麻:"怎么个'很不一样'?我会变身?"

不会是变成白瞳鬼或者枭鬼那样面目狰狞的吧?又或者是奥特曼那种?

邢深斟酌着措辞:"那倒不会,简单说就是,你原本的功夫和速度已经很拔尖了,'疯刀'会帮助你在既有的基础上翻好几倍,那样,你就可以撵上甚至超过白瞳鬼的速度,和他们相抗衡。"

聂九罗"哦"了一声。

倒不难理解,她觉得像是吃了一种特殊的药,挺像兴奋剂,能让人从平常的状态迅速满血,继而进入到不可思议的战斗状态。

斜对面起了小小搅攘,好像是蚂蚱试图往土墙附近去,被斜倚着土堆的冯蜜给狠狠凶回来了。

聂九罗朝那头扫了一眼,没放在心上,重又看向邢深:"除了能打,还有呢?"

"还有就是,基本没痛感,身体受创你感觉不到,整个人处于一种半疯狂的状态。"

"神志呢,还保留有神志吗?"

邢深忙点头:"有,基本的神志还是有的。"

正说着,有人语带惊惧,颤抖似的叫了声:"深哥。"

邢深没理他:看那反应,多半是外围又有异样了,随便了,反正现在是状况不断,先把话说清楚最重要。

聂九罗继续问他:"为什么蒋叔从来没跟我提起过这些?"

邢深加快语速:"一是你不关心,从来也不问;二是蒋叔觉得,走青壤向来很安全,根本不可能用得到这个。"

又有人忍不住了:"深、深哥,是白瞳鬼。"

循向看去,是不远处的高垛上,露出了一颗白瞳鬼的头——更确切地说,是看到了一双白莹莹的眼睛,像两盏悬飘着的小灯泡。

反正还没有攻击,聂九罗抓紧时间,问最关键的:"那我呢,我会有后遗症吗?"

是药本身就有三分毒,更何况这"药",药效还这么猛烈。

邢深口唇发干,还得硬着头皮往下说:"会有一点。这属于对身体的过度消耗,一般事后会生场病,要休养一段日子⋯⋯"

只是生场病吗?聂九罗松了口气:那她可以,小病一场就可以脱困,顺带还能救这么多人,这买卖划算。

邢深还没说完:"但是,如果耗得实在太过而且超时的话,很可能缓不过来,会⋯⋯疯。"

聂九罗陡然打了个激灵。

疯刀、疯刀,这称呼几乎是从小就听惯了的,完全没想过,这"疯"字,有一天还可以用来修饰她。

缓不过来,会疯。

对面传来大头的大叫声:"深哥,这不太对啊,你赶紧给拿个主意吧!"

聂九罗回过神来,举目四看,后背一阵寒意上涌,涌到后来,又化作烫热,激得身子微微发颤。

烽火台四周固然设有林立的人俑，但同时，地形关系，也有土堆高垛矗立其间，现在，几番冲袭下来，人俑早倒的倒碎的碎了，对比他处，仿佛这一块原本长满了庄稼，然后都被割了去。

四面的高垛上都站着白瞳鬼，目测有数十人之多，都是双目发白，瞳孔间泛着幽深寒意。

这里头，有个身量很小、孩子模样的，坐在高垛边缘，双腿沿垛边垂下，正低着头抚弄自己的指甲，身子还一晃一晃的，像是在悠闲地哼着歌。

除此之外，垛上垛下，都有枭鬼，架势凶悍，蓄势待发——想来余蓉的驯法，已经扰乱不到他们了。

这是标准的"围猎"，四面包得水泄不通，把猎物困在中间，接下来，就可以大开杀戒。

更可恨的是，前几轮那老猫戏鼠般不痛不痒的冲袭，已经把他们的弹药给消耗得差不多了。

其他人估计也想到这一节了，个个面色发白，只冯蜜神态自若，她背倚土堆，用身体给里头的林喜柔加一重遮挡，如背倚一座有无限生机的坟。

大头声音发颤："深哥，你有办法了没有？这个……罗小姐，怎么说？"

聂九罗一声不吭，大步走向炎拓，邢深发急，叫她："阿罗！"

他口干舌燥，说得又急又快："我不是在逼你为大家……做牺牲，这是最快捷有效、性价比最高的法子了，你是在救自己，顺带着也救了别人啊。"

炎拓听得莫名其妙，但心头的不安之感越来越重，他问过来的聂九罗："怎么了？"

聂九罗没回答。

迟疑几秒之后，她又转头看邢深："就算我各方面能力翻了倍，能跟白瞳鬼对着干，那也至多对付一个两个，他们有这么多呢。"

邢深听她的语气，觉得似乎能有希望，激动得说话都磕巴了："那不一定，谁也没看过疯刀究竟多么能耐，还有，白瞳鬼这种顶级掠食者，也许从没遇到过对手，你搞死一个，就能吓退一群……"

话还没完，余蓉大吼一声："来了！"

来了，这一次，没有诡异的声潮，没有冲锋的前奏，围猎，就这样开始了。

四面来敌，每一面最多只有三个人防守。

枭鬼是狂奔直进，白瞳鬼则是从高垛或者土堆顶部蹬掠而下，行进真如鬼影，瞳孔间的白亮因为动作极度迅捷几乎连成了道道白亮的线。

聂九罗看得心头发紧：这速度，她真的赶不上，即便拿出特训时的最佳体能状态也望尘莫及。

炎拓舔了舔嘴唇，果断端枪，瞄准其中一个，猛然撤下扳机。

没用，子弹呼啸而出，看似一定能命中目标，然而那鬼影似乎只抖动了一下，子弹就完全落空了。

邢深和余蓉呼哨声齐出，一个驱使蚂蚱，一个差遣孙周。

蚂蚱估摸着是因为物种天性，对体形大过自己的地枭天然存在畏惧，对白瞳鬼也显然惧怕，即便有呼哨声猛催，动得也极其迟疑；孙周则不然，他被抓伤兽化之后，对地枭极度厌恶，也没有什么好惧怕的，听到指令就上。

是以声响一起，他就喉底嗬嗬、浑身乍毛，闪电般翻过残墙，向着近前的七八条黑影蹿了出去。

聂九罗失声叫了句："哎！"

孙周曾经是她的司机，只是个普通人，即便兽化了，她也始终没能做好心理建设，实在不想看着他冲在最前头血拼。

然而叫得慢了点，话音刚落，孙周已冲到最近的那只枭鬼前头，一头把他撞翻出去，然后猱身扑向第二头。

打不着白瞳鬼，就干枭鬼吧，干倒一只是一只，炎拓枪口一转，刚瞄准孙周近旁的一只，只觉眼前一花，两只白瞳鬼鬼魅般一左一右，蹿至孙周身侧，以肉眼几乎捕捉不到的速度，一个抓腿，一个抓胳膊，蹬地而起的同时，向着两个方向狠拽。

炎拓浑身的血一下子冲到了脑子上，虽然尚未发生，但也知道会发生什么了。他大吼一声，下意识抬腿蹬墙，似乎是想冲上去挽回些什么，聂九罗比他动得还快，他身子刚一欠起，聂九罗已经翻过了残墙，然而，就听孙周一声惨呼：他的一条胳膊已经被硬生生拽落下来，另外的大半个身子，痛苦地滚倒在人俑碎片和一地土尘中。

这血腥和体力全碾轧的一幕，几乎立刻粉碎了目击者的斗志，说好的子弹所剩无几，要用在刀刃上，然而除了炎拓和余蓉等稍微还有定力的，其他所有人都在疯狂扫射：即便明知道扫射完就会死，也磨牙凿齿，要在完全走投无路之前痛快那么一把。

这一头，畏缩出战的蚂蚱也遭遇了滑铁卢，它刚扑住一头枭鬼，恶狠狠地拿尖爪去抓，旁侧立刻有两三只其他的枭鬼冲了上来。

多对一，如群狼搏兔，蚂蚱瘦小的身形立刻消失在视线里，只能看到几只枭鬼的肩颈不住耸动起伏。

邢深急火攻心，大叫："阿罗！"

聂九罗脑子里突突的，撇开其他，邢深有一句话是说对了：她做疯刀，也是在救自己。

她迅速翻回墙内："帮我争取时间！"

邢深一听这话，就知道事情有八九分成了，心里又是兴奋又是感激，大吼道："不要乱，围成圈，给聂二拖点时间！有希望的！"

聂九罗直冲到炎拓身边，一边拔刀一边吩咐他："给我水，盖拧开，马上。"

炎拓不明所以，但轻重缓急他是知道的：没人会在生死关头想喝水，如果她要，这水一定至关重要。

他迅速卸下背包，从里头拿出一瓶水拧开瓶盖，同一时间，其他人听到邢深的吩咐，知道或许还能有一线生机，立刻自发围成了小圈，把聂九罗和炎拓护在了中间。

冯蜜虽在圈外，但也算是紧贴在侧，没有离得太远。

炎拓眼见自己暂时不用上阵，赶紧把枪抛给了位置靠外的余蓉。

聂九罗飞快地拔出匕首，生刀、死刀双分，也亏得祖上能流传下"刀身相互磋磨"这个法子，刀的保养，很大程度上在于护刃，谁会穷极无聊，拿刀刃瞎磨着玩呢？

待要磋磨时，才想起没地方承接粉末，又催炎拓："伸手，手心过来。"

这当儿，耳畔枪声四起，显然是对方的攻击已到身侧，炎拓周身一阵阵发凉，还得摒除干扰、专注眼前。

他伸出手。

聂九罗低下头，手上微颤，尽量快地磨动刀身，果然如邢深所说，有微薄的粉末簌簌而下。

想想也真是稀奇：不管生刀、死刀，刀身都异常坚硬，平时不管怎么磕磨也不会有伤损，没想到双刃一碰，居然能有这效果，妥妥的相生相克。

身侧突然一空，是离得最近的那人被拖倒在地，聂九罗朝向那一侧的身体都发麻了，口中默数着九下一过，一把抓住炎拓的手，低头全舔了。

入口也来不及咂摸是什么滋味，劈手拿过矿泉水瓶，仰头咕噜一口送服下去。

水是凉的，顺着喉管而下，激得聂九罗打了个冷战，脱口说了句："炎拓，你能不能……"

——缓不过来，会疯。

人遇事应抱最积极的态度，寄最好的希望，但也做最坏的打算。

万一她真疯了呢？

闪念间，她想起小时候见过的、在大街上游荡的疯子：蓬头垢面、破衣烂衫，说话时涎水顺着嘴角往下流，发病了还脱掉衣裳满街走。

毫无体面可言。

她不想做这样的人。

可是，她自幼失怙，又没有可靠的亲属，老蔡是朋友，但老蔡承担不起她这个累赘，她不知道要把自己交托给谁。

炎拓，你能不能照顾我，让我即便疯了，也能体体面面的不受人欺辱？

不过，只是一闪念，这念头就消了。

算了。

她和炎拓才刚刚开始，远没到什么"生死不渝、不离不弃"的地步，她凭什么让他接下这么大一个负担呢？换了是她，刚交往没多久男朋友就疯了，让她承诺照顾一生一世，她觉得自己可能也做不到。

算了，看运气吧。

炎拓陡然间面色一变，一把揽过她身子："小心！"

近身战了，枪已经不管用，再说了，子弹基本耗尽，生死有命，存续看天吧。

抬眼间，已经是见鬼多而见人少，聂九罗一咬牙，刀分两手，觑准离得最近的那个枭鬼，一刀抢下，然后抬脚就踹，顺势拔刀。

刚一拔出，又一个枭鬼冲到面前，聂九罗正待抬手，就见枪托从旁砸至：是余蓉正好瞥到，顺手帮了一记。

两人真是连目光都来不及交会，立时又各战各的去了，此刻，身周惨呼声、诡笑声、呼喝声不绝于耳，不断有人被拖倒在地，然后滚翻抱作一团。

聂九罗才刚掀翻一个枭鬼，眼前白色光道一闪，有个白瞳鬼，直直扑了过来。

这是她第一次得以近距离和白瞳鬼正面相对，不得不说，白瞳鬼长得很像人，但又和人有本质的不同：他们的眼瞳相对外扩，上下眼睑皮层厚而外翻，或许是因为当惯了顶级的"肉食掠食者"，口周一带相对发达，龇牙时，能明显看出牙齿更加尖利。

另外，白瞳鬼是穿衣服的，不过绝对不是什么精裁细作的布料，也不讲什么形制，只是裹身那么一包，而且，这衣料不像布，更像是地衣藻类之流。

来了，既然都到眼前了，不信伤不了你。

聂九罗牙关一咬，翻刀在手，向着这白瞳鬼面门就劈，哪知刀尖刚刚下挂，还没挨到对方的脸，小腹间忽然一阵绞痛。

不只是绞痛，连痉挛都上了身，聂九罗几乎挪不开步子，握刀的手一阵阵发抽，那只白瞳鬼一爪抓进她左肩，几乎是提起她的身子就往外扔。

近旁的炎拓刚刚打发掉一只枭鬼，一瞥眼看见聂九罗的身子飞出去了，心头一激，来不及细想，飞身就去扑她，哪知差了寸许，眼睁睁看着她整个人都出去了，急出一身冷汗，刚想蹬上残墙也跟出去，突然肩头剧痛兼身子仰跌——也不知哪儿来的又一只白瞳鬼，自后揪住他，硬把他带得砸翻在地。

再说聂九罗，先飞后坠，砸落在地之后，居然没什么痛感，只是身子继续发抽，完全不受控制，连气都喘不上来了。

有黑影当头俯下，似乎是两只枭鬼，大概也不明白她为什么抽得跟陀螺似的，一时间犯蒙，忘了要把她拖走。

聂九罗真是一阵恶心上涌，唇角的白沫都流出来了，从胸腔到口唇，荡着股怪异的味道，这大概就是生死刀磋磨下的粉末余味吧。

恍惚间，各种各样的杂声淡了，似乎她和其他人之间，隔了一层滤音膜，聂九罗偏过头，看到不远处一具被啃咬得血淋淋的半骨架。

骨架不大，那是蚂蚱吗？

黑影再次俯下，这一次，她被拖动了，摇摇晃晃，像乘着船，耳边也像回荡着桨声，一下又一下。

也不知道是第几下时，仿佛有一股强劲的血流直冲颅顶，她陡然睁眼。

视野原本该是漆黑暗沉的，这一瞬亮如白日，只是仿佛罩了层血雾，缭缭绕绕，勾弄起人心底深处的杀意。

19

聂九罗攥刀的手下意识在地上一撑。

往常，她也使过这个招式，一般都是借力侧翻、腾起身子，这次不一样。

这次，只是略一用力，整个人就已经翻身而起，身体轻盈便捷到不可思议，而且，真如邢深所说，毫无痛感。

她的肩膀之前被白瞳鬼抓过，左臂因为受过伤，也一直被呵护，所有打斗招式都尽量不借左臂的力，但现在，整个身体没有一处是滞涩和拖后腿的，任何动作都流畅到行云流水一般。

那两个枭鬼试图扑上来摁住她，可那动作，迟钝得像两只傻瓜，陪她喂招都嫌太小儿科了，聂九罗一巴掌掴向其中一个，同时回旋扫腿，踹向另一个。

原意是一打二，两面防御，然而让她震惊的事又发生了，两个成年枭鬼的体重，到她手里跟两颗梨似的，一个被巴掌掴得跟跄栽倒，另一个直接被踹飞出两三米远。

她没使多大力啊。

有那么一刹那，聂九罗觉得好爽，爽到无以言喻：越是高手，进阶越难，只有功夫练到相当程度的人才能体会到这种四肢百骸如被水洗的畅快——以前看武侠剧，她不太理解东方不败，为了练神功把自个儿都给宫了，值得吗？

现在有点理解了，睥睨所有、碾轧一切的自负感油然而生。

她转身看向烽火台的方向。

那头的战局已呈白热化，但一目了然、胜负已分：有人正在被拖走，有人嘶吼着和白瞳鬼或者枭鬼抱作一团，做最后的无望挣扎。

炎拓呢？

看到了，他被白瞳鬼给缠上了，身上血迹斑斑：白瞳鬼的指爪，可以轻松豁开最坚实的牛皮呢，相形之下，人的力量、人的指甲，都太脆弱了。

聂九罗喉底低喝一声，身形如电，顷刻间奔冲过去，下一秒，已经到了那个白瞳鬼身后了，她想也不想，两手齐出，控住那个白瞳鬼的脑袋，往外一转。

咔嚓一声骨骼碎响，连炎拓自己都没搞明白：刚刚这白瞳鬼还是脸正朝着他的，怎么突然间，就变成后脑勺对着他了？

场子里有一两秒的寂静，炎拓终于看见她了："阿罗？"

聂九罗确实还留有神志，听得懂话，也认识他，但他不重要了，她垂在身侧的双手兴奋地蜷动着，脑子里突突嗡响：还有谁？都来，都来吧，她现在心痒，手更痒。

大概白瞳鬼被杀，对外释放出的信息素是不同的，场内几只白瞳鬼的注意力都被吸引到这头来了，最近的两只白瞳鬼当即放开手爪下的人，直向她冲了过来。

哇，两个呢。

要一打二了！

聂九罗兴奋到血脉偾张，简直是想仰天长笑，她无暇顾及炎拓惊愕的目光了，不躲不避，直直迎着这两个冲了上去。

你们不是动作很快吗？不是动起来如一团鬼影吗？现在看来，也就稀松平常啊。

近前时，聂九罗双手猛然张开，一边一个，准确抠扒住两只白瞳鬼的咽喉，往内狠狠扣撞，与此同时，去势不停，脚下蹬跃，一个纵身站上残墙，这才松开手，转回身子。

那两个被撞得几乎晕过去的白瞳鬼，身子软软垂落，又挣扎着试图爬起。

聂九罗哈哈大笑。

她觉得自己可能真的疯了，原来"疯刀"是这个意思，人疯起来就是一把神挡杀神的利刃，但她控制不住：去他的顶级掠食者，现在这地下，还有谁能奈何得了她？

邢深也挂了彩，胸腹间连吃几爪，火辣辣地疼，原本都已经在被拖走的途中了，而今看到形势有变，知道聂九罗的事已经成了，心中大喜，趁着钳制住他的枭鬼错愕愣神，一个打挺翻身坐起，大吼："走啦，还不抓紧时间赶快走吗？"

这话提醒了内外诸人，炎拓看到稀稀拉拉，或是翻身坐起，或是踉跄站起的人，脑子里蓦地闪过一个念头：白瞳鬼重创的，是孙周或者蚂蚱这样不是人的，对于真正的"人"，虽然也下手不轻，但好像以"活捉"为主，远没到致死的地步。

这也是为什么打到现在，还没出现同伴死亡的案例，不是己方战斗力强、反抗得凶，是对方留有余地。

眼前人影一闪，是聂九罗又冲进了战阵。

见第一轮喊话的效果不大，邢深气急败坏，声音都嘶哑了："赶紧的！抓紧时间！"

众人这才完全反应过来，炎拓先去看冯蜜，毕竟去涧水要靠她带路。

她已经被拖到烽火台外了，而今软软地瘫在那儿，扶起一看，满头满脸的血，右脑上隐约可见血洞。

炎拓心头一震，失声叫了句："冯蜜？"

他想起杨正，杨正的致死伤也是在颅顶，白瞳鬼对付地枭，好像很喜欢用这招。

冯蜜眼皮微掀，没能睁开眼，不过唇角带笑，吐字含糊："没事，一时……死不了，我还能……带路。"

炎拓也顾不上那么多了，抓起她的胳膊绕上脖颈，又在地上捡了把手电，背着她站起身来。

起身时，恰好看到聂九罗，她简直是以一己之身吸引了所有的枭鬼和白瞳鬼，以一敌多，暂时看来，还可以支撑。

炎拓嘴唇翕动了一下，忍住了没叫她，叫了，反而是给她添乱吧。

这一头，余蓉跌跌撞撞去到了烽火台外，看到了孙周：他被扯掉了一只胳膊，整个人浸在了血泊中，但还没死，眼珠子能动，还有气。

余蓉牙关一咬，一把拽拎起他的身子扛上了肩：自己驯的，哪怕真是个畜生也不能丢，何况原本还是个人呢？

邢深则习惯性地向外扫了一眼：没看到蚂蚱，视线里没有熟悉的光廓，或许被抓走了吧。

时间紧迫，也顾不上那么多了，他疾冲到炎拓身边，问冯蜜："往哪边走？"

冯蜜虚抬了下眼皮，指了个方向："往那边。"

邢深推了下炎拓："走，先往那边。"

他又吼："都跟上了，这头！"

炎拓急了："那阿罗呢？"

邢深转头看聂九罗："阿罗，别恋战，你要一路跟上我们！"

聂九罗的战斗力在初始阶段会是最强的，然后一路小幅度低走，一个时辰后，开始大幅度狂跌。

聂九罗听到了，眸光一紧，一手摁住对面枭鬼的肩膀，身子纵起，跃出了战圈。

当然得一路跟紧，她的目的，是一路送众人安全去涧水，而不是在这儿缠斗。

她盯紧白瞳鬼等，同时抬手往外招了招，这手势是对邢深等人打的，那意思是：你们先走。

邢深看懂了，知道跟她交流没问题，心内大大松了口气，一扬手，喝了句："咱们走！"

冯蜜是指路的,而炎拓背着冯蜜,不得不当先走在头里,然而一颗心挂着聂九罗那头,焦灼无比,又无可奈何。

聂九罗看起来是不需要任何人帮忙的,但万一呢?

正恍惚间,听到伏在他身上的冯蜜喃喃开口:"炎拓,你这样……背着我,不怕我使坏,给你挠一爪子吗?"

"你们那个什么蒋叔……蒋百川,就是被林姨连挠带撕,扯破了嘴角。他人老了,体质……体质也不好,抵抗力差,变得……变好快……"

炎拓只觉得温热的血正自冯蜜头脸慢慢流入自己的脖颈,听她吐字困难,心里有点不忍:"你留点力气,别说了。"

冯蜜笑了一下:"还能说的时候,我就……多说点。其实我可讨厌后面……这些人了。"

她闭上眼睛,歇了口气才又继续:"他们……死了也活该,不过,我愿意送你去涧水,我们虽然是……对头,但有时候,还是可以……做朋友的。"

走到岔口了,炎拓停下脚步,同时回头张望:聂九罗确实也在往这头退,但她身后始终缀着甩不脱的一群。

这还没完,他又听到了怪异的呼喝声,调子很高很高,电钻般钻入遥不见边的暗黑之中。

他直觉这是白瞳鬼在呼引同伴:围攻他们的白瞳鬼有两拨,但也许这地下不止两拨,林喜柔他们遇袭,明显就是另一拨。

他心头一紧,忙问冯蜜:"你们是不是在去涧水的路上遇到白瞳鬼的?"

冯蜜"嗯"了一声:"熊……熊哥帮我们断后,也不知道他……怎么样了……"

说话间,邢深紧赶过来:"怎么停了?继续啊。"

炎拓实在没忍住:"你跟阿罗到底聊了什么?"

邢深答得倒是飞快:"不管我们聊了什么,炎拓,你现在唯一正确的事就是尽快赶路,你任何的拖延,都是对阿罗辛苦的浪费。"

炎拓无言以对。

冯蜜又抬起手:"走……走这边。"

接下来的行程,顺利到有些诡异:全程只是赶路,紧咬着聂九罗的那一群白瞳鬼渐落渐远,末了居然消失不见了。

聂九罗很快就赶了上来,不过,她没和大家一起走——她走的都是高处,从一处高垛纵跃到另一处土堆,身法奇快,一路上下飞掠。

这样也好,位置高,方便发现远处的异样。

但是事情不太对,联想到之前听到的怪异的呼喝声,炎拓直觉这群白瞳鬼在憋什么招。

其他人也察觉到了，大头先开口："深哥，不对啊，他们怎么跟着跟着，人没了呢？"

有人连忙附和："是不是准备到了地方再统一下手啊？咱们是去涧水找地方躲的，这直接把白瞳鬼招过去了，躲还有意义吗？"

20

邢深心头一顿，停下了。

他这一停，其他人也跟着止步。炎拓虽然走在最前头，但一直留心身周动静，感觉到脚步声没跟上，当即转回身来。

冯蜜冷笑了一声，语调含糊中带着轻蔑："他们……跟就跟呗，只要你们躲的时候，他们……看不见，不就行了？狼追兔子，也是紧追，只要兔子……不是在狼眼皮底下没的，草场……那么大，狼要上哪儿找去？"

听来也有点道理，大头狐疑地看了冯蜜一眼："深哥，这娘儿们能信吗？地枭啊，搞死过咱们的人，还被你打了一枪，指不定为了报复，正在把咱往坑里带呢。"

邢深只觉得头大如斗，一时听冯蜜说得有理，一时又觉得大头的考量也很在理。

冯蜜看都懒得看大头："不能信，你别……跟着啊。"

邢深的额角突突跳：意见纷纭时，想做决断太难了。蒋叔当了一辈子领头的，都没遇到过这么凶险的状况吧？怎么就偏偏让自己摊上了呢？

抬头看，聂九罗也站住了，高高地立在垛顶上，虚提着匕首，四面环望，她现在是真正的"目中无人"，连向他们这头瞥一眼都懒得。

不管怎么样，身为主心骨，得有个决断，邢深定了定神："去涧水吧，尽量别停，抓紧时间。"

时间拖不起，万一拖到聂九罗不能支撑，那就白忙一场，两头都落不着了。

冯蜜没有撒谎，走了约莫半个小时，穿过无数人俑丛，风声里间杂的水声越来越明显。

涧水，就是黑白涧在人类这一侧的边墙了，也是他们身为"人"，所能到达的地下极限，毕竟蹚过涧水，就是"人为枭鬼"。

说实在的，有水声其实并不震撼，震撼的是森怖的边界感，以及涧水背后女娲大神的坍塌传说，炎拓只觉得身上汗毛立起，低声问了句："枯水期，涧水会断流吗？"

冯蜜歇了这么久，说话终于不再断断续续，可以连得上趟了："很久之前是，但两千多年过去了，地下水位不一样了，现在即便进入枯水期，水依然不小——林姨携子出逃的时候，是七八月，汛期渡水，落下病根，每年到这段时间，都会不舒服。"

炎拓回想了一下，好像真是：每年夏秋之交的时候，林喜柔都会头疼、嗜睡、打不起精神，不过之前他不太在意，以为她那是太过养尊处优了，富贵病。

不过，他没忽略冯蜜口中的关键词："出逃？"

冯蜜："其实林姨……"

话刚出口，高处的聂九罗忽然嘬出一记清脆的口哨声，然后往前疾奔，连纵两座高垛，翻身落地。

邢深和聂九罗毕竟曾经合作过，于她的手势、哨声等很熟，当即抬手："停下，有状况！"

这一路过来，一干人的紧张情绪本来已经有所松弛，一听这话，重又拉回，有人哆哆嗦嗦地打着手电往聂九罗的方向照去。

是有状况，不过不凶险，借着手电光，炎拓远远看到，聂九罗的身前，似乎有一对叠抱着的人。

具体是谁，他没看清，只是在刹那间，心头涌起一股熟悉感，再然后，冯蜜的喘息忽然急促，颤抖着说了句："熊……熊哥。"

熊黑？

炎拓头皮一麻，不知不觉就走了过去，邢深见他前行，原本还想拦他，后来一想，反正聂九罗在那头，不至于出什么事，也就作罢了。

近前一看，真的是熊黑，不只熊黑，他身上还伏了一个，头发雪白，多半是白瞳鬼。

这俩其实也不能算是叠抱，刚离得远，视觉上有偏差。

准确地说，熊黑是倚躺在土堆边的，他的右手，硬生生穿透了白瞳鬼的胸口，一片血红，而白瞳鬼的一只手，又直直插入熊黑的颅顶，没到腕处。

鼻端袭来阵阵的血腥气，似乎在提醒着他们这场未能亲睹、近乎同归于尽的搏杀有多么惨烈，不过，白瞳鬼八成是死了，但熊黑还没有。

他眼珠子诡异地往同一侧斜吊起，脑袋也不住地往边上抽搐，因为颅顶还插了只手，所以头一动，就带动手腕一起动，不明就里的，会以为是那只手正在转着熊黑的头。

难怪聂九罗会中途停下，这里确实有"状况"。

冯蜜一把松开搂在炎拓脖颈上的手："放我下来。"

其实，也不用炎拓"放下"她了，手一松，身体自然下摔落地，炎拓被她这一摔吓了一跳，正想伸手去扶她，冯蜜不管不顾，手脚并用，强忍着枪伤往熊黑身边爬去。

炎拓不便阻止，只是看身侧的聂九罗，小心翼翼地叫她："阿罗？"

聂九罗乜斜了他一眼，声音飘飘的："啊？"

炎拓心里暗自叹了口气：聂九罗的双眸内充血，淡红色的一层，神情极亢奋，像喝大了，乜斜他的那一眼，虽然知道他是谁，但完全视若无睹。

身后，隐隐传来窃窃私语声。

"真是服了，这些地枭是有病吧？约了个场子，没等我们动手呢，自己把自己给作得死绝了。"

"那个林喜柔也完了吧，图什么？这么想把我们灭了，不惜自己也跟着一起灭？"

炎拓眉头皱起。

这也是他的疑惑，林喜柔在定最终的换人地点时，就完全没考虑到白瞳鬼和枭鬼这层风险吗？

他抬头看向熊黑，冯蜜正艰难地撑起身子，附在熊黑耳边说话。

不可能听到冯蜜说了什么，但炎拓注意到，熊黑那已然呆滞的空茫眼神，有那么一刹那，似乎闪过一丝喜色。

这是为什么？不会是自己的错觉吧？

他定睛想再看，已经迟了：冯蜜突然伸出手，两只手一起扒住熊黑的头，狠狠往边上一掰。

咔嚓一声响，熊黑的脑袋垂耷下来。

身后一片凉气倒吸声。

"状况"解除了，聂九罗后退几步，一个疾冲助力再次翻上高垛。

邢深吁了口气，招呼大家："走了！"

炎拓再次背起冯蜜，离开时，忍不住又回头看了一眼熊黑。

他想起自己被软禁在废旧老楼时，因为天气阴冷，熊黑给他搞的那台小暖风机，马力真强劲，风口整晚都呼呼地对着他，什么都好，就是吹得人脸太干了。

涧水终于在望。

这就是一条横亘地底的界河，长度暂时没概念，宽度十五六米，界河两侧都有高垛、土堆，十来根不知什么材质搓成的长绳以互对着的高垛为墩，凌空跨越河面，颤巍巍悬着。

白瞳鬼之流，应该就是通过这些绳桥飞跨涧水的吧。

一般来讲，地下河都会相对平静，但在这里不是，两个原因。

一是，这里的地势像梯田一样有高差，这就导致上游一侧涌来的涧水像瀑布一样连跌两阶，然后才向着下游急推而去；二是，不知道是不是因为时逢冬春，第一波冰雪融水已经开始，水量不算小。

在林喜柔嘴里，现阶段居然只是"水渐渐上来，但还不算大"，难以想象到了春夏时分，这条地下河该是怎样的汹涌咆哮。

但问题在于，这儿除了多出这道涧水，其他地方跟沿路过来时没什么两样，依然是看腻了的人俑丛、高垛、土堆、石块。

哪有什么可以藏身的地方？

邢深急着催冯蜜："然后呢，往哪儿走？"

冯蜜说："就这儿了，我建议你在高处上个岗哨，万一被白瞳鬼看去了，可就不好了。"

是这道理没错，兔子藏身的时候，可不能让狼给看到了。

邢深向聂九罗喊话："阿罗，站高点，四面看看，提防白瞳鬼突然出现。"

说话间，自己也就近奔向一座高垛，迅速蹿了上去：他的眼睛，这个时候比聂九罗还好使。

没有，至少目前，在视线范围内，死物就是死物，没有异常的光廓。

依着惯例，邢深一走，大头就是老大，他催促冯蜜："这哪儿呢？你们是有地洞吗？"

冯蜜压根儿不搭理他，这些个东西，搭他们的话浪费她的唾沫。

她低声对炎拓说："你往前走，再往前，到河岸边。"

这话说得轻巧，炎拓心里打鼓：这样的涧水，他还背着冯蜜，到边沿时她一个小动作，就可以拽着他一起葬身鱼腹了。

所以，他走得有些迟疑，冯蜜似乎察觉到了，怅然笑了笑，说："差不多的时候，你把我放下来吧，省得我把你推下去。"

炎拓面上一窘，但还是把她放了下来。

冯蜜坐到地上，有些气喘不匀。

她说："水太大，为了防止你一下去就被冲走了，你在腰间绑根绳，找个壮实的人拽着。"

炎拓很快绑好了绳，为了方便视物，在腰里塞了根折好的照明棒，绳子的另一头，原本是准备扔给大头的，犹豫了一下之后，扔向余蓉。

余蓉抄手接住，为求十足稳妥，还一脚踏住绳身，把绳身在胳膊上连绕了几圈，又招呼身边的人："过来，一起拽着。"

冯蜜抬手示意了一个方位："那儿，从那儿往下摸，是不是能摸着一块凸出的石头？"

炎拓走过去，还没近前，全身已经差不多湿透了。

这里，恰好紧连着涧水涌落的高差位置，小"瀑布"被连跌打成了白沫，到处飞溅如雾，几乎激得人睁不开眼。

炎拓闭着眼睛，跪下身子，探手往河岸内沿摸。

洞水冰凉，浸得他忍不住打了个哆嗦，但确实是有，有一块凸出的石头。

水声太大，为了他能听到，冯蜜不得不凑近他，同时扬高声音："右手抓这块石头，右腿往下蹬，能蹬到一块同样凸出的、站脚的石头，然后你就找着窍门了。路线是斜往左下，下个三四米，有个洞口，进去就行——这洞口被瀑布遮住了，外头看不见，你进去之后，其他人就可以偷懒，直接缒绳下去，但缒绳的话，身子会被水势打得乱漂，你适当伸手拽一把。"

炎拓听懂了，他深吸一口气，依言蹬了下去。

要命了，这简直相当于把身体放到了水流的冲刷中，他一侧的耳朵里刹那间灌满了水，什么都听不见了。

炎拓咬紧牙关，两手死死扒住，紧闭双目，往左下方找脚蹬，整个人从外到内全湿透了。

姿势一定很难看，他觉得自己像死扒住墙壁不放的青蛙，正在被接上了最大水流的水管拼命对着冲。

一步，两步……六步。

洞口到了！

炎拓猛一撒手，向内直扑而去，洞内地面不平，硌得他龇牙咧嘴，但好歹，是进了实处了。

他顾不上其他，迅速翻身坐起，擎高照明棒四下去看。

也是绝了，这个洞不大，撑死了五六平方米，能挤下十来号人，换言之，就是个天然形成的孔洞，但由于有瀑布掩盖，能隔绝视线，隔绝味道。

难怪林喜柔他们之前打算躲在这儿，把白瞳鬼给熬回地下。

可她又是怎么发现这个地方的？

正疑惑间，水帘之外幽光晃闪，映着人形黑影，被水流冲得像飘摇的叶子。

是缒绳放人下来了，炎拓定了定神，觑准光位，抬手穿过水流，把第一个人给拽了进来。

21

炎拓一连拉进来两个人之后就歇手了，剩下的由进来的人代劳——他顶着水流爬了那么一段，实在是太累了。

他贴壁坐倒，喘着粗气，看洞口边的人忙活。

这水帘如一堵厚重的墙，把除了水声之外的其他声响都给隔绝了，人在洞中，居然会生出一种与世隔绝的孤寂感。

人一个一个地进，能看出顺序是缠头军优先，孙周和冯蜜排得比较靠后。

炎拓心里默默对着人数：只剩下聂九罗、邢深和余蓉没进来了——他不希望聂九罗是最后一个，最后一个没人帮忙吊绳，只能徒手爬。

三个人里，第一个进来的是邢深，同样是被水淋得落汤鸡一般，一落地不住打哆嗦。

一般进来的人，都是马上解开腰间的绳，这样上头的人可以把绳收回，继续放下一个，但炎拓注意到，邢深没有，反而顺手把上头的绳拉了进来。

吊绳就这样不用了？

炎拓急了："阿罗呢？"

邢深愣了一下："他们没告诉你吗？"

他又说："吊人吊到一半的时候，阿罗发现有白瞳鬼往这头来，她过去拦截，想为我们多争取时间吧。"

炎拓脸色都变了："她一个人？"

邢深知道他在顾虑什么："她现在一个人抵我们十好几个，你去了也帮不了忙，反而添乱，她自己发挥会更好。"

道理是这个道理，然而关心则乱，炎拓只觉得脑子里嗡响："那她怎么下来？她知道这个洞吗？"

正说着，就听哗啦一声水响，是余蓉分水而入，她用绳把邢深放下来之后，自己徒手爬完这段路，落地时，恰好听到炎拓的话。

余蓉抬手抹了把脸上的凉水："知道，跟她说了，下来的地方我还用刀砍了个豁口给她留记号，就是……"

就是不知道她那喝大了一样的状态，有没有把这话听进去。

只能等了。

数十个人挤在这小洞窟里，个个嘴唇青紫，冻得发抖，水声太大，根本无从知道外头发生了什么事。

炎拓坐立难安，几次觉得时间已经过去太久了——然而一看户外表的计时，也就过了一两分钟。

也许，下一秒，聂九罗就会进来了。

又也许，她在上头大开杀戒，白瞳鬼已经尸横遍地。

还也许……

炎拓五内如焚，不敢再往下想，正焦灼间，听到大头恨恨道："都是林喜柔这傻子，脑袋长屁股上了，选一两个月，选了这么个地方。"

冯蜜冷笑了一声，没说话。

横竖现在暂时安全，不掰扯也是闲着，再说了，一个地枭，都落他们手里了，还摆个屁谱？

大头越想越气："你们就不知道这儿有白瞳鬼和枭鬼吗？还是觉得自己够幸运，不可能撞上？活该这次你们死绝了。"

冯蜜原本也是暴脾气，忍了一两次也就豁出去了："这儿本来没有！早说过了，他们是不上来的。"

边上有人说风凉话："嚄，他们不上来，我们来了就上来了，可真巧啊。"

炎拓心念一动。

冯蜜反唇相讥："你们缠头军不是一直走青壤吗？从秦朝到现在，走上百回有了吧，不是也没撞见过白瞳鬼，只知道这下头有地枭吗？巧不巧我不知道，赖命不好吧。"

炎拓忽然叫了句："邢深！"

邢深正挨在一处角落里坐着，大头和冯蜜口舌相争，在他听来跟苍蝇鼓噪似的，分外厌烦。

他没提防自己的名字忽然被叫到："啊？"

"我记得刚到的时候，你在尝试敲缠头磬，还被余蓉嘲笑说，没有乐谱？"

邢深不明白他为什么会忽然提起这节："是啊。"

"你还说，乐人俑的位置你知道，但是没找到乐谱，因为古人藏东西比较隐蔽，没能找到玄机？"

没错，邢深"嗯"了一声。

"乐谱和缠头旗之类的，方便藏。可缠头磬是大家伙，不至于找不到吧？"

邢深点头："缠头磬就是编钟啊，就摆在乐人俑中间。"

炎拓继续往下问："黑白涧这么大，敲钟的声响再大也有限，你凭什么认为枭鬼能听到呢？"

余蓉听得云里雾里："不是，炎拓，你闲的吗？现在都什么时候了，叨叨这个，有意义吗？"

炎拓："有意义。"

有意义啊？余蓉不说话了，她脑子转不快，既然有意义，就继续往下听吧。

邢深说："这个，缠头军的册子上有记载，缠头磬用的磬石，材质特殊。《酉阳杂俎》里记载说，'有磬石，形如半月……叩之，声及百里'，声音未必大，但传得远。另外，乐人俑所在的地方，地势和形状有点怪，类似于传音扩声的喇叭或者音箱吧。"

炎拓"哦"了一声："那我想问你，你带了几个人，比我们所有人，都早到了好几天，说是想研究一下'借阴兵'，这几天，总不可能是白白混过去的——你有敲过黑白涧里的缠头磬吗？"

邢深一怔："什么意思？"

炎拓说："我想起大学的时候，跟朋友去玩密室逃脱，有时候需要解密码锁，店家会给出一串提示，我们就根据这提示去猜、一遍遍输入密码，有时得试个三五次，才能解开。

"你早来了好几天，研究乐人俑一带的提示。我想问，你试着敲过吗？有没有可能，你某一次的试敲，其实是敲对了的？"

邢深刹那间脸上火烫："你什么意思？你是想说，白瞳鬼和枭鬼之所以上来，是被我引出来的？"

冯蜜不知道什么"借阴兵"，但听两人对答，约略也听明白几分，邢深和炎拓，她当然是无条件站炎拓这边："我就说嘛，白瞳鬼是在地下，枭鬼虽然在黑白涧，但都集中在'阴'一侧，从来就没听说过他们会渡过涧水，没个由头，怎么可能就突然出现了？"

余蓉按捺不住，追问邢深："你敲是没敲过啊？"

她觉得多半是敲过的，毕竟她到的时候，邢深还在不断试敲，听得她不胜其烦："你曾经敲对过，但是因为枭鬼并没有出现，你一直当找错了乐谱，就没当回事——其实枭鬼之所以没出现，很可能是因为，他们是受制于白瞳鬼的，即便听到召唤产生了骚动，也不可能贸贸然冲上来，一切要听白瞳鬼的调度。"

邢深脑子里突突的，忍无可忍："你们这完全就是臆测！"

炎拓解释："我只是听了冯蜜的话，想到也许有这种可能。其实邢深，这也符合你的计划，你一直想'借阴兵'，如果推测成立，借是真借上来了，林喜柔这些人，也真的因为这一借遭受了重创，只不过事态超出了我们的控制。"

邢深咬牙，看身侧人时，觉得那些目光忽然就有了某种不明的意味。

炎拓太可恨了，完全没有任何证据，只靠猜测，就给他甩了这么一大口锅！

试敲的确是敲过的，也不只是他敲啊，缠头磬附近的乐人俑姿势各异，大家根据人俑手指屈起的指向位置，甚至是人俑左瞄右瞥的眼神做过各种尝试，但有什么证据说白瞳鬼是因为这个上来的？也许是有其他原因呢？

炎拓看到邢深的反应，就知道自己这推测是鲁莽了，但话已经出口，也不好再挽回。

他又看了眼计时，差不多十分钟过去了。

十分钟，外头只有聂九罗一个人。

炎拓忍不住了，起身就朝外走。

余蓉先还以为他是坐不住想起来活动两步，待见他有往外攀的架势，赶紧叫住他："你想干什么？"

炎拓说："我上去看看。"

余蓉还没来得及说话，大头已经急了："你可别，我知道你们是男女朋友，但你别在这种时候搞幺蛾子。大家好不容易躲起来，你这一出去，万一被发现，暴露了我们怎么办？"

其他人也随声附和，邢深默默计算了一下时间。

距离聂九罗发生变化，已经过去一个多小时了，还好，虽然能力已经在减弱中，但她应该还能支撑。

他看向炎拓，冷冷说了句："第一，你眼睛没法在黑暗中看东西；第二，论战斗力，你跟聂二差很远，你确定上去是帮忙的，而不是拖她后腿的？我知道你们关系不一般，但我建议你这个时候理智一点，把感情收一收。"

炎拓忍住气："阿罗一个人在上面，她再厉害，双拳难敌四手。你说得对，我就是跟她关系不一般，所以我做不到放她一个人拼命，自己在这里安心躲着。"

大头急道："那你也不能连累大家啊，好不容易有这么个藏身的地方。"

炎拓看余蓉："还有绳子吗？你把我从洞边往下放吧，我从河里往前游一段，再爬上去，应该就不会暴露方位连累到别人了吧？"

这样好像确实不会连累到自己，大家没再有异议了，冯蜜看着炎拓，心里轻轻叹了口气。

原来他和那个叫阿罗的，关系这么好。

余蓉沉默了一下，起身出来帮他结绳，结好时，说了句："这河水很急啊。"

炎拓说："没关系，我水性很好。"

及至他拽着绳子一脚踏下洞沿，余蓉又做了一次努力："你出去真的危险，咱这样的，对付枭鬼都够呛，何况是白瞳鬼呢？万一你前脚走她后脚又来了，这不是闹了乌龙了吗？要么，你坐下来等等看吧？"

炎拓攥紧绳子，后背已经完全在冰冷水流的冲刷下了。

他顿了会儿才说："你不懂，真的坐不住。"

这洞里的所有人，都能坐得住，因为聂九罗出事，于他们而言，只不过是个陌生人或者朋友出了事。

于他不一样。

聂九罗是在余蓉他们这头放绳放到中途时，发现第一队白瞳鬼的。

她人在高处，看得很清楚：有三四只白瞳鬼，带着七八头枭鬼，正往这头急速奔来。

要么截杀，要么冲散，她眸光一紧，当即前纵，邢深也看见了，但没能拦住她，急得给她指示方位："那、那，我让余蓉给你做个记号！"

聂九罗满不在乎地点了点头，她现在有点膨胀，觉得自己无所不能，与其说是为了保护队友以身涉险，还不如说就是为了给自己找个挥洒展现的舞台。

冲前几个纵落之后，眼见就快遭遇，队阵中两根带绳的利箭，突然自下而上，对着她激射而至。

这一招啊，早见识过了，白瞳鬼绑人，特别喜欢来这套，绳子是地衣材质，箭头究竟是铜是铁，她也辨不清。

无所谓了，两柄箭头，几乎是同时到达，聂九罗身在高垛，飞身纵起，半空中一个抄手，把两根绳一齐绕在了掌中，然后狠狠一拉。

一对二，绳身紧绷，那两个放箭的白瞳鬼几乎有点站不住，踉跄了两步之后，才又扎稳下盘。

聂九罗冷笑，这是要和她角力吗？

她继续加力，在那两个白瞳鬼就快支撑不住时，猛然撒手，然后整个人迅速借力飞身而下，还没等对方反应过来，匕首直刺进其中一个的咽喉，然后横旋半周，直拔而出。

那个白瞳鬼居然没立刻倒，他直挺挺地立着，晃了几晃之后，才扑通一声面朝下栽了下去。

远处又响起了诡谲的声线，近旁的那几个白瞳鬼忽然兴奋，急速后撤的同时，嘴里发声喝应。

这是，来帮手了吧？

聂九罗也不打算去追，她疾冲翻上最近的高垛，环眼四顾。

是来了，居然有两队，自不同的方向过来，队身扭曲成"S"形，加上现有的这一队，从高处看去，如三棱的回旋镖，正向着她这个"棱心"趋近。

这得有……三四十号吧。

聂九罗正想迈步，眼前突然一花，紧接着小腿一软，她心头一惊，好在很快就稳住了身子。

不会吧，体力好像有点虚了，时间过去很久了吗？

邢深的话忽然在耳边响起。

——超时的话，很可能缓不过来，会疯。

22

临敌的时候，不应该想这些让自己泄气的话。

聂九罗定了定神，警惕地环顾周遭：后撤的那一队并没有撤远，新来的那两队也没有太过逼近，总体来说，都停在了距离她不远的地方。

这是三面环包吗？

聂九罗手心微汗：一打多她的确有把握，但是多到这个程度，她觉得基本没胜算。

那就抓紧时间，能放倒多少是多少吧，省得超时之后实力逆转，自己只有任人宰割的份。

她咽了口唾沫，正准备主动出击，周围响起了呕哑难懂的语声。

这种诡异的语音和声潮，之前听过几次了，都没听懂，不过大致明白是一种沟通和传唤——白瞳鬼是能发声的，只不过长久的地下生活，可能改变了他们的喉肌和发声方式。

再加上，如林喜柔所说，人家根本也不讲普通话。

现在这算是干吗呢？在研究对付她的方略？

真是太看得起她了，聂九罗隐隐有点骄傲，她一个人，居然让他们这么严阵以待。

正想着，蓦地心念一动。

这么多白瞳鬼，里面就没个头头儿吗？俗话说，擒贼先擒王，她要是能把头目给拿下了，说不定能战局逆转。

聂九罗激动得心跳加速，她的目光快速在不同的方向转换扫视，白瞳鬼的装束等都差不多，没法在装扮上分辨出特殊人物，不过，她留意到，有两队白瞳鬼在下意识间都是看向第三队的。

这就好像领导在主席台上训话时，听众不管站在哪个方向，都会自然而然地看向主席台。

非常好，如果有头目，一定在第三队。

聂九罗心跳得更快了。

第三队，有四个白瞳鬼、八个枭鬼。

枭鬼是兵，不去管他，四个白瞳鬼里，两个满头白发，两个算是……黑头发？隔着远，也看不清楚面目，不过……

聂九罗心里咯噔一声：从体形轮廓来看，其中有一个，是女的！

不会看错的，男女的体廓太容易分辨了，而且，这个女人身段窈窕，肩背纤薄，完全没有佝偻的老态。

居然有个女的，白瞳鬼基本是由秦时入黑白洞的缠头军转化而成，那个年代男尊女卑，女人很难披挂入伍的吧，难道这一个属于就地征召的狗家人？

正愣怔间，就见那个女的猛然抬了下手。

攻击旋即开始，四面破空有声，七八条带箭头的长绳向着她一个人攒聚而至。

这种时候，唯有往上躲了，聂九罗脚下用力一蹬，身体向上空翻，眼角余光觑到并不是所有的力量都拿来对付她了——各队都另外分出了约莫一半人，正向着涧水而去。

她瞬间确定了三件事。

——刚刚他们确实在沟通，也了解她这头的情况，知道她还有同伴，所以分了人，继续去搜找邢深一伙，看来是要一网打尽。

——那个女的确实是头目。

——白瞳鬼之前只绑人伤人，没见杀人，但现在，大概是因为她一再手刃白瞳鬼，对方对她起了杀心了，要不然，也不会七八条箭绳齐发。

她这一腾空，箭绳自然走空，有两根的箭尖还刚好对撞在了一起，迸出微弱的火花来。聂九罗脑子里灵光一闪，身子落下时，刀交左手，右手一个半空环兜，把大部分箭绳都揽在了手里，三绕两绕，迅速打了个结。

其实结打得敷衍，但是绳子来自各个方向，本身就容易绕在一处，加上箭头往结绳间一插，就是天然的楔扣，所以这头打结，那头还在奋力扯绳，一时间绳身绷紧，犹如张开了一张绳网。

聂九罗抓住绳身，借力弹起，向着第三队白瞳鬼所在的方向疾掠而去，途中还踩蹬了一次绳身借力，这一头扯绳的两个白瞳鬼眼见不妙，立马松手。

然而松得迟了，聂九罗又到得太快，她揿下刀柄机关，一把刀瞬间分作两把，从两个白瞳鬼中间飞身掠过的同时，双手狠狠抢刀内收。

无所谓是撩了喉还是废了眼，反正是重创到头脸没错了，聂九罗也懒得去查看，落地的刹那一甩刀身的血，借力往前直冲。

还是那句话，擒贼先擒王，她想一鼓作气，先拿下那个女人。

遗憾的是，那个女人后退了一步，在她视线内晃了一下，就被遮挡了——枭鬼聚拥着冲上来了，另外两队的白瞳鬼和枭鬼，也冲上来了。

聂九罗心里轻轻叹了口气。

本来是想打蛇打七寸，走个捷径，一举拿捏对方命门的。

现在，得以力打力，浴血奋战了。

她心一横，扬手挥刀，向着距离最近的那个枭鬼劈刺了下去。

烽火台。

对战已歇，人去台空，只留两三只没被带走的、打着光的手电筒被半埋在废土中，微弱的光线交错，反催生出一股异样的平静。

角落处堆拥的土块灰堆轻轻动了一下，无数细小的沙尘从旁滑落。

过了会儿，有人顶着土尘翻身坐起，尘灰四散，把手电的光柱搅得愈加朦胧。

林喜柔忍着呛咳，拿手扇了扇口鼻处的扬土。

四周静悄悄的，是人是鬼，应该是都走了，她到底熬到了。

胸肋间隐隐作痛，林喜柔长吁了一口气，把最近的那只手电扒拉到手，调低亮度。

冯蜜把人引去了涧水，那她就不能去了，她得反向走，最好能赶紧回到地面。

歇了会儿之后，林喜柔扶着残墙站起，出于谨慎，还打着手电四面看了看。

倒地的都是人俑造像，并没有出现想象中尸横遍地的场景，估计已经清过场了吧。

正这么想时，手电光突然扫过一具血淋淋的尸骨。

林喜柔头皮发麻，太瘆人了，足见刚刚的那场对战有多么惨烈：躲起来是对的，去涧水能生还的概率太低了，就是可惜，牺牲了冯蜜。

她心头一酸，旋即表情凛冽：这些都是必要的，必要的牺牲，冯蜜会理解的。

林喜柔忍着痛跨过残墙，向外走了一两步之后，似是想到了什么，身子忽然一僵，过了会儿，她缓缓转过头来，手电光重又笼在了那具尸骨上。

这具尸骨不像是成年人的。

缠头军杀白瞳鬼或者枭鬼，无非是枪击刀劈，不可能把尸身糟蹋到这种地步。

她嘴唇微微翕动着，迟疑地向那具尸骨靠近，过了会儿，手电光剧烈地颤动起来。

尸体固然是被啃咬得不成样子了，但她看到了一些撕毁的衣服布片，如果没记错，邢深他们，是给蚂蚱穿衣服的，小孩儿的衣服。

这具尸骨，是蚂蚱的。

林喜柔脑子里突突的，耳膜处像有重鼓在敲，脑骨间又好像有利爪在不停挠抓。

蚂蚱。

面对着这具鲜血淋漓的尸骨，她忽然间想起了很多事。

想起在丰水季强渡涧水，想起把蚂蚱推出去当诱饵诱捕獭爹，想起不久之前，蚂蚱疯狂地试图攻击她，然后被熊黑一脚踹开……

她从来没着急找它，也不急着交换它，总觉得还有时间，和蚂蚱比起来，总有更重要紧急的事等着她做。等她把一切荡平踏顺，再把蚂蚱找回来，让它过两天养老的舒心日子，补偿它好了。

蚂蚱死了？和她之间的纠葛，就这么忽然……结束了？

林喜柔死死咬住嘴唇，顿了顿，她半跪下身子，脱下上衣铺开，把尸骨扒拉着收揽在内，然后边角打结，结成一个形状怪异的包袱。

她要把蚂蚱带出去，记住这仇恨，拿这具尸骨不断鞭策自己：付出了那么多，她一定不能输！

林喜柔把包裹挎上肩膀，起身往外走。

包裹不重，蚂蚱如果能正常长大，有着成年人的躯骨，绝不至于这么轻。

林喜柔双目赤红，一步一步地向外走。

她在心里提醒自己：一直走，不要停，也不要垮，她的手上，有一尊女娲像化成的泥壤，有了这东西，她身边会出现第二个、第三个熊黑和冯蜜，一切会从头来过，有了之前的经验，她会做得更大、更强。

就在这个时候，身后忽然传来咯咯的笑声。

林喜柔如遭电击，瞬间回头，手电扫向身后："谁？"

没有人，身后空空荡荡。

仔细回想，那声音短促而又清脆，像是女童的笑，而且很轻，很幽远。

林喜柔毛骨悚然，僵了会儿之后，回转身继续向前走。

身后很静，并没有脚步声，但不知道为什么，她总觉得有人在跟着她。

又走了一段之后，她猛然回身。

还是没有，来路一片死寂，这一刻，连风都止息了。

林喜柔松了口气，她觉得自己可能是多想了：前头接二连三地经历变故，又见到蚂蚱的惨状，精神上受到刺激了吧。

她抬手抹了把额上的汗，重又往前走去。

走着走着，忽然觉得自己的衣角被微微扯了一下，林喜柔起初没在意：她脱了外套，里头的衣服是较宽松的，自己挎背着蚂蚱，可能是哪里钩挂到了。

可是，没过几秒，那种牵扯感又来了。

林喜柔陡然停下，心跳得几乎从胸腔里蹦出来。

她极其缓慢地转头往身子左侧看。

有个四五岁、打赤脚的女孩儿，正虚牵着她的衣服，就走在她的身侧。

似乎是感觉到林喜柔停下了，女孩儿也抬起头，仰起脸来。

女孩儿长得很好看，一张讨喜的圆脸，头发梳编成两股，自肩侧斜搭而下，但脸上的那对眼珠子，是白色的。

林喜柔如遭雷击，连退两步。

女孩子的脸，让她想起一个人，一样的眉眼，如出一辙的神气。

她嗫嚅着说了句："心心？"

炎拓的妹妹，炎心。

当年，她把她扔进黑白涧时，心心追着她跑，也曾这样死死揪住她衣角，号啕大哭说："姨姨，我听话了，我听话了，不要扔我。"

炎心笑起来，她开口了。

声音很怪，像嗓子里挤出来的，音调也怪，但林喜柔能听得懂。

炎心说："我记得你。"

23

林喜柔打了个寒噤，不觉退了一步。

她不是害怕，这么多年了，什么风浪都见过，早就无所谓怕不怕了。她觉得自己是有点发慌，被这宿命般的一幕给震惊到了：当初转身离开的时候，她做梦都没想到还会有后续。

炎心认得她，这不奇怪，小孩子对一些重要的事，是会有深刻记忆的，更何况，自己的这张脸，从来没变过。

林喜柔提醒自己，炎心虽然还是小女孩的样子，但这具躯壳里藏着的，早就是个成年人了。

二十来年了毕竟。

炎心看着她，表情很和气，她继承了母亲的脸，没表情的时候都像在笑。

"我（一）眼认得你了，你没了，少你（一）个，我等到了。"

林喜柔一愣，脑中掠过一个念头。

——炎心居然还会说话。

就算她被扔进来的时候会说话，这么多年不讲，语言能力也早该退化了，可她居然还能组织语言，虽然发音异常，缺字漏词，需要一定的反应时间，开口时也如同在操蹩脚的外语，但勉强能够传递意思。

难道这地下，有人可以和她说话，一直在教她说话？

还有，炎心说，一眼就认出她了。

林喜柔手足发凉，怪不得没能躲过去：炎心早就认出她、留心她了，后来双方混战，自己玩的花花肠子骗过了缠头军，骗过了炎拓，但没能骗过炎心——看来看去，就是少了一个啊，那个女人，怎么会凭空没了呢？

所以炎心没走，静静地匿在暗处，终于等到了她。

林喜柔喉头发干："你想……怎么样？"

炎心说："妈妈说，你坏女人，见（到）你，带去（给）她。"

真是见鬼了，炎心哪儿来的妈妈？她的那个妈妈，早就成了活死人，在疗养院的床上躺二十来年了。

林喜柔面上的肌肉微微簌动，挤出一个极其难看的笑，说："好啊。"

话音未落，一把抡起肩上的包袱，向着炎心狠砸过去，然后，也顾不上去看有没有砸到，掉头狂奔。

能摆脱这小畜生就好了。

然而炎心的速度飞快，白瞳鬼的速度本来就骇人，她骨轻人小，行进起来就更迅捷，林喜柔才奔了十来步，就见眼前一花，要不是及时收步，真能和炎心撞在一起。

炎心挡在她身前，垂在身侧的手虚张着，磨得尖尖的指甲泛着微微的光：她在地下待的日子不算漫长，牙没有变尖，容貌也没有发生大的改变，不过指甲已经够尖够厚了，捕食时，她会用指甲一寸寸撕烂猎物送进嘴里。

她尖声细气，说："见妈妈。"

林喜柔攥紧手电，向着她当头就砸："见你的头！"

没砸到，炎心太快了，身子一晃就避开了，不过，林喜柔这一再的攻击显然激怒了她，她喉底嘀嘀有声，也不知在念叨什么——很可能是盛怒之下，脱口而出白瞳鬼自己的语言了——尖叫着直冲上来。

林喜柔急中生智，手电猛然推到最大亮度，向着炎心的双眼猛晃。

炎心这么久以来就没见过手电，看到眼前强光乍现，到底经验不足，还以为是什么厉害的东西，刹那间疾步后退。

机不可失，林喜柔觑准时机，迅速攀上就近的高垛，向着远处飞掠起纵。

耳边风声呼呼作响，也不知道是真的起风了还是自己速度太快，林喜柔不敢往后看：速度差搁在那儿，摆脱炎心的可能性太小了，得想个法子……

正想着，后背突然一沉，紧接着双肩刺痛，是炎心蹿跃到她背上，指爪抓进她的肩头，声音尖厉而又阴森："见我妈妈。"

这一刻，林喜柔正翻上土堆，被炎心硬生生扒拉下来，带着土灰翻倒在地，手电也滚落边上。

很好，炎心抓住她了，这就意味着炎心的速度优势暂时使不上了，林喜柔一咬牙，反手抓住炎心的腿，使尽浑身的力气，把她整个身子拽起抡向身侧的石块。

能砸她个脑浆迸裂才好。

然而炎心的反应也快，就听哧啦声响，她的身体刚触到石面，就已经伸指死死扒住了，指甲尖利，生生在石面上扒出几道抓痕来，同时也扒停了身子的去势，旋即一蹬石面，子弹出膛般向着林喜柔撞过来。

林喜柔猝不及防，被炎心撞得仰面栽倒，这还没完，炎心一把揪住她的头发，带起她的脑袋一下下往地上撞，面目渐渐扭曲，语气森戾："见我妈妈！"

林喜柔被撞得眼前阵阵发黑，恍惚间，似乎看到在疗养院的床上躺着的那个林喜柔，她缓缓拔掉鼻饲管，慢慢坐了起来，干瘪到萎缩的脸上绽开一抹舒展的笑。

炎拓的水性确实不错，但多是在游泳池和比较平静的河水中，他还从来没有挑战过激流。

所以一入水，完全控制不住，整个人被水流裹着向前，险些头下脚上在水中倒翻，好不容易勉强控住身体，却又碰不到河岸内壁，几次想伸手去抓，手刚抬起来，身子就被水流推走了。

炎拓急出一身冷汗，这季节地下水冰冷，人一旦泡久了就会失温，到时候别说爬上岸了，他连浮漂都费劲——可别让邢深一干人说中了，他这趟出来，就是没事找事寻死的。

正奋力泅游，无意间抬眼，突然看到，高处岸边，有几对莹白的眼珠子晃动。

白瞳鬼来了？

炎拓脑子里一蒙：虽然自己把照明棒压在身下，尽量做到不漏光，但白瞳鬼居高临下，一目了然，一定是能"看到"他的吧？自己倒霉到这份上，刚出来就羊入虎口了？

正想着，高处破空有声，不看也知道，带绳的箭已经奔着他来了。

炎拓身子一猱，借着水流的推力避过了这一箭，箭头空撞进斜前方的水流中，又很快被收了回去。

炎拓忽然冒出一个念头：他现在上岸困难，与其被淹死在水里或者冲去不可知的地方，为什么不借着绳箭上岸呢？目前看来，白瞳鬼只绑人，不杀人，他索性先"落到"他们手中，再见机行事。

不过，得先让自己受伤，白瞳鬼对气味很敏感，不放点血混不过去。

腿不能受伤，腿废了就跑不快了，胳膊也不行，绳箭穿透胳膊，着力点太偏太小，带不动他这么重的身子……

第二箭很快来了。

炎拓竖起耳朵听箭声来势，借着侧身时照明棒的光亮确定方位，在最后一刹那耸起左肩迎上，一声痛叫之后潜入水中，含了口水，又迅速把箭绳绕缠在了肩臂上，同时伸手把住绳身。

这样，白瞳鬼往回扯绳时，他的伤口不会太受罪。

绳子的那一头有大力回扯，炎拓的身子"哗啦"一声出了水，不过也没有瞬间被扯飞回岸上那么夸张：第一扯把他扯离了水，身子撞靠到涧水内壁；第二扯才上了平地。

炎拓一落地就装死躺尸，肚子凸挺，似乎已经喝饱了水淹晕了，唇边还缓缓往外溢水。

有个白瞳鬼抬起脚，用力踩在他肚子上。

炎拓没受住，"噗"的一声把刚含的水吐了出来，然后眼睛一翻一闭，脑袋一歪，继续装死。

他感觉那几个白瞳鬼在商议着什么，但叽里咕噜，又像喉底挤音又像肚腹发声，完全听不懂，过了会儿，脚踝一阵刺痛，是其中一个抓起他的脚脖子，指甲陷进他的肉里，拖着他径直往前走。

大概是因为肩上受伤更重，脚踝被抓破，反而没有痛得很厉害，炎拓隐隐有点担心：被地枭抓伤，有兽化的危险，那被白瞳鬼抓伤呢？或许，因为大家都是"人"，抓伤了也没什么吧。

他闭着眼睛，只觉身子摇摇晃晃，身底和脑后磨得生疼，途中偷睁了一下眼睛，也看不出这个白瞳鬼要带他去哪儿：不过看方向，是远离涧水的。

这就好，只要不入黑白涧就行。

也不知过了多久，身周杂声渐多，气氛也渐渐不大对，像是从安静的所在换到了激烈的争斗场，炎拓一颗心怦怦直跳，正想眯缝起眼睛看看是怎么个情况，那个拽住他脚踝的白瞳鬼突然猛一撒手，嗖地跳开了。

紧接着，有笨重的玩意儿砸在炎拓身上，砸得他眼前发黑，翻了个身，险些吐血，当然，那玩意儿也好不了多少，那是头枭鬼，撞到炎拓之后，又连翻了几个滚，才蜷缩在当地，抱着血淋淋的腹部哀呼痛叫。

怪不得那个白瞳鬼跳开呢，合着是遭遇了意外。

炎拓迅速往另一头看了一眼。

照明棒的光亮延展不了多远，青幽色的光里，鬼影幢幢，但在包围圈中，他还是一眼就认出了聂九罗：刚刚那头枭鬼，估计就是在她手上吃的亏。

但她没起初那么神挡杀神了，炎拓看到，她后退两步，脚下有点虚浮，剧烈喘息间，还抬手抹了一把额头。

可转瞬间，又有几条身影向她扑了过去。

炎拓头皮发麻，他觉得聂九罗撑不了多久了：这是车轮战，别人战一轮就可以下来休息，她得不断应战，这样下去，不被杀死也得被活活耗死。

他有一种想立刻上去帮忙的冲动，但还是拼命压了下去：以他现在的战斗力，估计还没挨到她的边就报销了，他得耐心寻找时机，在最合适的时候发挥作用。

那个白瞳鬼又过来了，这一次没拽他的脚踝，而是拎起他的衣领往前拖，炎拓装着没什么反应，右手不易察觉地捞了又捞，把连在箭头上的绳身牵到了掌心。

这一次，没有走多远，只是从争斗场的一侧被拖到了另一侧。

炎拓呻吟了一声，一副行将醒转的模样，眼睫半开半闭，他看到，这里站了七八个人，有白瞳鬼，也有枭鬼，似乎正在观战，也不知拎着他的那个白瞳鬼说了些什么，其中一个观战的白瞳鬼向着他俯下了身，还伸手啪啪掴了两下他的脸。

炎拓还没打定主意是继续扮晕还是装作被打醒，忽然听到一个沙哑的女声："你的同伴，藏哪儿去了？"

好像有什么不对劲的……

下一瞬，炎拓反应过来：这是人的说话声！和白瞳鬼正面交接以来，这还是他头一次接触到能说话的白瞳鬼！

不是说，他们用的都是古方言吗？

炎拓慢慢睁开眼睛。

这女人的脸离他很近，和其他的白瞳鬼不同，她的眼珠子虽然也是白莹莹的，但眼瞳并没有外扩，上下睑也没有外翻。所以，她看起来更像人，有着年轻女人的清秀轮廓。

那个白瞳鬼把他拖了那么久，拖过来见这个女人，这女人的地位一定不一般。

炎拓心头急跳，他双目发直，一副呆滞发昏的模样，嘴里喃喃有声："有条路……土堆有条路……"

那个女人没听懂，下意识凑近了些："什么？"

说时迟，那时快，炎拓暴喝一声，手起绳绕，如同聂九罗当初拉绕手环对付他一样，迅速以绳圈住女人头颈，然后抱着她滚落地上，后背贴地，把这女人挡在身前，同时狠狠抽绳，厉声喝道："停下！让所有人停下！"

他这一抽，使了大力气，那女人被勒得身子一痉，双目暴突，喉间逸出凄厉的长号。

炎拓豁出去了：大不了同归于尽，哪怕这女人会把他撕成碎片，只要他死不松手，这女人也好不到哪儿去。

还别说，战局还真停了。

聂九罗也确实差不多到极限了，虽然还能勉强支撑、刀下总能见血，但身上也已经挂了好几道彩，她压根儿就没注意到外场的动静，忽见围攻撤下，正一阵莫名，忽然听到炎拓叫她："阿罗，过来！赶紧过来。"

炎拓？

聂九罗心中一喜，正要抬脚过来，眼前又是一花，这一次跟上次不同，这次花得有些眩晕，只觉得地面像浪一样起伏波动，身子立不稳，跟跄着扑倒在地。

炎拓急得要命，既要关注聂九罗，又要防钳制下的女人骤然发难，还得警惕周围的白瞳鬼突袭，三面分心，焦头烂额，只得迅速爬起身，带着那女人不断后退，一再拉绳，勒得她无力反抗，又恫吓四周："滚开，滚远点！"

对方未必听得懂，但估计看懂了，都迟疑着没再过来。

聂九罗喘着粗气爬起来，才刚朝炎拓走了几步，面色忽然一变，大叫："小心！"

什么情况？难道身后还有异状？

炎拓心头一凛，还没来得及回头，就听一声尖锐的"妈妈"，再然后，后心吃了狠狠一撞，登时站立不稳，带着那女人栽倒在地。

那女人喉间一松，刹那间回了血，瞬间翻身坐起，回手屈指，五指如钩，向着炎拓头脸插落。

24

炎拓心知不妙，急向旁侧偏头，那女人的手擦着他的脸颊过去，堪堪擦出几道血口，又直直插进土里。

不能让这个女人脱身，这是唯一能尽快控住的"有效人质"，如果让她脱了钳制，一声令下，所有的白瞳鬼和枭鬼就会一拥而上，顷刻间把他和聂九罗撕成碎片。

炎拓急红了眼："阿罗，先制住她！"

话未落音，他也不讲什么章法了，不管不顾，猛扑上去，死死从侧边抱住那女人的腰，把她掀翻在地。那女人怒极，一爪从炎拓后背抓过。

传说中能豁开最坚厚牛皮的白瞳鬼指爪，炎拓终于见识到了，这一刹那，他觉得像是有锋利的冰刀自后背切入——何止是后背，连天灵盖都仿佛被刀刃撬开了，森寒阴冷的风嗖嗖往里灌。

管不了那么多了，反正死不松手就是，炎拓牙关紧咬，手上用力。

他的臂力原本就不小，再加上此刻破釜沉舟、用尽全力，那女人的腰如陷在越收越紧的铁箍之中，被掐得一口气险些上不来，狂躁之下，疯狂地向着他背上乱挠乱抓。

聂九罗在炎拓吼出那句"制住她"之后就扑了过来，原本是想配合着炎拓把那女人给制住，然而还没等靠近，就被斜刺里猛冲过来的炎心给撞开了。

不过也很巧，这一撞，恰好把她撞得跌落在炎拓身侧。

聂九罗一瞥眼就看到那女人正在发狂，而炎拓的整个后背已经被抓得稀烂。

虽说她的体力已经开始不支，但那股子狠戾的劲头还没消，刹那间血涌上脑，整个人也是疯了，大吼一声，迎着那女人直扑上去，硬生生把她扑得仰翻在地，然后两手一伸，左右同时控住那女人的头，就要狠狠往一边掰。

她可不管什么"制不制住"，此时，此刻，她只想要人的命。

那女人的脸尽入眼底。

聂九罗一愣。

她觉得这张脸好熟悉，虽然长了一对可怖的白色目珠，但那种似曾相识的感觉……

聂九罗其实并没认出来，可不知道为什么，或许是肌体记忆快过了脑子，手上蓦地一滞，嘴里就下意识喃喃了声："妈……"

生死关头，强敌对招，容不得半点迟疑，一秒一瞬都会战局逆转。

那女人觑准时机，低吼一声，一爪抓进她咽喉，把她第二个"妈"字抓得生生消了音，然后回手狠狠一拽。

炎拓艰难地爬起来。

他看到，聂九罗背对着他，正跨坐在那女人身上，双手控在那女人头侧。

怎么看，都应该是她制住了，或者说是暂时制住了那个女人，然而下一秒，那个女人坐起身子，一抬手就把聂九罗给推开了。

聂九罗的身体，像是毫无生气般，软绵绵歪倒开去。

发生什么事了？

一股不祥的预感袭上心头，炎拓瞬间如堕冰水，但还抱了一丝侥幸：聂九罗从他这儿把那女人"截"走，也就才几秒不到，几秒钟，一错身的工夫，不至于发生什么事吧？

　　再然后，触目所及，人一下子蒙了，脑袋也炸了，仿佛炸翻了蜂窝，除了嗡嗡的乱响，其他的，什么都听不见了。

　　他看到，聂九罗躺在地上，艰难地不住喘息，咽喉处一个黑色的血洞，正汩汩往外冒血。

　　不可能，绝对不可能。

　　炎拓几乎是跪着爬扑过去，想说什么，眼前已经一片模糊，他伸出手，近乎笨拙地捂住聂九罗的伤口："阿罗？"

　　温热的血跃涌进他的手心，又从他拼命收紧的指缝中溢出来，聂九罗的身体发颤，眼睛看着他，似乎想说什么，又说不出来。又好像是要冲他笑一笑，可涌溅出的血弄脏了下巴、唇角，把笑也淹没了。

　　炎拓觉得自己整个人已经没了，就在她的目光里寸寸蒸发成水汽，他的眼泪几乎是夺眶而出，语无伦次地叫她："阿罗，你撑一下，我马上找医生，真的，你坚持，千万再坚持一下……"

　　说到末了，忽然痛哭失声。

　　聂九罗的手指微微动了一下，想去钩住炎拓的衣角，但她没力气了，全身所有的力气似乎都在拼了命般从喉口奔涌而出。

　　她抬眼看天。

　　这儿没有天。

　　视野渐渐暗下来，是这辈子都不曾经历过的漆黑，恍惚间，有温柔的光漫起，无数的星星四散陨落，拖着长长的光尾，无比绚烂。

　　都是她折的星，她一生的星，都在这一刻落下来了。

　　身后，那个女人做了个手势，阻停了所有行将冲上来的人，然后缓缓抬起右手。

　　她的右手里，抓下的血肉间，正悠悠荡晃着一根极细的链子。

　　那个女人疑惑地把右手抬到眼前。

　　活在地下，看东西跟在上头时大不一样，在上头是借着外来的光，辨形看色；在下头是看物体自己的光，不管活物死物，身上总有光晕流转。

　　她还要更特殊些，因为她下来的时日还不算久，眼睛原有的官能还在，嗓子里发出的音依然能字正腔圆——这一点比"夕夕"要强，"夕夕"虽然也能说话，但受下头的影响太大，更习惯白瞳鬼间的沟通，说人话时怪里怪气、支离破碎，怎么矫正也拧不过来。

　　链子是有吊坠的，两粒，一粒是温润的小柿子，一粒是雕工精细的小花生。

小柿子上，正缓缓滑坠下一粒血珠。

好事会发生。

炎心走过来，扯了扯她的衣角，又抬手示意了一个方向："妈，坏女人，带来。"

循向看去，有个蓬头垢面的女人正歪瘫在地上，满面血污，形貌疯癫，一头长发被拽得披一缕秃一块，炎心就是这样揪着她的头发，如役使畜生般，把林喜柔一路驱赶过来的。

那女人只是冷漠地瞥了一眼，目光重又收回，先回到轻晃的链坠上，又转到炎拓身上，最后，落到了聂九罗身上。

她上前一步，问炎拓："她叫什么？"

炎拓完全没听到那女人的话。

他低头看自己的手，手上沾了很多血，聂九罗就在这儿，静静地躺着，眼眉处没溅到血，看起来很安宁，仿佛只是睡着了。

事情发生得太快了，炎拓突然产生了时空的错乱感。

这是梦吧？

或者他是快要死了，他其实还淹在涧水中，一切都只是他呛水昏迷、行将溺亡时产生的荒谬臆想罢了。

这样就解释得通了。

他松了口气，有如释重负的感觉。

下一秒，发根生疼，那个女人揪住他的头发，把他的脑袋拎了起来，迫使他仰面朝着自己，又问："她姓什么？"

炎拓看了看她，又看她身侧站着的小白瞳鬼。

真的好像心心啊，脸形、鼻子、嘴巴，哪儿都像。

再看远处，那是林喜柔。

这个梦可真齐全，谁谁都到了。

他游魂样喃喃了句："姓聂啊。"

"聂什么？"

"聂九罗。"

那个女人松了口气，撒开手，说了句："不是。"

没了女人的揪抓，炎拓的头一下子垂下来，脖颈和脊椎像是承不住头下垂的力道，一起被带倒，以至于整个身体都栽倒在地。

他一侧的头脸贴着粗粝的地面，看近旁的聂九罗，然后伸手去揽她的身体，一只手搂住她的腰，另一只手张开，慢慢覆在她尚有余温的后脑上。

怎么才能快点醒呢？

那女人的喃喃自语絮絮飘进他耳朵里。

"聂九罗，夕夕，不是，九月四号，九四……"

他的身体忽然又被揪了起来，有个恶狠狠的声音响在耳边："她爸爸，是不是叫聂西弘？聂西弘呢？"

真是太吵了，想睡觉都不让人安稳。

炎拓睁开眼睛，冷冷看着这个女人的脸，然后脑袋狠狠一磕，正撞在这女人头上。

这一撞，撞得那女人踉跄后退，也撞得炎拓眼前金星乱晃，他咳笑着栽回地上，眼前一黑，就什么都不知道了。

炎拓一走，洞穴里就安静了，只余洞口挂着的水声，哗啦不绝。

余蓉有点躁郁，但说不清这躁起自何处，她伸手进内兜摸烟，这才发觉衣服内外透湿，那点烟早就濡成渣了。

她拈起烟渣，送进嘴里慢慢嚼。

冯蜜忽然"嘿嘿"笑了两声，声音尖厉而又刻薄："真聪明，像乌龟一样缩在这里，指着一两个人救命呢。"

大头恼怒："你闭嘴。"

冯蜜偏不闭嘴，话还说得慢悠悠的："我小时候，可听了不少缠头军的传说，熊哥后来还给编过顺口溜：'缠头军，缠头鬼，黑里别逢，白里莫见。'嗐，我还以为多厉害呢，现在看到你们这德行，我算是知道缠头军为什么一代不如一代了。"

这话有点戳到余蓉，她看邢深："咱们真就一直在这儿等着？"

邢深说："她故意煽火呢，你别被她一两句话给戳弄了。如果聂二能搞定，咱们上去了帮不上忙；而如果她搞不定，上去了也是送死——最稳妥的法子就是在这儿熬，只要能熬到最后，多几个人活命也是好的。"

冯蜜"啧啧"了两声："撺弄人家去拼命，给自己续命，真会打算，能当头头儿的，目光就是长远，会看大局。"

邢深皱了皱眉头，没理她。

大头瞅了眼冯蜜，凑近邢深耳边："深哥，这娘儿们，还留着啊？要么趁早……省得她出幺蛾子。"

邢深明白大头的意思：说到底，这是地枭，不除根后患无穷，不可能因为她给带了个路就冰释前嫌，之前是状况凶险，顾不上对付她，现在……

可人家刚给带完路，就翻脸不认人，他有点拉不下脸。

他轻轻咳了两声，没说话。

大头多少猜到了他的心思，心说：你不好意思说，我可好意思做。

弄死个地枭，天都不会反对。

他作势就要起身。

冯蜜一颗心长了七八个窍，知道什么叫"过河拆桥"，炎拓在的话，她还能安全点，炎拓一走，她可就……

她一直注意着大头那边的动静，一见他阴恻恻的表情，就知道事情不妙，好在她早有计划，装着泰然自若："我们手上，有一尊女娲像……"

大头一怔，觉得她好像是要说什么重要的，不由得先坐了回去。

多听点，再动她不迟。

邢深觉得这话有点蹊跷："你们手上，不是应该有三尊吗？"

他记得女娲像是七尊，缠头军抢了四尊，七减四，理应还剩下三尊啊。

冯蜜说："那是秦朝的时候，被抢得只剩了三尊，可这三尊，难道会在我们这种被圈养的牲畜手上吗？"

这冯蜜，真是个说故事的好手，余蓉明知道她突然把这话题翻出来一定有目的，但还是被她讲的给吸引住了："被圈养的牲畜？"

冯蜜伸手点向自己："我，一出生就在坑场，很大的坑场。知道什么叫坑场吗？就像你们的，你们的……嗯，猪圈吧，但又有点不同。猪圈是只要公母就能配种，坑场嘛，要按照排序配对，然后配，生，再生，生出来了，就在那儿存着，备着。"

有人没听明白："备着干什么？"

冯蜜莞尔一笑："血囊啊，你以为白瞳鬼的血囊是怎么来的？你以为他们一代代的，为什么能延续这么久？血袋足够啊，他们有专门造血的坑场啊。"

她说到末了，冷哼一声："我们在上头做那点事算什么？毛毛细雨了。你们见过坑场吗？那规模，那人头，有多少人，一出生就在那儿，在那儿生，在那儿死，不死就继续养新的，一辈子都没迈出过坑场。"

余蓉听得有点反胃，大头骂了句："把这娘儿们嘴给封了算了，又在这儿造谣。"

冯蜜冷笑："你是觉得缠头军做不出这事来？动动你的脑子，那个时代的人可不讲究人权。秦朝的时候还有奴隶呢，奴隶的命连条狗都不如，他们把自己人当人，把我们当生养的畜生又有什么稀奇的？"

她声音渐渐低下去："所以，我就顶顶佩服林姨了，那么多人都当猪当狗认了命，只有林姨不，她给我讲逐日一脉的传说，讲我们会有出路的，她讲缠头军抢走了四尊女娲像，一连起了四扇金人门，但是夸父七指，还有三尊像，被藏在了没被发现的三个出口附近。只要我们能逃出去，找到出口，我们就有希望了。"

邢深听得一颗心猛跳："你们逃出去了？"

冯蜜笑道："这不明摆着吗？"

她又说："林姨一家，我，熊哥，还有好多，都是那一批逃出来的。当然了，出逃没那么容易，按照林姨的计划，有好多留在坑场的人给我们打掩护制造混乱，甚至直接去跟白瞳鬼拼命。没办法，为了成事，总得有人牺牲嘛，就看这牺牲值不值得了。"

说到这儿,她环视了一眼狭窄的洞穴:"我为什么知道这么个藏身的地方,就是因为当年逃跑的时候,在这里躲过啊。

"白瞳鬼带着他们的狗,也就是枭鬼,一直追到了涧水边,一无所获。也真是点背,那一次他们都没追过涧水,这一次,居然过涧了。"

说到这儿,她又笑着看邢深,话里有话:"我看啊,八成是你乱敲敲,把他们给敲上来的。"

邢深忽然想到了什么,也顾不上她话里的讥诮之意:"白瞳鬼是枭鬼变的,他们手里有女娲像,为什么不把枭鬼都给转化了呢?"

虽然女娲像只有四尊,但他们时间足够用啊,年复一年,水滴石穿,尽可以全数转化。

冯蜜嗤之以鼻:"四尊像,一年才能转化几个?枭鬼兽化久了,基本就没法转化,永远只能当枭鬼了。就跟蚂蚱似的,蚂蚱兽化了二十来年,还见了光,完全没希望了。"

忽然听到"蚂蚱"这个名字,邢深一阵恻然。

到底是相处过。

冯蜜忽然咯咯笑起来,说:"我无所谓,只要林姨在,一切就能再来。当初有人为我死了,让我过了这么多年舒坦日子,现在我也死上一死,不在乎……知道我为什么要讲故事吗?"

余蓉觉得不妙:"为什么?"

冯蜜:"拖时间啊,你现在,有没有听到什么异样的声音?"

有吗?余蓉一怔。

好像真有,间杂在水声中,是白瞳鬼那种异样的诡音,极具穿透力。

冯蜜看着她,唇角掠过一丝玩味的笑,再然后,猛然往前一蹿,半个身子穿透水帘,使尽全身的力气嘶叫道:"在这里!都在这里!"

余蓉激灵灵打了个寒战,下意识也扒住洞壁,探出头去。

她看到了这辈子都难以忘怀的场景。

之前那几条横跨涧水的绳上,正在飞速过人,有白瞳鬼,也有枭鬼,一个接一个,密密麻麻,可能是因为速度很快,绳子居然并不太过沉坠。

听到这里的呼喝声,无数道瘆人的目光瞬间攒了过来。

冯蜜哈哈大笑,齿缝间迸出一句:"带你们活?想得倒美!"

25

炎拓迷迷糊糊间，感到自己的身体在晃。

不是在水里的那种晃，是不静止、不舒服、不安稳。

他努力了几次，才睁开眼睛。

先看到的，是远远近近、朦朦胧胧的一蓬蓬幽碧色，泛着隐隐的光亮。

想起来了，这是夜光石，走青壤的前半段，总能见到这样的夜光石，是古时候的行路夜灯，后来渐入深处，光亮就没了，视物必须借助手电或者照明棒，再后来，唯一亮着的，就是白瞳鬼的双瞳了。

有人背着他在走。

这是谁？

炎拓艰难地挪了下脸，觉得颊边蹭到的是个光脑袋，下意识呢喃了句："余蓉？"

还真是余蓉。

听到炎拓吭声，她停下脚步，屈着腿把他放下来，又是揉肩又是舒颈，然后一屁股坐下来："你可总算醒了，累死我了，这么沉。"

炎拓脑子发涨，心下一片茫然。

这又是怎么回事，还是在做梦吗？为什么一段一段过渡得这么割裂，完全拼接不上？

他陡然激灵了一下："阿罗呢？"

余蓉"啊"了一声："没看见啊。"

什么叫没看见？炎拓一下子跳了起来，使的力气太大，后背火烧一样痛，眼前阵阵发黑："阿罗一直跟我在一起的啊。"

余蓉瞥了他一眼："你做梦呢？我找着你的时候，你就一个人躺在空地上，身下一摊血，我还以为你死了呢，幸亏探探鼻子还有气。"

余蓉是被冯蜜冲上来抱住，一起扭摔下涧水的。

那时候，冯蜜应该是不想活了，或者是觉得自己只要不遭遇白瞳鬼或者疯刀，就肯定有生的把握，所以并不忌惮采用惨烈的方式向死求生，本着"死也要拽个垫背的"的想法，选了就在身侧的余蓉。

事发太过突然，所有人都没反应过来，只有孙周，人已经兽化，又被她驯过，反应极快，有着救主的本能，嗖地冲上来，想抓住她。

然而两人的坠势太快，孙周又已经只剩一条胳膊，没什么力气，非但没能拽停她，反而被带得一起砸落涧水。

涧水汹汹，三人一下去，就完全冲散了。

不过，冯蜜选余蓉同死，是失算了，其实所有人中，水性最好的就是余蓉：她之前在东南亚一带驯兽练鳄，水里来去不在话下。再说了，东南亚靠着海，余蓉性子又爱刺激，狂浪都冲过几次，在涧水中，她比炎拓还能挨。

她叹了口气："我生怕白瞳鬼下水抓人，还在水下闭了会儿气，不过水流太凶，身子被冲走了，借着上来换气的工夫，我往上瞥了一眼，少说有七八个白瞳鬼，已经堵在那个洞口了。"

泥菩萨过江自身难保，她也就顾不上那些人了。

和炎拓一样，余蓉也是怎么都靠不了岸，身体如同陀螺，被水流抽来打去，到后来还呛了水，好在老天开眼，筋疲力尽前扒住了一块斜出的边石，费尽九牛二虎之力才爬了上来。

"都不知道被冲下去多远了，上来之后两眼一抹黑，直接晕过去了，醒来后压根儿也不知道在哪儿。好在包是随身的，包里还有能用的装备，我就顺着涧水河岸一路往回找。"

找到最初大家藏身的那个洞穴，已经空了。

回想起白瞳鬼簇拥在洞口的骇人场景，余蓉觉得，也不用对找回邢深他们抱什么希望了。

"我不死心，又折回烽火台那头，想看看能不能遇到一两个失散的同伴，一开始还担惊受怕的，怕出事。结果一路上，跟走在荒野似的，地枭、枭鬼、白瞳鬼，都没了。

"来回找了几次，就找着你一个，躺在那儿一动不动。哦，对了，还有把刀，落在地上。"

说着，余蓉从后腰带里抽出聂九罗的那把匕首，扔给炎拓。

炎拓没接，没力气接。

他看着那把匕首在面前跌落："不会啊，我记得，阿罗应该就在我旁边。"

余蓉说："被带走了吧。"

带去哪儿？越过了涧水，正式进入黑白涧，去到地下了吗？

炎拓打了个哆嗦，一下子爬起来，跟跄着往回走。

余蓉坐在地上看他，并不试图去拦。

"去哪儿啊你？没必要再去看了，我来来回回看几次了都。虽说白瞳鬼什么的都走了，万一又回来……

"老子把你背出来容易吗？你别又栽路上让老子再背一次。你看看你那后背，撕巴撕巴骨头都出来了。

"赶紧瞧医生去吧，不然我看你也活不了多久了……"

喊到后来，余蓉也懒得喊了，她往后仰倒，两手枕头。

太累了，养养力气吧，养点力气，再去捞不死心的傻子。

炎拓到底也没能再次去到涧水边。

一是他不认识路，而且越往里照明就越跟不上；二是身体原因，他在涧水里泡过，接着后背受伤，又昏躺了很久——这季节，睡觉蹬掉了被子都会惹一场感冒，更何况是这么在水里往死里的折腾？

余蓉休息够了，一路找到炎拓的时候，炎拓的寒热已经上来了，整张脸发烫发赤，流热汗的同时又打摆子，身体一时像往冰里浸，一时又像往火中燎，余蓉叹了口气，说他："炎拓，你要是想现在就交待在这儿呢，就往死里折腾好了，我都失去那么多同伴了，也并不特别稀罕你的命。我又不是聂二，会花十分力气救你，出于情分拉你拽你一把罢了。

"你要是想活着，日后还能有机会再回来这里，就打起精神来，跟着我往外走，咱现在还没脱险呢，话就说到这份儿上，我走了啊，头百步我会慢慢走，方便你跟上来，过百步我就不等了——老子也泡了水，一身寒飕飕的，饿得头昏眼花，没兴趣顾别人。"

说完她就走了。

炎拓打着战从地上爬起来，后背已经没知觉了，他抬手抹了一把，入手胶黏：流的大概已经不是血，感染化脓了。

话糙理不糙，余蓉说得都没错，他现在即便能冲回涧水边，除了消耗自己，别的什么都不能做。

炎拓回头看了一眼最深处的黑暗。

他得先活着，然后回来。

他趔趄着去撵余蓉，几次摔滚在地，又几次爬起来，最后一次爬起时，余蓉走回来，横了条胳膊给他，说："走吧。"

回金人门的路很不顺利，余蓉也不认路，她只知道往亮处、往夜光石多的地方走。

然而青壤的范围其实很大，光金人门就有四个，每个门之间相距很远——林喜柔找到的那个矿坑出口，甚至远在由唐县，由此可见方圆之广。

所以到了最后，或许是走逆了方向，尽在夜光石的迷阵中转悠，炎拓的状态越来越差，余蓉也好不到哪儿去：她比炎拓能撑，主要是因为没受伤，精神上也相对积极。

但再积极也抵不过饥寒交迫。

余蓉已经没了时间概念，不知道下来几天了，只知道自己现在饿得像狼，一对眼珠子简直要发绿，起初她还能拽着炎拓走，后来是扶，再后来是互支互撑，到了末了，谁也扶不动谁了，常常一栽倒就是径直晕过去，然后被另一个晃醒。

……

炎拓也说不清是第几次被余蓉晃醒了。

两人疲惫对视，都在对方眼里看到了自己狼狈如鬼的惨相，余蓉苦笑一下，说："也不知道到哪儿了，抱最好的希望，做最坏的打算吧，你有什么遗言没有？趁着你还有气，先说了吧。"

根据两人的状态判断，她觉得自己应该是后死的那个。

炎拓看了她一会儿："我还没找着阿罗呢，我死不了。"

余蓉扑哧笑出来，她不是有心浇炎拓冷水，只是习惯了有话直说："你烧得跟块炭似的，我们板牙村，有个出了名的、脑壳烧坏了的叫马憨子，我看你跟他也就一线之差了。

"你有没有想过，即便我们到了金人门，走出林子，还得一两天呢。金人门那儿，只留了雀茶和孙理，现在还不知道他们那头是不是正常——就算正常，谁有那力气把你抬出去？"

炎拓说："我不会死。"

聂九罗没有亲人了，如果他死了，再也没人会找她了。

他不死，脑壳也不能烧坏，他得清清醒醒地活着，再回来。

他缓了会儿，积攒了点力气，慢慢给余蓉交代："下头没信号，我和阿罗的日常用品，都在上头。你找到我手机，联系人里，有个叫吕现的。

"打卫星电话给他，把我的情况告诉他，让他带足药品设备，赶到山林口等着，或者，你能提供路线，就让他雇向导和帮手往里走。

"两边分开走，这样能节省时间，他这人不错，就是爱贪利，胆儿还小，他不来，你就开价，随便开价，加吓唬他，会来的。"

余蓉机械地听着，肚子一连串地咕咕响。

炎拓是不是太乐观了？现在居然还在考虑医生、救护。

她只想吃东西，有块面包都是好的。

炎拓接着往下说，语气很平静："如果我命不好，死早了，死在什么希望都还没看到的时候，那，你可以吃我。"

余蓉吓得一激灵，整个人都吓精神了："你胡说八道什么？就你那身臭肉，我下得去嘴？"又后怕似的喃喃道，"我吃人，吃你，那我跟地枭有什么区别？"

地枭吃人，还能往天性上赖，她下这个口，还能是人吗？

炎拓笑了笑，轻声说："交代遗言嘛，趁我还有气，让我把话说全乎了。你要是过不了心里的坎，那就饿死好了。要是实在饿疯了，想活，手头又只有我这块大肉，那可以吃，我授权了。"

余蓉没吭声，伸手压住肚子，防它再发出声响，身上一粒粒地泛鸡皮疙瘩。

炎拓继续把话说完："你要是觉得吃了我过意不去，那就顺便帮我做点事。

"一是，就把我葬在黑白涧边上吧；二是，帮我打听一下阿罗的下落，坟前跟我讲一声。妹妹的下落，我已经差不多知道了；阿罗的，我死了都还挂着。"

就说到这儿吧，想想也没别的要说的了，都交代完了。

说了这么多话，炎拓太累了，他合上眼皮，眼前始终跳白、发花。

迷迷糊糊间，依稀看到母亲林喜柔，盘腿坐在疗养院的那张床上，一直在定定地看他，眼神里，无限温柔，也无限凄凉。

还有父亲炎还山，立在床边，还是那副病重时形销骨立的模样，嘴唇慢慢翕动着，似乎有无数的话想对他讲。

炎拓在心里说：爸，妈，保佑我吧，别让我死，这次，别让我死。

炎心他是见到了，可还没来得及说一句话。

还有阿罗，忽然就没了，连下落都没有。

这次，别让他死，再多给他点时间。

正意识溃散间，听到余蓉怒喝了句："谁？！"

谁？还能有谁？又遇到谁了？

炎拓心底忽然生出些微茫的希望，他艰难地掀开眼皮。

余蓉正侧着头，看向斜前方，脊背耸起，手臂发颤，手中紧紧握着捡回来的、聂九罗的那把匕首。

炎拓顺着她的目光看过去。

那里，一丛高垛背后，有一团模糊的影子，正慢慢踱出。

26

还没来得及看清来人的面目，一串老迈而衰弱的咳嗽声已经传了过来。

炎拓心中一动，他想起一个人。

李月英。

那个原本应该和林喜柔待在一起，却离奇地中道消失、自顾自逃命的李月英？

人出来了，还真是。

炎拓有些感慨：林喜柔那头，算是全灭了吧，这个心怀鬼胎的，反而苟活到了现在。看来不管是天灾还是人祸，总有幸运儿诞生，就是从来搞不清，这幸运的标准是什么。

余蓉却没认出来，她只瞥过一眼李月英的照片，真人从没打过照面，是以没什么印象。

炎拓提醒她:"跟着林喜柔的,地枭。"

地枭!

余蓉周身绷紧,作势就要起身,然而腿上一软,身子晃了晃,半跪着撑住,这才没倒。

实在也是不剩什么力气了,余蓉咬了咬牙,警惕地看着越走越近的李月英。

李月英也是运气好,趁着聂九罗和林喜柔打斗时摸黑跑了,她一个人目标小,找了处旮旯龟缩起来,居然一直没被发现,挨到风平浪静之后,原计划是尽快离开青壤,然而多年没回来过了,她对路线也不是很熟,兜了两天的圈子,被这头的动静给吸引过来。

真不错,眼前这两个,都是有骨架有肉,却饿到没什么战斗力的。

李月英舔了舔嘴唇,她也饿了。

余蓉心头一凛,她跟野兽打的交道多,对这种动作有一种天然的警醒。

炎拓苦笑:"早知道喂她,还不如喂你呢。"

这是怕什么来什么了?余蓉有点不敢相信:"她这种的,不是不杂食吗?"

她不知道李月英是个已经断了血囊的,杂不杂食已经无所谓了。

炎拓也说不清:"饿慌了吧,狗牙当初,也杂食了。"

狗牙杂食,还有林喜柔出面主持规矩,李月英现在,无法无天了。

李月英跟这俩都不熟,也不准备打招呼,她纯粹以端详猎物的姿态看两人:男的看起来已经奄奄一息不足为惧,女的似乎还能蹦跶两下,那就先对付女的吧,把女的搞定了,就能开餐了。

炎拓压低声音:"你还能跑吗?要么,把她引过来,我想办法死抱住她,拖点时间,你能跑多远跑多远吧。"

反正遗言也交代了,死法他不在乎,还能发挥点余热就不赖,骨头和肉,算是没白长。

余蓉没吭声,她觉得自己不该往这处想,但还是没忍住,衡量了一下可能性。

其实是可行的,她熟悉野兽,一般野兽吃饱了,就会懒上好一阵子,猎物从近旁经过都懒得扑——李月英这体量,一个人足够她吃了,如果真被炎拓缠上了,她未必非得来撵她。

可是,这么做合适吗……

正想着,李月英已经弯下腰,双手成爪,两臂支地,后背高高拱起——明明是个人相,也做了这么多年人,居然瞬间就能退回兽态,毫无违和感。

再然后,她双足一蹬,直直蹿扑了过来。

余蓉头皮发麻,这女的看上去老弱多病,真动起手来,居然带着一股凌厉狠辣劲，这要换了平时，自己也不怕和她比画两下，可现在……

她省着力气攒着劲，直到李月英已经纵到身前了，才猛然侧身一闪。

李月英气势正盛，一扑走空完全无所谓，一个猱身转向，又向余蓉面门抓过来，完全把边上躺着的炎拓当死人。

炎拓躺了那么久，多少也缓了点劲，他觑准李月英的所在，一咬牙起身就扑，原本是想把李月英给扑翻，然而高估了自己现下的能耐，身子起到一半就泄了劲。

只能做到多少是多少了，炎拓放弃了之前的打算，一把抱住了李月英的小腿。

以他现在的力气，已经做不到把李月英给抱拖回来了，只能加压上自己全身的重量，给她多制造点障碍。

任谁的腿上忽然坠了一个成年男人的重量，都绝不是件舒心事，李月英踉跄一绊，勃然大怒，回身就往炎拓身上抓来。

余蓉知道这是炎拓在给自己制造机会。

机不可失，时不再来，她几乎就要狂奔出去，但刹那间，脑子里又掠过一个念头：我就这么走了？

就这么走了，命或许是能保，但后半辈子的觉，还能睡得安稳吗？

余蓉心一横，大喝一声，回过身扬刀就斩，李月英仿佛是背后长了眼，右肩一沉，直接把这刀避了过去，反而是余蓉用尽全力，没收住势，脚下被炎拓身子一绊，硬生生栽了出去。

还没来得及爬起来，就觉颈后剧痛，是李月英趋身过来，一爪抓进她后颈，把她的上半身拎了起来。

被抓伤了？

余蓉心下一凉，现在这情势，被抓伤等同于没了半条命，孙周就是前车之鉴。

她心下狂怒，存了个我死你也要大出血的念头，反手冲着李月英面门也是一抓，然而李月英的反应何其之快，手上急撒——余蓉完全是依赖着李月英的这一拎才稳住身子的，她这一撒手，余蓉身体自然跌落，反手一抓也就落了空。

这还没完，李月英撒手之后，身子跟进，顺手又是一记下抓，这一抓直抠余蓉双目，看情形，不抓瞎两只眼也要废一只。

余蓉目眦欲裂，看着李月英的狰狞嘴脸，只恨自己气力不济不能生吞活剥了她。

就在这个时候，只听嗖的一声，李月英的脑袋重重一偏，忽然僵了一下。

是一支锃亮的不锈钢箭破空而至，锋锐无比，从李月英左太阳穴进，右太阳穴出，横冲贯额，像是左右额上都长了角、挂了翅。

余蓉愣愣地看李月英。

李月英也一脸惊愕地看余蓉，她嘴唇翕动了下，像是还不明白发生了什么事，甚至哆嗦地抬起手，摸了摸一边额角处探出的箭锋。

不远处，传来雀茶跑得气喘吁吁的声音："余蓉，余蓉！"

余蓉没再管李月英了，循向看去。

来的真是雀茶，人在十几米开外，手上拎弩，肩上背囊，她身后十来米外，还跟了两个，三条人影，一前两后，那形状排布，有点像小时候看天上飞雁排成的"人"字掠形。

余蓉长舒了口气。

直到这个时候，李月英才终于真的歪倒了下去。

那一头，炎拓还没松手，他用了全力，胳膊都抱僵了，一时间，已经不知道该怎么松开李月英的腿了。

他轻声问了句："是我们的人来了吗？"

余蓉低声喃喃了句："是啊。"

她有点奇怪，自己只留了雀茶和孙理两个人守门，怎么现在往这头跑的居然有三个人。

那金人门那儿呢，还留着人吗？

无所谓了，一处有一处的遭遇，一处有一处的故事，亏得安排了雀茶留下守门，要是让她随队，估计早壮烈了，也就没眼前这桩事了。

余蓉闭上眼睛。

她真是太累了。

炎拓再次醒来的时候，是在山林道上。

跟之前一样，也是觉得身子晃晃悠悠，但不一样的是，他听到鸟雀啁啾，闻到土壤和清新草叶的味道，还感觉到阳光照在身上那种别样的暖。

这是……出来了？

炎拓心头一惊，下意识想睁开眼睛，眼皮很沉，几次都没能掀开，倒是耳朵挺灵，听到絮絮的说话声。

"可出大太阳了，蓉姐这下有救了。"

"可不是，昨晚上我都睡不着，就怕今天是个阴天。"

蓉姐……余蓉？

想起来了，余蓉好像是被李月英抓伤了，盼着出大太阳，是要用天生火吧。

声音忽然低了一度，还带了些许慎重。

"但是……蒋叔，没办法了吧？"

"红线贯瞳，肯定是没辙了，蓉姐也愁呢，你说拿蒋叔怎么办才好……"

炎拓睁开眼睛。

眼前还是一片黑，这是遮了眼罩，炎拓没多想，顺手摘下，摘掉的同时才明白过来为什么要遮：白热的光亮刹那间入眼，激得他痛哼一声，又赶紧闭上。

眼前一片血点，仿佛有无数牛毛样的细针在密戳。

担架立时停下，搁放在地，有人经验老到地安慰他："没事，地下待久了，上来要醒眼，不能像你这样猛睁开眼。"

另一个人则"咣当"晃水杯："喝点水吧，早上烧的，还热着呢，撕了片面包进去泡，不好吃，但适合你这样的。蓉姐说，完了再给你含个参片，回头见到那个吕什么先生，就妥了。"

炎拓没说话。

他是趴在担架上的，后背似乎处理过，但已经完全没了感觉，他甚至起了个荒谬的念头，怀疑自己根本没有长后背。

从这两人嘴里，炎拓大致知道了金人门那头发生的事。

这两个人，是随着蒋百川一起被林喜柔绑架的人质，囚禁期间，几次转移，最后一次，就是进的青壤。

当人质的，生死永远未卜，一直惶惶不可终日：换人什么的，说好听点是得救，说不好听点就是大限将至，所以都思谋着伺机逃跑。

机会出现得很突然，有长白眼珠子的怪物突然出现，且来势汹汹。

队伍轰然大乱，有那胆子小的，或者反应迟钝的，基本也就当场交待了，这俩属于机灵的，及时自保、寻机逃跑，而且策略正确——都盯住了蒋百川。

识途要靠老马，蒋百川在青壤几进几出，没人比他对路更熟。

但又不敢太过靠近，只能远远盯着，因为同为人质，知道他在地枭手上伤了皮肉，是颗说不准什么时候就会爆的炸弹。

很幸运，一路上没再出别的状况，大概是因为金人门属于青壤的边缘，对于白瞳鬼来说，太过接近"地上"，所以对这个方向的搜捕相对潦草。

蒋百川到达金人门时，两人离得还远，近前时看到变故陡生：蒋百川突然发难，而雀茶一箭放出，把蒋百川射翻在地，又吩咐孙理上去，把蒋百川绑了个结实。

两人吓得没敢再靠近，磨叽半天才亮明身份，哆哆嗦嗦往那头喊话。

雀茶谨慎得很，远远扔了绳子过来，让两人脱掉衣裤，只留裤衩，然后互相帮着绑住手，一个一个蹦过来，让孙理检查身体皮肉，这期间，她一直搭箭在弦，声明只要敢轻举妄动，她就放箭。

这谁还敢乱动？

两人老老实实，一一照办，也先后过关，加入守门小队，领到了吃食。

在这之后，又有一个逃了回来的，不过不是人质，是邢深那队的，也是个从白瞳鬼手下得以脱身的幸运儿。

至此，雀茶那头，加上蒋百川，人数蹿升为六个。

对里头的情形，通过逃回来的这几个人，雀茶约略有了了解，虽然担心余蓉的处境，但自忖没那个能力进去打援，于是以守为主，稳扎稳打，寄希望于能有更多的人逃回来。

转眼两天过去，周遭毫无动静，也正是因为这种风平浪静，让雀茶等人"甲不离身"的戒备状态有所放松。

但总不能这么漫无目的地等下去，是走是留，得有个决断，几人商议之后，决定先沿着安全地带，即夜光石分布密集的地带谨慎搜找，再做进一步打算。

傍晚时分，几人和按照路线往里走的吕现一行人中道会合。

抬担架的两人向吕现移交了炎拓之后当即回返，余蓉打算在金人门一带再守几天，看看能不能再捡回几个——青壤那么大，也许还有人在里头兜着圈没找着方向呢？

吕现这人有个好处：炎拓没什么危险时，他尽可以嘴欠打诨，但人真有事时，他还是专业和敬业的。

收到伤情照片之后，他就广掘人脉，联系了自己在外科以及骨科的各位师兄师姐，研究该怎么用药、清创、缝合，以及有可能引发怎样的并发症、该辅以怎样的后续医疗保障。

现在接到人了，先不废话，立马设帐开展工作，因为余蓉放话说"一切按最高规格来，费用不是问题"，他甚至还带了个助手随行。

炎拓用了麻药之后就昏睡过去，再醒来时是第二天早上，不知道是不是药劲没过，脑子昏昏沉沉，看人也看不清，只觉得吕现的一张大脸像胀气的馒头，在眼前飘。

吕现说："炎拓，你要做好心理准备……"

听这语气，炎拓觉得自己可能药石无医、回天乏术了。

吕现："……我估摸着你会生一场大病，你这身体，这次真耗到老本了。"

炎拓合上眼皮，脑袋沉重无比。

他想起聂九罗，她吞下生死刀磋磨的粉末之后，也是在透支身体吧，耗得比他厉害多了。

吕现："你这伤，我能使的招是全用了，我心里也不是很有底，建议你还是进医院观察，一周内状态稳定了再居家休养，医生要是问伤怎么来的……"

说到这儿，他压低声音："你是不是盗猎去了？炎拓，不是我说啊，你别跟着你小阿姨掺和那些……见不得人的事了，迟早出事，我估计……连我到时候都够呛。"

他真是挺愁的，老早就计划着把自己择出来、择干净，这一拖再拖的，反而越陷越深。

炎拓笑了一下，含混不清地说了句："你放心吧，我林姨……回老家了，应该……不会再回来了。公司以后，只做业务……你要是想辞职，打报告，我批。"

吕现吓了一跳，这走向太过突然，哪有说洗手就洗手的？他怀疑炎拓是在说胡话。

他清了清嗓子："那咱……上路了啊，我觉得，就住家附近的医院就行……"

炎拓摇头："不回……家住。"

吕现愣了一下："那去哪儿住啊？"

炎拓没再回答，只是下意识地手向上蜷抓："我……刀呢？"

刀啊，想起来了，是有一把，跟炎拓一起移交过来的，吕现赶紧拿过来给他，又小心提醒："刀鞘没有，用一块皮子包着刃的，你小心点啊。"

炎拓握住裹着皮子的刀身，一颗心慢慢安稳下来。

阿罗一定没死，死了的话，白瞳鬼把她的尸体扔在原地就好，何必还费劲带走呢？

一定没死，还有见的机会，他要尽快恢复，再入金人门。

还有，白瞳鬼为什么要放过他呢？

绑了那么多人，为什么偏偏……放过他呢？

名不起者の嫁

第九巻

01

炎拓在医院里住了一周。

真让吕现给说中了，这趟受伤，惹来汹汹一场大病，把前段时间被关在矿底时种下的病因给成倍诱成了果，检测下来，生化全项有一半都有偏差，慌得医生还以为是工作程序出了错，急嘈嘈地要求重新来一次。

炎拓自己倒觉得还好，还能喘气能走路，于他来说挺知足的。

这期间，他一直和余蓉保持联系。

余蓉还在金人门，主要有两件事。

一是继续找人。

因为日复一日地太平无事，余蓉他们胆子渐大，已经不满足于只在外围搜寻，有一次甚至深入到了人俑丛，然而，结果都是一样的。

一无所获。

余蓉跟炎拓抱怨说："我现在相信冯蜜的话了，什么白瞳鬼、枭鬼，真的是从来都不上来的，也是邪门了，就那么一次，怎么就叫我们给撞上了？邢深这手气，用在什么地方不好？"

二是驯蒋百川。

炎拓听到这话，半天没作声。

余蓉大概也能猜得出他在想什么："我也不想的。"

驯蒋百川跟驯孙周不同，毕竟是熟人、长辈。

余蓉有想过把蒋百川送去精神病院，再一想不妥。蒋百川这种的，跟有攻击性的疯子不一样，他嗜血食肉，兼具诡诈，在精神病院待着，保不齐日后会闹出大事来。

所以得驯，至少得驯成孙周那样，知道避人、不伤人。

她说："以前带着孙周的时候，聂二就总有意见，说是把人当畜生一样使，不合适。可我能怎么办？又没个山林可以放归。

"我想过了，青壤这么大，就让蒋叔留在这儿吧，也算是有个自由的空间。这地下总有能逮能吃的,大不了隔段日子过来投喂一下。"

炎拓问她:"你大概会在那儿待多久?我会尽快……"

余蓉知道他的身体状况,老大不客气地打断他:"你别尽快,我知道你想干什么。炎拓,你的事,我管不着,但请你有那个能力了再折腾,别拖个一步三喘的身体过来,要我们抬要我们拽,尽给我们找麻烦。"

炎拓被她戗得无言以对,顿了顿才说:"还有件事……"

他把进山路经南巴猴头时,夜半听到的怪声给余蓉说了。

"林喜柔最初绑了瘸爹他们,约见的地点就是南巴猴头,虽说后来你们都没去,但我一直觉得,那里应该有点蹊跷。不管是南巴猴头还是我爸的那个矿坑,我感觉都得有个善后。你们要是还有余力,那你们出人,我出钱,把事情给了结掉。"

他没把话说得太死,毕竟现在,余蓉那头的人手也寒碜。

余蓉没异议,说:"桩桩件件的,慢慢来吧。"

一周之后,炎拓出了院,没要任何人送,自己回了小院。

到的时候是傍晚,夕阳坠得很低,红金色的日影斜铺进通往小院的巷子,炫扬开一种荒诞的、与心境不合的热闹。

炎拓一个人走过日影,走近熟悉的院门,伸手想叩,听到里头传来笑闹声。

好像是卢姐,笑得险些岔气,说:"让林伶评评理,我这饺子,怎么就像窝头了?"

长喜叔也在笑,印象中,从来没听过刘长喜笑得这么开怀:"你看这饺子,教这么多天教不会,做别的一点就透,你是跟饺子有仇啊?"

林伶也笑得咯咯的,不过显见地偏向卢姐:"能吃就行,味儿对了就行,反正吃进肚子里,好看不好看的,不重要。"

……

真是热闹啊。

炎拓收回叩门的手,倚着门,在跨槛上坐下来。

说不清为什么,不想进去,觉得自己和门的那一边格格不入,进去了会破坏气氛。

也不知坐了多久,直坐到天都黑了,夜凉开始侵人,身后的门"吱呀"一声开了。

是卢姐出来扔垃圾,冷不丁看到门口黑漆漆地窝了个人,吓得"呀"一声,连退了好几步。

炎拓这才反应过来,站起身子,叫了声:"卢姐。"

檐下有灯,卢姐认出他来,笑着拍拍心口压惊,说:"哎哟,怎么坐门口啊?这么快就回来了,我心说还得等几天呢。"

聂九罗走的时候,跟她说自己半个月后回来,还说要考核她,卢姐一直算着日子,还怪有压力的。

快吗？炎拓勉强笑了一下，这几天，他心境苍凉得仿佛半辈子都过完了。

卢姐往他身后看，"咦"了一声："聂小姐呢？还没到啊？"

炎拓脑子里轻轻嗡了一下。

还没到，他也不知道她什么时候会到。

他说："阿罗路上要去看个什么石窟，我就先回来了。"

卢姐一点都没疑心，聂九罗常这样，喜欢石窟、造像、各种楼阁庙观，一时兴起就会整月不着家。

她把炎拓往门里让，问他："吃了没？给你做个什么？我包了可多饺子了……"

炎拓打断她："做份面吧，就是上次来，你做的那种鸡汤面，里头有鸡丝、木耳、还撒枸杞的。"

这描述得有点过于细致了，卢姐觉得奇怪，抬头看了他一眼，心头忽然升起一股说不出的异样。

"炎先生，你气色不好啊，是不是生病了？"

原本还想笑着调侃一句"是不是又被骗去挖煤了"，到底不是很熟，又咽回去了。

炎拓笑了笑，说："是啊，有点不舒服，所以先回来休养。"

和卢姐一样，林伶和刘长喜也在炎拓这儿碰了软钉子：欢欢喜喜上来和他打招呼，然后被一句"我有点累，先上楼了"打发掉，没了下文。

炎拓知道自己装得不够好，但没办法，他并不想笑，也没那么多精力去顾及他人。

二楼几乎完美地保持了聂九罗离开时的样子：卢姐如常保洁，林伶和刘长喜也很有做客的礼数，基本只在楼下活动，很少上来打扰。

炎拓开了灯，在工作台前坐下来，这一坐，仿佛双腿灌了铅，骨架也坍塌了，再也没力气起来走动了。

卢姐很会察言观色，面端上来之后，没说什么就下楼去了，还拦下了试图上来询问的林伶和刘长喜，点拨他们说："这种一看就是想静一静，上去问了也没用。"

炎拓埋头吃面，老实说，跟上次的一样美味，但大概人的心事太多时，胃也被塞满了，食不下咽。

他挑了几筷子就撂下了，目光落到了手边搁着的小院的模型上。

真美的院子，梅花盛放，岁月也停在之前：聂九罗穿着睡衣，吊着胳膊，他笑呵呵地持一枝梅花，脖子上还挂了块"老赖"的牌子……

院门上的对联依然红灿灿的，一边书"平安"，另一边是"归来"。

炎拓伸出手，在对联上轻轻抚过。

曾经，这个小院子等回了他。

将来，也能等回聂九罗吗？

……

晚上，炎拓稍事洗漱，睡在了聂九罗的房里。

他现在很难睡着，一闭眼就是青壤、黑白涧，睡着了也是噩梦连连——前一个晚上，他梦见白瞳鬼带着聂九罗的尸体过了涧水，那场面如默片，没有任何声音，而他身体动不了，也发不出声音，就那么眼睁睁看着。

今晚，要是能像连续剧一样续上也好，让他看看，他们把聂九罗带去哪儿了。

睡到半夜，果然又做梦了。

可惜，续的不是前一晚的剧情。

梦见自己翻了个身，睁开眼，透过床顶挂下的薄幔，看到聂九罗正坐在梳妆台前，哼着歌，慢慢擦拭水乳。

炎拓又惊又喜，坐起身子，说："阿罗，你回来啦？"

聂九罗柔声说："是啊。"

然后向着他转过头来。

她的脸上，有一对慑人的白瞳。

……

炎拓猛然醒转，冷汗涔涔，心脏收缩得厉害。

他揿亮床灯，床顶是有挂下的薄幔，梳妆台前却空无一人。

这是无论如何都睡不着了，炎拓伸手抓摁住跳得过急的心口，缓了好一会儿才开门出来。

卧室外就是大工作室，里头塑像太多，满目影影绰绰，怪吓人的，炎拓抹了把额上的汗，摸黑走到阅读区，揿亮了阅读灯，在沙发里坐下。

夜晚真是安静，灯罩下泻出来的光稳稳地笼住他，像个贴心的、暖融融的气泡。

炎拓坐了很久，才趋身朝向书架，想找本书看打发后半夜。

聂九罗的书很多，专业的之外，休闲的小说类也不少，然而书脊上的名目一列列扫下来，炎拓提不起丝毫兴趣。

他的目光渐渐溜到书架下层。

有一本，书脊上什么都没印，不知道是什么书。

炎拓好奇地抽出来，这才发现，是本影集。

聂九罗的影集吗？他愣了一下，印象中，这种影集比较老旧——年轻人多使用电子相册，专门打印出来的并不常见。

他迟疑着翻开。

卢姐睡到半夜，忽然听到房门被敲得山响，先还以为是出什么事了，唬得心惊肉跳，再然后听到炎拓的声音："卢姐，麻烦开个门，有事问问你。"

是炎拓啊。

卢姐吁了口气，不觉又皱眉：什么火烧火燎的事？犯得着这么夜半叫门？就不能等到天亮？

她披上衣服开门出来。

怪了，炎拓面色不大对劲，胸口起伏得厉害，怀里抱了一本影集，一见她就慌忙打开："卢姐，这本影集你见过吗？上头没有文字标注，我不是很确定，得找你问一下。"

巧了，翻开的这页是婚纱照，卢姐真见过。

她说："这是聂小姐的家庭相册嘛，上头人是她父母啊，有小孩儿就是聂小姐小时候了。"

炎拓一颗心跳得几乎快蹦出来，指向婚纱照里的新娘："这就是她妈妈，裴珂？"

他之前查过聂九罗的信息，知道她父母的姓名，但照片没见过——她接受采访，多是展示自己，也没可能把父母的照片都给刊出来。

卢姐点头："男的就是她爸，聂西弘。"

炎拓激动到说不出话来，过了好一会儿才继续问："那她爸妈当年发生了什么事，你知道吗？"

卢姐为难道："这我就不知道了，雇主的私事，我也不好打听啊。聂小姐倒是提过一次，说是她妈妈出意外死了，她爸太伤心，走不出来，所以跳楼了。"

卢姐不知道没关系，可以找知晓当年内情的人打听。

炎拓："那有没有她父母的老朋友什么的？……"

卢姐想了想，摇了摇头："那得回老家找，聂小姐前一阵子回过老家，给他爸做冥诞来着，还说有个叔叔还是伯父的……你问聂小姐好了。"

回过老家吗？那就好办了，聂九罗的手机在他这儿，联系人里捋一捋，总能找到的。

炎拓感激地看着卢姐："那行，卢姐，你赶紧睡觉去吧，不打扰你了。"

卢姐一头雾水被他请回了屋，心里嘀咕着：也不是什么大事啊，非得半夜来问，这些小年轻真是……咋咋呼呼的。

炎拓攥着影集，本来是想回房的，走到花树下，不自觉地，就在石墩上坐了下来。

裴珂，那个白瞳鬼领头的女人，是聂九罗的妈妈，裴珂。

她在好多照片上，都戴着那条翡翠白金的项链，那条项链，原来是裴珂的——也很合理，妈妈的东西，就是要传给女儿的嘛。

所以后来，阿罗一直戴着。

怪不得，最后那一击之后，那女人一再去看手里的项链，还问他聂九罗叫什么名字、父亲是不是聂西弘,她认出来了!裴珂认出来了!

难怪她放过他,那种情势下,猜也能猜出他和聂九罗的关系,放他一马,是看在阿罗的面子上吧。

既然是亲生母亲,一定不会眼睁睁看着女儿去死,也不会舍得女儿去当白瞳鬼,她会想尽一切办法——裴珂手上,有足足四尊女娲像,阿罗会活过来的,一定会!

炎拓低下头,额头重重抵在影集的硬壳上,眼睛上渐渐漫上热雾。

他觉得自己好起来了。

02

炎拓和聂九罗相处的日子不算长,关于她父母的事,她只略提过一次,从未展开细讲。

他想打听一下当年的事,更重要的是,了解一下裴珂的品性:如果她是个疼爱女儿的母亲,他会更觉踏实;但如果她暴戾冷酷,对孩子不管不问,那事情怕是不如他想的乐观。

第二天一早,炎拓就在聂九罗的手机里找到了聂东阳的联系方式,身体原因,不便奔波,他委托了公司的一个长期合作方,请对方派个能干的员工过去帮忙打听,还要求这人最好是搞销售的,会察言观色,也能说会道。

安排好这事,他心里舒展不少,精神也肉眼可见地好转。

打听消息需要时间,炎拓静下心来等,真正过上了"休养"的日子。

他很快就发现,走的这几天,留下的人似乎都有变化。

首先是卢姐和刘长喜之间,似乎有那么点点化学反应,当事人都没太发觉,炎拓先察觉到了。

刘长喜比从前爱笑了,话也比以前多了,一会儿批评卢姐包饺子的手法不对,一会儿又说她酸汤调得不地道,被卢姐顶了之后也不生气,笑呵呵背着手,眼角的皱纹都结成了花。

卢姐呢,一口一个"老刘",仿佛这名字就长嘴边上了,一有重活就嚷嚷"老刘帮个忙",什么拎袋米啊,挪个酱缸啊,而刘长喜也很要表现,一撸袖子就上,好像还怪享受的。

炎拓暗地里起了撮合的心思,刘长喜当初,对他母亲林喜柔生出不一般的情愫,也因为这个,蹉跎了婚娶最好的时机,人又木讷,也就一直单着了。但感情这事,只有适配与否,没有早晚。

至于卢姐,听说是结过婚,不过中道拆离,有个儿子,也大了,能养活自己,不要她操心。

这要是能成,也挺好的,人都是风里的芦苇,有人自飘摇,有人习惯相靠,炎拓目测,卢姐和长喜叔都属于后者。

不过他并不拔苗助长,只明里暗里,话里话外,给制造个小机会。

其次是林伶。

那天,几个人在厨房看卢姐包饺子,炎拓注意到,林伶手里卷了本书,《雕塑入门》。

林伶看到炎拓盯着她手里的书看,还以为他是在怪自己借聂九罗的书看却不爱惜、随意拗卷,慌得赶紧改卷握为拿捏书脊。

炎拓问她:"对雕塑有兴趣啊?"

林伶还没来得及吭声,卢姐先帮她代言了:"有,上次蔡先生来拿了两尊像去店里,林伶拉着人家问长问短,还问年纪大了能不能学咧。"

她又揪了一小团面扔案板边:"我包饺子的时候,她拿面团团捏小像,还怪像的。"

林伶红了脸,说:"我就是瞎问问,我没天分的。"

炎拓指那团面:"那捏一个瞧瞧,会捏鸭子吗?"

林伶拗不过,捏着那团面搓弄了好久,真捏了个鸭子出来。面跟泥不同,太过绵软,可塑性没么强,鸭子受材质所累,整体有点垮,但细看形态,憨态可掬,不失情趣。

炎拓说:"挺好的,你要是想学,我支持你。也不用太纠结天不天分,天分高了,作品能娱人;天分没么高,就学来娱己呗。"

就好比这世上,拈花弄草、舞文弄墨的人多了,未必个个都是大手,但同样能怡情养性、滋长岁月、慢酿时日。

林伶眼前一亮。

又有一次,她觑了个空子,征求他意见:"炎拓,我眼睛这里,想去埋个线,你觉得好吗?"

炎拓不懂好好的眼睛里为什么要埋根线:"那会发炎的吧?"

林伶一听就知道他不懂,只好实话实说:"就是做个……双眼皮。"

炎拓明白了。

他想了想,说:"可以,你的人生、你的身体,你可以自由支配,不用问我意见,自己决定就行。钱这方面不用担心,你也是家庭的一分子。"

林伶笑起来,虽然不用问他意见,但他支持了,她觉得自己也能更有勇气去迈这一步。

她说:"我看网上人写,医美会上瘾的,止不住,动了这儿就想动那儿。其实我动动也挺好的,我要是整得跟之前不一样了,再想办法搞个身份,林姨……林喜柔就再也找不到我了吧。"

炎拓想说，她现在就找不到你了，以后也没可能找到你了。

不过犹豫了一下，又忍住了：事情还没有最后确认，他不想给人预支欢喜。

两天之后，有关裴珂的消息陆陆续续反馈到炎拓这儿来。

大部分都是积极的，说是亲子关系不错，裴珂蛮疼女儿，夫妻也恩爱，不然不会发生妻死夫殉情这样的事，云云。

少数唱反调，说小两口其实没那么琴瑟和鸣，闹过不少摩擦。

炎拓觉得这也正常，舌头还有跟牙齿打架的时候呢，小夫妻有过不愉快的时候，也是人之常情。

不过，最后发来的那条消息让炎拓心里打了个咯噔。

那个销售经人指点，找到一个叫詹敬的人，据说他年轻时跟裴珂挺熟，两人谈过恋爱，直至裴珂婚后都还没断。

詹敬那古怪脾气，自然是不接受任何问询的，但金牌销售可不是吃素的，有着迎难而上的干劲和绵里藏针的技巧，三巡白酒灌过，半磨半缠，勾出了詹敬呜呜咽咽的心里话。

这段心里话，被以视频的方式发送到了炎拓的手机上，省却了转述的偏差，相当原汁原味。

视频里，詹敬一身酒气，老脸涨红，攥着酒杯一直磕桌面："别人不知道，我知道得真真的，我们阿珂，才不是旅游的时候出了意外，她是叫聂西弘这王八羔子给杀了，杀了的！"

炎拓皱眉，这就有点太扯了吧。

詹敬忽然又紧张兮兮改口："还有一种可能，阿珂还没死，尸体找不到，也不一定是死了，她是被囚禁、囚禁起来了。"

忍俊不禁的金牌销售以画外音的形式出现："聂西弘都死了这么多年了，他怎么囚禁啊？"

詹敬愣怔地看镜头，眼神直勾勾的："囚禁，在地牢里，我们阿珂在地牢里受罪……"

说到后来，老泪横流。

炎拓关了视频。

他实在没法把地下的那个白瞳女人跟眼前的詹敬联系在一起。

听那销售说，这姓詹的，至今还对裴珂念念不忘。

炎拓觉得，还是忘了的好，因为他直觉那个裴珂，怕是连这个詹敬是谁都记不起来了。

一个星期后，炎拓再次回到金人门。

余蓉还没走，驯人不是三两天的事，她这一两个月，算是为了蒋百川暂时驻扎在金人门了，雀茶等人则在离入山口最近的镇子租了房子，采买一切需用品，轮流进山——也算是建立起一个小型的、可支撑的短期生活供应链。

炎拓到的时候，正赶上雀茶和孙理要进山。

这次进山，比之前要轻松，雀茶经人指点，找到附近的村民，几家一凑，居然凑出一支有五头骡子的骡队，对外只说是有科学家朋友在山里做动植物考察，要定期送物资进去。

骡子背负，那是比人要高效多了，脚程也比人更快，而且必要的时候，骡子还能驮人。

所以这一趟，只用了一个白天的工夫，炎拓就到了金人门所在的外洞。

外洞里，支了好几顶帐篷，那两个抬过炎拓的也在，明儿一早，他们会随骡队出山，由雀茶和孙理接他们的班。

余蓉正守着一顶帐篷抽烟，看见炎拓，一脸的不耐烦，说："你又来了。"

来之前，炎拓跟余蓉通过电话，也提了这段时间的新发现。

余蓉不是很建议他来，理由是，青壤现在安静得连只老鼠都没有，你来了干什么呢？有这时间，不如安心休养，等后续有了动静或者迹象，再过来也不迟。

炎拓说："去了心里踏实。"

余蓉嗤之以鼻，踏实什么啊？自欺欺人而已。

所以这趟见了面，不揶揄他两句不舒服："话都跟你说明白了，非不信，非得过来。你以为你是什么大人物，你一来，里头就有响动了？"

炎拓好脾气地笑了笑，说来也怪，电视里那些主角，遭受了打击，通常都会更暴躁，他脾气反而比以前好，觉得再刺耳的话也不值得动怒，再恼人的冒犯都能一笑置之。

见他一副水泼不进的模样，余蓉也懒得再说什么了。

第二天一早，送走骡夫一行人之后，三人带上物资，由内洞取道，直奔金人门。

这一次，是从金人的鼻子进，通道依然狭窄逼仄，装满物资的包袋经常就会被卡住，得猛拽才能过关。

一番周折之后，再次踏上青壤，炎拓第一眼见到的，就是蒋百川。

他还没驯好，不能放养，所以脚踝上套了锁铐，用铁链拴住，另一头连在石壁上旧时凿出的锁扣里。

蒋百川的面相已经变了，脸上仿佛挂不住肉，两腮塌陷，半边脸上长满了毛，头发白了一半，乱蓬蓬的，眼珠子似乎比从前小，却更聚光，像两点诡异的亮，幽幽浮在上半张脸上。

雀茶从包袋里拎出块带骨头的大肉,还没扔出去,蒋百川已经兴奋不安起来,满地乱转,嘴里发出"昂昂"的声响。

雀茶有点难受,胳膊重得仿佛灌了铅,提不起来,余蓉奇怪地看了她一眼,从她手里接过来,一扬手抛了出去。

哗啦链响,蒋百川的速度快得惊人,一纵身蹿将上来,几乎把链条拉绷成了直线,下一秒,已经扑住肉骨落了地,贪婪地以口撕咬,又上爪扒拉——他的指爪还没发育完全,撕拉得多少有些吃力。

炎拓看得有点反胃,别过脸去:驯兽他看看也就算了,驯人他是真看不下去。

余蓉把枪和背包都递给他:"真一个人去?不要我跟着?"

炎拓:"一个人。"

去涧水的路上如果没风险,他一个人足可应付;如果有风险,那么,自己的事,他不想把余蓉或者雀茶也拖累进来。

余蓉:"这些日子,安稳是安稳,但不怕一万就怕万一……"

炎拓说得轻松:"如果遇到地枭,有枪。如果遇到白瞳鬼,上次都没带走我,这次估计也不会带。"

余蓉示意了一下背包:"里头有干粮、水、几把手电,还有夜光喷漆。之前我们去涧水,一路上拿夜光喷漆喷出指向标了,不过这玩意儿不能自发光,得先蓄光才能亮,你打手电多照照,照到了就会发光,来回应该就不至于迷路了。"

炎拓提枪在手,点了点头,说:"走了。"

从这儿出去,是一条夜光石的长道,人下去好远了,还在视线里。

雀茶目送炎拓的背影,喃喃说了句:"炎拓这样的男朋友,也是挺难得的吧。"

余蓉正扑弹待会儿开驯时要用的弹球,闻言抬头:"这话怎么说?"

雀茶叹了口气:"有情有义嘛,到这份儿上了都不放弃。再看我和老蒋,十几年情分,跟过着玩似的。"

余蓉说:"这又不是跟我谈恋爱,我不知道这样的男朋友怎么样。不过,当朋友是挺放心的,遇着凶险,这人不自私。"

两人一齐看炎拓越走越远。

雀茶犹豫了一下,压低声音:"余蓉,当着他的面,我没敢提。就算那个女白瞳鬼是聂二的妈妈,他能找回聂小姐的概率也很小吧?"

余蓉没吭声,也没能抓住回弹的球,弹球擦着她的手边扬起,又落回地上,一路弹着,越弹越远,最后贴着地,骨碌碌滚去连目光都追不上的地方。

过了好一会儿,余蓉才说:"是的。"

雀茶轻声说："可是他看起来，满怀信心，挺高兴的样子。"

余蓉："由他去吧，能高兴几时是几时，不管怎么样，他这信心，不能被咱们打击。"

03

炎拓一路都行进得很顺利。

在这儿，照明确实是个问题，如今市面上的夜光产品，都得先吸光，然后才能放光，但青壤没太阳，没法持续提供光源，所以余蓉他们喷出的夜光指向标，亮了一段时间之后就黑了，得靠手电光不住扫照去"激活"。

这么一对比，秦朝时缠头军埋设下的、能自身放光的夜光石，可真算是宝贝了。

全程寂寂，炎拓先还担心会有什么异物猛然蹿出，到后来，自己也懈怠了：别说什么危险的气息了，他直觉身周数里之内，连个活物都没有。

数个小时之后，他穿越人俑丛，抵达涧水。

大概是因为天气已经开始转暖，上游融水渐多，涧水的汹涌程度比上次要大——当时如果是这种水势，他估计撑不到十秒自己就被冲没了。

想想也是骇人，真到了丰水季，一入涧水，估计会无人生还。

炎拓在涧水边站了很久。

身在小院的时候，他心心念念想来，迫不及待，总觉得来了就妥了，来了就好办了，现下站在这儿，胸腔内的兴奋渐渐退却，有点明白余蓉为什么几次三番阻拦，不建议他来了。

因为不来，他会满揣希望，觉得只差动身上路。

来了，把小院到涧水这段路急急走完，前路就无处下脚了。

——你以为你是什么大人物，你一来，里头就有响动了？

炎拓伫立良久，忽然双手拢于嘴边，冲着对岸大叫："裴珂！裴珂！你在不在？"

又叫："阿罗！阿罗！你在吗？"

身周余音袅袅，低处涧水狂号，没有任何回应。

夜深了，一天的驯化早已结束，蒋百川一顿饱餐之后，蜷在山岩边呼呼大睡——由人退回兽，没了思量算计，日日只管吃睡，也不知道于他是幸运还是不幸。

余蓉和雀茶在地上画了格子下棋，玩所谓的农村格子棋：三狼十五猪，大石子是狼，小石子是猪，狼吃猪，大吃小。

两人身边，一盏白日吸饱了日光的营地灯，正莹莹泛着光。

雀茶忽然低咳了两声，目光示意了一下余蓉后方："回来了。"

余蓉回头去看，果然是炎拓回来了，离得还远，看不清脸，但单从步伐姿态中，就能看出这一日是空忙一场。

她把棋盘上石子一推："不玩了。"

说着站起身来，大开大合地下腰舒腿、伸展筋骨，候着炎拓走近，才看似随意地问他："没收获，是吧？"

炎拓点了点头。

余蓉打了个哈欠："正常的，里头安静好些日子了，你一来就能有发现，也太巧了，编故事的都不能这么写。"

雀茶也说："种子长成花，还得慢育苗呢，慢慢来吧。"

炎拓微笑，心头积下的阴霾去了不少。

——种子长成花，还得慢育苗呢。

他喜欢这个说法。

炎拓在金人门内住下来。

他基本每天都去涧水，有时会在那儿过夜，隔几天随着骡队出山，把自己捯饬清爽了之后再进。

他习惯了冲着对岸喊话，从来都是无人应答，涧水很长，不清楚对方在对岸的哪个方位，炎拓生怕错过，索性使了个笨法子，用夜光漆在这一头的高垛上喷字，喷写了一条又一条。

喷累了的时候，他就拿手电光遥遥照那些字，用不了多久，字的碧色光迹就会一条一条在暗夜里铺展开。

——裴珂，可以出来聊聊吗？

——阿罗你在吗？

——我这段时间都在河岸，要是看到了，能等我一下吗？

——我在这儿留了几瓶夜光漆，能回我个话吗？

写了这么多，只要人来了，总能看到吧？

可万一她们来的时候，这些字，都黑下去了呢？

不能只依赖这一个法子，有一次，炎拓跟余蓉商量说，他想依着地图，去找乐人俑，尝试一下敲缠头磬会不会管用。

余蓉像被马蜂蜇了一样跳起来："你疯了吧？你还想把那些东西招上来？"

炎拓说："我考虑过了，到时候，你们退进金人门，他们上来了也不能把你们怎么样。至于我，只要裴珂在，我能跟她对上话，就没什么问题。"

余蓉哑然，想劝两句，转念一寻思，随他去吧，人执拗时别拦，越拦越执拗，再沸的汤水，搁着搁着，总有冷下来的时候，拼命对着吹气是吹不凉的。

她给炎拓提供了地图。

炎拓找了足有两天，终于找到了，真如邢深所说，这儿的地形很奇特，像个朝内传音的、巨型的喇叭。

然而，眼前一片狼藉，所见皆是废墟：所有的乐人都被砸烂了，俑片碎了一地，缠头磬也毁了，只余折毁的磬架和一两片磬石。

炎拓在原地踯躅了好久，捡了片磬石回来。

那天，雀茶和孙理出山了，另两个人当值，凑在一起说起来，其中一个很笃定："不是深哥砸的，深哥敲磬的时候，我也在，还上去试敲了两下呢，敲完在那儿等了好久，没等来动静我们就走了，我们走的时候，不管是磬还是乐人俑，都还好端端的呢。"

那是林喜柔的人砸的？不太像，她对缠头军的事知道得不多。

余蓉想了想，说："像是白瞳鬼做的，裴珂是缠头军出身。"

炎拓没想明白："她为什么要毁掉这个呢？"

余蓉沉吟了会儿："是要彻底断绝跟地面之上缠头军的联系吧，她出狠手，掳走那么多人，看架势，也是不准备跟咱们保持什么友好关系了。"

炎拓沉默了很久。

他觉得自己走进死胡同里了：夜光漆的喊话从无回应，缠头磬这条路又被绝了，他接下来可怎么办？

等吗？谁知道会等到猴年马月？

难道……要入黑白涧？

炎拓陡然打了个激灵，入了黑白涧，他可就不是个人了。

时间过得很快，堪堪又是一个来月过去了，除了涧水日复一日地汹涌，青壤之内，一如既往地死寂。

这期间，刘长喜回了由唐，林伶经老蔡介绍，报了个什么雕塑速成班，卢姐依然在小院待着，委婉地朝他打听过一次聂九罗什么时候回家，说是自己的家政合同快到期了。

每次接到这种电话，炎拓都草草敷衍过去，他现在被自己给陷住，全然是赌徒心态，离不开金人门了：已经等了这么久，万一转身一走，对岸就来人了呢？

再等几天，再多等几天吧。

余蓉跟他说准备撤出的时候，炎拓猝不及防："啊？"

余蓉无奈："我都在这儿两个多月了都，总不能把这儿当家吧？蒋叔这头差不多了，也是时候忙后面的事了。看在大家交情的分上，我间或陪你来个一次两次可以，长住我可吃不消啊。"

炎拓设法找补："那……其他人呢？我可以出钱，继续雇他们一段日子。"

只要有人在这儿帮他守着金人门，有骡夫赶着骡子进出保障物资，那现状就还能维持。

余蓉："你没听我说吗？要忙后头的事了，还要去探探南巴猴头呢，这里得放一放了。你也出去过段正常日子吧，老在这儿耗着，跟外头都脱节了。"

雀茶在边上听着，一时嘴快："是啊，又不是一天两天的事，说不定要长期作战……"

蓦地想起要给炎拓"信心"，赶紧住了嘴。

"长期"两个字，跟一盆冷水似的，浇得炎拓透心凉。

他其实不怕"长期"，三五年、七八年，想想并不难挨，他在林喜柔身边，不也挨了很久吗？

怕的是这长期"长"得没边。

既然是准备撤出，最后的几天，炎拓往涧水跑得更勤了，每趟都尽量带更多的电池，沿着涧水河岸不断地走，不断给夜光漆喂光——走着走着，身后就迤逦开一道长长的光带。

有时，他会驻足岸边，考虑着心一横入黑白涧的可能性，终究是下不了决心：进去了，就回不了头了。

这一天，和往常一样，他一路沿着涧水喂光，那些暗下去的大字，随着光线的照入，又依次亮起，明明暗暗，看上去有点悲凉。

走着走着，炎拓无意间一瞥眼，看向涧水。

触目所及，忽地毛骨悚然。

涧水上，有些高垛互对的地方悬了箭绳，是之前白瞳鬼越涧时留下的，余蓉他们觉得没必要毁去——又不是钢筋水泥造就，毁了的话，射一箭就又架上了，于是也就留着了。

之前，炎拓经常看到这些绳，孤孤单单，在水上凌空飘摇。

但现在，有个女人站在绳上，正低着头，看脚下汹涌而过的涧水，俄顷又转头，看就近的高垛，以及高垛上喷绘下的话。

炎拓只觉周身的血一下子涌向颅顶，大叫道："裴珂！你是不是裴珂？"

他几乎是冲过去的，脚下几度趔趄，到河岸时，差点没收住脚，险些栽进河里。

那个女人向着他转过身来。

炎拓眼前一模糊，真是裴珂。

也许是在地下久不见光的缘故，她看上去比实际年龄要小，似乎只有二十五六岁，一头乌黑长发，不看那双眼睛的话，容貌很美。

身上的穿着也跟上次不同，上次的比较简单，适合打斗，这次的，有袍裙的感觉，更日常，也更飘逸点。

他之前没留意过，聂九罗跟裴珂，其实长得很像。

裴珂看了他一会儿，终于开口了："我没猜错，你果然回来了。"又说，"你知道我啊？"

炎拓心跳得厉害："知道，阿罗……阿罗怎么样了？还有，还有上次你身边的那个小女孩，是不是叫心心？"

涧水的澎湃声太过嘈杂，裴珂身形一晃，已经溯绳而上，连过几个高垛土堆，落在了距离河岸较远，也相对安静的地方。

炎拓三步并作两步，急急过来。

裴珂先开口："你和夕夕很熟啊，听说聂西弘死了？"

炎拓一愣，旋即反应过来：她绑走了那么多人，总能打听出聂西弘的事的，说不定，对他也知道得不少了。

"是，跳楼死的，说是因为你殉情的。"

裴珂"哦"了一声，脸上看不出任何表情："是吗，别人也就信了？"

"也不是吧，你的一个朋友，叫詹敬的，就不相信，一直说你被聂西弘给杀了。"

裴珂有点疑惑："詹敬？"

想了好一会儿，她才轻描淡写说了句："他啊。"

听这口气，炎拓觉得自己猜测得没错，詹敬在裴珂这儿，果然是可有可无的人物。

他定了定神："阿罗她……现在怎么样了？她有……变吗？"

裴珂沉默了一会儿。

这沉默让炎拓心生惶恐，正待追问，裴珂开口了。

"我有话跟你说。

"你叫炎拓是吧，那个小女孩，是叫炎心，应该是你妹妹。"

炎拓只觉双眸烫热，猜测终究是猜测，永远不及得到确认这么激动。

他嘴唇微微颤抖："那她人呢？在这附近吗？"

裴珂声音冷硬，答非所问："我绑走了一些人，我知道这些人不是全部，外头一定还有。你回去跟他们讲，不用来找，不用来救，这些人永远不会回去了。

"也不用再走青壤了，未来，不会再有地枭逃出来，这儿，也不会再有地枭了。"

这是什么意思？

炎拓脑子有点蒙，不过，关键词他是抓住了。

"'你'绑走了一些人？"

应该是白瞳鬼绑走了这些人吧，裴珂的说辞，仿佛这事是她个人行为似的。

哪知裴珂点了点头："没错，就是我要绑的。"

04

　　炎拓有点蒙，但没贸然发问，他觉得裴珂这种性子，想说自然会说，自己只要听着就好。

　　裴珂又说："这么说，你们未必会死心，不妨给你讲清楚点。我为什么会去到地下，你是知道的？"

　　炎拓点了点头："听说是走青壤的时候，被地枭拖走的。"

　　裴珂淡淡道："差不多吧，人是被拖进了黑白洞，但没死。一来，我没那么好对付；二来，他们很快发现，我的血一点都不美味，咬到嘴里的，是颗毒蘑菇。

　　"可是，一入黑白洞，就回不了头了。变化不是先从面貌开始的，是从这儿。"

　　她伸出手指，点了点额头。

　　"像上了瘾，对黑暗，对地底，有着抵抗不了的渴望，我明知道我在上头还有女儿，我还是要往地下去，那里，才是我的家。"

　　炎拓周身发凉。

　　怪不得她说那些被掳走的人回不来了，那些人，已经反认他乡是故乡了。

　　那聂九罗呢，她怎么样？

　　或许害怕知道答案，他没立刻问。

　　"我横穿了黑白洞，一路上，整个人经常沉浸在幻象里，觉得自己像逐日的夸父，追着一轮黑太阳。然后，很幸运，在黑白洞的阴面边缘，我遇到了缠头军的……祖辈。"

　　炎拓嘴唇微干："白瞳鬼？"

　　裴珂冷笑了一声："你们把我们叫白瞳鬼吗？真会起名字，你爱怎么叫就怎么叫吧。

　　"我的到来，对他们来说，是件大事，毕竟千百年来，再也没有新人加入。再然后，我就跟他们一样了。"

　　炎拓小心翼翼："是用女娲像帮你……转变的吗？"

　　"对，为了我，请下了供在神山的女娲神像。"

　　难以想象，地底居然还有"神山"，那应该就是大众想象中的幽冥世界吧？

　　炎拓想起之前在书上看到的那句话。

　　——这是一个黑色的国度，所以叫作"幽都"。

　　"融入这些祖辈，非常难。我一度像个哑巴，只能比比画画。他们的那种语言、腔调以及发声，都太……"

　　裴珂在这儿停了会儿，又说："但没办法，被逼的，必须去学、去听。"

一滴水，只能迁就一条河。

"不过，语言沟通还不是最难的，最难的，还是在这儿。"

她又用手指点了点额头。

"我是一个现代人，和他们的年代，隔了差不多两千年。大家的想法、行事方式，完全不一样。地下就是个弱肉强食的动物世界，既低等野蛮，又荒谬血腥，在那儿，没有做人的感觉，一个个的，都活成了野兽。"

炎拓约略能明白裴珂的感觉。

都说三年一代沟，那裴珂和缠头军先辈之间，隔着的怕是海沟了。秦朝虽然是封建社会，但还有奴隶制残余，那时候的缠头军，估计也不讲什么博爱、自由、平等，在这种兽性的世界里待久了，人性多半也所剩无几……

炎拓没敢再往下想。

裴珂说："我始终无法适应，心情苦闷，经常进黑白涧散心。其实我们这样的，进了黑白涧属于逆行，越往上走，身体承受的不适就越大，但这反而给了我一种自虐式的快感。"

说到这儿，她看向炎拓："不过，也多亏了这种排遣方式，我才遇到心心。否则的话，她早被撕裂分食，啃得连骨头都不剩了。"

炎拓打了个寒噤。

这一瞬间，他太感谢裴珂了：老天保佑，心心总算还有那么点运气，被抛弃在黑白涧之后，没有太受罪。

既然说到了炎心，那裴珂索性多说点，她知道炎拓想听。

"心心算是老天给我的慰藉吧，她跟我的女儿一般大小，在很大程度上填补了我对夕夕的思念。那时候，她已经会讲话了，说得出自己的名字，记得妈妈、哥哥，还记得有个坏女人，把她扔在了这儿。

"我当然促成了她的转化，我很高兴，有她在，我就不孤单、有人说话了。不过，小孩子的学习能力和对环境的适应能力比成年人强，她学说下头的话比我快多了，接受得很快。反而是原有的语言，用得越来越生疏，尽管我常跟她说、帮她练，还是一再退化。你跟她说过话吗？跟她说话，真是让人着急，那语言能力，还不如三岁小孩。

"还有，说出来你可能会难过，有时候，恨比爱持久，在地下待了几年之后，心心已经不记得什么妈妈、哥哥了，唯独对坏女人，记得很牢，甚至能说得出她的大致长相。

"我跟她说，如果有一天，再见到这个坏女人，就带来见我，我能帮她问清楚，当年究竟发生了什么事。"

坏女人，林喜柔，林姨。

余蓉已经把林喜柔原是白瞳鬼的血囊的事告诉了炎拓。对林喜柔，炎拓的感情很复杂，他恨她在自己一家人的身上吮血食肉，可是转念一想，自己的妹妹炎心，在地下，同样需要血囊，不也扮演着一个"林喜柔"的角色吗？

"那个林喜柔，你后来问她话了？"

"问到了，也知道你的事，知道你和心心的关系，不然，我哪有耐心跟你扯这么多？"

"那……后来呢，你杀了她吗？"

"没有，心心要留着她玩，就让她陪着心心玩，给心心解闷吧。"

一个"玩"字，听得炎拓毛骨悚然，顿了好一会儿才问："林喜柔这样的，不是没法去地下了吗？"

"是啊，她下去了很难受，老得很快，骨头软了，背也驼了。你不喜欢这样吗？她害了你一家，老天把报仇的刀递去你妹妹手上，你不开心吗？"

炎拓说不大清。

不开心，没有大仇终得报的欣喜，也没什么可难过的，更接近于一种麻木。

林喜柔落了个下场悲惨又能怎么样呢？他的父亲、母亲，还有妹妹，都以各自的方式，永远"远离"他了。

他问："我能见见心心吗？"

裴珂不咸不淡回了句："要见也可以，不过没什么必要。一是，她并不喜欢上来；二是，我把问出的事都跟她讲了，她知道有你这个人，但她不记得你了，也没那么想见你。"

她又说："你不会以为，她见了你，会泪眼汪汪，或者跟你抱头痛哭吧？不会了，现在的你，对她来说，跟一块石头没什么分别。听说你一直想找回妹妹，其实丢了就是丢了。"

炎拓强笑了一下，没说话。

丢了就是丢了，那个说话透着小奶音，会护着他不让妈妈打他的心心，早就丢了。

他是终于找到心心了，也终于永远弄丢她了。

恍惚中，听到裴珂的声音："说完你妹妹了，说回正题吧。

"你或许知道，我们在地下，有个坑场。所谓的夸父后人，在地下，部分是野生，部分被抓来当畜生一样圈养，他们只有两个用途：一是吃食；二是为我们生养血囊。

"但麻烦的是，他们又不是畜生，是人，有想法，有筹谋。所以长久以来，矛盾不断激化，冲突不可避免。逃跑这种事，时有发生。缠头军当然不希望这种事发生，谁会喜欢资源外流呢？

"枭鬼是布置在黑白涧阴面、阻止地窔外逃的屏障，为什么这么多年来，外头的人走青壤所获有限，蒋百川几次都是空回？就是因为从源头上被遏制住了，黑白涧里，寥寥一些游窜在外的，能被他撞上的概率，就更低了。

"但意外时有发生，林喜柔就是例子。这女人很聪明，她不但自己逃了，在外头立下脚、打开了局面，在地下，她也有自己的渠道，有点类似于偷渡，蚂蚁搬家一样，一个一个把地枭安排出去。"

炎拓脑子里，蓦地闪过那张 Excel 表格，原来那批人，并不是一次逃出去的。

裴珂说："我很不喜欢这样，其实何苦把事情搞这么复杂呢？那些地枭，只要你聪明点，给他们施点恩惠，把他们略微当人看，他们就会感激涕零、安于现状。毕竟，从本质上讲，他们也是人。

"人，多的是以能为你生养血囊为荣的，只要你聪明，会安排，一切都会井井有条。咱们都上过学，学过历史，当矛盾过于激化，你不妨改一改体例。地枭死绝了，对我们没有好处，为什么不能适当让利给他们点甜头，让他们更好地服务我们呢？

"那些没脑子的缠头军，把下头搞得水深火热，两千年，原地踏步，一点发展和进步都没有。那儿可是我的家啊，我要永远活在这么个没指望的地方吗？"

裴珂的嘴角慢慢浮现出一丝傲慢的微笑："有一天，我忽然就想通了。既然这群废物没这个能力，那就给我挪地方，让我来吧。"

炎拓一下子就明白了："你想和他们斗？"

裴珂反问他："人在哪儿不斗呢？"

在地下，想解决分歧，难道要靠讲理？笑话，话没说两句，就叫人生吞活吃了。

她要不动声色，慢慢培植势力，一步一步，让地下变天。

"我当然没有脑袋一热就去斗，没把握的事我不做，想斗，得有足够的实力。你看到了，我这些年混得不赖，心心是我的心腹，除此之外，我已经能驱使一些人发号施令了。但这远远不够，那些，不是自己人，不是和我有同样想法的人。"

炎拓心头直冒凉气："所以，你绑那些人……"

裴珂点头："青壤里，还能有什么人会来呢？我老早就相中缠头军了。只不过那时候我还不成气候，没人听我使唤。另外，我也不知道缠头军什么时候会来，蒋百川的做派，几年才来那么一次，我总不能派人在外蹲吧？再说了，即便蹲守，等我们得到消息，从地下赶过来，也来不及啊。"

于是，这想法一直盘桓心头，伺机欲动。

炎拓听到这儿，忽然想笑。

他几乎要可怜起蒋百川和邢深这些人了。

这么多年来，他们自以为守着不为人知的秘密、挨靠着摇钱树，甚至雄心勃勃，想更进一步，得到什么女娲肉。

他们以为自己是超然不俗的一群，谁承想在这千年的棋局、长久的谋划中，他们是食物链的底层、最渺小的那一拨，忙前忙后，可怜而又可笑，被地枭相中，也是裴珂的"猎物"。

"那这一次……"

"这一次，因缘际会，时机成熟了。事情的起因，是黑白涧的地枭异动，林喜柔在尝试召唤地枭，你知道吗？"

炎拓摇了摇头，蓦地想到什么，又迟疑着点了点头。

他想起在人俑丛时，自己曾拿枪托砸晕过一只兽形地枭。

正如白瞳鬼能够驱使枭鬼，林喜柔这种的，和兽形地枭间一定还存有某种感应，她约邢深在黑白涧换人，为求绝对优势，很可能试图召这些地枭前来助力。

"那时候，我们就警觉了，也做了清扫，她应该没唤出几只来。再然后，缠头磬被敲响了，这就说明，外头有缠头军。"

这就有意思了，地枭异动，缠头军又在给枭鬼传音，青壤之内，看来有稀罕事发生。

刚好，此时的裴珂，在白瞳鬼中已经很有分量，她觉得，时机差不多成熟，自己的计划可以动起来了。

所以，白瞳鬼来势汹汹，过了涧水，见枭杀枭，见人绑人。

炎拓心中五味杂陈："你绑了那么多人，就没想过他们根本不愿意吗？"

裴珂轻描淡写："只要入了黑白涧，不愿意也愿意了。

"再说了，为什么不愿意？他们在上头，是什么有成就、有事业的人物吗？"

她语气渐转讥讽："往青壤跑的，无非是为了钱，但凡他们在上头有点本事，也不至于来求这种财。

"上头人多、出头艰难，为什么不来地下呢？在上头什么都不是，多他不多，少他不少，可到了地下就不一样了，一来就是人上人，顶级掠食者。事情做成了，不愁过不舒坦，还能长长久久地过下去，这样不好吗？

"你把我的话给现在的主事人带过去，蒋百川也好，别的谁也好。我会安排对黑白涧的清扫和边界更严的封锁，以后，应该不会再有地枭现世了。我也不希望老有地枭越界，惹什么事，引来不相干的人对地下的好奇，打扰我们的清净。缠头磬我已经毁了，大家没必要再有瓜葛，从此之后，地上的归地上，地下的归地下，你们过你们的，我也会过好我的。我说得够明白了吧？"

够明白了。

炎拓一颗心往下沉："那阿罗呢？她也……变了？再也不想回来了？"

裴珂沉默。

炎拓心头忽然掠过一丝不祥的预感，见面以来，他其实问过几次聂九罗了，但每次，裴珂不是答非所问，就是沉默。

她终于开口："你说夕夕啊，她怎么样，你不是看到了吗？"

这什么意思？炎拓没听明白："她不是活过来了吗？"

"是谁告诉你，她活过来的？"

炎拓脑子里的一处，似乎开始有蜜蜂在扇动翅膀，嗡嗡的，且频率越来越快。

"你们有女娲肉……"

裴珂的语气很生硬："我们从来就没有女娲肉。所谓的女娲像，只不过是传说中女娲尸身坍塌瓦解处血肉腐烂渗进的泥壤而已。"

是自己用词不严谨了，炎拓口唇发干："是女娲像，可以让人活过来……"

"女娲像只是能让我们以人的面目活在地下，让地枭以人的面目活在地上，从来不能起死回生。"

炎拓看着裴珂，心头一片惘然。

他努力想抓住点什么去驳倒裴珂。

"可是，我亲眼看到地枭，只要伤的不是颅顶或者脊柱，死了还能再活……"

"你也说了是地枭，地枭的再生能力很强，这是他们的天性。但那是地枭，不是我们。我们受到致命攻击，是会死的。为什么我们才能做地下的顶级掠食者？就是因为命只有一条，只有做到最强、最顶级，才能活得长久。"

炎拓双腿忽然有点软。

他想起一些事情。

——陈福死了之后，没有女娲像的助力，也在行李箱中活过来了。裴珂说得没错，再生力是地枭自带的，并非女娲像赋予。狗牙当初确实浸泡在泥壤里，但泥壤的作用，只是让他恢复得更快。

——裴珂绑人时，伤了不少人，不过只是伤人，除了对付聂九罗那一次，她从来没有把人杀死，因为杀死了就活不过来了。

他嗫嚅着，又问了一次："那阿罗呢？"

裴珂的语气中，第一次有了苍凉的意味："我认出她的时候，太迟了。那时候，她那么拼命救你，我想，你是她喜欢的人吧，所以，我放过你了。"

每个字他都听得明白，但他不懂裴珂想表达什么。

"她是你女儿啊，你没把她救活吗？"

裴珂很平静地看他："她是我女儿，可我不是女娲大神，我没有让死人复活的能力。"

她伸手向衣襟，从襟前摘下一朵花，递给炎拓。

黑色的花。

炎拓愣愣看着，茫然地接过来。

触手冰凉，地下还有花吗？不知道，他没去过，这花的颜色和裴珂衣服的颜色是一样的，再加上夜光太弱，他一直没注意到。

这花是什么意思？代表着祭奠吗？

裴珂说："我走了，就这样吧。我一直在想，你或许会回来看看的。你真回来了，这很好，说明夕夕没爱错人，她看男人的眼光比我好。"

炎拓喃喃道："凭什么？"

凭什么，这一趟死的是阿罗？

蒋百川、邢深他们，那些被绑走的，乃至林喜柔，这些深涉其中的都还活着，凭什么，反而是聂九罗死了？

裴珂没说话，她转身走向河岸，脖子上凉沁沁的，是那条翡翠白金链子。

翡翠贴肤戴着，很快就焐热了，可每次想起夕夕，那一块就凉了，她的喉头处也冷飕飕的，仿佛被掏出一个大洞来。

凭什么？

她也想问：怎么偏偏是夕夕呢？又为什么是她这个做母亲的，在那一刻动了手呢？

裴珂飞身掠上了绳。

炎拓如梦初醒，疯了一样追过来，问她："那她的尸体呢？阿罗的尸体呢？你带去哪儿了？"

裴珂站住了，立定在颤巍巍的绳上。

她没说话，只是低下头，看脚下汹涌湍急的涧水。

炎拓周身冰冷，仿佛自己也被浸泡在森寒的水中："你把她……扔进水里去了？"

裴珂说："你以为我为什么会上来？为什么会在这里？"

"我来看看夕夕。这儿是女娲大神的肉身坍塌之所，传说她的血液化作了河水，日日奔流不息，这里是夕夕最好的归所了吧。"

05

这几天，又轮到雀茶和孙理在。

因为已经在着手撤出，孙理留在外围整理装备，余蓉和雀茶照旧守在金人门外，看着蒋百川，也等着炎拓。

蒋百川已经可以脱链了，这阵子喜欢猛跑，仿佛天地阔大，急着去探索，常常是交睫间就跑得不见了人，得余蓉嘬哨才能唤回来。

雀茶常盯着蒋百川疯蹿出去的身影发呆。

蒋百川过了五十岁之后，多是背着手慢悠悠地走，嫌跑起来累。他热衷于青壤的事，却不大爱和雀茶讲，有时候被问得急了，就神秘兮兮地说，大事，要是真能成了，说不定能长命百岁，精力还更胜青壮。

如今，也不知道他这算不算是得偿所愿。

……

今天晚上，雀茶煮了一锅杂菜，有荤有素，手头还有酱包，等炎拓回来之后，人手一个纸碗，夹菜蘸酱，跟吃火锅也大差不差。

锅汤半开，蒸汽顶着锅盖突突翻响，热腾腾的香味四溢，雀茶闻着怪满足的。

余蓉躺在一边，一手枕头，另一手来回抛着弹球玩。

雀茶找话跟她说："这头事结了，预备去哪儿啊？"

余蓉："先把南巴猴头给清了。"

蒋百川废了，邢深没了，余蓉自觉该站出来，做好这些善后事，毕竟她是"鬼手"。而且，和聂九罗一样，她也是蒋百川试图重振缠头军的受益人：普通人家，哪会支持女孩儿去驯兽呢，又哪会有钱去大力培养她？

"然后，看看能不能回泰国吧。"

雀茶看了她一眼："国内不好吗？"

余蓉一个欠身，用力把弹球砸向对面的石壁，又敏捷地伸手，抓住快速回弹的球："好是好，不适合我。我这种人野，过有板有眼的日子难受。"

雀茶"哦"了一声，说："我从来都没出过国呢，老蒋连出省都很少带我。"

她又若有所思道："你说我这样的人，要是去泰国，会有出路吗？"

余蓉说："有啊，有本事的人，本事就是路，到哪儿都能铺开。"

自己这样的，也能算"有本事"了？雀茶又惊又喜，正要说什么，抬眼一瞥，改了口："炎拓回来了。"

余蓉懒洋洋地爬起来。

这些日子，都习惯了，炎拓回来了，就能开饭了。

炎拓的脚步声渐近。

余蓉掀开锅盖，拿筷子搅着里头的杂菜，头也不抬："又白跑一场吧？"

炎拓没吭声，走到一边，抽了纸巾，拧开矿泉水浸湿了洗脸，嘴里含糊应了句："不是。"

不是？

余蓉还以为自己是听错了，直到炎拓洗完脸，在锅边盘腿坐下，她才发觉，这一次好像真的有点不同。

炎拓的眼睛发亮，脸上带红，情绪也振奋，他往碗里夹菜："你们一定想不到，我遇到阿罗的妈妈，裴珂了。"

他边吃边讲，讲到紧要处，不能心挂两头，索性就停筷；讲累了，又自己给自己中场休息，埋头狠吃一气。

反而是余蓉和雀茶，听了开场白之后就忘记吃饭这回事了，端着碗等下文，一锅杂菜，有大半锅进了炎拓的肚子。

听到末了，两人面面相觑，都在对方的眼睛里看到了惊惧和狐疑。

裴珂的故事固然惊人，但因为是转述，也就少了一分震撼，反而是炎拓叫人越发难捉摸，听他话里话外的意思，聂九罗是真的已经死了。

既然这样，为什么不悲怆痛苦，脸上还隐隐带了点……兴奋？

余蓉咽了口唾沫，跟他确认："那聂二是……被扔进涧水里了？"

炎拓点头，用力嚼一片牛腩肉。

雀茶也问得委婉："那你以后……打算怎么办？"

炎拓放下碗，拿纸巾擦了擦嘴："水太大了，到丰水期了，树叶掉下去都能卷沉，我还是等枯水期再来吧。"

余蓉和雀茶瞠目结舌，顿了顿，两人不约而同地伸筷子夹菜，仿佛是要借开吃掩饰心头的惶惑。

炎拓进了金人门之后，雀茶低声问余蓉："这个炎拓，不会是发疯了吧？"

听说有一种疯法，是表面上看不出端倪，人的谈吐也正常，但专在某些事上如疯如魔。

什么叫"枯水期再来"？还来做什么？听那语气，不像是要做祭奠的。

这是准备捞尸？

这个炎拓，不会是疯了吧？

第二天，按照原计划，关锁金人门。

骡队按时过来接人，许是工作告一段落，骡夫心情舒畅，还主动跟余蓉打招呼："余教授，研究结束了啊？"

余蓉汗颜，她这辈子，还是头一遭被人称作教授。

她回首看山洞，蒋叔从此就留在这儿了，人过半百，没法退休享福，反而要过饥一顿饱一顿、指爪刨食的日子。

又看炎拓，还是那副如常的神气，仿佛这儿并不是个伤心地。

……

临近入山口，通信信号恢复，炎拓收到了林伶的电话。

不是好消息。

林伶说，那位蔡先生，就是来聂九罗家里取走雕塑的，给她介绍了个不错的雕塑培训班，他自己也是股东之一，经常来培训教室转悠。

那天，下课的时候，她撞见卢姐脸色不大对，过来找蔡先生说话。

铺垫到这儿，炎拓都还没明白过来是怎么回事："卢姐怎么了？她出了什么事了吗？"

他还想说，认识一场，又有聂九罗这层关系，卢姐有事的话，他兴许能帮上忙。

林伶急得跺脚："什么事？炎拓，你自己没意识吗？聂小姐和你一起走的，如今两个多月了，她一点消息都没有，失踪了！"

炎拓一怔。

这一刻，他有回到烟火尘世的感觉了：在青壤，死了就是死了，没了就是没了，无人过问。但在普通人生活的世界中，人没了，亲友是会报案的，警察是要追究盘问的。

林伶忧心忡忡："其实卢姐一早就疑心了，但是她跟长喜叔聊得多，知道你有家有产，觉得有身份的人不至于犯事，就没多想。但时间过去这么久了……"

炎拓"嗯"了一声："她报案了？"

"还没，她毕竟只是家政，不想给自己找麻烦，所以去找了蔡先生。蔡先生人脉广，跟聂小姐又比较熟，后续估计挺麻烦的，我跟你打个招呼，你得有个数。"

炎拓说："随便了，若真有事，让律师去解决吧。"

他实在心力交瘁，不想把自己搅进这种烂摊子里，让律师想办法应付，给他清静就好。

林伶提醒他："我已经搬出来了，不过……课没结束，我先就近租房。我建议你也别回小院去了，现在这种情况，卢姐难道还能敞开大门迎接你？"

炎拓没说什么，沉默着挂了电话。

是回不去了，那是聂九罗的房产，而他在法律上，和聂九罗没有任何关系，更别提现在还是个身有嫌疑的人了。

顿了顿，他回头看向来路。

枯水季，要等到秋冬，那至少……还得半年。

炎拓没回小院，直接回了家。

林喜柔不在了，各色大小事，终于真正回到他手上。

公司除了一些大的决策暂时搁置外，其他倒还运转正常，毕竟是多年的企业了，即便大老板缺席，按惯性都还能拖个一年半载。

公司事务之外，急需处理的杂事也不少，炎拓桩桩件件，逐一着手。

——清理了种植场的地下二层，还农场本来面目。

——由人事和财务牵头，专门成立个项目组，去把林喜柔在时以炎拓或者公司的名义过手的各类操作。

——保留了熊黑的别墅，一是留作警醒；二是别墅挂在熊黑名下，他也没法处理。

杂事之外，还有两件大事。

一是父亲转手的那家矿场，那是青壤的出口之一，晾在那儿，始终不放心。而且所谓的"转手"，不过是林喜柔玩的障眼法，实际上左手转右手，还在炎拓名下。

炎拓了解了一下，这种废弃的矿坑，一般都是矿井口封闭就没人管了，不过按照相关规定，有责任心的企业会对采空区进行矸石充填，防止出现地表塌陷。

他以此为借口，报经有关部门，表示要负起企业责任，对矿场进行充填。老实说，这一出有点莫名其妙，毕竟荒废了多年，突然来这一下，多少有点"钱多烧的"的意味，但由唐方面没有拒绝的道理——对采空区进行回填，总比来日塌陷要好。

二就是协助余蓉，去探南巴猴头。

他原本想亲自去，但当时在忙矿场的事，余蓉也表示自己只是先带人探路，让他确保资金到位，她得购置点厉害的装备，至于要不要他人也到场，视情况再说。

炎拓也就没再坚持，私心里，他觉得南巴猴头即便有鬼，也不会太凶险：毕竟最大的凶险已经在青壤经历过了，林喜柔若真有什么大杀招，也不会傻到在青壤不用，却安置在南巴猴头。

没过几天，余蓉半夜给他打电话，通知他事情完结了。

她又问他："你知道那儿有什么吗？"

炎拓想起押着陈福走山路，途经南巴猴头一带那晚听到的诡异嗥叫，自己也不敢肯定："地枭？"

余蓉说："没错，地枭。你不是提过，林喜柔在石河不止一个落脚点，但你没去过吗？我怀疑这儿就是，依托着一个地洞拓开修成的，还整得挺好。怪不得当初换瘌爹，她要指定南巴猴头，合着也是她老巢。另外，还有整整一大箱的泥壤。"

炎拓紧张："你的人，没受伤吧？"

余蓉不屑地笑："你以为是什么厉害的地枭？也在你的那张Excel表格上，作废了的那一批，有几个人专门看护，伥鬼没跑了。"

炎拓恍然大悟。

作废了的那一批，他一直以为作废了就是死了，居然并没有。

据余蓉说，这批作废了的，比兽形的地枭还要恐怖，因为半人半兽，畸形的躯体间，某部分又是正常人形，直接就把雀茶给看吐了。不过好消息是，这一批肢体不协调，攻击力较弱，因为进化得不好、畏光，所以白天基本都龟缩在地洞里，晚上会被带出来遛一遛。

这也是为什么那天半夜，炎拓他们会听到怪声。

炎拓终于明白，林喜柔为什么每年有段时间都会从石河进山，掳人什么的大概只是顺带，探视这一批才是目的。

他问:"那这一批,你预备怎么处理?"

余蓉说:"和那个李月英一样,给蒋叔做伴去吧。"

李月英,额头贯了箭,死了,但一定死不透,余蓉给她手脚都上了链铐,又在脊柱第七节处扎了钉针,给她的活动造成一定障碍,让她留在青壤了。

炎拓说:"这样也好。"又提醒她,"不管你之后去哪儿,余蓉,半年后,希望你来找我,我有事做。"

余蓉一句"你别疯了"都到喉口了,又咽了回去,沉默了一会儿,说:"好。"

大事小事完结,可以专心自己的私事了。

半年,也漫长,也短暂。

这半年,林伶没回来,打电话过去,她只推说在学雕塑,但其实算起来,雕塑课早该结束了。

炎拓没追问,林伶的生活,她自己决定,想回来就回来,不回来,尽可以在外头飞,飞多高多远都可以。

老蔡那头,真的给他带来了一些麻烦,炎拓并不生气,相反,还有几分欣慰:聂九罗在这世上,除了他,还是有人牵挂着的。

他出的唯一一趟远门,是去见詹敬。

依然由那个金牌销售作陪。詹敬经不住酒,几巡酒过,就又怨妇样叨叨起自己忘不了的旧情。

炎拓觉得特别好笑,特别荒唐。

这一回,詹敬说得比上次要详细,这人活在自己脑补的剧本里,一门心思认定裴珂的意外是聂西弘一手策划。

炎拓突然反问他:"为什么不能是裴珂想杀聂西弘呢?"

詹敬没明白:"哈?"

炎拓没再往下说。

他见识过裴珂,她的心计比常人要幽深很多,他完全没法把她和詹敬口中那个柔顺无依的小白花联系起来。

也许当初,是裴珂想杀聂西弘呢?

蒋百川邀请裴珂走青壤,聂西弘其实不用去,更何况,两人还有个女儿,他更应该在家里照顾女儿。

可他还是去了,也许是裴珂力主他去的,她想报复他,又要撇清自己。青壤太适合"出意外"了,而出了意外之后,蒋百川一行人,都会是帮她打掩护的人。

只不过事到临头,天不从人愿,反而是她出事,聂西弘一直不知道妻子的杀意,所以痛哭流涕、哀哀想念,直至萌了死志。

是聂西弘想杀裴珂，还是裴珂想杀聂西弘，真相，只有裴珂自己知道了。

……

撇除以上种种，炎拓的所有时间，几乎都花在了潜水上。

他研究潜水，请了专业教练帮自己精进水性，了解地下暗河，关心一应新出的水下器材设备。他没有悲伤，心情低落时就下水，把自己浸在水里，闭气到最后一秒。

他经常做梦，梦见聂九罗湿漉漉地从水里出来，长发披散，双目泛红，问他："炎拓，不是说好的吗，我在哪儿，你在哪儿，为什么不来找我呢？"

梦里，炎拓居然知道这是个梦。

他说："快了，阿罗，你信我，我答应过的，说话算话。"

半年后的一天晚上，炎拓在室内游泳池里闭气，这段时间，他的纪录已经从三分五十秒跃升到四分钟。

水面上有影光，一晃一漾，看起来很熟悉。

炎拓哗啦一声出水，又抹了一把脸上的水珠。

是余蓉，她扎了花头巾，穿花里胡哨的衬衫，耳后夹了根烟。

往她身后看，是雀茶，坐在泳池边的椅子上，穿一件潮牌的卫衣、带亮晶晶铆钉的马丁靴，右侧鼻翼上，居然还钉了个钻。

炎拓叹了口气，他还记得，最初见雀茶时，她穿杏黄色的深V领长裙，一头大波浪，眉目精致如画，优雅得不行。

近墨者黑，余蓉真是以一己之力，把雀茶的审美给带歪了。

炎拓仰起脸，说了句："来啦。"

余蓉居高临下看他，看了会儿之后，蹲下身子："没改主意，还是要去？"

炎拓说："去。"

06

还是坚持要去？

看来这半年，也没能让这人脑子降温啊。

余蓉眯缝了眼打量他："炎拓，你知不知道，那是一条河？"

这还能不知道吗？炎拓笑笑出了水，拿了条干浴巾擦身子。

余蓉："你知不知道，河水是一直在流动的？尤其是丰水季的时候，水势很急。"

炎拓问她："要喝点什么吗？"

余蓉可不吃他这套："我地理再不好，也知道中国的地势西高东低，水是往东流的，咱们这块，是黄河流域，那条涧水很有可能是最终流进黄河的。"

然后百川归海。

都没错，炎拓纳闷地看她："你想说什么？"

还搁这儿装傻呢？余蓉真是要气笑了："你听说过谁掉进汹涌的黄河里，隔了七八个月，还能原地打捞上来的？尸体早就不在那儿了，炎拓。"

炎拓说："你敢百分百肯定？"

余蓉一时哑然，这谁敢说百分百呢？

炎拓笑起来，笑容里隐有得色："你看，你也不敢把话说死。阿罗在不在那儿，咱们得看了才知道。"

不远处，雀茶叹了口气，二郎腿换了个边跷：这次来的路上，余蓉就说一定要把炎拓给当头喝醒，现在看来，可能性不大。

余蓉执拗劲儿上来了："炎拓，在你心里，是不是觉得聂二还没死呢？"

炎拓居然认真回答她："都说眼见为实，只有亲眼看见了，才能承认，对不对？"

这是疯入脑髓了吧？余蓉匪夷所思："你不是亲眼见到裴珂把她给……"

炎拓："当时光线暗，我的状态也很激动，我不能确定阿罗是不是真的死了。"

"裴珂后来不是告诉你了吗？"

"她只是嘴上说了，又没有给出确凿证明。"

余蓉倒吸一口凉气。

她算是终于见识到什么叫"只要我不承认，一切就不是真的"，炎拓真是朵奇葩，挖空心思地用1%的可能性撬翻99%的事实，说服了自己不说，还想去说服全世界。

她问："如果你永远找不到聂二的尸体，那在你心里，她就一直活着？"

炎拓把球抛回给她："你这话说得……尸体都没有，干吗一定要咬定人家死了呢？活着不好吗？只是我没找到而已。"

他擦着头发，径自去冲淋浴。

余蓉瞪着他的背影咬牙切齿，老话说得没错，你永远叫不醒一个装睡的人，这人装得上瘾了，堵住了耳朵，就当漫天雷响不存在。

雀茶劝她："算啦。"

余蓉："不是，为什么就不能放弃呢？"

一句话，忽然让雀茶生出许多感慨来："这世上，太多人说放弃就放弃了。当初，我带走孙周，那个乔亚没怎么挣扎就放弃他了；还有我和老蒋，是怎么两相弃，你是看到了的。如今，有一个不肯放弃的，不好吗？"

"可是他不清醒啊。"

雀茶说："如果他不清醒比较快乐，那就让他不清醒好了，他不清醒，又没祸害他人，非矫正他干吗呢？再说了，你怎么知道他不清醒？兴许他比谁都清醒。"

兴许他比谁都清醒，只不过，一再拒绝真相的来临，像个赖皮的孩子，能拖几时是几时罢了。

又到入山口。

孙理和其他几个人也都来了，半为帮忙，半为探望一下蒋百川。

半年，还不至于物是人非，附近的骡夫都在，骡子也在，且队伍更壮大了。

骡夫还认识余蓉，非常热情地跟她打招呼："余教授，又来做研究啦？"

为了跟教授的形象相契合，余蓉没敢穿得太花哨，花头巾换成了素色，鼻梁上还架了副没度数的眼镜。

她推着眼镜回答："是啊，学校课题任务重，又来了。"

……

炎拓购置的装备不少，得分好几趟运进去，不过多是气瓶、潜水服、配重带、潜水手电等常规水下装备，很多最新式的装备带不进去，因为下金人门的通道太窄了，水下推进器都得选可拆解和轻巧款的。

炎拓和余蓉作为前队，押了一部分装备先行入山。

路上，不可避免地又聊到了裴珂，半年过去，不知道她的计划是不是推进得顺利，也不知道失踪的同伴中，有多少人已经以白瞳鬼的面目"重生"了。

余蓉忽然冒出一句："别人我不知道，邢深……估计挺能适应。这个人，一直觉得自己生错了时代，到了下头，没准儿去对了地方，如鱼得水。"

炎拓没说什么，如果事已至此，那能适应也挺好，希望立足悬崖的，悬崖都能生花；陷身渊底的，渊底亦能有芳华。

过了会儿，他问："还有机会见到他的吧？"

余蓉随口回答："能吧，如果他像裴珂那样，一时兴起，跑去涧水，那是有机会见到的。不过还是别了，万一他想带我下去'享福'，我可消受不起。"

炎拓只把她前半句话听进去了。

——能吧。

这么多人，都有可能再见到，老天公平点，也分点机会给阿罗吧。

几个人在外洞休息了一晚，第二天开工，各司其职。

炎拓、余蓉和雀茶带头批装备去涧水，孙理他们几个分作两班，轮流值守金人门、接应骡夫送进来的新物资，以及往涧水分批次运送物资。

金人门闭锁了几个月，再次开启，气味都有点滞涩了，也许因为到了枯水期，风声偃息，放眼看去，一片死寂。

孙理有点忐忑："蓉姐，蒋……蒋叔去哪儿了啊？"

余蓉说："下头这么大，谁会老在一个地方窝着？在哪儿都有可能，安心等着吧，这趟留的时间长，总能见着的。"

说完，招呼炎拓和雀茶上路。

炎拓带了几辆可组装的小拖车进来，虽说下头的地并不平整，但有拖车总好过人力背负，他和余蓉两个轮换着拉车，雀茶间或搭把手。

每走一段路，余蓉就会登上高垛嗫哨，试图把蒋百川给引出来。雀茶心情复杂，又想看看他，又觉得不如不见。

行过半程，眼见毫无回应，雀茶忍不住开口："余蓉，会不会是下头没吃的，老蒋给……饿死了啊？"

话未说完，炎拓突然一把抄起拖车上挂着的枪，枪口前指，厉声喝了句："谁？"

有情况吗？余蓉暗骂自己大意，也同时抄枪——虽说大家都默认青壤之内已经太平，但就怕万一，所以必要的家伙都带上了，甚至比上次备得更全，连催泪弹都有。

一喝之后，非但并没什么异状，连刚刚炎拓听到的异响都停止了。

炎拓咽了口唾沫，冲余蓉打了个手势，端着枪，慢慢绕过遮挡视线的高垛。

下一秒，他吁了口气，枪口垂下，神色却有点复杂，说了句："是李月英。"

李月英？

余蓉颇反应了几秒，下意识走上前来。

这也是个"老朋友"了。

李月英正蹲在高垛的背面，因为暴瘦的关系，整个人似乎比之前小了一圈。

她手里攥着半只老鼠——是不是老鼠不肯定，炎拓只是从她指缝里垂下的、犹在轻甩的细尾巴判断的，之所以说是"半只"，是因为那东西的头已经没了，而李月英的嘴巴里鼓囊囊的。

他刚刚听到的声响，原来是她"进食"时发出的，她是被他们打扰、吓停了。

双方对视了一会儿之后，李月英若无其事，继续低头啃噬，手腕间的链铐相碰，叮叮作响。

炎拓心里堵得慌，说："走吧。"

走了一段之后，回头去望，李月英还蹲在那儿，肩头微微耸动，小口吞咽。

炎拓说："我们和他们……一定要这样吗？"

这话没说全，但余蓉听懂了，任谁看过刚刚那场面，心情都昂扬不起来，她闷闷回了句："没办法，共存不了。"

共存不了。

她甚至都没办法给蒋百川找个周全体面的去处，哪儿顾得上李月英呢？

又到涧水。

枯水季果然是又一番景象，水位低了一米多，而且肉眼看去，水是几乎不流的。当然，"不流"只是假象，炎拓清楚，只要入水，即刻就能感受到那股无处不在的推动力。

小拖车在水岸边停下，拖车上挂了盏用于照明的营地灯，周遭黑漆漆的一片，这仅有的光像旷野里的一点孤火。渐渐地，就勾勒出了附近炎拓曾经留下的夜光漆的幽亮。

——阿罗，你在吗？

——我在这儿留了几瓶夜光漆，能回我个话吗？

余蓉四下看看："从哪儿开始？"

炎拓抬起手，指向河面上悬着的一根箭绳："那儿，裴珂站在那儿祭奠阿罗，她应该就是在那儿把阿罗扔下去的。"

他得从那儿开始，水流经的地方，就是他要一寸寸探寻的地方。

因为是探河，深度有限，比实际的潜水要轻松很多，深度计、指北针什么的都不用带了，配重也就象征性地系一些，炎拓穿好全套潜水服、潜水靴，臂配潜水刀，背了气瓶以及推进器，又在腰上牵了潜水行进绳——一般水底洞穴探险，行进绳的作用是防潜水员迷路，如今一条涧水，只有一个流向，迷路是不大可能的，牵绳只是防出意外。

照例，由余蓉缒他下去。

余蓉原本是打定主意不再泼他冷水，但下河在即，看涧水黑黝黝地泛亮，心里忽然紧张，问他："炎拓，你真想好了？我跟你说啊，涧水不是人工湖，里头不长小鱼小虾，万一有史前巨鳄什么的……"

泰国鳄多，恐怖探险电影也多，余蓉本能地觉得，只要是涉及地底、河流，里头绝不会太平。

炎拓迟疑了一下，要是此行真一无所获反喂了怪物，那他这半年筹谋，可就成了为水畜送餐饭了。

但也只是略一犹疑，很快就笑了，说："想好了。"

余蓉一声叹息，目送炎拓入水。

……

这条涧水很长，想检索河底，绝不是一天两天就能完事的，余蓉和雀茶都做好了长时间作业的准备。

炎拓在水里行进，她们也就在岸上跟着迁移，先行去下一程等着炎拓。怕孙理他们进来送物资找不着人，还用夜光漆在地面喷出行进的箭头。

其他大部分时间，都是为炎拓做后勤辅助。

——比如生火，以便炎拓上来烘烤。秋冬枯水季，地下河温度很低，即便有潜水服，炎拓每次上来，依然被冻得嘴唇发紫，哆哆嗦嗦，那些蓄电池式的保暖装备，一一比较下来，哪个都没有火堆实用。

　　——比如做饭，尽量整些热乎的。人是铁饭是钢，总不能让人水淋淋上来，顿顿只啃压缩饼干。

　　——比如备好新一轮的潜水手电、气瓶，给推进器更换新的蓄电池。

　　——比如警戒，这里是涧水，是边界，得时时提高警惕。

　　有一次，见炎拓做得太辛苦，余蓉提议，由自己替他一程。

　　炎拓一口就回绝了。

　　余蓉误会了他的意思："怎么，就你做事精细？我做事不让人放心？"

　　炎拓迟疑了一下，说："不是，我怕水里有东西。"

　　万一水里有东西，伤到余蓉就不好了，他是心甘情愿、以身犯险，何必拉着余蓉一起呢？

　　蒋百川是在探河的第四天出现的，那天，余蓉在岸上等得无聊，再一次嗷哨尝试，起初以为又是空忙，哪知片刻之后，对岸渐渐传来异响。

　　居然是对岸？余蓉和雀茶都有点紧张，一个枪上膛，一个箭搭弦，雀茶甚至生出了把简易面罩给戴上的想法，这样，一有不对，她就可以投放催泪弹了。

　　过了约莫五分钟，蒋百川出现了。

　　细想也不奇怪，一道涧水，拦不住什么的，蒋百川可以在涧水这头，也可以去那头，他已经兽化，非人非枭，也无所谓什么一入黑白涧变不变了。

　　也许是那一头的吃食好，和李月英不同，蒋百川居然膘肥体壮，毛发油亮，比从前大了一个号，一张尖瘦扭曲的脸上，呈现一派剑拔弩张式的凶悍。

　　雀茶惊得瞠目结舌，她觉得相见真不如不见：兽化之后失去神志的蒋百川，出奇适应青壤的蒋百川，这一个个新的形象，把她记忆中的那个蒋百川一点点挤压到失色、失真。

　　她几乎想不起来，自己少女时爱上的蒋百川是什么样子了。

　　蒋百川在对岸急得又挠地又捯气，估计是找不到口子过来，过了会儿，向着一侧飞奔而去。

　　余蓉大致猜到，这一带没有箭绳搭桥，蒋百川估计是找能渡水的绳桥去了。

　　果然，没过多久，蒋百川就顺着这一侧的河岸向着两人飞奔，那架势，看着还挺雀跃，余蓉扔了块早上刚送进来的大排肉过去，蒋百川半途飞纵扑下，绕着肉团团乱转，兴奋得像过了年。

　　雀茶喃喃说了句："我下次不来了。"

不想再看见蒋百川了，哪怕彼此间爱早就没了，也希望各自都体体面面，而不是像现在这样。

再长的河流都有尽头，第七天，涧水"露天"的部分走完了，或者说，涧水流到了青壤这个地下大空洞的尽头。

再接下去的部分，是真正的地下了：人再也不能在劳累或者气瓶耗尽时浮上水面呼吸透气，即将进入完全的、被水填满的洞窟河道。

气瓶在水底的支撑时间约莫是一个小时，推进器也是同样，即便他能做到心态平和、以最低限度的耗气支撑行进、以人力漂游辅助推进器，也最多把时间延长二十分钟。

八十分钟，还要算上返程，除以二之后，他至多只能往里进四十分钟的路程——而且，因为返程是逆流的，所需的气量和推进力都更大，所以，四十分钟已经是极限。

从小院到涧水，从涧水到探河，他走到最后一程了。

这七天，余蓉是眼看着炎拓眼里的光一点点黯淡下去的，她觉得雀茶说得没错，炎拓是清醒的，他比谁都清醒，只是别人不能给他信心，不给他造梦，他就为自己造出了一个来。

现在，他走到梦的边缘了，再走下去，这梦就要破了。

她想给炎拓留点念想，能拖几时是几时："要么，咱们回去，多找找装备，下次再来？"

炎拓抱着新换上蓄电池的推进器坐在河岸边，低下头，剥开一粒巧克力塞进嘴里，说："就这次吧。"

余蓉没看他："炎拓，都走到这份儿上了，可以摊开了说吗？这四十分钟走完，再没收获，咱可以学会放弃了吧？"

炎拓说："我不是不能放弃，只是，我还没尽全力。一个人，没尽全力就放弃，以后想起来，一辈子都会有遗憾的。"

余蓉百感交集："不是，咱接下来就尽到全力了啊，四十分钟啊炎拓。"

炎拓摇头："没有，也许再过几年，科技更先进，就不是只能往里进四十分钟了。到时候，我还能再来。其实，即便是现在，有一款常压潜水服，也已经能达到水下作业五十小时了。"

他查过售价，八百来万元，能负担得起，就是太大了，过不了金人门，还需要船只做后援，不现实。

可以后，以后说不定，电脑都可以从台式到微型，他总有希望的。

余蓉苦笑："我算是看出来了，你这人，大概是永远也不会放弃的。"

之前她跟雀茶讲起这一点时，雀茶就说了："炎拓这人，比咱俩都能熬，你只要想想他为了复仇，在林喜柔身边熬了七年多你就懂了。"

炎拓笑道："也不是，我也会放弃的。"

上一次，他就放弃了，吞了一颗折起的星。

他也会放弃的，心死了，志灭了，就会放弃，可现在，他的心还没死，还怦怦跳着呢。

他微笑着跟余蓉和雀茶招手道别，再一次下了水。

这一次，跟之前不同，前方黑压压的，洞口如一张掀开的大嘴，潜水手电的光直直刺进去，像极了体检时医生打着光去探人的咽喉。

炎拓扶稳推进器，身子尽量不动，只顺水推，一点点放慢呼吸频率减少用气量，往这"咽喉"更深处行进。

一路上，安静极了，炎拓很注意身法和蛙鞋的踢法，以免不必要的抖动扬起泥沙，造成可见度的下降，虽然他带的这款手电，亮度最高可到六千流明，高亮状态下能支撑一百二十分钟，泥水再浑浊也不是问题。

水里有浮游生物，动植物都有，也认不出是什么，有些一蓬一蓬，有些一条一条，都很和缓地从炎拓身边漂过，如果不是残压计和计时器荧蓝色的数值始终在提醒他，他几乎察觉不到时间的流逝。

二十分钟。

三十分钟。

四十分钟。

到最大值了。

炎拓身在水中，不上不下，无依无靠，手电光探亮前路，胳膊渐渐发颤，好不甘心啊，前头还有路，凭什么，凭什么就不能继续了？

再多四分钟吧，他已经能做到四分钟闭气，还能为自己多换几步路。

炎拓心一横，继续前进，残压计和计时器上的数值跳得让人心烦。

两分十秒的时候，手电光的尽头处，忽然有了些异样。

说不上来，模模糊糊，影影绰绰，河道两边坑坑洼洼，不像之前几天经过时那么顺滑——当然，"顺滑"只是对比而言，河道也不可能平顺光滑如镜。

炎拓的心怦怦跳起来，他努力压服这种情绪：靠气瓶呼吸的时候，心跳加速可不是好事，会加快余量消耗的。

两分二十七秒，炎拓压服不住心跳了，甚至比之前跳得还厉害。

他觉得，自己看到了石窟。

没错，是石窟，受聂九罗的影响，炎拓现在闲暇时，会翻看石窟雕塑的资料，还会看一些纪录片,虽然现在还看不大清,但他隐约觉得,这个地下石窟,巨大而又阴暗,形制有点像敦煌和龙门的风格,壁上凿龛,一个连着一个,窟龛里似乎还有石雕泥塑。

因为人在水下,位置低,所以抬头观望,压迫感极强,仿佛是漫天神佛,当头罩来,个人如蝼蚁般微不足道,立生顶礼之心。

这是什么东西?地下工程吗?还是原本地面上的石窟群由于地壳变动等原因整体沉入了水下?

炎拓尽量不大口呼吸,下意识加强了推进器的挡位。

近了,又近点了。

炎拓意识到,这好像不是凿出来的,而是天然形成的:这段河道的壁上,不知道是不是石质的原因,就是有很多窟龛样的、一到两米长宽的浅坑,因为密密麻麻,一个连着一个,再加上洞里有造像,人在远处看,难免就会生出身入石窟群的感觉。

可是,造像又是什么东西呢?

炎拓往前又行进了十多米,接近边缘处距离自己最近的一个,触目所及,惊得脑子一炸,在水里翻仰了身,险些控不住平衡。

不是造像!那是个人!黑巾缠头,头上有一团歪髻,肚腹处覆着皮甲,一如他在秦陵兵马俑里看到的人俑。

这是个秦朝时的……缠头军?

此时此刻,炎拓也顾不上什么气瓶余量、时间限制了,有得挥霍就挥霍,他稳住心神,掉转推进器的方向,近前去看。

真的是,就是个人,活生生的男人,造像再惟妙惟肖,也不可能做到这么肌理分明。这个人的身上,覆盖着一层近乎透明的、微带肉粉色的膜,这膜包裹着人身,甚至和洞壁连在了一起。

再靠近点看,炎拓的心跳几乎都要停了。

这人有呼吸,而且很奇怪,他皮肤粗糙黝黑,右脸颊上却有碗口大的一块,一直连到右鼻翼处,肤色相对浅白,质地也更细腻。

炎拓颤抖着手伸出去,隔着潜水手套,触摁了一下外层的皮膜。

柔软,有弹性,似乎是肉质。

炎拓的心跳突了一下,脑子里忽然迸出几个字来。

——女娲肉?

他猛然转身,手电光不受控似的乱颤,掠向远远近近、前后左右,各个方向。

不只是人,也有兽,兽形的地枭,甚至有怪形的水鳄,还有被称为关东细犬的古猎犬,还有……

手电光一停。

他看到孙周了。

真的是孙周，炎拓清楚地记得，他被白瞳鬼和枭鬼撕裂，齐肩断了一条胳膊，但现在，那条没了的胳膊似乎又生出来了，长出了一拃长的一截，在肩头支棱着。

炎拓一下子明白了。

怪不得刚刚那个缠头军的右边脸有点异样，那应该是被什么凶兽咬掉了，又长出来的，因为终年不见光、不经风吹雨打，所以肤质和颜色都和别处不同。

女娲肉。白瞳鬼、地枭，以及蒋百川他们，都想找到女娲肉，但从来没找到过，他们得到的，只是女娲肉身坍塌之地一些血渣渗入的泥壤而已。

他们怎么就想不明白呢，那是一条河啊，河水经年流动，女娲肉怎么会留在原地？当然是被冲走了，想找，也得顺着河流去找啊。

但没人这么做，从来没有，也许，他们都跟余蓉一样，认为河流不息，掉进去的任何东西，都会被冲走，然后百川归海。

没人想得到，会在这儿勾连、沉寂，矗立起一座宏大的殿堂。

炎拓双目渐热，他刹那间反应过来，慌乱地催动推进器，手电四处探照。

看到了，看到冯蜜了，她头上结着脏辫，但失去头皮的那一块，头发是乱长的，长出一截了，有点飘。

还有呢，还应该有人，他还没找到。

炎拓眼前有点模糊，他抬手去擦，这才意识到隔着面罩，根本没法做到。

他心里默念着，让自己镇定，再镇定点。

手电光再次定住。

那道直直的、刺裂黑暗涧水的光柱，尽头处微微扩散，光晕温柔宁和，笼在了聂九罗身上。

她睡得真好，侧身微微蜷着，仿佛身在母体，永远无忧无虑。

炎拓忽然平静下来，如果不是脚下无撑无承，他真想跪地长叩、膜拜不起。

这就是女娲吗？

传说中的造世大神？

在她眼里，没有人枭之别，没有禽兽之分，没有高下，没有优劣，没有偏私，没有谁该活着，谁该去死。

都是子民，都是生命。

即便肉身坍塌又怎么样？这寂寂水下，不为人知的角落，依然是她为众生铺扬开的伊甸园，生能造人，死亦庇护。

07

聂九罗所在窟的位置属于中高处,为了节省电源,炎拓暂停推进器,尽量顺着水流借力,踩动脚蹼,缓缓升到聂九罗身边。

他先看她咽喉部位。

真好,对比孙周的"缺胳膊",她的伤应该属于小伤了,已经长好。而且,因为她本身的肤色就很白,后长出的部分跟先前的并没有太明显的色差。

她是在呼吸,只不过很慢,这让炎拓想起养生功法里常常提到的"龟息"。传说中,把呼吸调理如龟,即便不饮不食都能长寿、长生。

炎拓的脑子里闪过好多实际的问题。

——怎么把她带走呢?从这层皮膜里剖出来吗?应该不可以,剖出来的话,她没法呼吸了吧?

——那只能连这层皮膜一起带走了?也不能贸贸然带上去,她现在未必离得了水,万一一出水就迅速干瘪萎缩,那就糟糕了。

炎拓小心地伸出手,顺着肉膜和窟壁连接的部分往内摁抠,他的本意是想试试这肉膜是否易扯易拉,结果让人失望:这肉膜软归软,也颇有弹性,但完全不像可以凭蛮力撕开的。

那试试刀呢?

炎拓从臂上抽出潜水刀,这种刀专为蛙人配备,可以刺杀凶猛的水鳄,也能迅速割断韧性极强的绳索。

他把刀尖对准肉膜和窟壁之间,用力刺入,然后往下划割。

万万没想到,还是不行,锋利的刀刃过处,看似是割出破口了,但那破口又以肉眼几乎捕捉不到的速度迅速愈合。

至柔至刚,至软至强,这女娲肉,居然是破不了的?

炎拓脑子里嗡的一声。

这算什么?如果根本突破不了,那聂九罗得永生永世困在这窟里,成为一尊活死人的造像了?

残压计和计时器上的数值还在变换,炎拓已经管不了那么多了,他一颗心激烈猛跳,避开聂九罗的身体位置,疯狂地继续试刀,又一再粗鲁地伸手去撕抓,正头脑发热间,突然察觉到,身子一侧,似乎有巨大的暗影当头罩来。

炎拓打了个激灵,浑身的血一下子凉了。

这一凉,脑子也终于静了。

一路过来,水下都是相对宁和的,即便有生物,也是那种几乎可以忽略的浮游类,连稍微凶恶一点的水禽都没有——但这种巨大的暗影，再加上还是缓缓移过来的……

乐观点想，是有大型的水藻恰好漂移了过来，但这可能吗？

余蓉的话忽然又在耳边响起。

——我跟你说啊，涧水不是人工湖，里头不长小鱼小虾，万一有史前巨鳄什么的……

炎拓近乎僵直地缓缓转过了头。

是蛇。

又或者说是巨蟒更合适吧，通体莹白，因为蛇鳞泛亮，所以这白趋近于生铁的那种亮白，而且，这蛇居然长了两个头……

炎拓脑子里一空，整个人都木了。

聂九罗的位置已经是在窟的中高处了，但这蛇是从更高处潜下来的，蛇身拱起，居高临下，虽然是缓进，但无声胜有声，声势极其骇人，似乎下一秒就能把他给吞了。

还有，他看清楚了，不是蛇长了两个头，而是，这是两条蛇，只不过，蛇身的下半截是交缠在一起的，蛇尾完全隐在高处的一个窟里。更叫他手足冰凉的是，这两个蛇头，都酷肖人脸。

人面蛇？世上有这种品种吗？可能有吧，不是说，大千世界，无奇不有吗？

他听说过人面蜘蛛，据说日本还有一种人面鲤鱼，被政府列为受保护动物。

腰上的牵绳忽然一紧，但炎拓身子一动不动，他怕稍有异动，就会引来巨蛇的攻击。

——传说中，女娲人面蛇身。不过也有说法：所谓的蛇，只是女娲的坐骑、守护兽。会不会是女娲肉身坍塌，这蛇却始终守护在这儿？

——他直觉这蛇，是被他引出来的。因为他在疯狂破坏封住聂九罗的肉膜，从另一个角度来说，那肉膜，也算女娲的肉身吧。

——这蛇会勃然大怒，一口吞了他吗？他这身量，怕是抵不住。不过，女娲从来主"生"，是护佑生灵的，物似主人行，他或许，还有那么一丢丢能活命的机会？

炎拓的手一松，那把潜水刀落了下去，直直沉入河底。

也不知过了多久，近乎死寂的对视中，蛇身开始缓缓收回，两只蛇头上的人面，如两张悲悯的脸，离他越来越远，中间隔着漾动的水纹，真让人想不透，这一幕究竟是真实还是幻觉。

自炎拓下水进洞开始，余蓉就陷入了一种莫名的焦躁中。

他下河倒还好，河面上没"盖子"，一旦出了状况，迅速浮上来就是，她和雀茶在岸上，也能尽快接应，但进洞就不一样了，还要往里进四十分钟那么久。

她看着牵绳的绳团随着时间的逝去一点点没入水中，忍不住跟雀茶发牢骚：

"这万一，水里有史前巨鳄……"

雀茶说："可不是吗，一口就没了。"

余蓉瞪了她一眼，她就怕出这种事：到时候收回来的是截空绳头，那就悲剧了。

不远处传来扒拉声，蒋百川又来了：之前，他的觅食地主要在黑白涧里，那里的生物，可比涧水这一边要丰富。不过这几天，这头更胜那头，因为有人投食。

吃现成的，总比辛苦搵食要自在。

可巧，不久前孙理他们刚送了一批物资进来，而且，因为知道蒋百川经常在这头出现，送东西的时候，会特意搭上还算新鲜的肉骨。

余蓉在物资堆里扒拉了一阵，拎了条羊腿扔过去。

蒋百川得了羊腿，欢欣雀跃，拖到一边大快朵颐。

雀茶盯着黑黝黝的洞口，突发奇想："哎，你说，夸父七指，七个出口，有一个始终没找到，会不会是这条涧水啊？"

余蓉皱眉："不是吧，这算什么出口？"

雀茶来劲了："不是啊，地枭轻易死不了对不对？连脑袋没了都能再新长一个出来，那也肯定淹不死，他们完全可以被水冲着，一路冲去黄河，再入海。万一被打捞上来活过来了，那也算是'出路'啊。"

余蓉瞥了她一眼："这出路是不是也风险太高了，哪那么容易就被打捞出来了？再说了，漂在水里，他就是一块无知无觉的大肉，水里吃人的鱼可不少。"

没等漂出个眉目，就被鱼群分而食之了。而且，就算漂出去了，运气极好，被打捞上来，没有女娲像转化，见了光的地枭，又能活多久呢？

雀茶若有所思："也是。"

说到水里"吃人的鱼"，余蓉重又焦虑，看看时间，过去四十分钟了。

但牵绳的绳团，还在不断入水。

余蓉咽了口唾沫，有点沉不住气："怎么还朝里进呢？"

论理，只要炎拓转向折返，这绳子就该停了。

雀茶也有点紧张："是不是他在下头发现什么了？"

有可能，炎拓应该知道时间的重要性，到点不返，很有可能是有什么发现。

余蓉催促雀茶："先把火生起来，在里头泡这么久，回来得冻成冰棍了。"

雀茶应了一声，起身从小拖车上往下搬木柴片，余蓉继续盯着牵绳，同时对比时间，然后不断舔着嘴唇：不能再往里进了，虽说看起来只是多进了几分钟，可推进器没电了是小事，关键是气瓶，在水底下没法呼吸，那可是分分钟就要命的事。

雀茶觑到余蓉脸色不对，也有点慌："要么……把他拖回来？"

余蓉苦笑：炎拓已经下去那么远了，人正常走路的话，一小时能走三四千米，在水里可能会慢点，但两三千米总是有的——她又不是金刚，让她只凭一根绳，去硬拖一个两三千米外、浸在水里的大男人，还是逆流，这不是痴人说梦吗？

正急得额头渗汗，牵绳抖了一下，终于不动了。

余蓉如释重负，回头又吩咐雀茶："汤水也先煮上，等他出来，刚好能开餐。"

边说边站起身，一点点往回收绳。

收着收着，手上微微一绷。

余蓉心头一震，为了佐证，她还用力狠拉了一把。

还是绷着的！

大意了，绳是停了，但人没往回走，这是……出事了？

余蓉脸色一下子就白了，她就势把牵引绳在肩颈上绕住，用尽浑身的力气向后仰。

雀茶正生着火呢，见势一惊："怎么了？"

余蓉没吭声，过了会儿，绳子略有松动，这应该是那头在往回返了。

这时候才回？余蓉声音都变调了："过去多久了？"

雀茶赶紧看表："五十二分钟。"

五十二分钟，完蛋了，四十分钟的单程，硬生生被炎拓多拖了十二分钟，就算他能闭气四分钟，那还有八分钟呢！

如果没有助推或者助拉，炎拓必死无疑了！

余蓉吼雀茶："别烧火了，赶紧过来帮忙！"

雀茶三步并作两步过来，帮着余蓉一起拉绳，她一颗心抖嗦嗦，手臂也发颤，只觉劲还没来得及使出去，绳子又松了。

不能这么原地站着拽拉，因为炎拓是在返程中，绳子本来就是一再松落的，而且……

雀茶提醒余蓉："咱们使的力和他一个方向，才能有效果吧？"

她们站在岸上，使力的方向和炎拓的返程方向是有夹角的，中学物理学过，这样的话，力会被分散。

余蓉秒懂，四下张望过后，几步冲到小拖车前，又踹又蹬，几下就把小拖车的一只车轮给搞下来了，同时嘴里嘬哨，哨声极其尖锐。

不远处，刚啃完羊腿、满意非常的蒋百川浑身一凛，连蹿带跳着奔了过来。

余蓉顾不上交代什么，一刀断了牵引绳，把车轮穿到绳上，同时抓住绳头，在蒋百川健硕的上身一再绑绕，打了个结实的结。

再然后，她抓起车轮，几步飞蹿到河岸边，扑通一声跳了下去，紧接着，哨声自下方传来，蒋百川如闻号令，精神为之一振，前爪着地，喉间嘀嘀作响，飞一般地沿着河岸朝反方向狂蹿出去。

雀茶看得目瞪口呆，好一会儿才反应过来，趔趄着奔到河岸边去看。

余蓉正不断踩水，浮在水中央，手中稳着那个车轮，如扶方向盘，那根牵引绳穿过车轮，绷得犹如弦紧的同时不断回收，在水面上激出一条笔直的白色水花。

雀茶恍然大悟。

那个车轮是用来定向的，这样，余蓉和炎拓之间就是一条直线，拉力施加上去，可以保证炎拓一路笔直回返，不走偏。至于蒋百川，起到的是"纤夫"的作用，他如今吃得膀大腰圆，兽化之后又蛮力无穷，疯跑起来，那拉力可绝不含糊，比几个余蓉加起来都给力。

那头有推进器，这头又在帮着拉，足以帮炎拓"抢"回不少时间了！

……

约莫半个小时后，牵引绳险些磨断的当口，炎拓终于出现了。

他还扶着推进器，但光从身姿形态，看得出已经筋疲力尽，余蓉松了车轮，猛扑了几下水迎过去，一把掀开炎拓的面罩。

眼见他脸色青紫，再多几秒，估计就会双眼翻白了。

余蓉怒从心头起，正要大骂他几句，整个人身不由己，抱着炎拓一起被拉出好几米远。

原来是她忘了嘬哨把蒋百川叫停，但蒋百川已经狂蹿下去这么远了，估计嘬了也听不见，余蓉用尽力气抽刀断了绳索，和炎拓团团在水里打了几个转之后，终于停下来。

炎拓大口喘气，头晕目眩，余蓉累得靠不了岸，声音倒还中气十足："你不知道到点就要返程吗？这要是没有小车轮、没有蒋叔，你死挺了，知道吗？"

炎拓虚弱地抬起头看着余蓉，看着看着，忽然笑了。

他说："余蓉，我找到阿罗了。"

篝火侧畔，炎拓裹着条大毛巾，哆哆嗦嗦喝完一碗热乎的羊肉汤，也讲完了这一趟下水的经历。

余蓉听得咋舌，到末了居然兴奋得很："还有这种地方？"

太刺激了，水下石窟，活死人造像，双尾交缠的巨蛇，这可是花再多钱跑再多地方都看不到的奇景啊。

雀茶这半年一直跟着余蓉东奔西跑，对她的脾性也摸得差不多了，一听这话，就知道她转的什么念头。

她给余蓉泼冷水："你就算了，你闭气还不如炎拓呢，你下去了，谁拉你上来？谁指挥得动老蒋？"

也对，余蓉有点泄气，对着火搓了搓手：刚死攥着车轮，手上勒出了老深的印。

过了会儿，她说："总体来说，是个喜忧参半的好消息吧。"

聂二居然还活着，真是让她始料未及，想想真是感慨，居然让炎拓给赌赢了。

可是，怎么把聂九罗给带出来呢？

她沉吟着说了句："那蛇……好像不是很有攻击性啊。"

炎拓点头："我感觉，真是我把它招出来的，但它也不是想把我怎么样，就是要……阻止我似的。"

余蓉乜斜了他一眼："那些要真是女娲肉，也相当于是女娲尸身了，那蛇等于守护者吧，你在那儿又是撕又是刀割的，你自己品品，这种行为是个什么性质？"

炎拓汗颜。

或许是因为"聂九罗还活着"这个消息太让人雀跃了，尽管还带不出她、束手无策，但他的心情依然舒展。

一直在边上旁听的雀茶忽然冒出一句："炎拓，你当时，一直戴着手套吧？"

是啊，炎拓瞥了一眼自己扔在一旁的潜水手套："当然得戴手套，水下不戴手套，手指很快会冻僵的。"

雀茶说："你有没有试过，不戴手套去碰那些女娲肉呢？"

炎拓心中一动："你什么意思？"

雀茶："也没什么意思，我就是觉得，那些如果真是女娲肉，造世大神的尸身残留，肯定很有灵性。你全身捂得严严实实，一寸肉都不露，你去碰女娲肉，说句不好听的，人家知道你是人还是什么东西啊？再后来，你又撕又割，跟个强盗似的，怎么着，你还能从她那儿把人强抢出来？

"也许，那里的人是抢不出来的，得靠你去接，愿意跟着你走的，就会跟着你走。不该被你带走的，你上刀用枪都没辙。"

08

炎拓被雀茶一番话说得，半晌没吭声。

余蓉奇怪地看向雀茶："你怎么会想到这个的？"

不得不说，雀茶的思路还真挺清奇，余蓉听炎拓说到那层肉膜手撕不破刀割不裂时，还曾想提议他不妨带枪去试试。

雀茶说："那是因为……"

才一开口就晃神了。

最初，刚跟蒋百川在一起的时候，她也是上过头、发过晕的，对未来满满的计划和期许，很想给蒋百川生个孩子。

那两年，看了很多资料，关注了不少婚育博主，去医院看病时，还特意绕去过妇产科，看新手妈妈们在走廊里练走道、抱孩子，交换心得体会。

她记得她们叽叽喳喳讨论说，小孩儿刚生下来，真是丑死了，看一眼嫌弃得很，完全没母爱，可是抱在怀里喂过几次奶就不一样了，肌肤相贴，柔软得心都化了。

还有走廊里那些关于亲子的宣传画，每一张都温馨有爱，让人觉得关于生命、关于接引是一件极其神圣的事。

余蓉伸手在雀茶眼前晃了晃："雀茶？"

雀茶这才回过神来，看到炎拓和余蓉两个都疑惑地盯着她看，脸上不由发窘："就是……我也不懂你们说的那些事，又是什么肉啊，又是什么泥壤的，我就是觉得吧，女娲造人，跟母亲差不多，母亲生孩子，不也是在造人吗？

"母亲对孩子，当然是庇护的，听炎拓说，不管是人，还是地枭，甚至是狗，那儿都有。哪个母亲舍得轻易把孩子交给别人啊，你想把人领走，当然得真心诚意，还能下手去抢吗？要是那么容易就能把人搞出来，哪天那个石窟被人发现，里头的人不都被弄出来去做展览了吗？"

说到这儿，她见炎拓和余蓉都听得入神，蓦地局促起来，话也说得磕磕巴巴："我……我不知道啊，我就是这么一说，你们随便听听就行。"

火堆上的羊汤都快烧没了，她急急过去抽柴压火，又往锅里加了点水。

余蓉咂摸了好一会儿，说："没准儿真是个方向，怪不得说女人是情感型动物，心思是要比咱们细腻一点。"

炎拓觉得她这话说得好笑："你不是女人吗？"

余蓉瞥了他一眼："我啊……"

她没往下说。

她有时觉得自己是女人，有时又觉得更像男人；有时觉得当女人真麻烦，有时又觉得做个男人也糟透了。

都说女娲是造人的大神，她真想去问问，造出她这样的，是什么用意。

不过转念一想，管他呢，在水下石窟里，一枭一犬都值得护佑，更何况是她？她活得风风火火的，就是意义。

她对炎拓说："你要是真确定那蛇不会把你给祸害了，再去试试好像也可以。人这辈子有些东西，就是老天馈赠的，偷不来，抢不来，也想不来。或许你命里，该当有这一次。不过……"

余蓉话锋一转，又给他泼冷水了："如果就是没法把她带出来呢？"

炎拓轻轻把喝空的碗放到地上，说："那我常来看她，将来我老得快死的时候，就在那儿卸掉气瓶、原地升天，请女娲也把我收在石窟里好了。"

余蓉真是服了他了。

真是打不死的小强，在聂九罗的事情上，他似乎永不绝望。

余蓉心说：这要是聂二顺利出来了，两人在一起了，以后万一有个摩擦想离婚，聂二还离不掉呢。

真到要结婚的时候,她得提醒聂二,慎重考虑。

体力所限,立刻再进水洞不大可能,三人就地过夜,第二天早起,又着手做进洞的准备。

推进器和气瓶都已经更换了最新的,为了防止磨断,牵引绳这次改成双股,蒋百川也被余蓉唤回来了——昨天绳子一断,他身上负荷就没了,然后拖了根长绳不知道去哪儿转悠去了,半夜才又溜溜达达回来。

待会儿,还是要靠蒋百川出大力,余蓉扔了块大肉排给他。

炎拓对要用蒋百川这事,心里始终过不了坎,但现今这形势,又不得不用:他专门去到蒋百川身边,说了句"谢谢蒋叔"。

蒋百川只顾埋头啃食,充耳不闻。

这一次,余蓉和炎拓约定,单程五十分钟,成与不成,都得按时返回。

相比第一次,这时长要宽裕很多:毕竟第一次是一路查看检索着过去的,这一次却是直奔目标。

送炎拓下水时,余蓉再三跟他确认:"那蛇……真不会吃你?"

炎拓给她吃定心丸:"当时蛇都到我跟前了,真想吃我,一口我就结束了。它自己缩回去的。"

余蓉不敢长舒一口气:那毕竟是蛇,谁能知道它打什么算盘?

她说:"反正呢,时间差不多我就下水,第五十分钟就开拖,你配合点。带聂二回来是赚,你一人回来是平,要都不回来,那就是亏了。"

炎拓笑,末了郑重说了句:"余蓉,多谢你了。"

经历使然,他不敢跟人交心,这么多年,认识的人倒是不少,能性命相托的好朋友几乎没有。

他觉得现在,余蓉算是一个了。

余蓉皱了皱眉头,说:"酸死了。"

……

如炎拓所料,这一趟单程相当顺畅,第三十七分钟时,已经到达石窟。

跟昨天一样,这儿静如深海,只有潜水手电的光和他的存在是扰动。

雀茶说,过来领人要"虔诚",炎拓索性做全套,向着窟顶双手合十过头:他记得白色巨蛇就是从那儿出现的,管它看不看得懂呢,反正他礼数到位了。

行礼完毕,炎拓直接上浮到聂九罗身边,摘掉右手的潜水手套。

地下水冰凉刺骨,寒意顷刻间就从右手蔓延到了全身,炎拓不禁打了个冷战,然后伸出手,慢慢触到那层近乎透明的肉膜上。

裸手接触跟戴手套的感觉完全不一样，有手套就有屏障，心理上有安全感：谁知道这东西有没有毒，会不会侵蚀皮肤呢？

入手温软，指尖触按处，无数条血丝一样的细线延伸开去，波纹样一轮又一轮，这微漾的触感又传回指尖，激得炎拓起了一身的鸡皮疙瘩。

可是，然后呢？

礼数到了，行为够礼貌，真心和诚意他都有，然后呢？并没有什么奇迹发生啊，并没有像想象中的那样，精诚所至，金石为开，这层肉膜自动收卷，把聂九罗交还给他啊。

炎拓的后背开始渗汗，他有些手足无措，几乎是无意识间，指尖往肉膜内陷入了一丁点。

是真的陷进去了，他看得清清楚楚，但就在同一时间，一股钻心样的剧痛自指尖袭来，炎拓如遭电击，瞬间缩回手来。

手似乎比刀管用，但也只是管用那么一丁点，刀割不开，手指……反正也进不了。

又白来了？

炎拓仰头看窟顶，窟顶黑漆漆的，那白蛇似乎没有探头出来的意思。

也就是说，他的举动不算冒犯？

炎拓低头看自己的手，顿了顿，再次尝试把手探进皮膜中。

那股钻心样的剧痛感又来了，这一次，炎拓死咬牙关，但只进到差不多第二指节处，就痛得眼泪都快冒出来了，不得不逃命样缩回手来。

好在疼痛感并不追着他，只要缩手，也就很快消失了。

计时器显示，已经是四十三分钟了，他还有七分钟。

炎拓怔怔看着被封在窟里的聂九罗。

撕扯不行，刀也不行，枪弹什么的大概率也是白搭，裸手去触碰更是要人命，这皮膜的厚度，他至少得探进一只手，才能碰到聂九罗。

但他只探进两个指节深，就已经要了老命了。

计时器蓦地闪烁变数，四十四分钟了，倒计时六分钟，他不能浪费时间在这儿空想了。

炎拓的目光落在聂九罗的手上。

他记得，聂九罗睡着时，会习惯性地蜷手指，但现在，大概是被肉膜给封住了，很安稳。

他很想握一握她的手，哪怕暂时带不出她，也想让她知道，他来了，距离她很近很近。

炎拓脑子里忽然闪过一个念头。

——他其实碰到她，理论上，只要他能忍住疼痛，就能碰得到她。只要他在活生生痛死之前缩手，他就死不了。

倒计时五分钟。

炎拓的心狂跳起来，他吸了吸鼻子，用力吞咽了一下，再次伸手。

这一次，他没去看自己的手，代之以把注意力聚焦在两人手之间的距离上，看着距离缩短，会有成就感。

疼痛如期而至。

炎拓控制不住推进器，也踩不住水了，他胸口压在推进器上，左手死死扒住粗糙的窟壁，右手持续前探，有一瞬间，他想早死早超生，猛一下探手进去，但做不到，疼痛已经让整条手臂都似乎蒸发掉了，他使不出力，只能一毫一毫、几乎是伴着惯性往里进。

豆大的汗珠从额上滚落，炎拓眼前阵阵发黑，继而发金，然后是觉得满目殷红，像血一样。潜水头盔的镜面上渐渐蒙上雾气，这是他血液循环加速、身体发热所致。

很快，他的身体就蜷起来，觉得自己像一只搁在油锅里煎的大虾，正慢慢被煎熟。

再然后，两条腿不受控地剧烈发颤，身周水纹乱漾，他几乎以为自己已经痛到失禁了。

理智在对他疯狂吼着"快停、缩手"，可同时，始终又有一丝不甘，不断在怂恿他：反正已经受了这么多罪了，何妨再多撑一会儿？

接下来，完全看不见了，也听不见了，推进器直接漂没了，背上的气瓶仿佛有千斤重，不断把他的身体往深里拉，左手没能扒住，一下子滑落下来，脑子里有根弦绷断，声音尖厉，几乎要钻透脑骨。

就在意识完全退去、身子完全沉坠的这一瞬间，他感觉到，自己触到聂九罗的手了。

而和从前那几次一样，她的手条件反射似的微微一动，也牵住了他的。

第四十八分钟，余蓉下水就位，依然是取河心位置，确保和炎拓出来的方向在一条直线上。

河岸上，蒋百川也已经就位，上身五花大绑，就待余蓉一声令下。

这一趟，围观的除了雀茶，还多了孙理和另一个人。他们送物资进来，恰好赶上这阵仗，索性多留会儿，看热闹，也算是变相地和蒋百川多亲近亲近。

雀茶一会儿看河里的余蓉，一会儿看岸上的蒋百川，明知不该笑，还是觉得有点好笑：这架势，像极了以前在学校里开运动会，选手——就位，就待发令枪响。

第五十分钟，余蓉试了一下绳索，觉得炎拓没有返回的意思。

因为第一回足足撑到了五十二分钟，所以即便过了约定的时间，余蓉倒也没太过焦虑，只是忍不住发牢骚："男人没一个做事靠谱的，指望他守时……他每次不给我搞出点幺蛾子来就不罢休……"

话未说完，眼睛盯住黑洞洞的入口，冷不丁打了个激灵。

这里头，好像不大对劲，虽然暂时还感觉不到，但总觉得水流有点不对劲。

过了会儿，连岸上的雀茶他们都生出怪异的感觉来了。雀茶很信直觉，心头一阵阵发毛，忍不住说了句："余蓉，要不然你先上来吧，我这心里……"

话还没说完，余蓉悚然变色，一把撒了手里的车轮，手臂一抡就向河岸边游：现在，她十分肯定这洞里是真不对劲，而且，眼见得就要呼之欲出……

才刚抓住岸壁，还没来得及往上攀爬，汹涌的水浪自洞口喷薄而出，斜溅而起的水花足有几米高，余蓉猝不及防，被水浪一下子推涌下去。

她慌不择路，一把抓住了牵引绳，这牵引绳是绑在蒋百川身上的，但蒋百川的力再大，哪能及得上水浪的推力？刹那间趾爪就抓不住地，嘶吼着被倒拖进水中，好一通拼死挣扎。

雀茶他们几个被浪头打了一身的水，几乎被浇蒙了，足足过了五六秒钟才反应过来，好在这个浪头过后，没有后浪跟上，逆流而推的水重又涌回。

孙理眼尖，指着水中央大叫："蓉姐在那儿！那儿，蒋叔在那儿，哎，多了两个人！还有俩！"

余蓉刚从水下潜上来，还有点晕头转向，忽听到"多了两个人"，精神猛一抖擞，几下猛划水，抬手就抓住了戴潜水头盔的炎拓。

而抓住一个，也就抓住两个了：炎拓手臂间，死死环着聂九罗。

余蓉只觉头皮发麻：还真让他带出来了！

下一瞬，她冲着岸上怒吼："还站着干什么？不知道帮个忙啊？"

一通手忙脚乱之后，所有人都上了岸。

篝火再次燃起，雀茶铺开地垫，又加垫了条盖毯，以便炎拓和聂九罗能躺得舒服些。

这两人都昏过去了，好在呼吸还顺畅，不同的是，聂九罗眉目舒展，入睡般安详，炎拓却眉头紧皱，偶尔身子发疼，好像遭受过什么痛苦似的。

最惨的是蒋百川，他应该是怕水，经了一遭水之后，宛如被雷劈过，即便是上了岸，仍哆哆嗦嗦地缩成一团，半天缓不过来。

……

肉汤初滚的时候，炎拓醒了，他一个激灵坐起来，如在梦中，坐了两秒，四下去看。

好在第一眼就看到了聂九罗，炎拓定定看了她好一会儿，身子一瘫，又仰面跌下去，大口大口地吁气。

余蓉走过来，在他身边蹲下："发生什么事了？"

炎拓也说不清，他只记得，那时候拉到聂九罗的手了，再然后，突然暗影罩下，大力涌来，失去意识前，他死死抱住了聂九罗，脑子里只有一个念头：可不能再失散了。

见炎拓不说话，余蓉还以为他是淹蒙了："怎么了啊？"

良久，炎拓喃喃了句："生孩子也就这样了吧。"

这什么乱七八糟的？余蓉翻了个白眼，撂了句"还没醒呢"，就凑去雀茶身边，看肉汤的火候了。

炎拓睁着眼，定定看着高处，听身侧聂九罗的呼吸，内心慢慢铺展开，仿佛铺开到无边无际，一片祥和，又像被揉皱了很久的纸，一根根纹理都终于熨帖。

起初，他听了雀茶的话，也以为领回聂九罗是在接引，类比接生。

一般生孩子，是母亲遭受痛楚。

但没想到，从石窟处接回聂九罗，是接引的人要经受这么一番。

生孩子也就这样了吧。

没有哪个生命是能轻易来到这世上的，都要付出代价，新生儿如此，他想挽回消逝的生命，也是如此。

很公平。

这罪受得值得，也受得心安。

09

炎拓之前和余蓉以及雀茶有过共识：关于石窟以及女娲肉，越少人知道越好，免得流传开去引来觊觎，把下头扰得不得安宁。

所以候着孙理他们走了，他才讲起这一趟的经历，至于余蓉后面要怎么跟孙理他们解释，那就不是他要操心的事了。

听完全程，余蓉总算明白了炎拓没头没脑的那句"生孩子"是怎么回事。

在她看来，石窟类似女娲母体，炎拓是去接引、接生的，母体承受分娩的痛楚不是常识吗？好家伙，原来在下头，是反过来的。

接生的人要遭这种罪，那谁还肯去接呢？

雀茶也听傻了，她还以为，姿态虔诚、裸手触摸，感应到彼此都是同类，那封膜就能应手而开⋯⋯

是自己想得肤浅了，死在同类手上的人，可比死在异类手上的要多得多了，同类绝不是接引的加分项。

余蓉挠了挠脑袋:"那我,还能接得出孙周吗?"

她原本计划着,如果炎拓全程顺畅,那她也找机会依葫芦画瓢,就手、顺便、辛苦一把,把孙周给接出来,也算有始有终。

现在看来,好像不是"辛苦一把"就能做得到的。

炎拓没说话,他也有点乱,还没完全捋清楚。

余蓉换了个问题:"那你,还能把冯蜜给带出来吗?"

炎拓想了一会儿,缓缓摇头。

他说:"首先,从个人意愿上说,我不想把冯蜜带出来。"

冯蜜毕竟是地枭,依赖血囊而活,只要再见天日,她就要寻找血囊,这是她生物的天性,他不好去评论对错。

但与其放任无辜的人继续受害,那他情愿冯蜜一直待在石窟中,这是最合适的解决办法了。

"其次,即便我想,我估计也没有那么强的意志力,能再次承受住那种痛苦。"

余蓉好奇:"到底多痛啊?"

她又看雀茶:"女人生孩子,真这么痛吗?"

雀茶没好气道:"我又没生过。再说了,炎拓也没生过啊,他那只是个比方。"

两人齐齐看炎拓。

这问题,炎拓也回答不了,索性继续话题:"第三是,有一点你们忽略了,阿罗当时给我回应了。"

她反握住了他的手,这个细节,当时觉得不过尔尔,现在想来,极其重要。

那是她的意愿。

可是冯蜜就未必了,他于冯蜜而言,只是个不错的朋友,冯蜜固然对他表示出过好感,但在她心里,有着远比他更重要和亲近的人和事。

雀茶后怕:"好险啊,亏得聂小姐有这么个习惯。要是她没有的话,你觉得你还能带得出她吗?"

炎拓沉默。

还真不敢说,他们固然是爱人,但爱情有那么大的魔力吗?能让她在昏睡八个月之久后,只凭一记触摸,就感应出是他,愿意跟着他走?

他审慎作答:"如果我带不出她,或许还能让裴珂再做尝试,毕竟她和阿罗之间有血缘关系,亲缘感应可能会更直接。"

余蓉听明白了,不精确地总结一下(也没法精确,毕竟可参考的,只有炎拓的个人经验),大概要具备三个条件。

一、强烈的把人带回来的意愿。

二、经受得住巨大痛苦的意志力。

三、对方的回应（有血缘关系的话可能会更直接）。

她有点泄气："我能多想救孙周？他爸妈来都比我强吧，我看孙周也不大会回应我。我跟他，连朋友都算不上。"

雀茶反觉得合理："就应该是这样啊，不然，想复活就复活，随便谁轻轻松松就能把人复活，生命也太廉价了。"

生命之所以珍贵，不就是因为来得不易，保有也不易，有且只有一次机会，不能续费延期，也不能推翻重来吗？

雀茶又说："那我看那个石窟里的人，能出来的几乎没有了。无亲无故的，谁会付出那么大的代价接他们出来呢？"

那石窟里，还有两千多年前的缠头军呢，亲友尽凋，知交全无，谁会去接他？

像个恒久落寞的码头，再也无船来靠。

炎拓想了想，建议余蓉："你要是真想尝试带出孙周，我建议过几年。他的胳膊长得很慢，八个月了，也就那么一小截。

"对我们人来说，阿罗受的是致命伤，孙周只是残疾。但如果站在女娲造人的角度，只看肢体缺失的多少，阿罗受的反而是小伤，只需要长点皮肉，孙周却得再长一条胳膊，你等孙周都长齐全了再说吧。"

余蓉还不死心："到底有多疼，能给个参照吗？是割一刀的那种，还是暴揍到人吐血那种？"

毕竟是一条命，她愿意去碰碰运气，前提是别疼得太狠，割一小刀或者挨一记重拳那种，她估摸着自己还能承受。

炎拓低头去看聂九罗，她睡得真好，希望她做的是个好梦。

他抬头看余蓉："现在想想吧，其实也不怎么疼，你大胆去接生好了。"

男人真是狗，这脸变得，比翻书还快，可见是自己"生"完了，站着说话不腰疼。

余蓉大怒："我信了你的鬼！"

余蓉的想法是，既然事情告一段落，自己短期内又不可能去捞孙周，那就尽快开拔回撤好了：这里毕竟不是什么山明水秀的好地方，越往外去越安全，即便半路扎营，也好过宿在洄水边。

炎拓没异议。

装备物资等，大半都可以留在这儿了，只带上必需品，基本算是轻装。

炎拓背起聂九罗，难免有点担心："阿罗怎么还没醒呢？"

余蓉看不上他那副患得患失的模样："惯性，惯性懂不懂？飞机也不是一秒降落的啊，她这连睡八个月，醒过来不得缓冲啊？总得一两天吧。"

炎拓笑，余蓉说话不好听，像热锅炝辣椒，但习惯了之后，还挺受用。

离开的时候，他回头看了眼涧水，目光又越过河面，长久停驻在对岸那一片不见底的黑暗之中。

这些日子，裴珂没有出现，心心也没有。

想想也正常，她们本来就不喜欢上来，又或许，正在忙着用女娲像转化邢深那些人，实施自己的计划吧。

虽然再见的概率不大，但只要想见，总还是有机会再见到的。

当天晚上，几人越过人俑丛，在一处高垛背后扎营。

蒋百川一路随行，半为这两天跟他们混惯了，半为跟着他们有肉骨吃。

不过，有蒋百川在，守夜不是问题，他比人警醒多了。

睡前，余蓉看着宛如得了多动症般绕着营地跑圈的蒋百川，心中五味杂陈。

她突发奇想，问雀茶："你说，把蒋叔……送去石窟好不好？"

雀茶吓了一跳："怎么送？推下涧水淹死，然后顺水流过去？这不是谋杀吗？"

余蓉没再说话。

是有些不太合适，跟谋杀似的，可是，好端端一个人，还是她的长辈，如今像条狗一样蹿前跑后，看着实在……

雀茶猜到了她的想法："你又不是他，我觉得，老蒋现在，活得比从前更轻松。其实啊，你觉得他不体面，还是用人的标准去看的。"

狗刨食，猪拱槽，都是天性，进食的需要使然，没什么体面不体面的。只有人的讲究多，不能掉粒，不能咂嘴，不能拿筷子乱拨别人面前的菜，条条框框，把自己高高束起，回头再看，便觉得这个上不了台面，那个有失体统。

余蓉长叹一口气："可能吧，人本位嘛，有些想法，一时半会儿拗不过来。"

……

睡到半夜，炎拓忽然醒了。

因为已经进入了有夜光石的地段，所以即便在帐篷里，也并不显得很暗，朦朦胧胧间，他看到，身边坐起个人。

此行只带了两顶简易帐篷，一直是余蓉和雀茶共用一顶，他自己用一顶，找到聂九罗之后，她自然和他住。

如今，身边坐起个人……

炎拓脑子里一激，瞬间睡意全无，腾地坐起身，又惊又喜，但怕吵醒别人，声音还是尽量压着的："阿罗，你醒啦？"

边说边去摸身侧的手电，先摸着照明棒，赶紧亮。

聂九罗转头看他，一双大眼睛乌溜溜的，许是睡了太久的缘故，脸上又带些许茫然，浸水之后阴干的长发拂在脸侧，有点蓬松，有那么几丝几缕，甚至还张扬地飞翘着。

因为有人可"看",她散漫的眸光开始聚焦,懵懂的表情慢慢消失,表情多了些许鲜活。

这也算久别重逢了吧,炎拓一颗心跳得厉害,都不知道该跟她说什么:"你要不要喝点水,或者吃点东西?"

聂九罗上下打量了他一番,下颌渐渐扬起。

炎拓心中咯噔一声,他有不太好的预感。

果然,聂九罗当初那种睥睨的、拿他当空气似的眼神又出现了,还是那副目空一切、踮得人五人六的神态,朝着他冷哼了一声。

哼完了,抬手拈起一缕头发。

阴干的头发手感很涩,闻上去也怪,聂九罗一脸嫌弃,问他:"去哪儿洗澡?"口气很冲,也必然不会压着音量,隔壁传来窸窣的声响,是余蓉她们也被惊动了。

她这状态不太对,炎拓的太阳穴处疼跳,小心翼翼地问了句:"阿罗,你还认识我吗?"

聂九罗扫了他一眼,老大不耐烦,说:"看着眼熟吧。"

炎拓心头一沉,他最担心的情况出现了。

吞食生死刀磋磨出的粉末,对人体是有副作用的,所谓的"疯刀",真的可以从字面意义上去理解,就是发疯的意思。

聂九罗现今的异常,究竟是当初的那股劲还没过去、惯性使然,还是真的疯魔上脑、不可逆了?

炎拓口唇发干,一时说不出话来。

聂九罗嫌他木讷,语气更不耐烦了:"问你呢,去哪儿洗澡?"

炎拓:"这里……没法洗澡。"

什么叫"没法洗澡"?

聂九罗怒了,一把扯开帐篷的拉链钻了出去,炎拓怕她有什么闪失,赶紧跟出来。

倒也还好,她并没有一出帐篷就踮得没了影,倒是守夜的蒋百川,原本窝在那儿百无聊赖,突然听到动静,大概是以为来了活儿,职责所在,腾地蹿到近前,毛发奓起,喉内嚙嚙,凶相毕露。

这可是正撞枪口上了,聂九罗眸光森寒,五指倏地成爪,冷笑了声:"什么玩意儿?"

边说边向蒋百川走了过去。

眼见她一副要宰几个的架势,炎拓吓得头皮发麻,几步冲过去挡在她和蒋百川之间,继而被她逼得节节后退:"阿罗,阿罗你听我说……"

末了实在没办法,他厉声喝了句:"阿罗!"

这一声倒是奏效了，聂九罗停下脚步，抬眼冷冷瞥着他。

身后不远处，从帐篷内探出头来的余蓉急吼吼朝他喊话："炎拓，安抚！安抚为主，这儿可没人打得过她！"

这一路过关斩将的，连地枭和白瞳鬼都没能搞死他们，要是最终在聂九罗手上完成了团灭，那真是冤过窦娥，死了都没处说理去。

炎拓挤出一个笑来，尽量向聂九罗释放善意："阿罗，卢姐已经帮你把洗澡水放好了，就是离这儿很远，得走很久……"

很显然，卢姐她也有印象，说不定比对他还更熟，毕竟她认识卢姐远早于他。

"路远，不会开车吗？"

炎拓指了指周围："你看这儿的地形，车开不进来。"

"不会修路吗？"

几轮对答下来，炎拓已经有点摸着门道了：疯的人其实自有一套逻辑，得顺着来，她说她是小苹果，你就别说她是颗梨。

他说："已经在修了，工人手脚慢，人又笨，还没修进来。阿罗，咱们先休息，休息好了，就能洗澡了。"

聂九罗想了想，估计是觉得这话说得合情合理，也就不再纠结什么洗澡，只是目光绕过炎拓，仍在蒋百川身上打转。

炎拓秒懂："我帮你赶走……"

见"赶走"似乎不合她意，立马改口："……宰了他。"

聂九罗挑不出他有什么错处，看周围这环境，也实在没辙，站了几秒，又"哼"了一声，转身回帐篷。

余蓉和雀茶两个，脑袋原本是探在帐篷口的，一见她靠近，齐刷刷缩了回去，生怕被她逮到，又挑她们脑袋的不是。

过了一会儿，炎拓过来，撩开她们的帐篷门，又指指蒋百川，低声说："赶紧打发他走吧。"

余蓉点了点头，又伸手指脑袋："她这……是临时的，还是？"

炎拓摇头："不知道，走一步看一步吧。"

10

老一辈说，疯子大致分两种：文疯子和武疯子。

文疯子敏感、偏执，类似鲁迅笔下的孔乙己，于己有损，于人无害。武疯子不同，有暴力倾向，会伤害他人，路人见了，一般都要绕着走。

聂九罗是两者兼而有之，毕竟她"动手"能力太强，以前就崇尚能动手绝不动口,而今少了理智的束缚,就变本加厉了。

她也不是失忆,不管是炎拓、余蓉还是雀茶,她都"有印象",然而视若无睹,仿佛这些人原本是立体的,而今都瘪成了贴花墙纸,从她的世界中隐退,和她再无瓜葛。

她自成体系,只琢磨自己关心的事。

起初是要洗澡,一时半会儿没法达成,又急着联系老蔡,被炎拓以"电线被大风吹断了,信号连不上"为借口回绝之后,又问炎拓:"我参赛的事怎么样了?"

炎拓也不知道她究竟参了哪个赛,只能含糊以对:"都还挺顺利的。"

聂九罗:"都这么久了,奖还没评出来?"

炎拓找借口:"评委之间……有点分歧。"

聂九罗面色不豫:"哪个评委?"

看这架势,一语不合就要去宰评委了,炎拓急中生智:"不是,一等奖是你没跑了,二等奖不好定,竞争比较激烈。"

原来如此,聂九罗点了点头,暂时原谅了评委。

余蓉和雀茶两个不敢惹她,但也没耐性哄,两个人一路以躲为上,把所有状况都交给炎拓解决,暗地里还感慨说,果然"接生"这事,不是生完了就完了的。

生了还得带呢。

好在聂九罗状况不算很多,因为本质上,她眼睛里已经看不到炎拓这类"凡人"了,也懒得和他多费口舌。

一直到出山,她只又发了两次脾气。

一次是走金人门的时候,嫌路径太窄,还愤怒地猛踢了一脚。

炎拓安慰她说,拓宽计划已经申请到款项,工人们过两天就会开工。

第二次是坐着骡子出山,怪自己的骡子太颠不好驾驭。

炎拓顺着她的意,任由她把所有骡子都试坐了一遍。

聂九罗发现这些骡子都是半斤八两,没一个省心的,也就不再发牢骚,但全程黑脸,谁也不理。

……

再次出了山口,炎拓长吁一口气,觉得这一遭是真正终于彻底回归人间。

事情告一段落,接下来是各奔东西的节奏,炎拓原本想安排大家聚个餐,让这离别宴有点仪式感,但聂九罗一心要回家,不愿意浪费时间吃这顿饭,话还说得很决绝:"不吃,要吃你吃,我自己走。"

炎拓有点为难,毕竟这一次能功德圆满,余蓉他们是出了不少力的,而今拍拍屁股就走,即便事出有因,他也觉得不太合适。

余蓉便出来打圆场,说是自己会安排一桌酒宴,好好犒劳相关人等,炎拓负责报销就行，都是好朋友，不用讲究细节。

饭可以不吃，辞行不能太潦草，行李装车、把聂九罗送上副驾之后，炎拓站在旅馆门口，离着车边不远，跟余蓉和雀茶聊了一会儿。

余蓉安慰他："我估摸着状况都是暂时的，你就算对聂二没信心，也该对女娲大神有信心。人家女娲修补过的，总不能是个次品吧？"

炎拓也是这想法，所以这两天心态还算乐观。

他看向雀茶："那你后续……什么打算？不嫌弃的话，我可以在公司给你安排一下，生活安稳没问题。"

雀茶没领这情："我前三十年还不够安稳吗？后三十年还求安稳？"

炎拓笑道："那是要求刺激了？"

雀茶想了想："也不是，刺激也未必适合我，不过我总得都尝试一把，才能找着最适合自己的道。你放心，真没路了，我会去找你帮忙的——我帮过你，去朝你拿点报酬，不会不好意思。"

……

真烦人，哪这么多话讲？耽误她宝贵的时间。

副驾上，聂九罗皱着眉头看炎拓一干人聊得没完没了，心头气闷，又转头看另一侧街景。

街的这一边，不少摆摊的，毕竟是镇子，市容市貌的监管没那么严格。

有个倒卖二手皮货的男人，正倚靠在墙面上抽烟，按说天气已经转凉，一般人长袖外都加搭外套了，他还很拉风地穿了件短袖T恤配小马甲——吐烟圈时，偶然一抬眼，恰与聂九罗的目光相触。

发现是个美女，这男人不觉来了骚劲，冲着她轻佻地飞了个眼风。

聂九罗沉下脸来。

见她被冒犯到了，男人如捡了大便宜般兴奋，还得寸进尺，冲着她噘起嘴，隔空"啵"了一记。

非常好，聂九罗解开安全带，不动声色地开了车门下车，径直朝那个男人走了过去。

男人略有些紧张，但见只是个柔弱的姑娘，又觉得即便闹起来，她也占不到什么便宜——再说了，自己干什么了？连指头都没挨过她呢。

于是理直气壮地挺起了胸膛。

途经一个鞋摊，聂九罗略扫了一眼，顺手攥起一只大码的男拖。

摊主正在刷视频，一时没反应过来，毕竟这种打扮的客人，也犯不着当街偷鞋。

待见她真的拿了就走，不由得叫出声来："哎，哎，怎么拿人鞋不给钱呢？"

聂九罗充耳不闻，直奔目标，那男人看见她拿鞋了，但没当回事，还不屑地撇了撇嘴。

这一头，炎拓几个听到鞋摊摊主的嚷嚷声，下意识往这个方向看，不过聂九罗已经不在鞋摊边了，是以一时都没发现状况。

还是雀茶心细，目光往两边扫了扫，面色突变，大叫："聂小姐，在那儿，那儿呢！"

话还没完，聂九罗这边已经下手开抽了，一扬手，又准又狠，啪的一声，正抽在那男人胳膊上。

那男人原本以为只要稍微一躲就能躲过去，没想到被抽了个正着，还以为是自己大意，正愣怔间，第二记又来了，这一次是横抽、正打脸。

男人"嗷"的一声痛叫起来，继而气急败坏，也顾不上后果了，没头没脑抡拳反击。然而不论他使出多大的力气，始终打不着人不说，自己身上还频频挨抽，有时是头脸，有时是胳膊，记记脆响，无一走空。

街面上的闲人立时拥了过来，打人嘛，本来就好看，更何况还是女人打男人这么精彩。

那个鞋摊摊主也在其中，原本是气冲牛斗地要过来抓贼，观望片刻之后，低调地往后缩了缩。

一双塑料男拖，进价三块五，她只拿了一只，折合一块七毛五，他不想为了追回这点损失遭这种罪。

就在那男人被打得哭爹喊娘、眼泪鼻涕差点糊了一脸的时候，炎拓终于赶到。

他自后一把抱住聂九罗的腰，带着她连退几步，低声劝她："阿罗，算了。"

算了就算了吧，反正自己也打累了。

聂九罗把拖鞋一扔，指着那男人对炎拓说："把这人送去坐牢。"

那口气，仿佛监狱是她开的。

炎拓一口答应："好。"

那男人满胳膊满脸的拖鞋印，红彤彤的一块连着一块，本来气不过，想豁出去了跟对方死磕，乍听这对答，心头一唬，没敢说话。

他寻思着，口气这么狂，这两人怕是大有来头。

余蓉也过来了，她拍拍炎拓的肩膀："你们先走吧，这儿我来解决。"

她又不耐烦地赶围观的人："看什么看，都闲的是吗？"

她这个子、块头，尤其是光脑壳上那条蜥蜴，意味太过复杂，人群很快一哄而散。

混乱中，鞋摊摊主蹲下身，眼疾手快地抓起跌落在地的拖鞋，喜滋滋地去了。

不管人和事发生着怎样的变化，聂九罗的小院，好像是永远都不会变的。

卢姐还在，她和聂九罗之间的合约到期之后，老蔡出面，又续了一年，让她继续负责小院的日常维护，不过双方都心照不宣：最多也就为聂九罗尽这一年的心力了。

没想到的是，聂九罗居然又神奇地回来了。

收到消息之后，老蔡一秒都没耽搁，立马赶到了小院。

卢姐给他开的门，第一句话是："炎先生送她回来的。"

说这话时，多少带了点愧疚：这半年，两人都当炎拓是罪犯、凶手，不止一次商量过该怎样让他露出真面目，卢姐因为这事，甚至都不大搭理刘长喜了……

万万没想到，事情峰回路转，给他们唱了出柳暗花明。

第二句是："这几个月，聂小姐脾气见长啊。"

老蔡显然对"脾气见长"这四个字未能理解透彻，心也挺大："长脾气不怕，要能再长点本事就更好了。"

语毕直奔二楼。

这半年间，老蔡来过几次，卢姐把一切都收拾得井井有条，那些个雕塑造像，如陈列待展般一一置摆。

但现在，所有的造像都被集中到了工作台以及附近，高高低低，错落摆了一大圈，聂九罗正皱着眉头挨个检查。

到底是半年多没见了，老蔡顾不得其他，打心眼里高兴："阿罗啊，这么长时间，去哪儿了啊？手机也打不通，消费记录为零，还以为你出事了……"

聂九罗头也不抬："别吵！"又说，"控温控湿是不是没做好？连喻水保鲜都做不到吗？这道干裂纹都差不多有一个半指节了！"

老蔡一怔，还没反应过来，就听旁边有人答："是，我没安排好，负责保养的人已经被我辞了，还扣了两个月的奖金。"

循向看去，正是炎拓，他抱着胳膊倚在墙边，答得不慌不忙，见老蔡看他，回以礼貌的一笑。

老蔡有点尴尬，毕竟这半年，他给炎拓找的麻烦不少，但同时也如堕云里雾里，觉得这对答特别魔幻。

炎拓看出了他的疑惑，但又不好解释什么，只丢了个眼神让他自己体会。

这当儿，聂九罗也看见老蔡了："我正要找你。"又指阅读区的沙发，"来，坐下聊。"

感觉有些诡异，老蔡心头纳闷：聂九罗那架势，仿佛他是给她跑腿打工的。

他满腹狐疑，才刚迈开脚步，炎拓三步并作两步，在他耳边吩咐了句："不管她说什么，都顺着捧着，原因晚点跟你解释。"

聂九罗的要求让老蔡大吃一惊。

她要开个展。

聂九罗想开个展，老蔡一直是知道的，不过，两人也曾达成过共识：目前还是以揣摩学习为主，首展并不着急。

惊愕之下，他也忘了炎拓的吩咐，实事求是："阿罗，我觉得你各方面都还欠火候，当一个人天赋不足的时候，真的就要靠资历去熬火候……"

聂九罗微掀了眼皮看他："你说谁天赋不足？"

说这话时，眸光微沉，幽深得让人有点害怕。

炎拓用力咳嗽了几声，不易察觉地靠近两人，这样，万一老蔡有危险，他好第一时间施救。

老蔡是个生意人，惯会察言观色，当下没敢在"天赋"这个问题上多做纠结："不是，你上次不还说，要系统研究一下葛姆雷啊，麦克唐纳等人的风格，西为中用……"

他列的这两个，都是世界级的雕塑大师。

聂九罗"哦"了一声，说："这都什么垃圾？"然后通知他，"你帮我安排，半年内，我希望就把国内的个展给走起来，至于作品方面，你不用担心，我会如期提供的。"

说着向外挥了挥手，那意思是：我说完了，你可以走了。

老蔡一头雾水，起身往外走，走了两步又回头看聂九罗。

她看起来可真不像是开玩笑。

又去看炎拓，炎拓朝楼下使了个眼色，示意他下去谈。

这个季节是小院的花期，月季开得正好，桂花树也一树蓬勃，蓄势待发。

没等老蔡发问，炎拓先发制人："阿罗这人，好胜心很强，她其实很在意你说她天赋不够这事。"

老蔡想解释一下："天才毕竟是少数，能当人才就很好了，我也是帮她认清自己……"

炎拓表示理解："这几个月，她其实是去……反正就是把自己和外界隔绝，揣摩学习各类古雕塑造像，有点太投入了，所以性情突然就变得很偏激，行为也相对古怪。"

老蔡恍然大悟。

原来如此，古往今来，为了艺术疯魔的人不少，不过他一直以为，聂九罗比较接地气，不属于这一挂的。

他说："那办展的事，她是随口说说吧？"

炎拓摇头："你就一切顺着她来吧，该准备的全准备起来。我想过了，全国巡展，也就在各地租几个场地，观众可以雇，媒体采访可以找人演，费用我解决，渠道上你帮个忙……总之，让阿罗尽量顺心如意，千万别发脾气，兴许这样，能慢慢好起来。"

让聂九罗事事如意当然是其中一个考虑，但更重要的原因是，个展的筹备很繁杂，他希望聂九罗有事做，这样的话，她就无暇分心，也就不会再生出别的千奇百怪的事来。

老蔡心有戚戚，抬头看向二楼："怎么就搞成这样了？要不要找个心理医生看看啊？"

炎拓叹了口气，也朝二楼看去："不知道，可能对艺术……太执着了吧。"

11

炎拓的猜想没错，聂九罗一旦有事可忙，生事的概率就大大降低：别说走出小院了，简直是长在了工作台边，连下楼的次数都屈指可数。

炎拓在一楼的客房里住下来，其实需要他忙的事已经很少，但他不敢离开，毕竟聂九罗的情况并不稳定——看似不闹事，但一闹起来就是大事。

老蔡隔三岔五过来一次，到底是在"筹备个展"，得有个繁忙的样子，让聂九罗看到进度，这样才显得真实——费用已经不需要他操心，在做戏上还不积极点，心里过意不去。

第二次过来的时候，正赶上聂九罗出了第一批图稿，老蔡随手拈起一张看，心里突地一跳，又把剩下的几张都拿过来，走到窗前对着日光细看。

看完之后，下楼找炎拓。

炎拓正在灶房里剥毛豆，这是卢姐看他闲得实在发慌，丢给他打发时间的活儿。

老蔡问炎拓："阿罗都是去哪儿闭关揣摩的啊？"

炎拓对雕塑造像的所知也有限，于是含糊以对："也就敦煌、龙门、麦积山一类的。"

老蔡"哦"了一声，若有所思，又问："有拜个师父什么的吗？"

所谓的"拜师"，不用行礼入门那么复杂，指的是有人从旁点拨。

炎拓看看老蔡，又看他手里的几张画稿："怎么了？"

老蔡把画稿递给他，又从手机里翻出一张画稿图片："这是阿罗去年画的，你看有什么区别吗？"

炎拓看了又看："都挺好看的啊。"

真是外行看热闹，老蔡把画稿拿回来，懒得多做解释："总觉得，比之前更流畅了似的。"

其实这说法太过笼统了。

老蔡的真实感觉是：聂九罗以前的画稿，是一笔一画"画"出来的，再工整精致，也只是画稿而已。但这次这几张，线条一气呵成，半点滞涩都看不到，像是直接从笔头生长出来的，即便已经画完了，还意韵不尽，仿佛仍在生长中。

看来这几个月的闭关，乃至走火入魔，还是有点成效的嘛。

接下来的一段日子，老蔡往小院跑得明显频繁，不是做戏式的那种，是真勤。

聂九罗脾气大，做事时不喜欢有人在边上打扰，即便是屏息静气进出都会遭呵斥，于是老蔡在工作台边架设了摄像机远程观察。

看她起稿的运笔——有几次，他感觉完全是无章法的胡画，但呈现出的，真的就是上手可用的稿子。

看她对龙骨的掌握——不是从前那种一板一眼地搭骨架了，有时候，他甚至觉得骨架搭得不行，可是一堆上泥，形体即刻间呼之欲出。

看她塑形的手法——其实手法已经不太重要，关键是出来的效果。

有一次，镜头正对着塑像的人脸，卢姐打扫卫生时从老蔡身侧经过，吓得"啊呀"一声，然后笑着给自己解嘲说，看到一张脸往屏幕上挤，还以为是个活人呢。

老蔡坐不住了，又特意去找了一回炎拓，旧话重提："这几个月，是不是有人系统性地在给聂九罗做培训啊？"

炎拓不蠢："你是不是觉得，阿罗的水平上去了，进步得还不少？"

老蔡没正面回答，但话里话外，还是流露了些真实想法："我是觉得，这个展要是来真的，也不是不可行。"

这话听得炎拓心中一动。

一般认为，人在出生的时候，会从胎里带出些天赋，比如有人擅作画，有人擅写曲，有人对数字极其敏感，有人对代码一点就透——解释不出原因，所以笼统以"天赋"称之。

聂九罗原本的业务水准，在老蔡眼里显然算不上出类拔萃，但现在，得到老蔡这么高的评价，甚至都具备了办"个展"的资格，是因为她的"二次出生"，带出了一些新的天赋吗？

还有，聂九罗是做雕塑的，而公认雕塑的祖师爷是女娲，硬要攀扯关系的话，她这一次算是女娲的"嫡出"呢。

老蔡越说越兴奋："我再观察观察，她要是发挥稳定，这次真能给好好运作运作，毕竟业内对她没期待，很容易一鸣惊人、打出名气……"

炎拓没想到歪打正着，这全盘造假的"个展"，还真偏上正轨了。

可是，这么一来，他就更寂寞了。

卢姐在早晚和三餐时段可以上二楼，因为她负责打扫和收送餐。

老蔡在约定好的时段也能上二楼，因为他要跟聂九罗讨论未来个展的主题、展馆、布展。

唯有炎拓，跟聂九罗的生活和事业都挂不上钩，见她师出无名，成了院子里唯一多余的人。

公司的事有专人打理，需要报备到炎拓这里的不多，他每天做得最多的事，反而是给卢姐打下手，剥剥毛豆，剪剪虾须，理理青菜，削削土豆。

真是硬生生把自己活成了家政。

约莫半个月后的一天，余蓉给炎拓打电话，问他这头的进展。

炎拓正在给蛤蜊浸水，伺候这玩意儿吐沙，意兴阑珊回答："没进展。"

然后把情况给余蓉说了。

余蓉大感意外："这样不利于聂二的恢复吧？你得多跟她聊天，帮着她……"

余蓉也不知道该怎么措辞，聂九罗毕竟不是失忆。

帮着她……重铸之前的情感体系和对世界的正常认知？这就需要推着她走进世俗世界，不断和外界各色人等沟通，而不是把自己沉进雕塑的世界里去，那可就太不接地气了。

炎拓无奈："她不想跟我聊天。"

他试过见缝插针在聂九罗的闲暇时间和她说话，但聂九罗好不容易闲下来，只想休息，并不想听人聒噪，所以不是凶巴巴地怼他就是翻他白眼。

人要脸树要皮，谁还没个自尊什么的？几次三番之后，炎拓就不大凑上去自讨没趣了，甚至看到她时，会主动避让一下，省得讨人嫌。

余蓉说："这样不行啊，从带孩子的角度来说……"

两人同时沉默了一下。

顿了顿，余蓉接着往下说："我就是类比一下，你不要多心。你想想，小孩子是不是谁带她多就跟谁亲？你一边想让她记起你来，一边又躲得她远远的，那这得哪辈子才恢复啊？真的，这个不能纵容，得尽早介入。"

炎拓头疼："她跟别人不一样，她一个不高兴就会动手……"

余蓉说得斩钉截铁："打，让她打呗，只要打不死你，你就得兴风作浪。"

这还没完，听筒里又挤进雀茶的声音："打就打呗，男子汉大丈夫，还怕打一顿两顿吗？"

真是……聊不下去了。

炎拓岔开话题："你们签证办得怎么样了？"

之前，余蓉给炎拓透露过，说是想回泰国，还说雀茶也想跟着出去长长见识。

余蓉说："现在这形势，国外也不见得好，还没最终决定。雀茶在口岸附近找了个箭馆，给人当私教陪练，挣得还不错，可乐坏了，说自己这辈子是第一次挣钱，说自己挣钱自己花的感觉真爽，还说原来没男人养也没关系。"

炎拓沉默了一会儿，有时候，事情的好坏还真难以界定：假如蒋百川没有出事，雀茶也许永远是他身边一只金丝雀，即便心有不甘也只能认命。

谁也想不到，蒋百川的不幸，反促成她抬头看天，继而找天、振翅。

余蓉最后说："我觉得暂时在国内待着也行，回金人门还方便点。一是，蒋叔在那儿，隔个一年半载的总得去看看；二是，邢深那些人没个下落，不见一面，心里头不踏实。"

炎拓也是这想法。

他直觉，聂九罗也会再去一趟的。

挂了电话之后，炎拓仔细分析了一下当前的形势。

他的确有耐性，也很能熬，但这不代表他喜欢这样。余蓉说得有道理，他是得适当地兴风作浪，在聂九罗面前博点存在感。

不破不立，不兴风，哪来的浪呢？

当天晚上，他就越俎代庖，顶替了卢姐送餐的活儿。

聂九罗的耳力不错，再说了，不同的人走路力度不同，很容易从脚步声里听出差异。

回头看到从楼梯上来的人是炎拓，聂九罗很不高兴："怎么是你啊？"

炎拓说："卢姐刚脚崴了一下，不方便上楼。"

合情合理，聂九罗不好挑刺，过来在餐台边坐下，如常开餐。

炎拓站在一边，目光不觉就被工作台吸引了过去。

这台子真是大而凌乱，所有工具乱摆，有尚在揉制的泥，有刚开搭的龙骨架，画稿扔得左一张右一张，每一处都彰显着忙碌和投入。

炎拓居然有点羡慕。

真好。

多少人的工作只是为了糊口，做得不情不愿，她能真正喜欢且浸润其中，真好。

聂九罗抬头看他："你还站这儿干什么？你在这儿看着，我怎么吃？"

她吃饭和工作时一样，也不喜欢有人在边上。

炎拓好脾气地笑了笑："那我待会儿再上来收。"

转身欲走时，他忽然想到了什么："阿罗，明天去医院做个体检吧。"

聂九罗皱眉："做什么体检？没空。"

炎拓越发心平气和："你胳膊之前受过伤，一直没好利索。如今要开展，都是体力活，还是应该及早去查一查。否则筹备到一半，胳膊罢工了，不就前功尽弃了吗？"

听上去很有道理，聂九罗不得不点头："也行。"

炎拓跟她确认时间："那明天上午，我带你去？"

聂九罗头也不抬："好。"

炎拓下楼时，步子都轻盈了。

非常好，他的计划，开局还挺顺的。

体检本来就是一件耗人的事儿，更何况，为了让聂九罗充分接一下地气，炎拓给她安排的，还是最最大众的那种。

聂九罗几乎每时每刻都在发脾气，排队她不高兴，各个科室奔来蹿去她不高兴，体检环节有诸多要求她也不高兴。炎拓则拿出最大的耐心，永远温言宽慰，没有一丝一毫的不悦，赢得了上至医护下到同检者的一致同情，以至于到后来，聂九罗自己都觉得，再发脾气有点说不过去了。

整个流程走完之后，炎拓拉着聂九罗，拿了骨片，去请医生指点建议。

医生拿着片子看了又看，一脸纳闷，问炎拓："你们拍这个，是要查什么？"

炎拓解释："就是……以前骨折过，想看一下康复得怎么样了。"

说完，为了更直观，还在自己的胳膊上比画了一下受伤的位置。

聂九罗戳在边上，一脸不耐。

医生茫然："没有啊，是不是拿错片子了？"

拿错片子是不可能的，炎拓以为是医生看得潦草："您再给看看？"

医生仔仔细细又看了一遍，确信自己没看错，底气更足了："这根本没问题，你说的骨折的地方，完全看不出骨折过。"

炎拓："是不是长好了啊？所以看不出来？"

又来了个外行指点内行的，医生心很累，但还得耐住性子："即便长好了，片子上也能看出骨质的变化。你们自己再确认一下好吧？"

炎拓愣怔了几秒，忽然反应过来，谢过医生，拉着聂九罗离开。

聂九罗很不耐烦，半路甩了他的手，牢骚满腹："还走不走了啊？"

炎拓手里卷握着骨片，真心为她高兴："阿罗，你的胳膊完全没问题了。"

他想明白了，她的胳膊恢复到连骨片都拍不出受损过的迹象，应该还是跟过去几个月被封在女娲肉中有关。

金人门一行，他原本认为于聂九罗来说是劫，现在看来，说是"运"也未尝不可：她毫发无损，旧伤痊愈，连专业上都大有进益。

聂九罗白了他一眼："我本来就没问题，是你非耽误我时间。"

……

接下来的两周，炎拓照旧接下卢姐送餐的活儿，也照旧经常遭聂九罗的冷言冷语和白眼,他一点都不生气,相反,还挺高兴的。

两周后的一天,炎拓整理了自己的客房,把行李、物件等都搬去了卢姐房间边上的小客房。

这个小客房没什么存在感,平时关锁,客人多了才会使用,之前刘长喜和林伶在这儿落脚时,林伶住的就是这间。

炎拓吩咐卢姐说,自己会在这客房里待足三天,尽量不发出声响,晚上连灯也不开,聂九罗要是问起他来,就说他出去玩儿去了。

卢姐大为不解:"你想出去玩就去呗,为什么要装出去玩呢?"

炎拓有苦难言,他倒是想真的出去玩,不敢呗,万一走了,她在这儿拆天拆地的,谁还拦得住她啊。

当晚,改由卢姐送餐。

和上次一样,聂九罗从上楼的足音里听出来人有变。

转头看到是卢姐,随口问了句:"炎拓呢?"

卢姐说:"出去玩儿了。"

出去玩儿?

聂九罗愣了半天,忽然来了火:"谁让他出去玩儿的?"

这么多天下来,卢姐也差不多摸清了聂九罗的性情,深谙避其锋芒之理:"我不知道啊,等他回来,问他吧。"

……

炎拓一直在屋里待着,时间倒也容易打发,处理几封邮件,刷刷剧,也就过去了。

第二天傍晚,正掷骰子玩飞行棋,忽然听到窗外传来聂九罗的声音:"炎拓怎么还没回来?"

这是下来散步了?

炎拓悄悄把窗帘掀开一道缝。

就见聂九罗背对着他站着,即便看不着脸,也能猜到多半是黑如锅底,卢姐依着炎拓之前吩咐过的,老实作答:"不知道啊,他也没说去哪儿玩。"

聂九罗:"打电话问他啊。"

卢姐:"打不通,关机了。"

……

第三天的晚上,炎拓终于出关。

他拖着有轮的行李箱,咯噔咯噔穿过小院,卢姐看到了,大声说了句:"炎拓回来了啊?"

炎拓像煞有介事:"是啊。"

回了先前的客房之后,他响动很大地整理行李,可惜忙活了半天,也没见聂九罗下来。

炎拓有点沮丧,觉得首战多半是要惨淡收场了。

睡前,他照例冲了个澡,心不在焉地拿毛巾擦着头发走出洗手间时,忽然看到,聂九罗面沉如水,正坐在屋子中央的那张桌边。

炎拓吓了一跳,毛巾险些脱了手,好在很快镇定下来,还不冷不热地冲聂九罗打了个招呼:"有事啊?"

聂九罗语气不善:"你跑哪儿去了?"

炎拓说:"玩儿去了啊。"

说完,转身整理床铺,为了表示自己游玩之后心情愉悦,嘴里还哼上了小调。

聂九罗气了:"谁让你出去玩儿的?都没跟我说一声!"

炎拓口中的小调陡停,再然后,他转过身子,匕斜了眼看她,一脸的欠揍。

"我干吗要跟你说一声?你雇的我吗?跟我签过合同吗?给我发过一毛钱工资吗?"

聂九罗一愣。

她回忆了一下,好像真没有。

炎拓说:"我之前给你做的所有事,都是给你帮忙,义务服务。我又不归你管,当然想来就来,想走就走……"

话还没说完,聂九罗腾地起身,啪的一巴掌拍在了桌面上。

炎拓吓得头皮一麻,直觉是要挨打了。

半响,聂九罗恶狠狠地盯着他,一字一顿:"你要多少钱一个月?"

炎拓也盯着她看,过了会儿,他指尖轻轻叩了叩桌面,说:"坐下慢慢谈。"

12

炎拓表示,钱对他来说不重要,他看重的是"尊重"。

聂九罗居然理直气壮回他:"我不尊重你吗?"

炎拓无语,合着你那叫尊重呢?

不过再一想,她现在对所有人都是一副趾高气扬、鼻孔看人的样,一概无区别对待,尊重不尊重什么的,她可能确实也没概念。

那就手把手地教好了,炎拓说:"你现在,从来不正眼看人……"

聂九罗原本就是在匕斜他的,一听这话,眼睛斜得更厉害了:"眼睛本来就是拿来看人的,看到人不就行了吗?你管我斜着看还是竖着看呢。"

炎拓说:"那你要是觉得斜着眼看人没什么,从现在起,我也这么看你。"

他说到做到,身子往椅子里一倚,下巴颏对着她,眼睛半眯不眯地往一侧倾斜,整个人非常传神地演绎出四个字——

非常高傲。

两人互相乜斜了半天，聂九罗觉得，自己很想把炎拓的眼珠子给抠出来。

她终于"哦"了一声："那我以后，正眼看你不就行了？"

炎拓趁热打铁："不只是我，老蔡、卢姐，还有外头遇到的那些人，你都别斜眼看人家，那样不好。"

聂九罗哼了一声，没说答应，也没说不答应，过了会儿，她斜眼翻了翻墙拐角。

炎拓啼笑皆非，不过算了，这已经算是进步了，墙拐角什么的，她爱斜就斜，随她去吧。

他说："还有，每次跟你说话，你都很不耐烦，语气夹枪带棒，说不到两句就赶人。"

聂九罗："我忙啊。"

炎拓："我知道你忙，所以我从不在你工作的时候打扰你，但你闲下来的时候，跟我聊聊总可以吧。"

他做总结陈词："你看，我要求不高吧？卢姐是拿你工资的，我不要钱。我就俩要求：一是你得正眼看人；二是每天至少跟我聊个……一刻钟。你要能做到呢，咱们就谈妥了，不同意的话，我也不勉强你，过两天我收拾收拾走人，去给别人服务了。"

聂九罗没立刻答应，她拖了会儿时间，才慢条斯理站起来，说："行吧。"

说完了，想习惯性地翻个白眼，蓦地意识到这样不好，炎拓想必又要叽叽歪歪，于是把白眼翻给了炎拓的衣领，转身走了。

炎拓又好气又好笑，过了会儿，他走到门边，看聂九罗上楼。

她心情想必是很好，毕竟不花钱谈定了他这个单子，步子很轻盈，扶在楼梯扶手上的手指像弹钢琴一样，轻轻点个不停。

壁灯柔和的光线笼在她身上，她像个不真实的梦，又像行进着的小夜曲。

炎拓叫她："阿罗。"

聂九罗回头看他。

炎拓一时语塞，也忘了自己叫住她是想说什么了，过了会儿才说："你的个展，会很成功的。"

聂九罗说："那是当然的，还用得着你说吗？"

自此，炎拓和聂九罗之间的关系，进入相对平缓的第二阶段。

炎拓抓紧一切时间，得空就给她灌输社交礼仪和社会各项规章制度。

比如，上次拿拖鞋抽人的那种行为，是不可取的。

聂九罗可不这么觉得："那种人，抽死算了，还留着干吗？"

炎拓详细地给她分析："他那种行为的确不好，可是你那种方式属于杀人一万，自损八千。你想想，万一他报案，倒霉的是谁？你是动手伤人的那个，会被抓起来的，搞不好还得赔钱给他，你甘心吗？"

聂九罗愤愤的，还想让她赔钱？做他的千秋大梦。

炎拓说："这还不只呢，万一你留了案底，兴许就不让你开展览了。还有，一旦判你蹲上三五个月的，咱们这展，还开不开了？"

他看准了，"个展"现在是聂九罗的七寸，一切都得为个展让步。

果然，聂九罗先还听得漫不经心的，一听到可能会耽误她开展，脸色即刻凝重了起来。

炎拓："所以，下次再想动手，先想想后果，为这事把自己的个展都给赔进去了，值得吗？"

聂九罗想了又想，缓缓点头，觉得炎拓说得的确很有道理。

她说："那再遇到这种情况，就先忍一忍，以后想办法再抽他吧。"

炎拓："……"

也行吧，都学会"忍"、知道要克制了，不失为一种进步。

老蔡依然是每隔几天就来小院一次，最近一次来的时候，还带了位业内的朋友，两人先看了会儿视频，又点评了会儿画稿，最后对着一尊刚出了型的塑像叽里咕噜了半天，满脸放光，仿佛捡到了宝。

炎拓心里便不太受用，老蔡最初的时候提议过给聂九罗请个心理医生，那之后，再没关注过聂九罗的心智异常。

有外人在，他不好发牢骚，候着那人走了，才绕到老蔡跟前，话里有话："你是不是觉得，阿罗现在这样，还挺好的呢？"

老蔡正全神贯注盯着摄像屏幕，语气兴奋，头也不抬："挺好！挺好！"

炎拓索性挑明了说："这样性情怪异也挺好？"

老蔡依然未能听出他的弦外之音："艺术家嘛，多少都是有点偏执的，多少天才同时也是疯子。有时候，你不得不承认，精神上的紊乱，反而能够帮助创作者呈现出更绝妙的作品。"

炎拓心说：我可去你的吧。

他说："那如果她只有疯了才能超常发挥，那你是不是情愿她是个疯子？"

老蔡愣了一下。

他转头看炎拓，沉吟了会儿，回答得倒是坦诚："从朋友的角度，我当然希望阿罗恢复。但从艺术品代理的角度来看，我会觉得，一个天才的艺术家更珍贵，几十年难遇。如果她越疯，作品就越好，那我支持她更疯一点。"

说得如此坦荡，炎拓反倒没词了。

他寻思着，自己果然是不懂艺术。

……

又过了约莫半个月，炎拓给余蓉打了个电话。

说起聂九罗现在的情况，喜忧参半："比之前好了不少，但还是差了口气。"

他用了个很精准的比喻：以前所有的人和事，聂九罗其实都记得，但那些于她，像被放空了的充气城堡，软耷、扁平、二维化了，不再立体。

还需要一个契机，为这个城堡充口气，一切才能重新矗立，回到从前。

余蓉说："哟，差口仙气儿是吧，等着吧。老话不是说'踏破铁鞋无觅处，得来全不费功夫'吗？找是找不着的，没准儿一不留神，就等来了。"

顿了会儿，她又补一句："反正你有耐性，能等。"

炎拓在电话这头翻了个白眼。

难怪聂九罗那么喜欢翻白眼，他有点理解了：白眼一翻，情绪到位，意韵万千，的确挺爽的。

他岔开话题："雀茶呢？"

余蓉说："忙去了，不是说过吗，在箭馆挂职了，比我吃香。"

这是实话，余蓉这专业，在国内的就业面没那么广，炎拓感觉也就马戏团以及动物园对口一点，但马戏并不常见，动物园的员工又相对比较固定，急用人的可能性不大。

他问："要不要我帮忙？"

余蓉干笑一声："我还不至于要你救济吧，也就是临时找个事做，打发打发时间，我早搞定了。"

那敢情好，炎拓顺口问了句："什么工作啊？"

余蓉没吭声。

异样的静默中，透过手机听筒，炎拓忽然听到"喵"的一声。

猫叫？

炎拓："帮人带猫啊？"

余蓉憋了半天，没好气地撂下一句"宠物店"之后，气性很大地挂了电话。

炎拓好一会儿才反应过来，他收起手机，心说：宠物店不挺好的吗？

也是驯兽的一种，就是那些驯化的对象个头小了点而已。

平静的日子过得特别快，时间像水一样流覆过去，转眼间，又是大半个月没了。

可余蓉说的，那口对聂九罗的康复至关重要的仙气，始终没有来的迹象。

炎拓怀疑，真的得做长期的准备了，有时候，他试着安慰自己：人该知足，现在这情形,已经属于老天开眼了——如果当时,老天就是安排聂九罗死了,他又能怎么样呢?

……

这天,从早上开始天色就不好,一开窗就看到阴云压着天边。

卢姐非常肯定地对炎拓说,今日必有大雨。

其实哪用她说啊。《城市发布》昨儿半夜就开始发预警了,一会儿说航路受影响,一会儿说调高预警等级。

可大雨却迟迟不至,中午的时候,卢姐又为气象台代言,说这雨还在酝酿中,真下起来可不得了。

炎拓一笑置之,如今被诸事磨的,他的心态特别平静:下就下吧,下完了就过去了,淹了一楼,他就上二楼,淹了二楼,他就打着伞蹲房顶。

总有解决的办法的。

不过,这一天聂九罗的效率反倒相当高,老蔡的说法是,阴雨、大风、暴雪天,特别带感,容易出作品。

炎拓想不明白,风和日丽的晴好天到底差在哪儿了。

可能还是他不懂艺术吧。

晚饭的时候,聂九罗完成了所有参展的画稿。

炎拓早就听说最后一张是压轴大稿,很好奇她想展现什么主题。

趁着聂九罗在吃饭,他凑到工作台边,想先睹为快。

一眼就看见了,这张是最后完成的,所以反而搁在了一摞画稿的最上面,画面很怪,居然不是人像,条条道道,更像是某种地貌……

炎拓心中一动:"这个是……"

聂九罗说:"黑白涧啊。"

是黑白涧,太熟悉的场景了,高垛、土堆、条石、涧水,只不过他先入为主,以为她塑的都是人像,所以第一眼没认出来。

黑白涧,她拿这个做个展的压轴?

炎拓有点意外:"这种也能当展品?"

"当然了,场景雕塑嘛,做成沙盘模型那种,没见过啊?"

炎拓约略有点概念了:应该类似于他之前委托她做过的小院模型,虽然是微缩版,但处处精心,还原度极高。

页面上还标注了预设的尺寸,2m×2m,不算小,真还原出来,挺震撼的吧。

炎拓沉吟了一下:"这种,别人会看不懂吧?"

聂九罗"哼"了一声:"那关我什么事?我只负责出展品,不负责教他们看懂。"

炎拓失笑,不过这话也对,他自己去看一些艺术展时,也不是很能理解艺术家的表达，但这不妨碍他看得目不转睛、努力做出一副很被震撼的样子。

他把画稿放回去，连带着帮她理了理桌子，无意间瞥到，一把中号塑刀的下头压着一摞细长的银色纸带。

这是……折星星的纸？

炎拓的心头一激，目光下意识落到墙边的那个立柜上。

那个以郁垒神荼为饰的立柜，里头收放着两大玻璃缸的星星。

炎拓装着浑不经意，声音却不自觉地有些异样："阿罗，好久没折星星了吧？"

聂九罗"啊"了一声，眉头微皱，她记得，自己好像是有折星星记事的习惯，折了好多好多年。

有日子没折了，也忘了这事了。

炎拓走到立柜边，打开柜门："两大缸这么多呢，要不要拆来看看？"

他忽然觉得，也许拆这些星星来看，于她会有用：不能光靠自己去提醒、去讲，这些纸折的星星，是她最真实鲜活的过去，一个个拆来读过，可能会帮着她一点点地把扁平化了的一切，再给立起来。

聂九罗毫无兴趣："那有什么好看的？"

炎拓很坚持："哪怕只看一个呢？反正现在也闲着。"

见聂九罗没再反对，他探手随意捞了一个，朝她扔过去。

这个星星是荧光纸的质地，一路过去，在半空中划过一道细细的光弧。

聂九罗抄手接住，心不在焉打开，默念出声："卢姐还不错，可以留下。福寿禄三像卖了三十万……"

聂九罗念完了，撇了撇嘴，把字条随手一扔："没劲。"

炎拓微感失望，不过，他没把柜门给关上。

让她自己关吧，敞口的柜门很碍眼，她看到了，一定会过来关的——兴许关门的时候，一时兴起，她会再拆一颗星星。

多拆一颗是一颗，拆多了，星空也许就会升起来。

卢姐预言的大雨在夜半时分汹汹而至。

当时，炎拓已经睡熟了，正在做梦，也是巧了，梦里也是大雨，还引发了洪水。

多半是日有所思夜有所梦，梦里的一切都是微缩版，小小的院子，小小的他。

他趴在一片树叶上，随着水流漂来荡去，被汹涌的水浪打得晕头转向。不远处，水线已经淹过了小院二楼的窗，聂九罗端坐在另一片树叶上，从窗子里漂了出来。

她可真是淡定啊，一手撑了把伞，另一手还在捏泥人呢，捏的那个泥人有两只白苍苍的眼珠子，多半是白瞳鬼。

炎拓声嘶力竭大叫："阿罗！"

他怕聂九罗漂走了，努力去拽她那片叶子屁股后头的梗。

聂九罗白了他一眼，说："吵什么吵？没看见我在工作吗？"

真心急死人了。

炎拓就这么硬生生地，从梦里给急醒了。

醒来的时候，发现自己窗户没关严，不知什么时候被大风吹开了，嘎啦嘎啦乱拍着响，窗外头的雨线又密又亮。

炎拓起身关了窗，一时没了睡意，于是开门出来。

原本是想去屋檐下站会儿、透透气，哪知刚一打开客房的门，就下意识看向楼梯。

那一处，漏下很淡的亮光，很明显，是工作室里还有灯亮着。

这都什么时候了，聂九罗还在忙？这也太拼了吧。

炎拓轻手轻脚地拾级而上，步入二楼时，着实怔了一下，还以为自己是进入了什么魔幻世界。

聂九罗的窗户也没关，不过因为卡钩扣死了，不至于嘎吱作响，但由于风大，她的画稿被吹了一地。

不只画稿，还有无数色彩各异的纸带，那都是被拆开了的星，带着有年头的折痕，在屋里飘来卷去。

风大雨大，灯光昏暗而又柔和，满屋高低造像，有面目慈悲的菩萨，也有金刚怒目的神祇，那些画稿、星条，仿佛有生命般在屋里荡游，偶尔发出极低极柔、纸质特有的摩擦声。

往里再走两步，就看到聂九罗了，她裹着毯子趴在大沙发上，已经睡着了，垂下来的手边有个几乎空了的大玻璃缸，里头还剩了十来个没来得及拆的星星，金灿灿地簇拥在一起。

不是说没兴趣看吗？到底还是好奇拆来看了，但也不该是这种熬夜恶补的架势啊。

炎拓苦笑，先去关了窗，然后弯腰收拾一地狼藉，捡齐画稿用镇纸压好，又去捡星条。

星条是一把一把，虚抓在手上，像抓了一把布条。

炎拓把所有的星条纸都归拢到玻璃缸边，就地坐下，听被窗户隔在外头的雨声，觉得这夜其实分外安静。

他随手拿起一条星星纸，尝试顺着折痕归位，很快，那条纸就又恢复成了一颗星。

聂九罗蒙眬间睁开眼睛。

风大雨大时，她睡得很好，后来窗户关上、屋里安静了，反而不太自在，自然而然地也就醒了。

醒得有些懵懂，一时分不清眼前所见是真实还是做梦。

她看到，炎拓席地而坐，像个小孩一样，把手上的星条七折八绕恢复成星，往天上高抛之后，又目送着星星落进玻璃缸里。

仿佛在玩什么自娱自乐的游戏，乐此不疲，扔完一个，再折一个。

聂九罗看了一会儿，叫他："炎拓。"

炎拓吓了一跳，顿了会儿才反应过来："吵醒你啦？"

聂九罗摇了摇头，她睡得头发散乱，一蓬长发半遮了眼，透过无数细密的发丝间隙看炎拓，感觉很新奇，觉得他很远，又很近。

她说："你怎么不看呢？"

炎拓没明白："看什么？"

聂九罗抬起一根手指，指那些星星纸："那个啊。"

纸上密密麻麻写满了字，但她观察了好久，炎拓只是折，从没有停下来去看。

炎拓说："这不是你的日记吗？我看了干吗？再说了，你如果不介意我看，我以后朝你要着看就行。你如果介意，我现在看了，不是跟偷一样吗？"

他又说她："趴着睡多难受啊，回床上去睡吧。"

聂九罗"哦"了一声，好一会儿才不情不愿爬坐起来，炎拓起身过来扶她，她借力站起，整个人还有点蒙，站得摇摇晃晃的。

炎拓有点担心："是不是头晕？"

聂九罗伸手胡乱抓理了一把头发，说："没什么。"

她撇下炎拓，自顾自朝卧房走，走得很慢，若有所思，心头一片茫然。

她觉得，今晚的炎拓好像有点不一样，或者说，今晚的自己有点不一样，心头怅怅，鼓胀着什么，仿佛有什么东西就快清晰了，但又说不清楚。

走到门口时，她回头看炎拓。

炎拓正目送她，见她回头，还冲她摆了摆手，似乎是在赶她快点去睡。

鬼使神差般地，聂九罗问了句："炎拓，我们常打架吧？"

炎拓一愣，打架是打过，但也没有"常"吧。

见炎拓没回答，聂九罗有些意兴阑珊，转身正待进屋，炎拓又把她给叫住了。

回头看时，炎拓盯着她看，脸色有些奇怪，问她："阿罗，你想打架吗？"

聂九罗说："现在啊？"

炎拓一颗心跳得几乎快蹦出来，手心都渐渐浸了汗。

他点了点头，说："就现在。"

打就打，聂九罗低下头，解开略松的衣带，重新扎紧。

她说："是你要打的啊，打不过我，别哭啊。"

13

聂九罗也说不清为什么,一想到要揍炎拓这件事,她居然有点兴奋。

她问炎拓:"要不要让你两招啊?"

炎拓说:"不用。"

这话说得其实没什么底气,聂九罗从水下石窟里回来之后,他还没跟她动过手——万一她的功夫也像她雕塑上的能耐一样精进,那他可就糟糕了。

他在心里安慰自己:女娲娘娘擅长造人,没听说过精于格斗,自己应该还挺得住。

聂九罗笑得如一只狡黠的猫:"那来了啊。"

话未落音,她右脚脚掌蹬地,一个借力扑跃,平地飞掠,直蹿上横在两人之间的那张工作台。

炎拓看出她的用意了,她这是中途要在工作台上借力。这种飞扑,源于"虎扑",来势凛冽,但躲也容易,只要往旁侧一闪,也就避过去了。

不过,炎拓另有打算。

就在聂九罗两手扒上工作台、如一只行将腾跃的大鸟般再度纵身的刹那,炎拓忽然像是想起了什么似的,抬手做了个暂停的手势:"哎哎,等会儿,等会儿。"

聂九罗急停。

百米冲刺容易,想立刻停下来,可是要比冲刺多花几倍的气力,她一只手急撮工作台面,单膝用力跪抵,这才勉强定住了身形,但气血上涌,好不自在。

聂九罗怒道:"怎么了?"

炎拓一脸真诚:"我突然想起来,你这儿这么多雕塑,要是打坏了可怎么办?我是不是得先搬一搬,给挪个地方啊?"

聂九罗没好气道:"搬、搬、搬!"

炎拓开始慢条斯理地搬雕塑,他准备先耗耗聂九罗的气焰:一鼓作气,再衰三竭嘛,谁说过招就得纯以力搏力来着?兵不厌诈。

聂九罗可没兴趣帮他一起搬,她高涨的战意被截停,满心不快,盘腿坐在工作台面上,看哪一处都不顺眼。

好不容易才等到炎拓全部搬完。

这一次,聂九罗打算来个偷袭,她觑着抽了纸巾擦手的炎拓,装着漫不经心,身子悄悄转了个方位,正待悍然而起、打他个措手不及……

炎拓忽然开口:"哦,对了,阿罗,还有件事。"

很好,第二口待发的气又生生憋回来了,聂九罗气急败坏:"炎拓,你想死吧?"

炎拓奇道:"这说的什么话呢?我又不是故意打岔的。"

"我是想着，咱们是不是动手前定个约定，只徒手，不动真家伙。你这工作室里，又是凿刀又是斧头，哪一个都是凶器，真见了血，不吉利。"

屁事可真多，聂九罗忍了："不动就不动，我徒手也能弄死你。"

炎拓："打个架而已，弄死没必要吧。那我把工具收了，省得你情急之下抓起来就用。"

他又像煞有介事地开始收工具，聂九罗阴恻恻地下了工作台，嫌脚上的拖鞋碍事，一左一右都甩飞了事。

炎拓眼角余光瞥到，心说不好：光脚的不怕穿鞋的，看来她这是成功被他惹毛，要动真格的了。

这样也好，不破不立，要打就酣畅淋漓打一场。

收好工具之后，外头恰起了炸雷，隆隆声像是从屋檐上碾过去的，炎拓就在窗边，下意识抬头，往关合的窗子看了一眼。

就在这个时候，身后风声忽至，聂九罗的一只手已经搭上他右侧肩头。

炎拓急垂眼，瞥见她纤长的手指和指尖椭圆的光润甲面。

他的脑子里掠过一个念头：这要涂的是大红指甲，还是怪吓人的。

见招拆招，炎拓右肩急沉，想把她的手给甩脱。

然而精于格斗的人，于这些常用的拆招套路实在是太熟悉了，聂九罗偏不如他的愿，手随之急下，然后一个用力钩抓，指甲隔着衣裳嵌进炎拓的肩肉。

炎拓平时，还真没怎么注意过她的指甲：一个做雕塑的，干吗要留指甲呢？不嫌干活儿的时候不方便吗？

他心一横，屈肘就往后撞，不过没敢使太大力度。

聂九罗又先他一步料到了，她右手死抓不放，左手也顺势搭上炎拓左肩借力，同时一脚蹬住旁侧的墙面，侧身往上疾走了几步，居然硬是把整个身子斜拗上了墙。

这么一来，炎拓的肘击全然落空。

这还没完，聂九罗并不准备真的上墙，她只蹬走了几步就抱扑到炎拓身上，两腿绞挂住他的腰，然后猛然撒手，倒挂下身子，两手抱住炎拓的脚踝之后，往旁侧大力一掰。

炎拓下盘没立住，整个人被她带得滚摔地上——当然，这滚摔也有部分是主动，目的在于顺势卸去力道，以免摔得太狠。

落地的刹那，炎拓算是总结出来了：聂九罗这就是狗皮膏药式的打法，只要让她近了身，再想甩脱可就难了。

炎拓翻身而起。

聂九罗倒也不急于追击，她不紧不慢支起身子："这要是三局定输赢，我已经赢了一局吧？"

如果按赛场规则触地得分的话，的确是她赢了。

炎拓点了点头。

这就算赢了啊，聂九罗嗤之以鼻，觉得这架打得真是轻松，只随便热了个身就获胜了。

第二局。

两人都没急着先动，审慎打量对方的站位和身周环境，现代竞技格斗，属于"一触即收"式，真正动手的时间其实很少。

过了会儿，聂九罗先不耐烦："上次是我攻，这次你先攻吧。"

炎拓说："行啊。"

他径直走到聂九罗身前站定，抬手先做了个要开扇的架势，聂九罗正待瞪眼，他又缩了回去，口中喃喃："这样不好。"

继而他给她预告："我推你肩膀哈。"

说着抬起手掌，敷衍似的往她肩头推了过去。

聂九罗气不打一处来：这是瞧不起她吗？还给先来个提示？

她牙关一咬，猛格开炎拓的手臂，另一只手顺势而上，五指成钩，直锁他咽喉。

炎拓倒也不躲，候着她手挨上他喉咙，脚下出其不意猛铲。

聂九罗吃了这一铲，脚下没立住，身子顿时扑跌，但她倒也不慌，想也不想，抬手就去抓炎拓的腰间。

炎拓无语，这也是她的老伎俩了，之前有一次，她就是抓住了他的腰带临时变招的——但那次，他是系了皮带的啊，现在大半夜的，穿的还是睡衣，这一抓，裤子可就保不住了……

他急中生智，两手探出，狠扣住聂九罗的腰，说了句："出去吧你。"

说话间抡起她的身子，往旁侧用力一丢。

其实这也不是什么大杀招，以聂九罗的本事，几个跨步也就能稳住身子了，但糟糕之处在于，丢出去的方向，是窗户的方向。

更要命的是，那扇窗户，起先是开着的，他怕风太大，顺手给拉上了，却没扣死。

聂九罗这一撞过去，窗扇应声而开，她身后失了倚靠，整个人刹那间倒翻了出去。

天边划过一道闪电，紧接着，又陷入一片漆黑，只余雨线不绝。

炎拓脑子里全蒙了，仿佛颅顶开了个盖，三魂七魄都飘走了，他疾冲到窗口，喊了声："阿罗！"

窗外是覆盖着檐瓦的斜坡顶，借着屋内微弱的灯光，可以看到檐瓦都被雨水洗得锃亮，坡面上却空无一人。

炎拓的耳畔嗡成一片，支在窗台上的手臂隐隐发颤：聂九罗人呢？被他从窗户丢出去，又滚落坡面摔下去了？

他这是作的什么大死？大半夜的不睡觉，非要打什么幺蛾子的架？

炎拓喉头发干，正想狂冲下二楼去看，窗外边侧，突然探出一双手，灵蛇般缠住他头颈，狠狠往外一拽，低吼了句："去死吧你。"

炎拓猝不及防，整个人被拽翻摔落在坡面上，坡面有斜度，他止不住势，一路往下斜滚，到檐边时还是没止住，直栽下去不说，还带下了十来片覆瓦，噼里啪啦砸了一地，把檐下的感应灯都给激亮了。

好在，一来只是二楼，小楼的挑高又不算很高；二来炎拓栽下去时，一只手及时扒住了檐边，身子先竖着垂下去再落地，大大缩减了危险距离。

他踉跄着落地站定，抬手抹了把脸上的雨水，急抬头时，就见一身透湿的聂九罗，直如索命的阎罗，凶神恶煞般从檐边向着他急扑而下。

这种时候，最好的应对自然是闪躲，但炎拓怕她摔着，急忙张开手臂去接。

一接正中，湿漉漉抱了个满怀，不过，一个大活人从二楼冲扑，势头太猛，炎拓压根儿立不住，腾腾腾急退几步，退入遮雨的檐下，向后栽倒。

即便在倒地的身法上做足了准备，这一栽还是撞到了后脑，直撞得炎拓眼前金星乱晃。

恍惚间，他看到上方的聂九罗，忽然生出错乱感来，仿佛回到了上一次时，同一地点，恶战的末了：她翻坐在他身上，右手一扯，把左腕的环圈扯绷成一条森然银亮弦线，向着他脖颈便套。

自己当时，是怎么应对的来着？

想起来了，她的大腿上有插刀的绑带，上头插了把匕首，当时他无意间摸到，翻手就用匕首的尖抵住了她的心口，逼得她不得不休战。

炎拓下意识抚向她腿侧，入手细软腻滑，却摸了个空。

他听到聂九罗恶狠狠的声音："我早就说过，要把这东西塞你嘴里，让你生吞下去。"

炎拓莫名其妙："你要把什么东西塞我嘴里？"

其实放完这狠话，聂九罗自己也愣了。

她手里其实并没有攥着东西，也就不存在什么把"这东西"塞进炎拓嘴里，让他生吞下去。

檐下的夜灯昏黄，因着电压不稳，光线还一跳一跳，细密的雨线从檐边哗啦挂下，仿佛在织就宽大的雨帘。

聂九罗浑身都湿透了，发上的水珠慢慢下滚，在黑亮的发梢处汇集，待发梢挂不住这重量时，滴答一声，落在炎拓身上，瞬间就被轻暖的棉质衣料给吸附掉了。

她茫然地抬起头，看向小院。

这是她的小院，只是，盛放着的花对比她离开的时候，已经换了一拨了。

那时还是冬春，她记得院里开花的是铁筷子玫瑰，还有报春、山茶。

现在是……秋季了吗？她一眼就看到了那棵虽在雨里飘摇却满枝盛意的桂花树。

卢姐又可以做桂花糖酱了吧。

过了好久，她才低头去看炎拓。

看到她的眼神，炎拓就知道，一切错位的，应该都归位了。

他的身体慢慢松弛下来，唇边扬起微笑，问她："你要把什么东西塞我嘴里、让我生吞了？"

他又说："我怎么从来不知道这事？阿罗，你这人怎么这么小心眼，暗戳戳记恨了多少事、准备整治我呢？"

聂九罗也笑了。

她才不会告诉他呢，那时候，他在她沙发坐垫下藏了个弹扣，骗她说是炸弹，会把她炸得粉身碎骨。

在那之后，她就发誓要把这玩意儿塞进炎拓嘴里，让他生吞下去。

再后来，弹扣是不知道丢哪儿去了，但事情，她原来一直都牢牢记着。

聂九罗笑着笑着，轻轻俯下身子，两手环住炎拓的脖颈，凑向他耳边。

炎拓只觉得，熟悉的气息，混着秋夜雨水的沁凉充盈鼻端，冰凉的湿发柔软地覆上他的脸侧。

再然后，听到她低声说："好久没见你了，炎拓。"

炎拓笑起来，眼底渐渐温热，他伸出手，搂住聂九罗的身子。

她温和的时候，总是显得尤为单薄，单薄到他舍不得多施一分一毫的力气。

他说："我也是，好久不见了，阿罗。"

两人都没注意到，卢姐房间的灯亮过，窗帘还微掀了一下。

再然后，灯就灭了。

卢姐是被落瓦声给惊醒的，这一夜，原本就风大雷烈，她睡得不大安稳，瓦片砸落的时候，猛然睁了眼，还惊出一身冷汗，以为是有贼趁夜乱入。

于是她揿亮了夜灯，却不敢贸然出去，先悄悄掀开窗帘。

这……

卢姐慌里慌张，赶紧关灯，躺平在床上时，还止不住心头乱跳。

年轻人，真是……

求刺激都没个度了，有什么事去屋里搞嘛，这大风大雨大半夜的……

卢姐觉得，她还是更认同自己那个时代的感情观，人都比较含蓄，情感虽不外放,却雅淡隽永,经久弥香。

要么,改天找刘长喜聊聊吧。

——正文完——

名不起者之裳

后记

01

炎拓最害怕出现的情况是：聂九罗清醒了，新带出来的专业上的天赋却丢了。

万幸，这事没有发生，看来天赋就是天赋，强求不来，来了也没那么容易走。

不过，聂九罗没先前那么狂傲了，半年就开展，她自己都觉得仓促，和老蔡商量着把时间延后了半年：毕竟是人生首展，需要充足的时间准备。

另外，如炎拓所料，聂九罗果然想再去一次黑白涧，但这事没那么紧急，毕竟见到裴珂这些人的概率约等于零，得看运气。

她计划过一段时间，等手头的事情上轨道了，再会同余蓉他们一起去。

炎拓陪了聂九罗半个月左右，确认她情况稳定之后，决定回一趟西安。

此行主要是为了处理公司的事，同时也给林伶做一些资产上的转让，林伶虽然不是他的亲妹妹，但这些年下来，也胜似亲人了，炎拓希望能保证她在没有进项的情况下，也能衣食无忧。

聂九罗送他到门口，喜笑颜开、浑无惜别之意不说，居然还说出了"可算是走了"这种话。

炎拓气得牙痒痒："我这么讨人嫌的吗？你这送瘟神一样，是什么意思？"

聂九罗说："你在这儿打扰我工作，让我分心。"

炎拓更气了："我打扰你工作？咱们凭良心说，你工作的时候，我去找过你没有？哪次不是你跑来闹我……"

聂九罗一把抓捏住他的嘴唇，还威胁似的拽起："你再说？"

炎拓哈哈一笑，低头索了个长吻了事。

这几个月，炎拓没有见过林伶。

一半原因在他自己，为了聂九罗的事情奔忙，的确也没心思去理会其他；一半的原因在林伶，每次通话，问她雕塑学得怎么样了，她总是含糊地答"还好"，再问她什么时候回家,答案几乎是千篇一律的"再过一阵子"。

……

回西安的当天,炎拓先去公司处理了几件紧要的事,本来是约好了下班后和吕现一起吃饭的,哪知临近饭点时,吕现火烧火燎打了个电话来放他鸽子,说是约别人了。

炎拓还没来得及表达不满,电话已经挂掉了。

炎拓相熟的朋友不多,吕现一跑,临时也约不到旁人,他意兴阑珊地去地库取了车,计划着回去叫个外卖,顺便预约聂九罗打视频电话——没错,聂九罗的时间是要靠预约的,没十万火急的事,炎拓从不打电话直接找她,省得又打扰了她的创作、驱散了她的灵感。

也是巧了,车出地库门,恰看到吕现开着车从前头经过,驾驶座旁的车窗半开,隔着几米远,都能看到他小分头打理得油亮,嘴角噙笑,满面春风。

炎拓心中一动,方向盘一抹就跟了上去。

谁让他现在闲呢。

炎拓不紧不慢,咬着吕现的车穿街过巷,约莫半个小时后,看见吕现的车在一家餐馆门口停下。

靠窗的卡座处,有个身材苗条、打扮入时的年轻女郎微欠起身子,朝下车的吕现挥了挥手。

原来是佳人有约啊,炎拓不屑,有什么了不起的?待会儿聂九罗批了他的预约之后,他也是要跟女朋友吃饭呢。

他微踩油门,正准备掉头,心头忽然掠过一阵异样。

他觉得,刚刚那个年轻女人的身形,有点熟悉。

这个叫梁芊的美女,是吕现前两天玩密室逃脱时认识的,堪称性情温婉,颜值一流。

吕现约了几次,才约成这次饭局,自然要把炎拓给飞了,至于为什么不跟炎拓细说,是怕他讨人嫌,硬要跟来——爱情里充满了竞争,万一梁芊看中了炎拓,他吕现不就是为他人做嫁衣,白忙一场了吗?

……

吕现坐在梁芊对面,一派老练地翻看菜单,很绅士地征求着梁芊的意见:"牛排你是要几分熟的?"

就在这个时候,有人跟他打招呼:"吕现!"

竟然是炎拓这货,真是命中的劫数,怎么在这儿都能碰见他?

吕现暗叫糟糕，这种在心仪对象面前树立形象的关键时刻，他非常不欢迎比自己更高、更富、更帅的朋友出现。

但因为这朋友是给他发薪的老板，他又不得不笑脸相迎："哟，这么巧啊。"

炎拓看着梁芊，话却是向着吕现说的："这是……女朋友啊？不给介绍一下？"

梁芊有点尴尬，但不失礼貌地跟炎拓说了句"你好"，吕现怕唐突佳人，一迭声解释"不是不是，普通朋友"。

好在炎拓倒也识趣，略寒暄了两句之后就走了，走之前，看似无意地，他的目光掠过梁芊的手。

……

五分钟后，前菜、主菜都摆上了桌的时候，梁芊搁在包里的另一个手机响了。

看到来电显示上的人名，她有些迟疑，但还是送到耳边接听。

那头传来炎拓的声音："林伶，你给我出来。"

林伶出了餐馆，按照电话里指引的，在临街一家甜品店的门口，找到了炎拓的车。

上车之后，刚系好安全带，还没来得及说话，车就开了。

炎拓的脸色不大好，挺冷淡的。

林伶讷讷的，主动找话说："我的样子变了，你一点都不惊讶？"

炎拓说："有什么好惊讶的，我又不傻，早就有这怀疑，只是没问而已。"

整容是需要时间恢复的，林伶不是个独立的人，这一次，却一反常态在外逗留了那么久，不断支取费用却不露面，他早猜到了。

他语气也淡淡的："不是说，过两天才到西安吗？"

林伶面上一窘："到几天了，没跟你说，想装陌生人逗逗你来着，没想到你一眼就识破了。"

炎拓说："跟你相处那么多年，看身形姿态都能认人，别以为捏着嗓子说话我就听不出来了，你也就糊弄糊弄吕现这样跟你不熟的人罢了。"

他又问："跟吕现是怎么回事？"

自见面以来，炎拓的态度就有些疏离，林伶有点发怵："我偶然遇见他……"

"西安这么大，怎么没偶然遇见我呢？"

林伶只好实话实说："不是偶然，我故意的，我故意跟他到密室逃脱那儿，装着要凑人，跟他结队了。"

"目的是什么？看上他了？"

林伶急了："没有！"

炎拓笑了笑："我猜也没有，怎么，准备报复一下他？当初他对你冷淡，现在你不一样了，要他一把出气？"

林伶被他说中心事，咬着嘴唇不说话。

炎拓叹了口气，轻声说："真没这必要。"

林伶比之前好看了很多，她自己说，为了收拾头脸，总共花了三十八万多。

又说，脸上还是留下了一些微小的疤痕，比如鼻翼处，要靠化妆去遮盖。

炎拓看不出这些，他只觉得整得很好，很自然，很成功。

因为，林伶的性格，真是明显乐观自信了好多，他记得，她从前像只怕事的鹌鹑，到哪儿都低头佝腰，连高声说话都很少。

但现在，笑得很轻松，状态也很舒展。

炎拓问她："脸变了，觉得生活有什么不同吗？"

林伶感慨似的说了句："感觉跟重新活了一次似的，整个世界对你都亲切了。"

炎拓失笑："这么夸张？"

林伶居然被他这话问得惆怅了，好一会儿才说："炎拓，你又不是我，我从小到大，经历过的那些指指戳戳，你不懂的。

"以前啊，全世界对你都不友好，只是换了张脸，忽然就一派阳光明媚。拎个箱子，有人主动上来帮你；打听点事，对方不厌其烦给解释。总之，做什么都方便，干什么都顺利。要么说，人类的本质是'双标'呢？一边喊着不要容貌焦虑，另一边又在方方面面对美人无比偏爱。"

炎拓目视前方，专注开车："有没有可能是，世界还是一样友好，只是从前你觉得它一定不友好，对它防备警惕太过。现在你主动对着它笑了，于是，它也对着你笑了？"

林伶一愣，正想说些什么，车速放慢，随即缓缓停下。

抬眼去看，浑身一震。

到别墅了，熊黑名下的那幢别墅，她住过好久好久的……那幢别墅。

两人都没下车，隔着车窗看别墅在暮色的笼罩下一寸寸暗下去。

与过去相比，这别墅安静太多，也冷清太多了。

林伶轻声问了句："你电话里跟我说，林姨永远都不会回来了，是真的吗？"

炎拓"嗯"了一声："差不多吧。"

林伶长吁了一口气，那自己这趟，算是真正重生了，人是新的，前路也是新的。

炎拓忽然想起了什么："雕塑呢，学得怎么样了？"

林伶沉默了一会儿，摇了摇头："学完一期就没再学了，其实我对雕塑，也没有什么兴趣。"

炎拓奇怪："我记得你那时候，很感兴趣啊。"

林伶低下头,头发从耳边拂下,遮住了小半张脸。

她低声说:"那时候,也不是很感兴趣,只是很羡慕聂小姐罢了。"

炎拓心头一突,别开了脸去,看窗外道边的灌木丛,灌木丛上,挂了许多装饰用的太阳能彩灯,彩灯陆续在黑暗中活跃起来,一闪一亮,像亮着星。

林伶继续往下说:"我也不瞒你,那个时候,我去看整形医生,带的都是聂小姐的杂志照。

"医生反复跟我确认说,你决定了吗?真照这个来吗?做了可就不能改了。最后那一刻,我改主意了。"

炎拓转头看她。

林伶也转了头看他,眼睛里有泪光烁动:"我何必呢?再像也是影子,对吧?

"再说了,我多不容易啊,我本来都没机会出生的,阴差阳错,让我出生了。我本来该生在小地方,兴许连书都没的念,结果被带去了大城市,衣食无忧。我本来该死得无声无息,做地枭的什么血囊,又幸运地躲过去了。

"已经这么幸运了,我还照着别人的样子活,太辜负这一切了。我知道我这二十多年都很平庸,没什么天赋,也没什么能耐,不过,我打算试试,学自己喜欢学的,做自己喜欢做的,也许将来有一天,我也会很出色的。"

炎拓点头:"那当然了,这世上,林伶只有一个,你能自己发光,用不着做任何人的影子。"

林伶含着眼泪笑起来,说:"我也这么觉得。"

02

晚上近十一点,聂九罗洗漱完毕,把头发吹得半干之后,面朝下,朝床上狠狠一扑。

使的力够大,床垫都弹了好几弹。

聂九罗的脸半埋在枕头里,嘴里含了缕湿发,累到不想动。

这些天,她可太累了,画稿完成,逐一搭建龙骨,她敲敲打打的木工生涯又开始了,都是体力活,一天忙下来,比被人揍了一顿还累。

这种时候,就该把炎拓抓过来,又咬又抓又掐,发泄发泄、排遣排遣、作一作什么的。

可惜了,人家不在,搞事业去了。

不过,算算日子,再过几天也就回来了。

聂九罗趴了会儿之后,欠身摸起手机,看了一下时间。

十一点,炎拓该打电话来了。

这是她给炎拓定的规定，认为两人即便分隔两地，也该同步入睡——十一点刚刚好，大小事都忙清了，身体疲累，心境轻松，打个视频通个话，有一搭没一搭地聊着，睡意渐浓，耳畔软语，然后渐入梦乡。

　　既不耽误工作，也不影响睡眠，还能谈情说爱，拉近距离，堪称完美。

　　这几天"试验"下来，聂九罗简直上了瘾，最惬意莫过于半醒半睡间，听炎拓在那头絮絮说话，讲黄昏时下的一场小雨，道旁瞥见的扮成唐时仕女却控着无人机的姑娘，仿佛情人在侧，再凉的夜都温情脉脉。

　　……

　　十一点零五分了，炎拓还没打过来电话。

　　聂九罗心头愤愤，食指指甲不断嗒嗒地点着手机屏上炎拓的头像。

　　很好，敢迟到。

　　今天敢迟到，明天就敢爽约，后天就敢约别的姑娘蒸桑拿，她要生气了。

　　电话终于响了。

　　聂九罗接起电话，正要郑重通知炎拓这五分钟已经让她的情感受到了莫大的伤害，炎拓一句话让她把先前的盘算忘了个一干二净。

　　"阿罗，你还记得许安妮吗？"

　　许安妮？这名字有点耳熟。

　　聂九罗想了好一会儿，才想起她来。

　　没错，许安妮是血囊，和一个叫吴兴邦的出租车司机配了对的。

　　她问："许安妮怎么啦？"

　　炎拓叹了口气，说："很不好。"

　　……

　　炎拓其实已经在回程的路上了，和从前一样，沿路拜访了一下大的合作方：公司的具体事务由专人代劳，这种高层情谊还得亲自维护。

　　到安阳时，忽然想起了许安妮，也后知后觉地意识到，吴兴邦的失踪，对许安妮来说，是巨大的不幸。

　　他们都知道吴兴邦不是好东西，待在许安妮身边是包藏祸心，但许安妮不知道。

　　非但不知道，还把吴兴邦当成了生命里唯一的一道光。

　　他想知道许安妮怎么样了。

　　炎拓说："我开车去了许安妮打工的那家餐馆，打听了才知道，她早不在那儿做了。

　　"吴兴邦这一票，是余蓉负责的。我问过余蓉了，她当时处理得很干净，从监控上看，吴兴邦就是主动弃车，然后一去没了音信，所以即便报警，也不会引起特别重视。"

说到这儿,他停顿了一下。

聂九罗急着想知道下文:"然后呢,许安妮什么反应?"

炎拓说:"许安妮当时不是怀孕了吗,但她从前坐过台,可能药吃多了,身体很虚,本来就难保胎。再加上吴兴邦突然失踪,对她的打击很大,情绪崩溃之下,没保住。"

聂九罗没说话。

她侧脸埋在柔软的床褥里,觉得一颗心沉甸甸的,沉得整个人恍恍惚惚的。

许安妮的脸忽然无比清晰,仿佛就在眼前。

那个二十岁出头的姑娘,圆脸,大眼睛,扎着个低马尾,素净得近乎朴素。

怎么这么叫人惆怅呢?聂九罗指尖轻轻抠擦着丝质的床单,继续听炎拓往下说。

"我找到了许安妮租的房子,听人说,她已经不工作了,也几乎不出屋,一两天点一顿外卖,白天黑夜地在家里宅着,现在还欠着房租。"

聂九罗"嗯"了一声,顿了会儿才说:"那你是什么想法?"

炎拓沉吟:"我想着帮许安妮解决一下工作……"

聂九罗打断炎拓的话,又是无奈又是好笑:"炎拓,雀茶没去处,你想让她进你的公司;余蓉没找着工作,你又想让她进你的公司;现在轮到许安妮处境不好,你还想让她进你的公司。你开的是公司还是收容所啊?"

炎拓说:"那……开公司,不就是可以增加劳动力、解决就业问题的吗?"

聂九罗在这头翻了个白眼,但心底深处,柔柔地软了一下。

她觉得,炎拓的心很软。

一次两次,他都是能想到并体察许安妮的那个人,不像她,一次两次,都忘在了脑后。

她的处事逻辑是谁都问题一堆,就该自行成长,以及,以硬碰硬,你惹我,我就要抽你,不能明抽也得暗戳戳地抽。

炎拓比她柔和,也比她宽容,但说来也怪,她反被这性子吸引——也许这是两人能够最终在一起的原因,不像之前的男朋友,都是被她横挑鼻子竖挑眼给嫌弃没了的。

她说:"要我说,就该当头棒喝,让她清醒过来。长痛不如短痛,把吴兴邦这种货色当生命里的光,不荒唐、不讽刺吗?对自己的人生都是个侮辱。"

炎拓头疼:"我也想啊,但地枭这种事,太复杂了,没法跟她说。"

再说了,即便讲了,许安妮也可能把他当神经病给打出来。

聂九罗说:"你让我想想啊。"

许安妮迷迷糊糊间被捶门声吵醒。

她像游魂一样坐起身来，肿胀的眼睛眯缝着，半天搞不清楚状况。

谁？谁来敲门了？房东？

不是说好了下个月再来收吗？这世道，人说过的话都像狗屁，翻脸就变。

她懒洋洋地下床，一脚踩扁一个塑料饭盒，那是昨晚吃的炒饭，就扔在床边。

许安妮打着哈欠走到门边，却没开门，只是直勾勾盯着门背板：也许，外头会以为里头没人，等不耐烦自行走了。

过了会儿，捶门声停下，有女人的对话声，断断续续传进来。

"没找错？是这家吗？"

"绝对没错，阿邦给的就是这个地址。"

阿邦？

许安妮脑子里一激，整个人都发抖了，她几乎是飞扑过去拉开门，话都说得颠三倒四："阿邦……谁找？我是，是我！"

门口站了两个女人。

看清来人的长相，许安妮怔了一下，有些不知所措。

兴邦怎么会有这样的朋友？

一个人高马大，光头，眼神凶悍不说，头上还文了条蜥蜴，第一时间让她想起混黑社会、杀人不眨眼的打手。

另一个烈焰红唇，大波浪，金粉色的眼影晃人的眼，细高跟踩得别有风情，一看就不像良家妇女。

这得是交际花那种类型的，或者大佬的情妇吧？

许安妮口吃："你……你们，谁啊？"

余蓉跟她确认："许安妮？"

"是啊。"

"那找的就是你。"

说着，余蓉一把揉开许安妮，大刺刺进了屋，下一秒，她踩扁一个圆的塑料饭盒，里头剩了点麻辣烫的汤水，晃晃漾漾。

这真不赖她，屋里头无处下脚，不是成包的垃圾，就是尚未打包的垃圾，簇拥成海，不见地板。

余蓉处变不惊，以一脚之力拂开一条道来，又回头提醒雀茶："慢点走。"

雀茶"嗯哼"了一声，摇风摆柳地进了屋，经过许安妮身边时，带过一股艳靡的香风，熏得她脑仁疼。

许安妮彻底蒙了，直到这两人反客为主地在桌子边坐下，她才紧走两步过来："不是，你们谁啊？你们……认识兴邦？"

余蓉瞥了许安妮一眼:"我姓余,在泰国开赌场,阿邦以前跟我混的。"

泰……泰国?

许安妮没去过泰国,她连泰山都没去过。

兴邦怎么跟泰国扯上关系了?

余蓉又指雀茶:"这是我弟妹,阿邦的老婆,叫她茶姐好了。"

老婆?

许安妮一下子激动起来:"兴邦是我男朋友,我们都要结婚了,你是不是搞错了?"

余蓉哼了一声,"啪"地拍了张照片在桌上。

这是一张结婚照,一看就泰式风情满满,男的是吴兴邦,女的就是这妖里妖气的茶姐,两人都身着泰国传统盛装,一身金黄璀璨,简直要闪瞎人的眼。

这是聂九罗找圈子里的同行做的,换脸加PS,大师手法,非拙劣抠图可比,几可乱真。

许安妮不说话了,眼睛死死盯着那张照片。

雀茶清了清嗓子,装模作样地从小挎包里抽出一张纸巾,夸张地遮住了鼻子:"这屋子里,可真味儿。"

余蓉:"我就开门见山了,大概四年前吧,阿邦帮我走一批货,被泰警给堵了,逃跑的时候,杀了三个警察。"

许安妮脑子里嗡嗡的,如听天书。

"这么一来,泰国肯定不能待了,我让他回国避风头,等我的消息。"

"没过多久,阿邦就跟我说,在这儿干出租了,还找了个床伴。男人嘛,闲不住。"

雀茶适时"哼"了一声,还拿白眼把许安妮从头到脚翻了一遍。

许安妮的嘴唇翕动着,想说什么,到底没说。

"去年年底吧,风头过得差不多了,通缉令也撤了,我刚好有笔大买卖,就喊阿邦回来帮忙,还让他想带就带你一起回来,毕竟咱们阿茶大度,不计较。"

雀茶嫣然一笑,语气却淡淡的:"计较也没用啊,睡都睡了,我还能把他阉了?"

余蓉接着往下说:"后来阿邦自己回来了,我也没多问。"

"谁知道流年不利,遇到黑吃黑。"余蓉脸色渐转狰狞,舌头在唇角一舔,舌钉锃亮,"也怪阿邦这几年闲得太久,身手没跟上,被一群王八犊子乱枪打死了。"

许安妮面无表情,信息太多了,她的大脑已经宕机。

随便这个姓余的怎么说吧,就算她说兴邦是被核弹炸死的,她也无所谓。

"阿邦临死跟我说,自己死了没关系,老吴家不能没个后,还说你怀孕了。这不嘛,风头一松我就带着阿茶过来了。"

说到这儿,她瞥了瞥雀茶。

雀茶知道轮到自己了,她满脸堆笑,语气温柔:"妹妹,我看你肚子扁了,是不是已经生了?孩子在哪儿呢?"

许安妮没说话,脸上漠然得如同罩了一层霜。

雀茶碰了个钉子,一点也不恼火,笑得愈发妩媚:"你一个人,这么年轻,带着孩子不容易,也不好找新饭票不是?我想着,不如就交给我带,你放心,包管当自己亲生的一样疼。

"还有啊,你生孩子受了苦,我懂,我这趟来,就是代表阿邦给你做些补偿的。"

说到这儿,她低下头,从小坤包里拿出一个不怎么厚的红包来:"这两万块钱,就权当你的营养费了,你看……"

她一边说,一边殷切地朝里屋看去:"孩子在哪儿呢?"

许安妮面色铁青,颤抖着抬起手指向门口:"你们给我滚出去!"

雀茶笑意顿收,吊起了眼梢看许安妮:"这好好跟你商量着,怎么还骂人呢?你要嫌钱少,我再给你加两千!"

许安妮咬牙骂了句脏话。

她突然就发了狂,上前一把掀翻了桌子,雀茶尖叫着站起身,还想分辩两句,许安妮已经抄起灶台上的油盐醋瓶,没头没脑地扔了过来。

这还没完,她完全不管不顾,又从地上抱起餐盒,向着两人无差别攻击,一时间,残剩的汤水、米饭粒以及坨了的面条,满屋乱飞。

余蓉边撤边吼:"要不是看在阿邦的面子上,老子抽死你!"

雀茶踩着细高跟紧跟余蓉,边跑边嚷嚷:"怎么还打人呢?我就说,阿邦看上的,怎么会是好货?"

许安妮冲到门口,最后向两人逃窜的方向扔了个可乐瓶,伴着清脆而畅快的玻璃裂响声,从齿缝里迸出三个字来:

"王八蛋。"

炎拓的车子停在街角,他等得不耐烦,已经下车踱步了,忽地瞥到两人过来,心头一喜,赶紧迎上去:"事情……"

本来想问问事情进行得怎么样的,但话未说完,一股酱醋味直冲鼻端,定睛一看,余蓉右肩湿了一块,雀茶胸前一片醋渍,一个光脑壳上粘着米粒,一个大波浪上挂着面条。

炎拓赶紧改口:"事情不顺利啊?"

余蓉一肚子气没地儿撒:"也就聂二不在这儿,她要是在,我非把她摁水缸里。"

还导演呢,自己不演,可着劲儿把别人往死里导。

03

余蓉和雀茶各抽了十多张湿纸巾清理仪容，饶是如此，上车之后，还是给车里带来了一股厨余饭后的家常味。

炎拓正想追问一回事情究竟是怎么不顺利的，聂九罗的视频电话打过来了——身为"导演"，她也是掐着点算着进度，很想知道"上映"之后反响如何。

余蓉懒得跟她掰扯，雀茶凑过去，把事情讲了一遍。

聂九罗说："这个许安妮还挺有气性，居然能动手把你们给打出来，不错不错。"

余蓉："这叫不错？"

聂九罗非常自信："咱们的目的不就是戳醒她，打破她对吴兴邦那些不切实际的滤镜，让她再前进吗？现在她已经知道为这种人沉沦不值得了，这就是有效果了啊。"

呵呵，有效果，都是建立在演员受罪的基础上的。

余蓉给她泼凉水："八字没一撇呢，她刚歇斯底里的，万一不想活了呢？你这种设计，那些话，挺伤人的，你知道吗？"

聂九罗哼了一声："把人戳醒，当然会疼。又想戳，又想不疼，你当针灸呢？"

余蓉一时语塞。

炎拓暗自叹了口气，把车窗搛下一线，以期散散车里的火药味，同时默默提醒自己，以后别跟聂九罗吵架。

他一定吵不过她。

余蓉磨了会儿牙，跟她再战："那万一戳过了呢？她寻死怎么办？"

聂九罗说："为了个垃圾寻死，你会这么做吗？"

余蓉又被聂九罗给问住了。

雀茶犹豫了一下，说："聂小姐，不是的。有时候，人寻死吧，未必是为了谁，可能只是对自己太失望了，觉得自己像个笑话，一切都太烂了。"

以前，她就常有这感觉，觉得自己很糟糕，是条依附于蒋百川的米虫。后来又觉得自己太绝情，同床共枕十几年的人受难，她居然连一滴眼泪都掉不下来，简直没人味儿。

许安妮如果真的寻死，未必是为了吴兴邦，可能是太绝望了，觉得老天一直在戏弄自己，觉得这人间不值得。

聂九罗说："所以，我安排了你们三个人都在场，三个人，还看不住一个人吗？真寻死的话，你们就出手呗。"

很好，演完了还不算，还得蹲守。

导演动动嘴，演员跑断腿啊，难怪演员演着演着，都想当导演。

雀茶只有射箭拿手，其他的功夫不行，于是负责后勤保障，蹲守这活儿落到了余蓉和炎拓身上，两人轮流去查看，或听动静，或溜窗缝，还得防着被人当成偷窥的变态。

好在，这一夜许安妮都很安静，没开煤气，没吞安眠药，也没动刀刀剪剪，只是安静地坐着，半响都不动一下。

炎拓从窗外拍了张模糊的剪影发给聂九罗，半是及时知会她许安妮现在的状态，半是因为，他觉得许安妮的剪影很像雕塑，哪怕看不到面目，只看轮廓，都会让人觉得沧桑满满，心底顿生荒凉。

第二天，一个白天，许安妮都没出屋，也没点外卖，只是改坐为趴，如一具绝望的尸体，趴在一堆外卖餐盒之间。

余蓉沉不住气了，这许安妮要是失魂落魄半个月，他们还得在这儿守上半个月？她虽然有助人为乐的精神，但她不是圣母，做不到日复一日啊。

炎拓则开始研究监控设备，寻思着找个机会，在许安妮房里装上一个，这样就可以远程监控，出事的话适时报警，至于会不会侵犯个人隐私、触犯法律，他也顾不得那么多了。

只有聂九罗依然乐观。

她说："寻死是一种冲动，一般在情绪最激烈的时候不死，后头也就多半不会死了。继续失魂落魄我看也不会，她都行尸走肉好几个月了，这次是个机会，能不能爬起来，就看这次了。"

她又说："你们要注意两种迹象：一是吃饭，一旦开伙，那就说明依然惜命；二是打扫卫生，打扫卫生是摒弃过去、积极生活的开始。"

……

聂九罗说的第一种迹象，在第二天晚上十时许来了。

许安妮点了份夜宵，外卖员骑着小电驴从炎拓车边经过的时候，雀茶看到了包装袋上的店名。

——小张烧烤。

余蓉担心是断头饭，这顿烧烤是要混着上百颗安眠药一起吞的，所以外卖员一走，她就过去扒住了窗缝。

她看到，许安妮双目红肿，脸上却带煞气，烤串拿起来，打横一撸就是一串，一撸就是一串，然后端起可乐咕噜一口——吃得咬牙切齿，喝得气吞山河。

余蓉咽了口口水，这小张的手艺还真不错，隔着窗户，味儿都这么香。

第二种迹象，是第三天凌晨时来的。

当时，余蓉和雀茶都已经在车里睡歪过去，炎拓负责观望，他看到，许安妮拖了个很大的黑色垃圾袋出来,很费力地穿过巷子,拖到垃圾桶边。

垃圾袋太大,塞不进垃圾桶,她只能把袋子靠在垃圾桶边,掸掸手回去了。没过多久,又拖出来第二袋。

第三袋尤为沉重,许安妮拖得气喘吁吁,半途频频休息,看得炎拓恨不得上去给她搭把手。

三袋拖完,许安妮回屋之后没再出来,灯也熄了。炎拓长吁一口气:这两天,他还是第一次看见许安妮熄灯,从余蓉和雀茶被赶出来的那一刻起,许安妮的灯就没熄过,连大白天都亮着。

如今,终于熄灯了。

希望她能睡个好觉吧。

余蓉一觉醒来,天已大亮。

非但大亮,还金光万道的,刺得她睁不开眼。

她伸手去遮,透过指缝,看到炎拓转身向后,递过来一个外卖袋:"茶餐厅点的,瘦肉粥和虾饺。"

余蓉接过来放下,从车侧袋里摸出根条状的漱口水撕开,吸溜了一通漱口,然后打开车门吐掉。

另一边,雀茶也醒了,打着哈欠问:"许安妮呢,怎么样了?"

炎拓说:"挺好的。"

挺好的?

一句话说得雀茶没了睡意,余蓉来了精神。

炎拓遥指了下许安妮的出租房:"清早的时候,出来扔过垃圾,三袋。我去看了,前两袋都是外卖餐盒……"

余蓉脱口说了句:"哟,还真打扫卫生了啊。"

雀茶更关心他没说完的部分:"第三袋呢?"

炎拓笑了笑:"都是男人的衣服、鞋子,应该是吴兴邦的,还有剪了的照片什么的。"

雀茶心头一阵松快:"她这算是……挺过来了?聂小姐这招还真管用。"

余蓉悻悻的:"管用什么啊,她运气好,瞎蒙蒙对了而已。"

炎拓没说话。

挺过来了吗?可能吧,但离痊愈,还差很远很远。

疗伤这种事,只能靠自己了,希望许安妮的厄运已经走完,前路能遇到许多许多的养分、许多许多的爱。

余蓉和雀茶是事了即撤，深藏功与名，炎拓则在安阳又待了两天，和合作方达成新的合作，签了新的合同。

走的那天，他又开车去了一趟许安妮的住处，也是巧了，车子刚到巷边，就看到许安妮从外头回来。

应该是刚买菜回来，提兜里满是新鲜蔬菜，有水芹，也有蒜薹，还有个提兜里盛满圆溜溜的金橘，看着分外可爱。

许安妮低着头，正看手里的一沓小广告，里头有些是商品广告，有些是招工广告——她的文化水平不高，做的都是门槛比较低的工种，习惯了去中介所拿单页信息。

炎拓目送着她穿过巷子开门进屋，这才把车停在道边，打开车门下来。

走到许安妮门口时，听到屋里响着笃笃的刀声，是在切菜吧，一刀一刀，刀刀都是即便受了生活的伤，依然想要用力生活的节奏。

炎拓蹲下身子，把从合作方那儿要来的招工启事从门缝底下塞进去。

他跟合作方打过招呼了，如果有个叫许安妮的打电话来询问工作，请格外照顾。

就送她到这儿吧，他也该回小院了。

从安阳回小院的距离挺远，上次走，就是快半夜的时候才到的，这次出发得晚，估计会到得更迟。

炎拓给聂九罗打了个电话，说了这事。

聂九罗在忙，语气又急又快，漫不经心："知道了，那时候我早睡了，你回来声响小点。我让卢姐给你守个门，到了发条信息，让她开门就行……我约了老蔡聊展览的事，走了啊。"

炎拓还没来得及说什么，她已经挂掉了。

炎拓收起手机，慢抹方向盘，心头有点不是滋味：这么久没见了，如今要回去，她一点欢喜的表示也没有。

不过也正常，以她现今的忙碌程度，一天过得飞快，估计还会嫌他回得太早。

回程平淡而又无聊，午饭是在服务区吃的，吃完后，炎拓还买了根雪糕，一个人坐着吃完了，反正回去聂九罗早睡了，他早到一刻迟到一刻都没什么分别。

……

到的时候果然很晚，都快一点了，小巷里的宅子都黑洞洞的，只余街灯值守。

炎拓提前给卢姐发了信息，停好车之后，拎着行李箱到门口等。

不一会儿，门吱呀一声开了。

炎拓低头进来，说了声："辛苦，卢姐。"

才刚跨进门来站定，边上的人忽然"哈"了一声，往他身上扑跳过来，炎拓猝不及防，被扑得后背直撞到边墙上，第一反应是遇袭了，想还手，瞬间又明白过来，一颗心像块雀跃的石头，咕噜噜泛着泡儿浮上水面，然后慢慢顺着融融的水化开。

他一只手还拎着行李箱，腾出另一只手来，环住聂九罗的腰，才想起把箱子放下。

聂九罗这一"哈"、一扑加一撞，声响挺大，直接把感应灯给激亮了，炎拓低下头，看到她穿了薄睡袍，仰着头笑嘻嘻的，头发应该是洗了才干，有几丝在晕黄的光里飘着。

看卢姐的房间，早黑了灯。

炎拓笑，说她："这么晚不睡，还穿这么少，不嫌冷啊？"

聂九罗伸手钩住他的脖子，说："不冷。"

"不是说不等我了吗？"

聂九罗白了他一眼，另一只手的手指用力戳他心口："首先，我掐指一算，就知道你这种闷骚的人，听说人家不等你就会不高兴，又不敢说，只会在路上偷偷擦眼泪。看看，眼圈都红了。"

炎拓哭笑不得："谁哭了？你胡说八道什么？"

聂九罗也不去抬杠，收了手把头埋在他胸口："其次是，你走好些天了，我真是特别想你。"

炎拓也不知道该回什么，半晌才低低"嗯"了一声。

感应灯又暗下去了，暗掉的瞬间，他看到院里的桂花树，还有金花茶，因着时令，都在花期的末了，枝叶葳蕤间暗香浮动，味道在宁静的夜里蒸蒸腾腾，仿佛肉眼能看得见。

过了会儿，聂九罗问他："余蓉她们走啦？"

炎拓点头："回去了已经，人家也就过来帮个忙。"

"许安妮还好吗？"

炎拓想了想："人生那么长，好不好什么的，现在不好说，得看她往后自己怎么过了。"

聂九罗也是这想法。

她穿得少，之前是刚下楼，再加上兴奋，没什么感觉，而今夜风一过，着实有点冷了。

她挠了挠炎拓胳膊上的软肉："上去？"

"上去。"

"走不动，背我吧。"

炎拓苦笑，示意了一下手边的箱子："阿罗，我带着箱子呢，不好背你。"

聂九罗垂眼看了看那个箱子，二话不说，抬脚就踹，箱底有万向轮，被踹得骨碌碌滚开两米多远，这一滚，又把感应灯给滚亮了。

炎拓："……"

聂九罗说:"炎拓,我得给你端正一下态度。箱子重要我重要?一口破箱子,扔这儿谁偷啊?非得拎进去?拎进去了它能下蛋?明早来拎不行?背了我再来拎不行?为了一口箱子,拒绝我?"

炎拓张了张嘴,又闭上了。

说得好有道理,他竟无从反驳。

聂九罗说得停不下来:"还有,人是有感情的,你刚拒绝我,我心里已经有裂缝了,爱会消失的你懂吗?"

炎拓:"这就有裂缝了?"

聂九罗:"没错,我干妈给了我一颗脆弱的心。"

炎拓想了半天,才反应过来她亲妈是裴珂,"干妈"是……女娲。

这就认上亲戚了,胳膊腿挺能攀的。

他点了点头:"那行,今晚好好给你补补。"

这话说完,两人都没再说话,聂九罗仰头看他,牙齿微咬嘴唇,有烫热自身下渐渐浮上来。

她哼了一声,说:"坏蛋。"

炎拓奇道:"我的意思是,我下碗面,给你补补身子。你又想哪儿去了?阿罗,你是不是该反思一下,你这思想有点斑斓啊。"

聂九罗扑哧笑出声来,一把掐住他腰上软肉:"你再说?"

炎拓也笑,略略弯腰下腿:"上来吧。"

聂九罗身法轻盈,只借力一蹬,就蹿上去了,炎拓揽住她的腿弯直起身,完全不觉得吃力,说实在的,他同时拎箱子上去也不成问题。

不过,既然箱子已经被聂九罗踹开了,那就随它去吧。

他背着聂九罗,穿过绿意尚还葱茏的小院。

聂九罗低下头,长发拂挂在炎拓的脖颈上:"对了,我今天和老蔡说,想把个展的压轴作品给改一个。"

压轴作品?想起来了,是黑白涧的场景雕塑。

炎拓随口问了句:"想改什么?"

"水下石窟。"

炎拓有点意外:"是那个……水下石窟?"

聂九罗点头:"我虽然没看见过,但听你描述,已经很具象了,我会先出图,哪儿不对你指导我改。展出的操作难度不大,老蔡说,可以封一个玻璃缸,直接把石窟雕塑沉在水下,不过要考虑雕塑的材质问题,不能被水给溶解了。实在不行,就用类水凝胶代替,视觉效果应该是一样的……你觉得呢?"

炎拓沉吟了一会儿:"这是你的个展,一切由你自己决定。不过,如果是我的话，我可能不会这么做。"

聂九罗奇怪："为什么？"

她和老蔡都觉得这个创意很好，水下加石窟的概念，会比单纯的场景雕塑要吸睛，也更具讨论度。

炎拓说："可能是因为，对于一些珍贵的秘密和特别的所在，我不愿意和人分享，也不想让人窥见它的边角。"

那是个不被打扰的地方，越少人知道越好，每次想起那儿，他永远心怀感激，倾向于让它一直沉睡，长久安宁。

聂九罗若有所思："炎拓，那个地方，是不是只有我们去过？"

"是，只有我们去过。"

可能有史以来，也只有他们去过，又活着离开了。

聂九罗没有说话，过了会儿，她把脸埋在了他颈侧，喃喃说了句："那算了，不对外展示了。"

哪天真的做出来，就藏在家里吧，像那个微缩的小院模型一样，珍藏起来，只自己看，也只有自己才看得懂。

04

秋季的末了，聂九罗的个展准备告一段落，塑品进入阴干期，后期制作尚未开始，反而比前段日子清闲。

赶在这个时间，踩着封山前的点，炎拓他们又进了一趟金人门。

事实上，这个季节，骡夫们已经不愿意再进山了，北方冷得早，即便雪还没下来，山里的风已然刀子似的呼呼割人的脸，之所以还能成行，主要是看在老熟人余教授的面子上。

是的，那位剃光头以明志、献身科研的余教授又来了，架着没镜片的黑框眼镜，裹着一身灰了吧唧的大棉袄，全身上下透着"清贫"二字。

骡夫们都不好意思加价，还满怀同情地问她："余教授，学校的压力这么重啊？"

这一年到头的，来了又来，骡子跑一趟，还得瘦三斤呢。

余蓉扮起教授来，已经驾轻就熟："是啊，上次论文没过，职称也没评上，学术这条路，不好走啊。"

边说边撸了撸包着头巾的脑袋，袖口掉下一撮猫毛来。

……

聂九罗头一次体会到坐骡子行路的乐趣，上次坐，她神志还不清醒，全程都在挑拣和嫌弃骡子。

中途休息时，她还给骡子拍了段视频：万物皆可塑，一切都是素材，保不齐以后用得到。

炎拓过来，在她身边坐下："万一裴珂上来，你真不见她？"

其实能见到裴珂的机会太小了，她失踪这么多年，跨过涧水的次数估计也就那么两次。而且，她自己也说了，对他们这种在地底生活的人来说，"往上"是一件艰难和不适的事。

究竟多不适呢？炎拓没亲历过，只能靠想象：也许像长住温带的人去到极寒，处处是煎熬；又或许呼吸到的空气和身体承受的压强有异，挨的时间一久就会崩溃。

聂九罗点头："真不见。"

炎拓觉得可惜："也许这辈子，也就见这么一回了。"

聂九罗笑笑："只是不相认，我躲在边上，看看她就行。"

看看就行，知道大家天各一方、各自安好就好。

但不适合让裴珂知道她又活过来了，她对这个母亲并不了解，分开了这么久，就更难揣度她的心思了。

万一她对水下石窟起了心思呢？泥壤做成的女娲像都能被白瞳鬼奉若神灵，更别提女娲肉了。

所以，多一事不如少一事吧。

行至金人门，分工如前，孙理他们守门，炎拓等一行四人带着设备去涧水。

一路平顺，蒋百川没个影踪，连放逐进来的那些畸形地枭都没遇到，余蓉推测是季节变换，这一带的食物不多，地枭得逐食而走，转移去别处了。

毕竟青壤太大，地下也太大了。

已近冬日，涧水虽然比之前平静，但也更为阴寒，反倒不适合下水，炎拓涂抹过的那些夜光漆的字，因为时间过去太久，即便有手电光照上去，也不大能显光了，或者只能显示一小部分，斑斑驳驳，跟狗啃的似的。

余蓉感慨："每次来，都觉得光照是个大问题。"

手电方便，需要电池；太阳能灯号称可循环利用，需要太阳光先补充；夜视仪好用，但问题来了，需要充电，即便是军用夜视仪，也支撑不过一日夜。

高科技设备，在浩瀚的地下，威风不了多久，就水土不服，纷纷躺尸。

余蓉觉得，最完美的法子，还是弄颗夜明珠来，那才是光照的永动机，但夜明珠的材质，本身就是个谜，慈禧太后陪葬的那颗，在一九〇八年已经价值一千零八十万两白银，实在搞不起。

雀荼接话："所以我们不适合下头啊，没了光，我都想象不出该怎么活。"

聂九罗忽然冒出一句："不是有一句话说，'自然界为一切生命提供出路'吗？

白瞳鬼没有见到太阳，但他们的眼睛白亮得不像话，像是自带了一对小的似的。"

白瞳鬼是瞎子还是自带了一对小太阳，炎拓不感兴趣，他招呼大家："干活儿吧。"

既然是想来见人，当然得做一些尝试，而不是站在洞水边干等。

往里喊话不现实，缠头磬和乐人俑也都毁了，炎拓和聂九罗他们想来想去，想到利用一点。

黑白洞是有风的。

的确有风，离着洞水很远，都能听到隐约的风声，近时就更明显了。

炎拓想送一些字条过去，在上头用夜光材质写下或印下简单的约见请求，利用风的播扬，让字条最大范围地被传播。

只要数量多，总会被看到的，而看到了，就有见面的可能，毕竟裴珂答应过他，会让他见见炎心。

一开始，他计划用无人机送，但下头地势复杂，可见度几乎为零，无人机撞机的概率太大，炎拓从现代两军交战时投递传单的宣传弹以及彩带爆竹得到启发，联系了相关厂家，借口要在开业庆典上使用，定制了专门的彩花弹以及可以用于发射的两门可拆卸式小礼炮。

该干活儿了。

炎拓和余蓉组装礼炮，聂九罗和雀茶则忙着准备彩花弹。很快，两门小礼炮就架设好了，炮口倾斜，遥指洞水对岸。

只差临门一脚，雀茶忽然担心："万一把他们招上来了，又像上次一样，把我们给逮下去，那可怎么办啊？"

炎拓说："赌一赌吧，不过我觉得应该不会。"

他指了指彩花弹："彩片上，要么印炎心的名字，要么印裴珂和我的。裴珂是个聪明人，能猜得出我这趟来只为见面。她上次就没留我，这次应该也不会。"

彩花弹上膛，左右两门小礼炮齐发。

聂九罗在边上静静看着。

因为是"庆典"使用的，小礼炮自带声响效果，这荒寂的青壤，大概从来也未曾出现过如此喜庆的声音。

一枚枚彩花弹，"嗖"地越过洞水，没入遥远的、不可知的黑暗，然后远远爆开。

彩花弹用纸，多有炫光效果，再加上字是夜光的，所以虽然爆在远处，但隐约能看到微弱的光迹。

今日的量是一百枚，炎拓安排好了，接下来，孙理他们会每日往这头送新的，这一趟，放足七天的礼炮，能不能召唤出白瞳鬼来，听天由命了。

一百枚放完，周遭重又陷入沉寂。

涧水哗啦，风声大作，聂九罗看不到，但她想象着黑暗里起的大风是如何卷扬纸片，往每一个犄角旮旯输送。

居然还看到了被吹回来的纸片，零落的几张，在涧水上方转摇了一阵子，像掉队的、惊慌失措的蝴蝶，落进水里漂走了。

余蓉眯缝着眼睛，端着夜视仪看对岸："也怪哈，天冷了，我们上头刮大风，他们下头也刮风。"

她又拿胳膊肘碰了碰炎拓："一枚弹，里头有一百张吗？"

炎拓说："差不多。"

余蓉唏嘘："一百乘一百，那今天放了有一万张进去了，七天七万，啧啧，咱给下头制造了多少垃圾啊。"

雀茶："纸是可降解的吧，这不叫垃圾。"

余蓉哼了一声："怎么不叫垃圾了？视觉垃圾也是垃圾，反正我看到小纸片飞来飞去的，心烦。"

几人就地搭设帐篷，懒得垒灶生火，晚餐就以自热米饭解决。

饭后，聂九罗拉了炎拓去涧水边，先勒令炎拓站在距离岸边一步之遥的地方不许动，然后拽紧他的手，自己小心翼翼地探头去看。

炎拓暗自憋着笑，聂九罗真是怕水人设不倒，经历了这么多，对水的惧怕依然不减，水下石窟那么大的吸引力，都改变不了她半分。

聂九罗看了又看，觉得这水流实在也没什么特别的："顺着这水流一路潜下去，真的有个石窟啊？"

炎拓说："不然呢，我编出来的？"

聂九罗悻悻：全天下的石窟，她都能去拜访，怎么最想去的这个，偏偏在水里呢？

"真的有白蛇啊？那么大，它吃什么啊？"

炎拓答不上来："河流这么长，说不定直通黄河到入海口呢，它饿极了，还怕找不到吃的？"

"那最后，是它推我们出来的吗？"

炎拓摇头："我不知道，我那个时候，已经没意识了。不过，应该是吧。"

应该是吧，余蓉说，当时汹涌的水浪自洞口喷薄而出，斜溅起的水花足有几米高，理论上，应该是内部出现了巨大的推力。

他觉得，要么是白蛇助推，要么就是水下发生地震，那座石窟整个儿坍塌了。

正想着，雀茶在那头招呼两人："过来过来，打牌了。"

……

在地下干等，实在是无聊，手机没信号，电也不经耗，所以带进来的消遣工具都比较返璞归真：飞行棋、UNO牌、扑克牌什么的。

几人支着手电打牌，没过几轮，每个人额头上都贴上了纸，聂九罗偶一瞥眼，觉得分外魔幻：几个月前，他们还在这儿搏生搏死的，一转眼，都玩儿上牌了？

这么一分心，又想起了老话题："你们说，第七个出口，在哪儿呢？"

雀茶摇头："不知道，我以前猜这条涧水就是第七个出口，但余蓉说不是。"

余蓉仔细理牌，头也不抬："那谁说的来着，邢深还是冯蜜，不是说夸父族人，一部分留在涧水这儿淘女娲肉，一部分上去搞出口吗？就因为远离了黑白涧，身体受不了，一茬茬地死了。涧水只是黑白涧的边缘，哪里就谈得上是'远离'了？"

聂九罗突发奇想："第七个出口，会不会还没被发现？"

她越想越觉得有可能："一共七个出口，四个被金人门封住了。我们假设，第五个就是兴坝子乡的大沼泽，年代在清末。第六个是炎拓父亲的矿坑，二十世纪九十年代初林喜柔从那儿入世的。那第七个，也许还没被发现呢。"

余蓉心不在焉："嗯，反正裴珂在下头全面封堵，不会再有地枭上来了，这第七个出口，以后也发现不了了。"

炎拓沉吟了一会儿："其实还有一种可能，最糟糕的可能。"

这话意味有点不祥，三个人不约而同都看向他。

炎拓说："第七个出口，早就开了。有个人，像林喜柔一样，已经在人间盘下根了。"

余蓉心头一凛："这不可能吧，他没有女娲像啊。"

炎拓反问她："真没有吗？你仔细想想，女娲像的数量是对不上的。说是有七尊，白瞳鬼抢了四尊，林喜柔那儿有一尊，那还剩两尊呢。就算兴坝子乡的小媳妇那儿也有一尊，那至少还有一尊，是完全没下落的。"

第七道出口，第七尊像，都还是个谜。

雀茶怔了好一会儿，突然打了个寒噤："你的意思是，另外有一拨地枭，混在人群里，至今还没被发现？"

炎拓笑道："只是猜测而已，我不是说了吗，这是最糟糕的可能。你们就当我……是在杞人忧天吧。"

这世上，还有另一个林喜柔吗？

这世上，会不会有人跟从前的他一样，全家被吮血吸髓，却永远挣扎不出来？

炎拓希望，这种可能，永远也别发生。

05

一连六天，礼炮送了约莫六万张信息纸过涧。

对岸无声无息，一片死寂。

炎拓觉得很不应该：六万张啊，这么密集的撒网，对方不至于收不到吧？

虽然进来之前，大家都做好了此行一无所获的准备，但真有这种迹象露头，还是止不住沮丧，人心浮动之下，各种奇怪的揣测也一个接着一个。

雀茶："会不会下头的风也是有风向的？比如现在专刮西北风，信息纸都被卷积到西北角去了，但是下头的人员聚居区是在东南方向？"

南辕北辙，所以收不到。

聂九罗："下头的人会冬眠吗？"

都睡着了，没准儿睡的还是一个个茧状的土窝，所以任他信息纸如雪片般飞舞，无人在意。

余蓉的设想则较为血腥："会不会已经打起来了，同归于尽的那种？"

……

猜测得很热闹，但真相究竟如何，没人知道，也没那狂热去冒险探求。

一入黑白涧，人为枭鬼。涧水，是比楚河汉界还森寒可怖的分界线。

第六天的半夜，许是睡前喝多了水，炎拓起了个夜。

手电不知道滚哪儿去了，怕东摸西翻吵醒聂九罗，他索性摸黑出来：好在这些天在黑暗里待习惯了，对周围的地形也熟，即便没光，也能摸索着凑合对付，不至于寸步难行。

方便完毕，从高垛后转出时，炎拓习惯性地看向涧水边。

墨汁一样浓厚的黑里，飘着几点白色的莹亮。

他第一时间居然没反应过来，还以为是自己眼花，下一秒忽然明白，血冲上脑，心头狂跳，大喝一声："谁？"

这一声，半是给自己壮胆，半是提醒聂九罗她们。

很快，强光亮起，余蓉手持营地灯，披着老棉袄从帐篷里蹿了出来。

聂九罗和雀茶都没露面，这是计划好的：做事得留后手，万一情形不利，这两个可以作为增援的奇兵。

营地灯可比手电的光照强度大多了，刹那间，方圆百米内，一片肃穆的冷白。

炎拓看到，涧水的那一边站着两个人，看身形，是成年人牵着个小孩。

孩子，那应该是炎心无疑了。

他按捺不住内心的激动，几乎是狂奔着冲到了水岸边，然后猝然止步。

那个成年人，不是裴珂。

尽管早有心理准备，炎拓还是惊愕失声："邢深？"

真是邢深，邢深和炎心。

邢深身上穿的，还是原先的那一身，眼睛已经发生变化了，不知道是不是因为新近转变的关系，并没有特别白，更偏一种半透明的幽深。

他的头发长长了，不过这个长度，正是最尴尬的时候，不利落，也不飘逸。

余蓉也过来了，她的反应和炎拓一样吃惊："邢深？"

邢深没有立刻回答，他塑像一般立在对面，好一会儿，才抬起手来，手里拈着几张信息纸："你们放的？"

炎拓点了点头。

六万张，整整送过去六万张字条，终于激起一点回响了。

他四下看看："就你们俩吗？裴珂……没来？"

不能见到裴珂，聂九罗会很失望吧。

邢深没有说话，他退后两步，向河面上张了张：之前留下的几根箭绳还在，在半空悠悠颤着，看情形，不至于朽烂到不能用。

他嗖地蹿上了箭绳，向着这边疾掠过来，身法虽然称不上什么灵活如猿，但明眼人都看得出，比起他之前，灵敏度和力度都跃升了好几级台阶。

炎心蹿上了另一根，后发先至，比邢深早落地。

她冷漠地瞥了一眼炎拓和余蓉，就转头去看邢深，直到邢深过来了，才又去牵住了他的衣角。

邢深说："就我们，裴姨不上来了，她之前接二连三上来，身体受不了，生了场病。我们这样的人，上来就好比经受辐射，对身体有害，所以得适可而止。"

炎拓约略听懂了：对白瞳鬼来说，得接受永居地下的宿命，"上行"类似于慢性自杀，虽然不至于夸张到一次越涧就会暴毙，但总归是宜少不宜多。

他有点担心："那心心……"

如果没记错，这也是心心第二次上来了。

邢深说："长话短说，应该问题不大，你不是想见她吗？裴姨说答应过你，得说话算话。"

说到这儿，他看向炎拓身后。

炎拓心里一惊，还以为是聂九罗也从帐篷里出来，被他发现了。

并没有，邢深只是略显惆怅地看着他的背后，仿佛在看青壤的尽头，喃喃说了句："这么久了，都忘记太阳长什么样子了。"

炎拓没心思去听邢深的感慨，他蹲下身子去看炎心的眼睛，声音因激动而略发颤："心心，你还记得我吗？"

炎心含糊地问他："看……什么？"

说完，直直对着他，俄顷侧了身，给他看左半边身子，过了会儿，又换右边。

炎拓先是愕然，很快就明白了。

炎心真的就是单纯地在给他"看"，你不是要"看我"吗？那看好了，前后左右地看，随便看。

炎拓不死心："你真的一点都不记得我了？那还记得妈妈吗？还有小鸭子呢？"

炎心不耐烦地皱了下眉头，同时扯了下邢深的衣服，像极了没耐性的小孩子厌烦大人们的社交，一再催促赶快结束。

炎拓失魂落魄般站起来。

这些年，他无数次想象过跟炎心重聚的画面，有时自己都被感动得湿了眼眶。

原来，那些感动，那些幸福，那些失而复得，都是臆想出来的。

余蓉沉不住气："邢深，咱们的人呢？其他人呢？"

邢深说："哪有那么快？有些在转化中，有些成了枭鬼，还在排队等——女娲像只有四尊，转化一个人少说要一年半载，我属于适应得特别快的。"

也对，余蓉这才想起所谓的女娲像其实就是泥壤，用完一次得有个休养生息的时间，这才不到一年呢，想要所有人都转化完毕，至少也得等个四五年。

她震惊于邢深这种安之若素的语气："你在下头……适应得不错？"

在她的想法里，一入黑白涧，终身回不了头，得和过往的一切彻底割裂，进到一个那么黑暗、血腥、原始的环境中，换了是她，得发疯。

邢深看了她一眼："很好，感觉像再活了一次似的，这么多年，我终于找到最适合自己的地方了。"

余蓉和炎拓面面相觑，一时间，都不知道该说些什么。

——感觉像再活了一次似的。

这句话，可以用在很多人身上，林伶亲口这么说过，聂九罗从黑白涧死里逃生，雀茶走上了和从前完全不一样的道，许安妮……应该也算是。

可是邢深……

邢深像是看出了他们的疑惑："难道不是吗？我在上面是什么？一个瞎子，自己认为自己有一身本事，可是没人需要，也不被看重。只是在走青壤的时候，能起那么点作用。

"现在，跟着裴姨，在下头，我能做很多事，大事。下头很乱，你们知道吧？"

余蓉一愣："不是说缠头军在下头掌控着一切吗？"

邢深淡淡道："谈不上掌控，下头乱得很，缠头军自己就分了好几派，地枭有被控制的，也有很多流窜在外，像个……"

他在这里停了一下，似乎在斟酌怎么用词："总之就是，没有法度，没有规则，弱肉强食，谁有实力谁说了算吧。"

炎拓问了句："裴珂现在，还不算很拔尖，急于培植自己的力量？"

邢深说："换了你，处在那种环境中，也会这么做的。干吗要被一群废物老古董牵着鼻子走呢？"

他面上露出自矜的神色来："能者居之嘛。"

这口气，跟裴珂还真是如出一辙，炎拓说："看来，你和裴珂看法很一致啊。"

邢深笑了笑："是很一致，而且，我还给了她不少可行的建议。我觉得，裴姨的目光还不够长远，其实在下头，可做的事很多很多。"

炎拓只觉得口唇发干："你想干什么？"

邢深看了炎拓一眼，炎拓居然从他的表情中看出了些许怜悯："不管我想干什么，炎拓，到那个时候，你，你们，都已经不在了。"

他又笑起来："下头是一个世界，有人，也有资源，只不过和上头有些区别而已。为什么上头用了两千年可以进入科技时代，下头同样过了这么多年，却不进反退、成了个弱肉强食的野蛮世界呢？为什么不能把它变成一个完全不逊于人间的安乐窝呢？"

是因为那群老废物没有这种眼光、这种格局，可邢深有，他们是新鲜注入的血液，见识更多也更广，摩拳擦掌、热血沸腾，等着做一番大事。

更何况，他有时间，有长长久久的寿数，不像炎拓和余蓉他们，倏忽几十年就苍老谢幕。

他终于等到了一个广阔的天地，一个几乎是为他量身定做的大世界。

余蓉无语，这些日子，她一直记挂被绑入黑白涧的同伴，心心念念要见一面才能放心，没想到见着一个如被传销组织洗了脑的。

反正她是理解不了，人间美好，人间值得，人间有猫狗虎豹，她是一秒都不想入地下，入了也不会把那种破地方当宝。

炎拓不想再聊这个话题："林喜柔她……怎么样了？"

邢深颇反应了一会儿："她啊，你还记得蚂蚱吗？"

记得，炎拓心头一颤："跟蚂蚱有什么关系？"

邢深轻描淡写："没什么，就是觉得，母子长得是挺像。她现在的外形，跟蚂蚱也没什么两样了，老态龙钟，也不能陪心心玩了，数着日子等死吧。"

他又问炎拓："你有话要我带给她吗？趁着她还能喘气，有什么话，我可以帮你传一下。"

炎拓沉默半晌，缓缓摇头。

就在这个时候,炎心忽然叫了一声:"哥。"

哥?

炎拓脑子里一突,眼底倏忽漫上烫热,他嗫嚅着嘴唇,难以置信地抬起头来。

不是叫他的,炎心仰着头,正看着邢深,手上拽了又拽:"走,下。"

她在催促邢深。

炎拓声音发颤:"她叫你哥?"

邢深看了眼炎心,又看炎拓:"我也不知道怎么回事,她见到我,就很自然地这么叫我了。"又说,"你想看心心,如今也看过了,没什么事了吧?"

在这儿待久了,他也不是很舒服。

炎拓摇头,摇到中途,忽然想起了什么:"能给我一缕心心的头发吗?"

估计是用来睹物思人的,邢深猜到他的用意,低下头冲着炎心比画了两下,炎心似是不太情愿,但也没太反对,扯过一缕头发含进嘴里,牙齿磨了两下之后,把断发递给邢深。

邢深又把头发交给炎拓。

一小缕头发入手,很轻,很毛糙,炎拓拈在手里,百感交集,好一会儿才说:"那拜托你在下头,好好照顾心心。"

邢深说:"她其实资历比我老,我照顾她还不够格,不过你放心,都是同伴,有事情会互相照应的。"

他转身欲走,蓦地又停下,回身看炎拓:"你觉不觉得,我们的对话少了点什么?"

炎拓没懂他的意思:"少了什么?"

邢深欲言又止,顿了顿,岔开话题:"算了,不说了。将来,你们要是过得不如意,或者对上头的生活厌倦,想活得更长一点,可以下来。只要越过黑白涧,一直往下走……"

余蓉打断他:"不用,多谢了。"

邢深说:"话别说得这么死,万一呢,世事难料,不是吗?"

说完这话,他飞身上了箭绳。

——你觉不觉得,我们的对话少了点什么?

少了阿罗,全程没有人提阿罗。

他替聂九罗不值,这才几个月,炎拓的脸上,一点悲伤的痕迹都没有了。

炎拓目送着邢深和炎心的身影掠过箭绳,越过光照的边缘,没入茫茫的黑暗。

转身时,看到聂九罗和雀茶从最近的一处土堆后出来,原来这俩也没安稳待在帐篷里。

余蓉哼了一声,问雀茶:"你听到邢深说的话了?"

雀茶点头："他还挺有……想法的。"

说是"野心"，似乎瞧不起邢深；说是"志向"，又似乎埋汰了志向，雀茶斟酌再三，才用了"想法"这个词。

余蓉"呸"了一声："我才不信。有本事的人，在哪儿都能做成事，在上头这么多年，也没见做出什么来，下去了就能脱胎换骨了？嘴上搞事业谁不会？睡觉去。"

她拎着营地灯，大踏步地往帐篷去了。

聂九罗却迎过来，拉住炎拓的手。

炎拓手里，还攥着炎心的那缕头发。

光暗下去了，他看不清聂九罗的脸，只看到她的眼睛，在黑暗里亮晶晶。

炎拓说："你白走这趟了，没能见着你妈妈。"

聂九罗笑笑，轻声说："没关系，可能我们的母女缘就是比较浅。"

生她时缘生，杀她时缘灭吧。

她能想得开最好了，炎拓捻着那缕头发，有点发怔："心心刚刚，叫邢深'哥'。"

裴珂说，心心只记得仇人，早忘记亲人了。

他觉得不是，心心还记得，记得妈妈，记得哥哥，只是，都换了别人、代入别人了。

聂九罗柔声说："你凡事往好处想，心心原本是有妈妈、有哥哥的。现在，她依然有，两个也都是她喜欢的人，挺好的。"

七天后，炎拓带着聂九罗，去看了林喜柔。

在疗养院长住的、他的亲生母亲，真正的那个林喜柔。

炎拓把炎心的那缕头发塞进母亲的手里，聂九罗则把带来的一束康乃馨插进床头的玻璃花瓶。

当时，夕阳西下，病房里铺满融融的暖金色，床头的康乃馨如一团粉云，那场景，像极了故事余韵悠悠的收尾。

炎拓想着，母亲要是就此醒过来就好了。

越三天，林喜柔于睡眠中安然而逝。

06

一年后，聂九罗的个展如期开展。

开展前，老蔡找到聂九罗，确认一个关键事宜。

——如果在巡展过程中，有人看中了展品且能给出合适的价钱，卖不卖？

炎拓的想法是：当然不卖，艺术是无价的。

哪知聂九罗脱口说了句："卖，当然卖。"顿了会儿，又补充，"不过要保证巡展期的展出，先付定金，巡展期结束才能提货。"

老蔡走了之后，炎拓问聂九罗："不是说，艺术是无价的吗？"

聂九罗瞥了他一眼："艺术当然是无价的，但艺术品是有价的，艺术家也是要吃饭的。"

在老蔡的运作下，巡展有一条重点城市名单，首展避开热门的北上广，选择了山西大同，因为这里被称为"中国古代雕塑博物馆"，而且有着国内规模最大的古石窟群之一——云冈石窟。

首展定在这里，有致敬，有传承，也隐隐有不畏比较的意味。

作为创作者，聂九罗需要跟线，虽然不至于跟全程，但多地打卡是必要的，这就意味着，她会有一段较长的旅程——从前出游，是去看别人的作品、拜访、采风，这一次，是送自己的作品给别人看，心情自然不同。

人生首展，意义重大，炎拓决定全程陪她走这条线。

再说了，他也是赞助人不是？钱花出去了，得去验收一下，听个响儿。

除此之外，他还联系了远在泰国的余蓉，希望她和雀茶有空也能来捧场。

余蓉对个展什么的完全不感兴趣："开个展览，又不是斗地主，干吗要我回去看？你拍几张照片给我看看得了。雀茶啊，最近考 IPSC[①]射击证书呢，她想进射击场工作……"

泰国射击运动很风行，雀茶在这方面估计是真有天赋，不管是射箭还是射击，一玩起来，直追专业水准。

……

出行前夜，卢姐给聂九罗收拾好行李，期期艾艾，向她提出了辞职。

用生不如用熟，聂九罗自然挽留了一番，还问她是不是对薪资不满意。

卢姐赶紧摆手："不是的，聂小姐，很满意，跟薪资没关系。"

又解释说，其实之前就想提了，但知道她在备展，不想让她分心，才一直拖到现在。

看来是去意已决，聂九罗也就不再勉强，顺口又问："那以后，你有什么打算啊？"

卢姐居然噎住了，半天才吞吞吐吐说："我有个朋友，投了个小饭馆，想扩店面，我也想占一份，顺带帮点忙。"

这不挺好的吗？一举从打工人跃升为小老板了。

[①] 国际实用射击协会。全称为 International Practical Shooting Confederation。

聂九罗真心为卢姐感到高兴。

大同首展,并没有如何如何地盛况空前——这也正常,雕塑类展览,本来就是小众,比不得热门电影,一上映就能引起风潮。

但它达到了预期,符合老蔡制定的"口碑发酵"路线:出其不意,先引起业界大拿的注意,得到权威的肯定之后,再投放各类文化相关 KOL[①],最大限度地争取文艺爱好者的关注。

老蔡喜滋滋地说:"盘子得越磨越大,这样,展览进入北上广的时候,就是同档期的热展了。"

果然,到第二站西安时,热度比之大同,已经高了好几个档次,大同的媒体多是老蔡请来的,西安多了不少不请自来、主动约采访的。

聂九罗先还兴致勃勃配合,几轮一过,新鲜感过去,就疲了。她本来就是任性的人,找到老蔡说,自己跟线还是跟线,但不跟展了,只偶尔露面坐馆,其他时间,她要像从前一样,去邻近的郊县转悠采风。

老蔡非常爽快地同意了。

他有他的考虑:艺术家嘛,就得行踪不定、一面难谋,才显得有神秘感,更容易吊大众的胃口——否则一来就见着了,一约就采访上了,会显得不太金贵,太容易。

这一晚,聂九罗和炎拓入住石河县的金光宾馆。

这算故地重游了,聂九罗特意选了最初入住时的那一间,跟炎拓好一通白话当初狗牙是如何夜半破窗而入,她又是如何镇定以对的。

炎拓听到后来,居然有些惘然:破了的窗户早就修补好,窗外也是一派平和气象——狗牙还有地魃什么的,仿佛只是他做过的一场噩梦,醒来时阳光一照,金光万道,一切也就过去了。

……

晚上,炎拓做了个梦。

梦见有人敲门,乓乓乓乓,他怕吵醒聂九罗,急急地下床开门。

门一开,居然一脚跨进黑漆漆的坑道里。

炎拓顺手拎起一盏矿灯,顺着坑道往里走,矿灯的光左晃右荡,每次只能照亮小方桌那么大的一块地方,愈发衬显出周遭的阴森。

走着走着,炎拓反应过来。

[①] 关键意见领袖。全称 Key Opinion Leader。

这是他爸炎还山的矿场,他是下到了矿底。

脚下忽然踩到了什么东西,溜滑,炎拓"哎哟"一声,踩着那玩意儿滑出了几米远,仰天摔了个结实。

他恼怒地坐起身子,拎着矿灯四下去照,先照见了害他摔跤的罪魁祸首,那是香瓜靠结蒂处的那一块。

再然后,他看见灯光的尽头,模糊而又暗淡的黑里,站着一个人。

他下意识提高了矿灯。

那是他的林姨,林喜柔。

林喜柔就站在那里,容颜如过去一样姣好,长发又浓又密,眼睛死死盯着他,里头满是愤恨和怒火。

她的声音从齿缝里往外迸,字字怨毒:"炎拓,如果不是你,我不会输。"

炎拓的心头很平静。

事到如今,输赢有什么意义呢?

他说:"你就是输了。"

林喜柔的面目渐渐扭曲,喉咙里发出阴毒的怪声,她亮而浓密的长发渐渐灰白,如被燎焦的枯草,两只眼睛夸张地外扩,脸上的老皮一层一层,耷拉着垂下。

她像极了老迈不堪的蚂蚱。

炎拓听到她尖厉的嘶声:"我只是不够聪明,会有人比我更聪明……"

"咔嚓"一声响,她的脚下裂开一道地缝,林喜柔的身子整个跌落下去,只余两只带指爪的手,死死扒住了边沿。

她仰起倒三角锥一样的脑袋,昆虫口器一般的嘴巴诡异地嚅动着,朝着他喃喃重复:"我只是不够聪明……"

……

炎拓一身冷汗,翻身坐起,再没了睡意。

他隐约有种感觉:林喜柔,也许已经死了。

窗帘没拉严,外头微微泛亮。

睡在边上的聂九罗半睡不醒的,睡眼蒙眬地问他:"干吗?"

炎拓轻声说:"没事,你睡你的,我先起了。"

起了?

聂九罗迷迷糊糊摸过枕侧的手机。

6:57。

还没到七点呢,她带了点起床气:"没到点呢,再睡会儿。"

边说边欠身过来,伸手抱缠住炎拓,头枕住他胸口,又合眼睡过去了。

炎拓被她八爪鱼样缠着,起不来,又躺得不舒服,只能半倚着靠在床头,哭笑不得。

不过，聂九罗是这样的。

她起不了早时，经常要拖着他一起，似乎多拉一个下水，会更心安理得、睡得更安稳。

炎拓一般都只笑笑，就依着她了。

他伸出手去，轻轻蹭摩她细长的眉毛，指腹又慢慢没入她的鬓角，任无数细软的发丝在指间拂过。

聂九罗大概是觉得痒，蹭了两下之后，微微睁开了眼，眼睛在微暗的晨曦里，蒙蒙眬眬，像含水衔雾。

她说："这么听话啊，让睡就真躺下了。"

炎拓笑，手指顺着她颈后，慢慢下抚，指腹下隔着丝袍，也能探出肌肤的细腻微温。

他说："那睡不着，你又不让起，我能不能做点别的？"

聂九罗眼皮微垂，目光幽幽深深地暗下去，下巴垫住他心口，语焉不详："那会让我睡不好觉的。"

炎拓说："不会，我保证，适当运动一下，还能让你睡得更好。"

聂九罗扑哧一声笑出来。

炎拓也笑，搂住她翻了个身，顺势把盖毯拉过头顶。

……

天光大亮的时候，聂九罗果然全身酸软，又迷迷糊糊地睡过去了。

再醒来时，是被电话吵醒的。

聂九罗打着哈欠摸过电话，炎拓不在，估计是下楼吃早餐去了。

电话是老蔡打来的，这些天，老蔡经常给她报好消息，声音永远亢奋，仿佛开个展的是他，而不是她："阿罗，昨天洛阳开展了，好多人来捧场，下午我们都限人了。"

聂九罗坐起身子，语气不咸不淡的："是吗？"

心里是高兴的：洛阳哎，龙门石窟的所在地，能在这种地方获得认可，意义不同。

老蔡："可不，有几个久不露面的前辈都来了，他们之前看过你的作品，说这一年真是进步很大，还问起你干妈了。"

聂九罗"哦"了一声，赤脚下床走到窗边，"哗啦"一声拉开窗帘。

天气不错，一派晴好。

过去的一年，老蔡经常旁敲侧击地追问她究竟是跟着谁学习的，聂九罗被问烦了，答说是干妈，人低调，不爱交际，让老蔡别老打听。

她猜到了老蔡一定贼心不死。

果然。

"和几个前辈聊起这一行比较资深的女大佬，觉得都不是你干妈的风格。阿罗，咱干妈真不考虑出来交流一下？"

聂九罗拉长声音："不考虑——"

脸真大，还"咱干妈"，用炎拓的话说，"胳膊腿挺能攀的"。

"那如果是业界邀请呢？也会给一定的酬劳……"

聂九罗"呵"了一声："不稀罕。"

老蔡不屈不挠，采取迂回战术："我们就是觉得，干妈有这水准，不出来太可惜了。哪个创作者不想看到自己的作品被大众认可呢，对吧？只要干妈愿意，真的，我能想办法做到一流的策展，绝佳的展示……"

聂九罗说："没必要，早就在展示着了。"

老蔡一怔，有点蒙："在哪儿展示呢？北京、上海，还是国外啊？"

聂九罗没吭声。

她额头抵住窗玻璃，出神地看远近的熙来攘往、车水马龙。

早就在展示着了。

女娲造人，这烟火世界，千人千面的众生相，神仙名士，魑魅魍魉，哪一个不是她的作品啊？

论真论美，论丑论恶，哪一间展馆里立着的雕塑能比她塑得更见血见肉、入骨三分？

早就在展示着了。

一代一代，无数人身在展中，看展，也被看，有至死勘不透的，也有临了悟了道的。

偌大红尘，稠人广众，巨幅画轴，万里群塑罢了。

07

聂九罗这趟来石河，其实不为采风，也不为怀旧。

余蓉带人清扫南巴猴头时，除了发现畸形的地泵之外，还找到了林喜柔藏起的那一箱泥壤，这件事，她跟炎拓提过，但彼时大家诸事缠身，都给忘了。

直到前一阵子，聂九罗才想起这事，一大箱的泥壤，死沉死沉，用脚指头想也知道余蓉绝不会把东西带出国。

一问之下，果然，余蓉把那些泥壤封了几麻袋，就近扔在了板牙村雀茶住过的那栋小楼里。

聂九罗计划拿回这些泥壤，尽己所能，塑一尊女娲像，将来在小院里专门辟一处存放，半为缅怀，半为感激。

用完早餐，两个人驾车出发，直奔板牙村。

又是熟悉的老线路，免不了旧话重提，聂九罗笑炎拓箱子里老装着大活人，炎拓撑她太会演，害自己在板牙住了那么久的猪场。

正互相调侃，右后侧有辆婚车超了上来，恰和炎拓的车并驾。

炎拓"哟"了一声："出门见婚车啊，真不知道是什么兆头。"

结婚这事，他问过聂九罗的意见，聂九罗直言近几年没打算，他也就不急不催，但逮着机会，总会旁敲侧击地打趣她。

聂九罗偏不进他的套，相反地，还有点好奇：一般街上看见婚车，都是浩浩荡荡一长串，很少看见单辆的。

婚车的司机朝这头看了一眼，忽然眼前一亮："哟，聂小姐啊！"

什么情况？自己在这儿还有熟人？

对方似乎看出了她的疑惑："我，我，我是老钱啊！"

这个司机，正是孙周出事之后，旅行社派来服务聂九罗的老钱。

一般情况下，司机马不停蹄地接待客人，也接二连三地忘记客人，但聂九罗不同。

她年轻漂亮，是个搞艺术的，有点过于开放，半路包了个男人，后来这个男人失踪了，间接地还给老钱带来了一笔不小的收益。

老钱对她的印象可太深刻了。

既然遇到熟人了……

炎拓打方向盘变道，车进停车道，方便这两人寒暄。

……

老钱小跑着下了车。

毕竟对方是个艺术家，小地方难得见到，更何况还是老客户，由不得他不热情。

他凑近车窗，笑得跟朵花似的："聂小姐，又来搞创作啊……"

话还没说完，蓦地瞥见炎拓，脑子里一蒙，后半截话就全忘了。

这不是那个据说很有身家，但心理上有特殊癖好，所以行为上也……比较怪异的男人吗？

这都这么久了，这人怎么还在？露水情缘转长期服务了？

作为旅游服务行业资深从业者，老钱知道不应对客人的私生活有所关注，他立马收回目光，只是神色止不住古怪。

这男帅女美的，身家也都不赖，就不能好好谈个恋爱吗？非放任自己陷入这么病态而又扭曲的关系中，真是金玉其外，败絮其中，世风日下道德败坏啊。

聂九罗可不知道他心里转着这么多念头，只是指了指他的车："家里有喜事啊？恭喜你了。"

老钱赶紧摇头："不是不是，旅行社的同事结婚，这不嘛，我也是迎亲队的，车被征用了……"

聂九罗笑道："那不耽误你，赶紧忙去吧。接迟了，新娘子该不高兴了。"

老钱"嘿嘿"笑着点头，正要走时，忽然想起了什么："说到新娘子，聂小姐，没准儿你也知道她呢。"

她也知道？

真是奇了，她在这儿哪来这么多熟人？

聂九罗问了句："谁呀？"

老钱说："就是孙周之前的对象，叫乔亚的。孙周不是失踪了吗，后来又听说是治病去了，绝症好像，两人就断了。"

乍听到孙周的名字，聂九罗居然生出隔世之感，好一会儿才恍惚地点了点头。

这事她知道，蒋百川那头操办的，听说除了安排雀茶假充医务人员带走孙周，另有善后——孙周自小父母离异，跟着爷爷奶奶长大，现在老人已经过世，父母早已各自组建了新家庭，对这个儿子并不上心，事情就那么不了了之了。

老钱滔滔不绝："但是吧，也是缘分，乔亚去公司给孙周收拾东西，认识了现在的这个，还挺投缘的，各方面也都合适……"

聂九罗口不对心地敷衍着笑道："那是挺好……挺好的。"

……

老钱走了之后好久，聂九罗才缓过劲来。

车里有点过于安静了，她轻声喃喃了句："好久没听到'孙周'这名字了。"

炎拓"嗯"了一声："他的胳膊，还得要两年才能长齐吧。"

余蓉老说，过几年之后，要去水下石窟尝试一下，看能不能带回孙周。

炎拓没敢把自己的真实想法说出来：他觉得余蓉是带不回孙周的，现在看来，这世上也没有别的谁会去接他了，还不如就在水下石窟安眠，至少梦里无风雨，睡中不知愁。

板牙村还跟从前一样冷清，青壮年基本都外出打工，学龄段的也大多在外求学，剩下的不是老的就是闲的，以及……傻的。

炎拓一路把车子开进村，沿途经过猪场，看到猪场烧毁之后，并没有重建，只是拿白石灰粉饰了一下，省得烧燎出的焦痕太碍眼。

小楼的大门锁着，这对聂九罗来说不是难事，她拎出工具箱，拣了根"Z"形开锁具，上去就捅锁眼。

虽然街面上没人，但这也太明目张胆了，炎拓轻咳两声，侧了身子帮她打掩护。

正配合得默契，边墙后忽然跳出一个人来，暴喝一声："小鬼子，举起手来！"

聂九罗吓了个激灵，炎拓额头的青筋也是一跳。

不过，他很快镇定下来。

这也是老熟人了，他示意聂九罗继续，一切有他搞定，然后转头向着来人一笑："马队长，是我啊，游击队。"

来人是马憨子。

和初见时一样，光脚端枪，肩挎饭盆，腰插汤勺，一脸杀气腾腾。

炎拓很感慨，这一年多物是人非，唯有马憨子还在"抗日"。

哪知马憨子也在"斗争"中积累了经验，他冷笑着揭穿炎拓："你这个冒充游击队的奸细！昨天烧了我们的房，今天又来扫荡！"

炎拓一时语塞，要说他入戏的本事也还行，但对着马憨子这种脑回路奇特的，一时半会儿还真接不上词。

就在这个时候，身后的聂九罗忽然大声喝了句："编号12345！"

编号什么？给谁编号？

炎拓还没反应过来，就听马憨子大吼："到！"

然后长枪垂地，两脚跟一并，站得那叫一个笔直。

气氛瞬间诡异。

马憨子吼了声"到"之后，自己也茫然了，他伸手挠了挠脑袋，歪着脖子看聂九罗，看着看着，嘴唇忽然哆嗦起来，一开口悲喜交加："师长！师长你回来了？"

啊？炎拓如堕五里雾中。

印象中，马憨子好像是有个师长，不管是打鬼子还是斗西洋，凡事总爱请示一番。

马憨子兴奋地冲到聂九罗面前，估计是碍于上下级别有差，不敢贸然握手，只是在原地站着百感交集："师长，你带着队伍打回来了？"

一瞥眼又看到边上的炎拓，满腔热情登时有了宣泄的出口，他一把攥住炎拓的手，激动地摇来摇去："这就是队伍吧？队伍同志，你辛苦了！"

炎拓："……"

……

师长带着队伍，跋山涉水，远道而来，自然不能让人家累着，马憨子主动请缨，屋里车侧地帮忙背麻袋，干得那叫一个热火朝天。

炎拓在边上看着，感觉分外滑稽，他问聂九罗："你什么时候成了马憨子的师长了？"

聂九罗说："小时候啊，蒋叔带我来过陕南，也到过板牙，所以我知道这儿。那时村里没别的玩伴，就带着他玩咯。"

说着指了指马憨子:"我走的时候,他哭得眼泪鼻涕一大把。我就跟他说,我是出去打鬼子的,他守着根据地好好干,早晚有一天,我会带着队伍打回来的。"

离开板牙的时候是傍晚,马憨子跟着车子跑,依依不舍送了好久,从车子后视镜里看过去,他身后映着一轮金红的夕阳,那场景,还挺诗情画意。

车上了大路,炎拓问聂九罗:"上车前,你们叽叽咕咕说了那么久,说什么来着?"

聂九罗往椅背上一靠:"还能说什么?就说前方战事吃紧,我要带着物资去增援,让他继续守好板牙呗。"

炎拓皱眉:"这样好吗?老骗人家。"

聂九罗白他一眼:"这怎么能叫骗呢?你不懂,像马憨子这样的人,脑子里自成一个世界……"

说到这儿,她拿手指点了点自己的脑子:"你配合他就可以了,他有使命,有责任,有事做,活得挺开心的,用不着你去唏嘘怜悯。"

正说着,手里的手机响了。

炎拓朝她的手机瞥了一眼:"报喜鸟又来了啊。"

这两天,老蔡尽来报告好消息,炎拓索性给他改了个昵称——报喜鸟。

你别说,还挺贴切。

聂九罗懒洋洋地说:"无非就是说反响不错,又有人夸啦,又有人赞啦,真是没劲。"

炎拓忍住笑:"阿罗,骄傲过头了啊。"

聂九罗哼了一声,本来嘛。

夸多了,也就无聊了。

她把手机揿了免提键,让炎拓一起感受一下报喜鸟的叽喳。

那一头,老蔡的声音如打鸡血般亢奋:"阿罗啊,好消息,买大区的出现了!"

聂九罗一下子坐直了身子:"真的啊?"

买大区,她只听说过,从没真的经历过。

老蔡的说法里,买展品的人分三种。

一是买单项,意思是看中了单个展品,愿意出合适的价钱,请回去收藏。

这一类人偏多,属于展品购买的主流。

二就是买大区,一般布展分多个展区,有人财大气粗,会被某个展区的布局、氛围所吸引,一举拿下展区的所有展品。

这也是为什么布展时会特别重视展厅的设计,这跟买椟还珠一个道理,衬景做得美，同样有吸引力。

　　第三种就纯属江湖传说了，叫"包全城"，指的是直接拿下所有展品，这个基本不太可能：一是价格过于烫手；二是审美有参差，一个人可以喜欢上展览中的某件展品、几件展品，所有的都喜欢，太过夸张。

　　即便是资深如老蔡，都不大经手买大区的买卖，他兴奋到声音都变了调："是的，那块区域，有你四件作品，我跟你商量一下，我想叫价五百万，底价……绝对不能低于三百万。"

　　聂九罗吃惊不小："五百万？"

　　她的作品市场价，之前一直在十来万和小几十万之间徘徊，突破三十万的都少，如今一下子叫到这个价，自己都没底。

　　炎拓突然冒出一句："五百万算什么？"

　　聂九罗瞪了他一眼。

　　这个何不食肉糜的"富二代"，名下挂着多家公司商铺，他哪知道五百万意味着什么？

　　炎拓冲着她莞尔："也不看看我们阿罗是谁教出来的，叫价五千万我都嫌少呢。"

　　聂九罗继续瞪他，瞪着瞪着就笑了。

　　老蔡在那头神气活现："阿罗，你见的世面还太少！你这才到哪儿呢，就吓到了？果然还是炎拓格局大点。你甭管了，我来搞定。谈不成拉倒，最后三站北上广，那才是出大单的地方！"

　　老蔡气定神闲地回了展厅，步子不疾不徐，宠辱不惊的气势拿捏得很到位。

　　这个点，展厅已经清场了，灯光很暗，这也是策展的设计：用暗光营造一种幽谧的氛围，更加突出雕塑本身的肌理和层次。

　　展厅尽头处的角落里，站着一个长头发的年轻男人，皮肤很白，穿一身燕麦色休闲西服，鼻梁上架一副带链的金丝框眼镜，镜片下一对长长的凤眼，眼尾略翘，狐狸般微微眯缝着。

　　他正饶有兴致地端详着面前的一尊飞天造像。

　　老蔡叫他："颜先生。"

　　姓颜的年轻男人回过头："怎么说？"

　　老蔡面上现出为难的神色来："这个，刚和聂小姐通了电话，她出售的意愿不是很强，另外，价钱上……低于五百万就不考虑了。"

　　年轻人略皱了眉："五百万，这么多？我刚了解了一下聂小姐的作品价位，以前不是这个价啊。"

　　老蔡笑了笑："你也说了是以前，以前以后，怎么会一样呢？"

年轻人沉吟了一下："这不是笔小数目，我再考虑一下吧。"

老蔡点头："没关系，收藏与否，看缘分的。"

……

年轻人走出展馆，走下台阶。

天已经快黑了，暮色一层层聚拢、合围，像个当头罩下的黑盖子，就快合严了。

他边走边打电话："干爷，要五百万呢。我在网上查了，这个作者之前的一个作品，也就卖了三十万。四件，五百万，平均下来翻了四五倍，是不是也太夸张了？"

那头传来一个苍老的声音："艺术品是看收藏价值的，今天五百万，未来转手就不一定了，回头就买了吧。"

年轻人有点不甘心："其实你只是看中了那个什么场景雕塑，何必一起打包？我回去聊聊，单买，百八十万也就搞定了。"

电话那头回答："一起买了，别让人觉得，你对那一个格外有兴趣，不想惹麻烦。"

年轻人笑道："干爷，你收古董的老毛病又犯了吧？"

听说这位干爷早年喜欢收古董，下乡收东西，看中了什么从不明说，会把无关紧要的拣来，磨半天嘴皮子砍价，末了把真正看中的往上一搭，说："买了这么多，多少送一个吧。"

干爷说，就是要表现得漫不经心，别让人看出你对这个分外感兴趣，否则，他就会坐地起价，甚至奇货可居。

但那是什么场景雕塑？……

年轻人鼻子里"哼"了一声，他觉得一众展品中，最失水准的就是那个了，像售楼处的沙盘，都是些土堆水壑。

"干爷，那个到底有什么好的啊？"

过了很久，那头才回答："也没什么特别好的，就是那里头塑的场景，跟我的老家有点像。人老啦，就容易……想家了。"

——全文完——

图书在版编目（CIP）数据

枭起青壤：全3册 / 尾鱼著 . -- 成都：四川文艺出版社, 2024.3（2025.1重印）
ISBN 978-7-5411-6774-4

Ⅰ.①枭… Ⅱ.①尾… Ⅲ.①长篇小说—中国—当代 Ⅳ.① I247.5

中国国家版本馆 CIP 数据核字 (2023) 第 191910 号

XIAO QI QING RANG: QUAN SAN CE

枭起青壤：全3册
尾鱼　著

出 品 人　冯　静
特约监制　王传先　沐　浔
责任编辑　邓　敏
责任校对　段　敏

出版发行　四川文艺出版社（成都市锦江区三色路238号）
网　　址　www.scwys.com
电　　话　028-86361781（编辑部）

印　　刷　三河市中晟雅豪印务有限公司
成品尺寸　166mm×235mm　　开　本　16开
印　　张　55.25　插页6　　字　数　1100千
版　　次　2024年3月第一版　　印　次　2025年1月第二次印刷
书　　号　ISBN 978-7-5411-6774-4
定　　价　135.00元（全3册）

版权所有·侵权必究。如有质量问题，请与本公司图书销售中心联系调换。电话：010-82069336